KB175704

ANNE'S BOOKS
9
밸런시 로망스
루시 모드 몽고메리/김유경 옮김

동서문화사

밸런시 로맨스
차례

밸런시의 비밀

그해 5월 어느 날, 아침에 만약 비가 오지 않았더라면, 밸런시 스털링의 생애는 완전히 달라졌을지도 모른다. 밸런시는 가족들과 함께 웰링턴 숙모의 약혼기념 피크닉에 갔을 것이고, 의사 트렌트 씨는 몬트리올로 가버렸을 테니까. 그런데 비가 내렸다. 도대체 밸런시에게 어떤 일이 일어났을까? 이제부터 그 이야기가 시작된다.

동이 트기 전, 아직 아무도 일어나지 않은 고요한 시간에 밸런시는 잠에서 깨어났다. 밤새 잠을 제대로 이루지 못했다. 날이 새면 29살이 되는 미혼여성으로서, 그녀는 어느새 노처녀가 되어 있었다. 나이 많은 미혼녀가 뭇 남성들에게 흥미 없는 여자로 낙인이 찍히는 사회에서 그녀가 잠을 제대로 이룰 수 없었던 것도 무리가 아니었으리라.

디어우드 마을 사람들도, 스털링 집안 사람들도, 밸런시를 이제 희망이 없는 가엾은 노처녀로밖에 보지 않았다. 하지만 밸런시 본인은 언젠가 로맨스가 찾아올지도 모른다는 희망을 아직 버리지 않고 있었다. 비참하고 창피한 마음은 들었지만, 작은 희망만은 간직하고 있었던 것이다. 이렇게 추적추적 비가 내리는 아침, 밸런시는 지금 자신이 29살이며, 어떤 남자로부터도 구혼을 받지 못한 여자라는 것을 생각하니, 그 조그만 희망조차 어디론가 사라져버린 것처럼 느껴졌다.

아, 괴로워. 밸런시는 노처녀라는 것이 그렇게 싫은 것도 아니었다. 누가 뭐라 해도 웰링턴 삼촌과 벤저민 삼촌, 또는 허버트 삼촌 같은 남자와 결혼할 바엔 차라리 노처녀인 게 얼마나 다행인지 모른다고 그녀는 생각했다. 그녀가 괴로운 이유는, 자신이 노처녀가 되는 것밖에는 길이 없었다는 점이다. 그녀는 남자로부터 구혼을 받은 적이 한 번도 없었다.

밸런시의 눈에 그렁그렁 눈물이 맺혔다. 그녀는 어슴푸레 여명이 밝아오는 어둠 속에 혼자 외롭게 누워 있었다. 사실은 마음껏 울고 싶었지만, 그렇게 할 수 없는 이유가 두 가지 있었다. 울면 또 심장 언저리에 통증이 올지도 모른다. 간밤에 침대에 들어간 뒤 한참 동안 통증이 계속되었던 것이다. 그렇게 심한 통증은 처음이었다. 또 다른 이유는, 어머니가 아침 식사 때 밸런시의 빨간 눈을 보고 왜 그러느냐고 또 꼬치꼬치 캐물을 게 뻔하기 때문이다.

밸런시는 쓴웃음을 지으면서 생각했다.

'차라리 사실대로 말해버릴까? '결혼을 못해서 울고 있는 거예요' 하고. 어머니는 질려서 할 말을 잊으실 거야. 매일같이 딸이 노처녀로 나이만 먹어가는 것을 한심스럽게 생각하면서도.'

물론 겉으로는 최소한의 자존심을 유지하지 않으면 안 된다. 밸런시는 엄격한 얼굴로 단호하게 말하는 어머니의 목소리가 들려오는 것 같았다.

"남자에 대해 생각하는 건 정숙한 숙녀가 할 일이 아니야."

어머니의 그 말투를 떠올린 밸런시는 그만 웃고 말았다. 가족들은 아무도 눈치 채지 못하고 있지만, 밸런시에게는 유머 감각이 있었다. 그녀에게는 아직 사람들이 모르고 있는 점이 많이 있었다. 그러나 그녀는 겉으로만 웃고 있었을 뿐이다. 그리고 지금, 그녀는 침대 속에서 조그맣게 몸을 오그리고 누워, 기운 없는 모습으로 쏟아지는 빗소리에 귀를 기울이고 있었다. 그리고 자신의 추하고 초라한 방 안으로 가차 없이 파고드는 냉정한 새벽빛을 바라보았다.

밸런시는 그 방이 얼마나 지저분한지 눈을 감고도 구석구석 훤히 알 수 있었다. 혐오감이 들 정도였다. 노란 페인트칠을 한 바닥, 침대 옆에는 감촉이 좋지 않은 삼베깔개가 있고, 거기에 들어 있는 기괴한 개 무늬, 그것은 눈을 뜨면 언제나 밸런시를 향해 히죽히죽 웃고 있었다. 빛바랜 검붉은 색의 벽지, 천장은 오랫동안 비가 새 색이 변했고, 가로세로로 금이 가 있다. 정말 작고 좁은 세면대, 보랏빛 장미 무늬의 갈색 종이로 만든 창문 가리개, 사용하지도 않는 화장대 위에 세워져 있는 얼룩덜룩하고 금이 간 거울, 어머니가 정말로 갔는지 의심스러운 신혼여행 때 만들었다고 주장하는 낡은 포푸리 단지^(방안을 향긋하게 하기 위해 꽃
잎과 향료를 섞어 넣은 단지), 이 또한 믿을 수 없기는 마찬가지지만 사촌 스티클스가 소녀 시절에 만들었다고 하는, 한 귀퉁이가 깨진 조개세공 상자, 구슬 장식이 반쯤 떨어져나간 바늘겨레, 노란색 딱딱한 의자 하나, 증조할머니의 주름 가득하고 위엄 있어 보이는 얼굴 둘레에 '영원히 기억하리라'라는 고리타분한 금언을 색색의 실로 수놓은 빛바랜 벽걸이, 옛날에 1층에서 살다가 오래전에 세상을 떠난 조상들의 낡은 사진. 가족의 것이 아닌 그림은 딱 두 장뿐이었다. 한 장은 비가 들이치는 문 앞에 강아지 한 마리가 앉아 있는 오래된 갈색 석판인쇄 그림이다. 그 그림을 볼 때마다 밸런시는 비참한 기분에 빠지곤 했다. 줄기차게 내리는 빗속에서 문 앞에 오도카니 앉아 있는 가엾은 강아지! 왜, 누군가가 문을 열어 강아지를 집 안으로 불러들이지 않는 걸까? 또 하나의 그림은 액자에 든 빛바랜 판화로, 루이즈 여왕이 계단을 내려오고 있는 그림이다. 그것은 웰링턴 삼촌이 밸런시의 열 번째 생일에 큰맘 먹고 선물한 것이다. 밸런시는 그 그림을 19년 동안이나 보아왔지만 사실은 끔찍하게 싫었다. 아름답지만 새침한, 너무나도 자기도취에 빠져 있는 듯한 얼굴의 루이즈 여왕. 하지만 밸런시는 이 그림을 버리거나 다른 데로 옮기는 짓은 감히 할 수 없었다. 그런 짓을 했다가는 어머니와 스티클스가 얼마나 펄쩍 뛸지 알기 때문이다. 밸런시는 문득 심술궂은 생각이 들었다. 틀림없이 굉장한 히스테리를 일으킬 거야.

이 집의 방들은 하나같이 보기 괴로운 것뿐이다. 1층은 아직 그런대로 모양새를 갖추고 있지만, 아무도 들여다보지 않는 방에는 한 푼의 돈도 들이려 하지 않았다. 밸런시가 이따금, 돈은 들이지 않더라도 자신의 방을 조금만 바꾸고 싶다고 말하면, 어머니는 당장 고개를 가로저었다. 그 위엄 앞에서는 도저히 거역할 엄두가 나지 않았다. 어머니에게 말대꾸 같은 건 생각도 할 수 없는 일이다. 그녀는 무서웠다. 어머니는 자기에게 반발하는 것을 견디지 못하는 사람이었다. 만약 말대꾸를 했다가는, 모욕을 받은 공작부인처럼 며칠이고 계속 화를 풀지 않기 때문이다.

이 방에서 밸런시의 마음에 드는 단 한 가지는, 밤에 혼자 있을 때 마음껏 울 수 있다는 것이었다.

하지만 어차피 이 방은 잠을 자고 옷을 갈아입는 데만 사용되고 있는데, 방이 흉하든 말든 무슨 상관인가? 밸런시는 그 밖의 이유로는 혼자 그 방에 있는 것이 허락되지 않았다. 프레데릭 스털링 부인과 스티클스는 혼자 있고 싶어하는 사람에게는 뭔가 떳떳지 못한 이유가 있는 거라고 생각하는 사람들이었다. 하지만 '푸른 성' 안의 그녀의 방만은 모든 것을 갖춘 이상적인 방이었다.

늘 주눅 들어, 거역하는 법 없이 시키는 대로 순종만 하며 살아온 밸런시는, 현실생활의 반동으로 아름다운 꿈속 같은 상상의 세계를 가슴속에 품고 살았다. 스털링 집안 사람들과 친척들은, 거기에 대해서는 아무도 눈치 채지 못하고 있었고, 특히 어머니와 스티클스는 더욱 그랬다. 밸런시가 사는 집이 두 개라는 사실은 아무도 모르고 있었다. 엘름 거리의 붉은 벽돌 상자 같은 지저분한 집과 공상 속의 '푸른 성'이 바로 그것이다.

기억할 수 있는 가장 오래전부터 밸런시는 마음속에서 늘 그 푸른 성에 살고 있었다. 아주 어린아이였던 시절부터 자기 마음속에 존재하는 푸른 성을 깨닫고 있었던 것이다. 언제나 눈만 감으면 똑똑히 볼 수 있었다. 소나무가 무성한 높은 산에 우뚝 솟아 있는 그 푸른 성, 작은 탑들이 여러 개 있고 깃발이 펄럭이고 있는 아름다운 모습이, 푸른 안개 너머로 아련히 떠올랐다. 아무도 모르는 아름다운 나라의 저녁놀을 배경으로 당당하게 서 있는 푸른 성. 그 성에는 모든 아름다운 것과 멋진 것이 있었다. 여왕의 몸을 장식하는 보석, 달빛과 불빛을 닮은 긴 드레스, 황금으로 장미꽃 무늬를 새긴 긴 의자, 크고 새하얀 항아리가 놓여 있는, 발판이 얇은 대리석 계단, 그 계단을 안개 같은 옷을 입은 아름다운 여인들이 오르내린다. 대리석 기둥 사이로 분수가 반짝반짝 빛을 뿜으면서 솟아나고, 나이팅게일이 은매화 가지에서 노래하고 있는 안뜰. 늠름한 기사와 공주들만 비치는 거울이 사방을 에워싸는 홀. 밸런시는 그중에서도 가장 아름다운 아가씨여서, 남자들은 그녀의 눈길을 한번만 받을 수 있다면 죽어도 좋다고 생각했다. 밸런시가 지금까지 그 지루한 나날을 그나마 견딜 수 있었던 것은, 밤이 되면 이 아득한 꿈의 세계로 뛰어들 수 있었기 때문이다. 밸런시가 그 푸른 성에서 무엇을 하고 있는지 그 반이라도 안다면, 스털링 집안 사람들은 아마 당장 까무러칠 정도로 놀랄 것이다.

무엇보다 먼저 밸런시에게는 많은 연인들이 있었다. 그런데 물론 한번에 한 사람이다. 마치 기사도 시대처럼 낭만적인 정열을 불태우며 그녀에게 구애한 남성이, 오랜 헌신적인 행위와 수많은 용기 넘치는 행위 끝에 결국 그녀의 사랑을 쟁취했다. 그리고 두 사람은 푸른 성의 깃발이 펄럭이는 장엄한 예배당에서 위풍당당한 결혼식을 올렸다.

밸런시가 12살 때, 이 연인은 금빛 곱슬머리에 맑고 푸른 눈동자를 가진 잘생긴 소년이었다. 15살 때, 그는 키가 크고 피부는 햇볕에 보기좋게 그을렸으며, 조금 창백한 느낌이지만 얼굴 윤곽이 뚜렷하고 단정한 청년이 되었다. 20살 때는, 금욕적이고 꿈꾸는 듯 신비로운 분위기를 가진 청년이 되었고, 25살 때는, 완강한 턱에 예민한 성격, 얼굴은 잘생겼다기보다 힘이 넘치고 약간 야성적인 청년이 되었다. 밸런시는 푸른 성에서는 25살에서 결코 더 나이를 먹지 않았다. 그리고 최근, 꿈속의 왕자는 차분하고 붉은색이 감도는 머리카락과, 일그러진 듯한 미소, 알 수 없는 신비로운 과거를 가진 남성이 되었다.

밸런시는 자신이 그 남성들보다 나이를 먹어 균형이 맞지 않게 될 때마다 제멋대로 그들을 기억 속에서 지워버리지는 않았다. 새로운 왕자가 나타나면 그때까지의 왕자는 그림자가 희미해져 떠나가버릴 뿐이다. 푸른 성에서는 모든 것이 그런 식으로 변해가며 밸런시를 중심으로 균형을 맞춰가고 있었다.

밸런시에게 있어서 바로 운명의 날인 오늘 아침, 그녀는 푸른 성에 들어가는 열쇠를 찾지 못하고 있었다. 현실의 중압감이 그녀를 무겁게 짓누르고 있었기 때문이다. 미친 개가 짖어대며 다리를 물어뜯으려 하고 있는 것 같았다. 29살에 외톨이이며, 누구한테도 구애받지 못하고, 못생기고, 화려한 가족 중에 홀로 눈에 띄지 않는 존재로서, 과거도 미래도 없는 것 같은 밸런시. 과거를 돌이켜보아도, 아무런 광채도 없이 그저 단조로움만이 떠오를 뿐이었다. 붉게 타올랐던 일도, 화려한 보랏빛 사건도 전혀 기억나지 않는다. 미래를 생각해 봐도 떠오르는 건, 이대로 내내 변함없이 살다가, 결국 차디찬

가지에 매달려 있는 작고 메마른 이파리처럼 쓸쓸한 존재가 되는 것이 고작이다. 여자에게 더 이상 사는 보람도, 사랑도, 의무도, 목적도, 희망도, 그 모든 것이 없다는 걸 깨달았을 때, 그녀를 기다리고 있는 것은 괴로운 죽음뿐이었다.

'사는 것을 포기할 수는 없으니까 난 결국 계속 살아가지 않으면 안 돼. 틀림없이 난 여든 살이 넘어도 죽지 않을 거야.'

밸런시는 약간 자포자기하는 심정이 되어 생각한다.

'우리 집은 굉장히 장수하는 집안인걸. 생각만 해도 소름끼쳐.'

밸런시는 비가 와서 다행이라고 생각했다. 정말 비가 와서 안심이다. 이것으로 오늘의 피크닉은 당연히 취소될 것이다. 웰링턴 삼촌과 숙모——모두들 그 두 사람을 이렇게 부르고 있다——는 30년 전의 약혼을 기념해 피크닉을 갔는데, 그것이 이 집안의 연례행사가 되었다. 그런데 몇 년 전부터 그 피크닉은 밸런시에게는 악몽 같은 것이 되고 말았다. 우연히 그날이 그녀의 생일과 겹치는 바람에, 25살 이후로는 아무도 그녀의 나이를 잊는 일이 없었던 것이다.

밸런시는 피크닉 가는 것이 못 견디게 싫었지만, 그렇다고 가지 않겠다고 말할 수도 없었다. 피크닉에 가면 모두가 뭐라고 말할지 훤히 알고 있었다. 웰링턴 삼촌은 스털링 집안 최고의 영예인 '부자와의 결혼'에 성공했는데, 밸런시는 이 삼촌을 끔찍이 싫어했고 경멸하고 있었다. 삼촌은 틀림없이 얄미운 목소리로 이렇게 속삭일 것이다.

"밸런시, 너 아직도 결혼할 마음이 없는 거냐, 응?" 그리고 그 한심한 질문에 마침표를 찍듯 언제나 와하하하! 크게 웃는 것이다. 밸런시가 만날 때마다 주눅이 들고 불편해지는 웰링턴 숙모는, 올리브의 새 시폰 드레스와 세실이 올리브한테 보낸 열렬한 편지에 대해 얘기할 것이다. 그러면 밸런시는 그 드레스와 편지가 자신의 일이기라도 한 양, 부러운 듯이 흥미를 보이지 않으면 안 된다. 그렇게 하지 않았다가는 숙모가 얼마나 화를 낼지 잘 알고 있었기 때문이다. 밸런시는 오래전부터 이렇게 생각하고 있었다. '웰링턴 숙모의 기분을 거스를 바엔, 차라리 하느님의 기분을 거스르는 게 나아. 왜냐하면, 하느님은 나를 용서해주시지만 숙모는 결코 용서해주지 않을 테니까.'

앨버타 숙모는 더할 수 없이 뚱뚱한 데다, 체격에 어울리지 않게 귀여운 말투를 썼다. 마치 자기 남편이 세상에 단 한 사람뿐인 남성인 것처럼 남편을 '그분'이라고 부른다. 숙모는 어렸을 때 자신이 대단한 미인이었던 것을 잊지 못해서, 밸런시의 혈색 나쁜 얼굴을 보면 안됐다는 듯 이렇게 말하곤 했다.

"어째서 요즘 처녀들은 저렇게 햇볕에 살갗을 태우는지 몰라. 젊은 시절 내 피부는 크림색 장미 같았는데. 난 캐나다에서 제일가는 미인이라는 말을 들었단다, 밸런시."

아마 허버트 삼촌은 아무 말도 하지 않을 것이다. 하지만 어쩌면 농담 삼아 이렇게 말할지도 모른다.

"도스, 요사이 제법 살이 쪘구나!" 그러면 모두들, 불쌍할 정도로 작고 여윈 밸런시가 살이 쪘다니, 둘도 없는 유쾌한 농담이라고 크게 웃겠지.

밸런시는 잘생기고 체격이 당당한 제임스 삼촌을 싫어했지만, 머리가 좋은 사람으로 유명했기 때문에 경의는 표하고 있었다. 그는 그 점 때문에 스털링 집안의 지성인으로 인정받고 있었다. 이 집안에는 현명한 사람이 너무 없기 때문이다. 이 삼촌은 사뭇 심각한 얼굴로 야유할 것이다. 사실 그런 야유로 그는 이름을 떨쳤다.

"요즘 시집갈 준비하느라 무척 바쁘지?"

또 벤저민 삼촌은, 와글거리는 듯한 듣기 싫은 목소리로 껄껄 웃으면서, 으레 그러듯 심술이 뚝뚝 흐르는 수수께끼를 내고는, 스스로 대답할 것이다.

"도스와 생쥐의 차이점은?"

"생쥐는 치즈를 끌어당기고 싶어하지만, 도스는 좋은 사람을 끌어 당기고 싶어한다는 것."

이 삼촌은 같은 수수께끼를 벌써 50번이나 되풀이하고 있다! 그때마다 밸런시는 뭔가 집어던져주고 싶어진다. 하지만 한번도 그렇게 한 적은 없다. 그 이유는, 첫째로 스털링 집안 사람들은 물건 같은 것을 던지지 않는다. 두 번째로, 이 벤저민 삼촌은 부자인 데다 자식이 없는 늙은 홀아비로, 밸런시는 어렸을 때부터 삼촌의 유산을 받지 못하면 큰일이라고 위협받고 있었기 때문이다. 만약 삼촌의 비위를 거스른다면, 삼촌은 유언장에서 밸런시의 이름을 빼버릴지도 모른다. 물론 그녀의 이름이 유언장에 올라 있다는 전제에서 말이지만. 그녀는 삼촌의 유언장에서 자기 이름이 지워지는 것을 바라지는 않았다. 지금까지 줄곧 가난을 견뎌온 그녀는, 가난하다는 것의 괴로움을 너무나도 잘 알고 있었다. 그래서 그녀는 괴롭지만 벤저민 삼촌한테 빙긋 웃어보였다.

노골적으로 남에게 불쾌한 기분을 주는 이사벨 숙모는, 틈만 나면 밸런시를 흠잡으려 든다. 이 숙모는 절대로 같은 말을 되풀이하는 법이 없었다. 밸런시는 어째서 이 숙모는 그렇게 늘 새로운 결점을 찾아낼 수 있는 건지 이상하게 생각되었다. 숙모는 무엇이든 거침없이 말하는 것을 자랑으로 여기고 있다. 그런데 상대가 자기에게 거침없이 말하는 것은 매우 싫어한다. 밸런시는 자기 생각을 절대로 말하지 않았다.

사촌 조지아나는──조지 4세의 이름을 따서 지은 고조할머니의 이름을 물려받았다──작년 피크닉 이후에 죽은 친척과 친구들의 이름을 슬픈 표정으로 하나하나 얘기하고는 이렇게 말할 것이다.

"다음에 우리들 중 누가 죽을 차례지?"

모든 것이 너무 완벽하여 사람을 숨막히게 하는 밀드레드 숙모는,

남편 자랑과 들어주기 괴로운 자식들의 천재성을 끝없이 늘어놓을 것이다. 그것은 숙모의 이야기를 참고 들어주는 사람이 밸런시 말고는 없기 때문이다. 같은 이유로 글래디스──스털링 집안의 족보에서 한번 지워진 적은 있지만 실은 사촌이다──의 신경염에 대한 넋두리도 시시콜콜 들어야 할 것이다. 글래디스는 키가 크고 마른데다, 자신을 정말 섬세한 신경의 소유자로 생각하고 있다.

다음은 올리브 차례. 올리브는 스털링 집안 전체의 우상으로, 밸런시에게 없는 것을 죄다 갖추고 있다. 아름다움, 인기, 사랑. 올리브는 밸런시에게 자신의 아름다움을 과시하며, 인기가 있다는 것을 자랑삼아 내세우고, 밸런시의 주눅 들고 부러워하는 시선 앞에서 사랑의 표시인 다이아몬드를 보란 듯 자랑할 것이 틀림없다.

그러나 오늘은 그 모든 일들을 하나도 겪지 않아도 된다. 게다가 티스푼을 잃어버리지 않기 위해 피크닉 바구니에 필사적으로 챙겨 넣을 일도 없다. 이것은 언제나 밸런시와 사촌 스티클스의 몫이었다. 6년 전, 웰링턴 숙모의 결혼 축하 세트 중에서 은제 티스푼이 없어진 적이 있었다. 그 뒤에 어떻게 되었는지 밸런시는 모른다. 하지만 그 이후 큰 가족 파티가 있을 때마다, 마치 뱅코 장군(^{셰익스피어의} ^{《맥베스》에서} ^{살해당한 뒤 유령이 되어} ^{맥베스 앞에 나타나는 장군})의 유령처럼, 그 스푼의 유령이 나타나 모두의 화젯거리가 되곤 했다. 그래, 정말이지 똑같아. 밸런시는 피크닉이 어떤 식으로 돌아갈지 하나하나 훤히 꿰고 있었다. 그러니 그 무서운 피크닉에서 그녀를 구해준 비에게 감사하는 마음이 들지 않을 수 없었다. 올해 더 이상 피크닉은 없는 것이다. 웰링턴 숙모는 기념해야 할 그날에 피크닉을 가지 못하면, 다른 날로 미루는 것 따위는 하지 않는 편이 낫다고 생각하는 사람이다. 어쨌든 어떤 신인지는 모르지만, 이렇게 만들어준 신께 감사하자.

자, 이제 피크닉은 없다. 밸런시는 만약 오후에도 비가 계속 오면 도서관에 가서 존 포스터의 책을 한 권 더 빌려와야겠다고 생각했다. 밸런시는 소설을 읽는 것이 금지되어 있었다. 그러나 존 포스터의 책은 소설책이 아니다.

"그건 자연에 관한 책이에요. 숲과 새와 곤충, 그런 것에 대해 상세하게 쓴 책이죠" 하고, 도서관 사서가 프레더릭 스털링 부인에게 설명해 주었다. 그래서 읽어도 좋다는 허락을 간신히 받은 것인데, 그렇다고 적극적으로 허락받은 것은 아니었다. 밸런시가 너무나 즐거운 듯이 읽고 있는 것이 발각되었기 때문이다. 정신을 살찌우고 신앙심을 깊게 하기 위해 독서를 하는 것은 권장해야 할 일이지만, 읽어서 재미있는 책은 위험한 것으로 간주되고 있었다. 밸런시는 존 포스터의 책을 읽고, 자신의 정신과 신앙심이 높아졌는지 어쨌는지는 알 수 없었다. 다만, 만약 그의 책을 좀더 일찍 만났더라면, 자기 인생도 조금은 달라지지 않았을까 하는 기분이 들었다. 그것은 그녀가 옛날 같으면 들어갈 수 있었을 세계를 힐끗 보여주는 것 같았다. 하지만 지금은 그 세계로 들어가는 문이 굳게 닫히고 말았다. 존 포스터의 책이 디어우드 도서관에 비치된 것은 겨우 작년의 일이다. 도서관 사서는 밸런시에게 포스터는 몇 년 전부터 유명해진 작가라고 말했다.

"어디에 살고 있나요 ?" 밸런시는 물었다.

"아무도 몰라요. 책을 보면 캐나다인이 틀림없지만, 그 밖의 것은 아무것도 모릅니다. 출판사에서는 아무것도 가르쳐 주지 않거든요. 틀림없이 존 포스터라는 이름도 필명일 거예요. 그의 책은 인기가 아주 높아서 금방 대출이 되어버리죠. 하지만 전 어째서 사람들이 그렇게 좋아하는지 이해가 안 돼요."

"전 무척 훌륭하다고 생각해요." 밸런시는 쭈뼛거리며 말했다.

"그야 뭐, 저도 벌레는 그리 좋아하지 않지만, 확실히 존 포스터라는 사람은 벌레에 대해 모르는 게 없는 것 같더군요."

미스 클라크슨은 밸런시의 의견을 무시하듯 억지웃음을 웃으며 그렇게 말했다.

밸런시도 자신이 정말 벌레를 좋아하는 건지 어쩐지는 잘 모른다. 그녀를 그 책에 열중하게 만들고 있는 것은, 존 포스터의 야생 동물과 곤충의 생태에 대한 한없는 지식이 아니었다. 뭐라고 말해야 좋을지 모르겠지만, 베일을 쓴 신비의 매력이라고 할까, 위대한 비밀을 금방 알아낼 수 있을 것 같은 암시라고 할까, 잊고 있었던 아름다운 것이 희미하게 모습을 드러내거나 숨기도 하는 듯한 존 포스터의 매력은 도저히 한 마디로 표현할 수 없었다.

그래, 이제부터 포스터의 새 책을 빌리러 가자. 《엉겅퀴 채집》을 빌린 지 벌써 한 달이 지났다. 아무리 어머니라도 반대할 수 없을 것이다. 밸런시는 그것을 이미 네 번이나 읽었다. 한 마디 한 구절을 다 외우고 있었다.

그리고 그 다음에 밸런시는 심장 언저리에서 느껴지는 기묘한 통증에 대해, 의사 트렌트 씨에게 진찰을 받으러 가야겠다고 생각했다. 요즘 들어 통증이 꽤 잦았다. 심장의 두근거림도 갈수록 심해지고 있다. 때때로 현기증이 일어나는 것과 기묘하게 숨이 가쁜 것은 말할 것도 없었다. 하지만 아무한테도 알리지 않고 트렌트 씨를 찾아갈 수 있을까? 그거야말로 대단한 용기가 필요한 일이다. 스털링 집안 사람이 가족 회의도 열지 않고, 또 제임스 삼촌의 승인도 받지 않고 의사를 찾아간다는 것은, 생각할 수 없는 일이었다. 승인을 받는다 해도, 포트로렌스의 앰브로즈 마시 씨에게 가는 것이 관례였다. 그 의사는 육촌인 아델레이드 스털링의 남편이었다.

밸런시는 이 앰브로즈 마시 씨가 마음에 들지 않았다. 게다가, 포트로렌스까지는 24킬로미터쯤이나 되어서, 누군가가 데려다 주지 않는 한 갈 수 없었다. 밸런시는 자신의 심장에 대한 것을 누구한테도 알리고 싶지 않았다. 만약 알아버렸다 하면, 온 가족이 모여서 의논한 뒤 밸런시에게 충고하고 주의를 주는 건 물론이고, 왕고모의 무서운 병에 대한 이야기와 누구의 아들의 아들의 아들 아무개가 '똑같은' 증상이었는데 아무런 전조도 없이 눈 깜짝할 사이에 죽어버렸다는 등의 이야기를 늘어놓을 것이다.

이사벨 숙모는 '그러니까 내가 늘 뭐라 그랬어' 하고 생각하겠지.

"도스는 항상 심장에 나쁜 영향을 끼칠 행동만 하니까 늘 저렇게 앙상하고 까칠까칠한 모습이지 원!"

웰링턴 삼촌은 "지금까지 스털링 집안사람 가운데 심장병에 걸렸던 사람은 아무도 없었어" 하고, 마치 자신이 모욕이라도 받은 것처럼 말할 것이다.

조지아나는 짐짓 들으라는 듯이 혼잣말로, "가엾어라, 저 말라깽이 도스도 이제 얼마 살지 못하겠구나" 하겠지.

사촌 글래디스는 이렇게 말할 것 같다.

"어머나, 내 심장은 벌써 몇 년이나 그랬어." 마치 자기 아닌 다른 사람이 심장을 가지고 있는 건 가당찮다는 듯이.

그리고 올리브는, "왜 모두들, 그림자도 없는 애물단지인 도스 같은 아이에 대해 신경을 쓰는 거야? 내가 있는데" 하는 듯, 더욱 아름답고 눈부시게, 질투가 날 정도로 건강하게 보일 것이다.

밸런시는 도저히 말하지 않고는 안 될 때까지, 아무한테도 병에 대한 얘기는 하지 않기로 결심했다. 심장에 치명적인 결함이 있는 건 아니라고 확신하고 있었기 때문에, 굳이 병에 대해 얘기하여 소동을 벌일 것까지는 없다고 판단한 것이다. 그러니 잠시 집을 빠져나가, 트렌트 씨를 만나러 가면 된다. 진찰료라면, 밸런시가 태어난 날 아버지가 은행에 넣어준 200달러가 있다. 필요한 만큼 몰래 꺼내면 된다. 그러나 실상 그녀에게는 그 이자조차 마음대로 사용하는 것이 허락되어 있지 않았다.

트렌트 씨는 까다로운 데다 상대방을 배려하지 않고 아무 말이나 막 해버리는 노인으로, 어딘지 건성인 데가 있었다. 그는 이 디어우드의 한적한 시골 의사 이른바 일반 진료의에 지나지 않지만, 심장병에 대해서는 널리 알려진 권위자였다. 나이는 벌써 70살이 넘어, 이제 곧 은퇴할 거라는 소문이 있었다. 스털링 집안 사람들은 아무도 그에게 가지 않았다. 그것은 10년 전 그로부터 사촌 글래디스가, 그녀의 신경염은 단순한 상상에 지나지 않으며 오히려 그것을 즐기고 있다는 말을 들었기 때문이다. 친척이 그런 모욕을 받았는데도 계속 그 의사의 단골이 될 수는 없는 일이었다. 더욱이 스털링 집안은 모두 영국 국교파인데 의사는 장로파였으니, 더 말할 것도 없었다. 그러나 가족을 배신해야 하는 악마의 목소리냐, 모두의 소란과 시끄러운 충고가 한꺼번에 몰려드는 깊은 바다냐, 밸런시는 어느 한쪽을 선택해야 할지 망설인 끝에, 역시 악마의 목소리에 운을 걸어 보겠다고 결심했다.

아무도 원치 않는 여자

사촌 스티클스가 방문을 노크했을 때 밸런시는 생각했다. 벌써 7시 반이야. 이제 일어나지 않으면 안 돼. 밸런시가 기억하고 있는 한 오래전부터, 스티클스는 7시 반이면 어김없이 밸런시의 방을 노크한다. 사촌과 프레데릭 스털링 부인은 7시면 일어났지만, 밸런시는 30분 더 자도록 내버려 두었다. 가족들도 밸런시가 몸이 약하다는 것을 전부터 인정하고 있기 때문이다.

밸런시는 침대에서 일어났다. 그런데 오늘 아침에는 전에 없이 일어나기가 싫었다. 도대체 무엇 때문에 일어나야 한단 말인가? 지금까지와 조금도 변함없는 우울한 하루가 기다리고 있을 뿐인데. 한심하고 자질구레한 집안일, 누구한테도 보탬이 되지 않고 재미도 없으며, 아무래도 그만인 일밖에 없는 하루. 그러나 지금 바로 일어나지 않으면 8시까지 아침 식탁에 앉지 못할 것이다. 식사 시간을 정확하게 지키는 것은, 스털링 부인이 정한 이 집안의 규칙이었다. 8시에 아침 식사, 오후 1시에 점심 식사, 오후 6시에 저녁 식사, 이것은 결코 변하는 일이 없었다. 늦어진 데 대한 변명은 허락되지 않았다.

밸런시는 몸을 부르르 떨면서 일어났다.

방안은 몹시 추웠다. 습기 찬 5월 아침의 공기가 피부에 차갑게 스며드는 것 같았다. 오늘은 틀림없이 온 종일 이렇게 춥겠지? 5월 24일 이후부터는 스토브의 불을 꺼버리는 것도 프레데릭 부인의 규칙 가운데 하나이다. 음식을 만들 때는 뒷문에서 작은 석유 스토브를 사용한다. 5월이 아무리 얼음장처럼 춥고 10월에 서리가 내려 오슬오슬 추워도, 달력상으로 10월 21일이 오기 전에는 결코 스토브에 불을 피우지 않았다. 10월 21일이 되면 프레데릭 부인은, 부엌의 렌지에서 음식을 만들고, 밤에는 거실 스토브에 불을 피운다. 이것은 소문이지만, 프레데릭 스털링은 밸런시가 채 한 살도 되기 전에 감기에 걸려 죽었는데, 그것이 프레데릭 부인이 10월 20일에는 불을 피우지 않는다는 원칙을 고수했기 때문이었다. 부인은 다음 날 스토브에 불을 피웠다. 하지만 프레데릭 스털링에게는 하루가 늦었던 것이다.

밸런시는 바래지 않은 빳빳한 면으로 만든, 목이 높고 꼭 끼는 긴 소매 잠옷을 벗어 옷장에 걸었다. 그리고 같은 면으로 된 속옷을 입고 갈색 줄무늬 옷을 입은 뒤, 두꺼운 검은색 양말을 신고 고무굽 부츠를 신었다. 몇 년 전부터 그녀는 거울 옆의 창문 차양을 내려둔 채 머리를 매만지고 있다. 그렇게 하면, 얼굴의 주름살이 그다지 도드라져 보이지 않기 때문이다. 그런데 오늘 아침 그녀는 차양을 끝까지 활짝 올리고 결연하게 각오를 다진 뒤, 세상 사람들이 보는 자신의 얼굴을 보려고 그 무서운 거울을 들여다보았다.

결과는 비참했다. 아무리 미녀라도, 창문으로 비쳐드는 가혹하고 가차없는 빛은 견디지 못할 것이다. 밸런시는 곧게 뻗은, 자신의 짧고 가늘고 검은 머리를 바라보았다. 매일 밤 백 번이나 빗질을 하고, 레드펀 모발제를 털뿌리에 비벼 마사지를 하고 있는데도 전혀 윤기가 나지 않을 뿐 아니라, 아침에 일어날 때마다 점점 더 까칠해지고 있었다. 검은빛의 가늘고 똑바른 눈썹, 작고 하얀 삼각형 얼굴에 유난히 더 작게 느껴지는 코, 뾰족한 이를 드러내며 아주 약간 벌어져 있는 핏기 없는 작은 입술. 좁고 납작한 가슴과 평균 이하의 작은 키. 그녀는 어찌된 일인지, 스털링 집안 특유의 높은 광대뼈를 가지고 있지 않았다. 밸런시의 갈색 눈은 검다고 하기에는 너무 부드럽고 아련했으며, 약간 위로 치켜 올라간 점이 동양적이라 할 수 있었다. 그 눈을 제외하면, 아름답지도 추하지도 않은, 하나도 자랑할 데가 없는 밋밋한 얼굴이라고 그녀는 쓸쓸하게 결론지었다. 이 무자비한 빛 속에서 눈과 입 언저리의 주름이 이토록 확연히 드러나다니! 지금처럼 자신의 얼굴이 홀쭉하고 파리하게 보인 적도 없었다.

밸런시는 머리를 퐁파두르(앞머리를 뒤로 둥글게 말아올리고 양 옆머리는 위로 빗어올려 앞머리와 합치게 하는 머리모양) 식으로 올렸다. 퐁파두르는 이미 오래전에 유행이 지났지만, 그녀가 처음 머리를 올렸을 때 그 스타일로 했기 때문에, 웰링턴 숙모는 밸런시는 항상 그 머리를 하고 있는 게 좋겠다고 결정해버렸다.

"그게 너한테 어울리는 유일한 스타일이야. 넌 얼굴이 너무 작으니까 퐁파두르식으로 올려서 전체적으로 키가 커 보이게 해야 해" 하고 웰링턴 숙모는 말했다. 숙모는 그리 중요하지 않은 것도 마치 심오하고 중대한 진실을 말하는 것처럼 한껏 높은 목소리로 말하는 습관이 있었다.

밸런시는 올리브처럼 앞머리를 이마까지 낮게 내리고, 귀 위에서 잔뜩 부풀리는 스타일을 동경하고 있었다. 하지만 웰링턴 숙모의 완고한 말의 영향이 너무 컸기 때문에, 밸런시는 두 번 다시 머리 스타일을 바꾼다는 생각은 할 수 없었다. 그녀에게는 자기 마음대로 할 수 없는 일이 얼마나 많은지! '난 늘 뭔가를 두려워하고만 있었어.' 밸런시는 쓸쓸하게 생각한다. 가장 오래된 기억도, 사촌 스티클스한테서 계단 밑 벽장에 커다란 흰곰이 들어 있다는 말을 듣고 무서워서 벌벌 떨었던 것이었다.

'앞으로도 내내 그럴 거야. 난 알 수 있어, 어쩔 수 없는 일이야. 아무것도 무서워하지 않는다는 건 생각할 수도 없어.'

어머니가 화가 나서 히스테리를 부리는 것, 벤저민 삼촌의 비위를 거스르는 것, 웰링턴 숙모의 경멸의 대상이 되는 것, 이사벨 숙모의 악의적인 말, 제임스 삼촌이 미간을 찌푸리는 것, 온 가족의 말과 편견에 대항하는 것, 외모를 꾸미는 것이 서툰 것, 자신이 생각한 대로 말을 하는 것, 가난한 노후를 보내는 것. 두려움, 두려움, 두려움……. 밸런시는 거기에서 결코 벗어날 수가 없다. 그것은 마치 강철로 만든 거미줄처럼 그녀를 친친 동여매고 있었다. 다만 푸른 성에서만은, 그녀도 잠시나마 해방될 수 있었다. 하지만 오늘 아침에는 자신이 푸른 성을 가지고 있다는 것조차 믿어지지 않았다. 이제 다시는 그것을 찾을 수 없을 것이다. 29살에 미혼, 아무도 원치 않는 여자……. 그런 그녀와 푸른 성의 요정 같은 주인공이 무슨 관계가 있단 말인가? 이제 그런 어린아이 같은 공상은 단호하게 버리고 현실을 직시하지 않으면 안 된다.

밸런시는 악의적인 거울에서 눈을 떼고 창밖을 바라보았다. 주위의 지저분하고 낡은 경관은 볼 때마다 그녀를 오싹하게 만든다. 들쭉날쭉 부서져가는 울타리. 그 옆의 다 쓰러져가는 오래된 차체 공장에는 몹시 촌스러운 색깔의 품위 없는 광고가 덕지덕지 붙어 있다. 그리고 건너편에 보이는 초라한 철도역. 그곳에서는 늘 이렇게 이른 아침부터 부랑자들이 배회하고 있다. 이 억수 같은 비 속에서는 모든 것이 평소보다 훨씬 더 추하게 보인다. 특히 지긋지긋한 광고가 눈에 거슬린다. '소녀의 살결을 언제까지나.' 밸런시도 옛날에는 그 소녀다운 살결을 간직하고 있었다. 하지만 그것은 오히려 고민거리였다. 아름다운 광채가 전혀 없었기 때문이다.

'정말이지 내 인생과 똑같아.' 밸런시는 몸서리를 치면서 생각했다. 잠깐의 고통은 지나갔다. 그녀는 지금까지 그렇게 해온 것처럼 현실을 깨끗이 받아들였다. 하루하루가 그저 흘러가는 생활이고, 그녀도 그런 인생을 보내는 한 사람이다. 그 사실을 바꿀 수는 없다.

이런 생각을 하면서, 밸런시는 아침 식사를 하러 아래층으로 내려갔다.

존 포스터의 책

아침 식사는 언제나 똑같았다. 밸런시가 몹시 싫어하는 오트밀, 토스트와 차, 그리고 마멀레이드 한 스푼. 프레데릭 부인 생각엔 마멀레이드 두 스푼은 너무 사치스럽다. 하지만 밸런시는 아무래도 상관없었다. 마멀레이드를 싫어했기 때문이다. 서늘하고 음울한 작은 식당은, 여느때보다 더욱 춥고 음산했다. 빗물이 창문을 타고 흘러내리고 있었다. 거슬리는 느낌의, 그림보다 폭이 넓은 금테 액자에 들어 있는 스털링 집안의 조상들이, 벽에서 밸런시를 노려보고 있다. 사촌 스티클스는 기도 속에서, "밸런시가 오늘 하루도 행복하게 보내기를" 하고 말했다.

"도스, 똑바로 앉아." 어머니가 하는 말은 그것뿐.

밸런시는 자세를 고쳐 앉았다. 어머니와 사촌 스티클스는 늘 했던 얘기만 하고 있다. 만약 뭔가 다른 얘기를 하면 어떤 일이 벌어질까에 대해서는 생각할 필요가 없다. 어떻게 될지 뻔히 알고 있기 때문이다. 그래서 그녀는 그런 생각은 절대 하지 않는다.

프레데릭 부인은 피크닉에 가고 싶었기 때문에, 비를 내리게 한 하느님에게 화를 내고 있었다. 그래서 뿌루퉁한 얼굴로 말없이 아침을 먹고 있었는데, 밸런시는 오히려 그것이 고마웠다. 하지만 크리스틴 스티클스는 여전히 쉴 새 없이 모든 것에 불만을 터뜨리고 있었다. 이 지긋지긋한 날씨, 빗물이 새는 식품 저장실, 오트밀과 버터의 가격 인상……. 밸런시는 문득 자신이 토스트에 버터를 너무 많이 바른 것 같은 느낌이 들었다. 스티클스는 이제 디어우드에서 유행하고 있는 유행성 이하선염에 불만을 터뜨리고 있다.

"도스도 틀림없이 걸릴 거야." 스티클스가 예언했다.

"도스, 유행성 이하선염을 옮기는 곳에는 가면 안 돼." 프레데릭 부인이 가차없는 목소리로 말했다.

밸런시는 아직 유행성 이하선염을 치르지 않았다. 백일해도, 수두도, 홍역도, 한번쯤 치러야 하는 것은 아무것도. 다만, 겨울만 되면 심한 감기에 걸릴 뿐이었다. 도스의 겨울감기는 이미 습관처럼 되어 있었다. 감기에 걸리지 않는 게 이상할 정도였다. 프레데릭 부인과 사촌 스티클스는 의연히 이에 맞섰다. 어느 해 겨울 11월부터 5월까지, 두 사람은 밸런시를 따뜻한 거실에 가두어둔 적이 있었다. 밸런시에게는 교회에 가는 것조차 허락되지 않았다. 그런데도 그녀는 감기 또 감기의 연속이었고, 드디어 6월에는 기관지염까지 일으키고 말았다.

"우리 친정에서는 이렇게 감기에 잘 걸리는 사람이 아무도 없었는데." 프레데릭 부인은 말했다. 감기에 걸리는 것이 스털링 집안 쪽의 내력이기라도 한 것처럼.

"스털링 집안 사람들도 여간해서 감기에 걸리진 않아요." 사촌 스티클스는 화난 것처럼 말했다. 스티클스는 스털링 집안 출신이다. 프레데릭 부인이 다시 말했다.

"난 감기에 걸리지 않겠다고 마음만 먹으면 그런 것에 걸릴 리 없다고 생각해."

문제는 바로 그것이다. 결국 모두 밸런시 탓이라는 얘기다.

오늘 아침, 밸런시가 가장 견디기 힘든 고통은 '도스'라고 불리는 것이었다. 그녀는 29년 동안이나 그 이름을 참아왔다. 하지만 오늘 아침, 갑자기 더 이상 참을 수 없다는 느낌이 들었다. 그녀의 이름은 밸런시 제인이다. 밸런시 제인은 썩 탐탁지 않지만 밸런시는 마음에 들었다. 색다르고 이국 느낌이 들기 때문이다. 밸런시는 늘 이상하게 생각했다. 그녀의 이름을 지을 때, 스털링 집안 사람들이 어떻게 그런 이름을 인정할 수 있었는지. 외할아버지인 에이모스 원스바라가 그 이름을 지었다는 얘기를 들었다. 아버지는 밸런시라는 이름에 좀더 현대적인 느낌을 주기 위해 제인을 덧붙였다. 그리고 친척들이 그 긴 이름을 부르기가 힘들어할 것 같아서 도스라는 애칭을 붙여주었다. 그녀는 가족이 아닌 다른 사람들한테서만 밸런시라는 이름으로 불리웠다.

"어머니, 이제부터는 저를 '밸런시'라고 불러주세요. '도스'라는 이름은 어쩐지, 맘에 들지 않아요."

밸런시는 쭈뼛거리면서 말했다.

프레데릭 부인은 놀란 듯 딸을 바라보았다. 부인은 굉장히 도수 높은 안경을 쓰고 있었는데, 눈이 특히 두드러져 보여서 어색한 느낌을 주었다.

"도스가 어디가 어때서?"

"어쩐지 어린아이 같잖아요?" 밸런시는 주저하면서 말했다.

"뭐라구!" 프레데릭 부인은 원스바라 집안 출신이다. 원스바라 집안 특유의 그 웃음은 빈말로라도 듣기 좋다고 말할 수 있는 것이 아니었다.

"그래, 네 말이 맞아. 그래서 너한테 더욱 어울리는 거야. 넌 정말 어린애 같으니까, 밸런시 아가씨."

"전 29살이에요." 밸런시 아가씨는 될 대로 되라는 심정으로 대꾸했다.

"내가 너라면, 그런 말을 큰 소리로 떠들진 않을 거다." 프레데릭 부인이 말했다.

"29살이라고! 난 29살 때, 결혼한 지 9년이나 지나 있었지."

"난 17살에 결혼했어요." 옆에서 사촌 스티클스가 자랑스럽게 말했다.

밸런시는 두 사람을 살짝 훔쳐보았다. 프레데릭 부인은 너무나도 보기 싫은 안경과 앵무새도 무색할 만큼 끔찍한 코를 제외하면, 얼굴은 그리 못생긴 편이 아니었다. 스무 살 때는 제법 아름다웠을 것 같았다. 하지만 사촌 스티클스는 정말이지! 그렇지만 그 크리스틴 스티클스도 한때는 한 남자의 눈을 사로잡았던 것이다. 그녀의 넓고 납작하고 주름투성이인 얼굴, 주먹코 바로 끝에 붙어 있는 검정사마귀, 턱에 빳빳하게 나 있는 털, 주름진 누런 목덜미, 흐린 눈동자와 툭 튀어나온 눈, 오므라든 입. 하지만 그래도 그녀에게는 밸런시보다 나은 점이 한 가지 있었다. 밸런시를 내려다볼 권리가 있다는 것이다. 게다가 스티클스는 프레데릭 부인에게는 꼭 필요한 사람이었다. 밸런시는 비참한 심정으로 생각했다. '누군가가 자기를 원하고 있다는 건 어떤 기분일까? 누군가에게 필요한 사람이 된다는 건.' 이 세상에서 밸런시를 필요로 하는 사람은 한 사람도 없었고, 그녀가 지금 당장 이 세상에서 자취를 감춘다 해도 아쉬워할 사람은 아무도 없을 것 같았다. 그녀는 어머니의 기대에 어긋나는 딸이었다. 아무도 그녀를 사랑해 주지 않았고 여자 친구조차 없었다.

"난 친구를 사귀는 것조차 할 수 없어." 밸런시는 비참한 기분으로 스스로에게 말했다.

"도스, 아직 빵 껍질이 남아 있잖니." 어머니가 나무라는 투로 말했다.

그날은 오전 내내 비가 내렸다. 밸런시는 조각이불을 만들었다.

그녀는 그 일을 무척 싫어했다. 그런 일을 할 필요가 전혀 없기 때문이다. 온 집안에 이불이 넘쳐나고 있었다. 다락방에는 커다란 옷 상자가 세 개 있는데, 거기에도 이불이 가득 차 있다. 프레데릭 부인은 밸런시가 17살 때부터 이불을 마련해 왔다. 밸런시에게는 필요할 것 같지도 않은데, 아직도 계속 장만하고 있다. 그래서 밸런시는 조각이불을 만들지 않으면 안 되었다. 손이 많이 가는 수공예품은 비싸서 살 수 없기 때문이다. 스털링 집안에서는 게으름을 피우고 빈둥거리는 것은 가장 경멸해야 할 죄악이었다. 밸런시가 아직 어렸을 때, 매일 밤 그녀는 끔찍이도 싫어하는 작은 검정색 노트에, 그날 쓸데없이 써버린 돈을 하나도 빠짐없이 꼼꼼하게 기록해야 했다. 매주 일요일이면 어머니는 밸런시에게 그 합계를 계산하게 한 뒤, '이제부터 낭비를 하지 않겠습니다'라고 기도하게 했다.

이 운명의 날 오전에 밸런시는 단 10분의 시간을 낭비했다. 적어도 프레데릭 부인과 스티클스는 그것을 낭비라고 말할 것이다. 밸런시는 좀더 쓰기 좋은 골무를 가지러 자기 방으로 갔다. 그리고 공연히 죄의식을 느끼면서 《엉겅퀴 채집》을 팔락팔락 넘겨보았다.

'숲은 참으로 인간적이다'라고 존 포스터가 말하고 있었다.

'그러므로, 숲을 알기 위해서는 숲과 함께 살지 않으면 안 된다. 가끔 사람이 자주 다니는 길을 산책하는 것만으로는, 숲은 결코 우리를 가까운 친구로 받아들여 주지 않는다. 친구가 되고 싶으면 진지한 마음으로 끊임없이 숲을 찾아가 친구가 되기 위해 노력해야 한다. 아침에도, 낮에도, 밤에도, 그리고 사계절 내내. 그렇지 않으면 우리는 결코 숲을 진심으로 이해할 수 없으며, 겉모습만의 거짓된 행위로는 절대로 숲을 속일 수가 없다. 숲은 자신에게 맞지 않는 인간을 멀리 밀어내고, 단순한 구경꾼에게는 마음을 열지 않는다. 숲에는 그렇게 할 수 있는 확실한 수단이 있다. 순수한 애정이 없으면 숲과 친구가 되려 해도 소용없는 일이다. 숲은 이

내 우리의 마음을 꿰뚫어보고, 그 과거 세계의 향기로운 비밀을 숨겨버릴 것이다. 하지만 만약, 우리가 진정한 애정에서 숲에 다가갔다는 것을 알면, 숲은 우리에게 마음을 열고 어떤 시장에서도 팔지 않는, 또 살 수 없는 아름다운 기쁨의 보물을 안겨줄 것이다. 왜냐하면 숲은 한번 주기로 마음먹으면 진정한 숭배자들에게 아낌없이 모든 것을 나눠주기 때문이다. 우리는 숲에 애정을 가지고 겸허하고 참을성 있게, 또 주의 깊게 다가가지 않으면 안 된다. 그렇게 함으로써 많은 것을 알게 될 것이다. 해가 진 뒤 별빛 아래 사람이 가지 않는 곳과 적막한 골짜기에, 도대체 어떤 아름다운 것이 숨어 있는지, 오래된 소나무 가지와 전나무 숲에서 어떤 미묘한 음악이 연주되고 있는지, 햇빛이 쏟아지는 곳과 축축한 강변에서 이끼와 양치류에서 어떤 감미로운 향기가 피어오르는지, 옛날의 어떤 꿈과 신화와 전설이 숲을 에워싸고 있는지. 그러면 숲의 영원불멸하는 영혼의 고동이 우리의 가슴에도 울려 퍼지고, 숲의 신비한 생명이 우리 몸의 혈관 속에 흘러들어와 우리는 영원히 숲과 하나가 된다. 그렇게 되면 우리가 어디에 있더라도, 아무리 먼 곳을 헤매고 다니더라도, 우리는 숲으로 인도되어 언제까지나 변함없는 우정을 발견할 것이다.'

"도스." 아래층 홀에서 어머니가 부른다.

"거기서 혼자 뭐하고 있는 거냐?"

밸런시는 마치 새빨간 석탄을 들고 있었던 것처럼 《엉겅퀴 채집》을 내팽개치고, 계단을 뛰어 내려가서 다시 조각이불로 돌아갔다. 하지만 그녀는 존 포스터의 책에 열중할 때마다 느끼는 이상한 흥분에 싸여 있었다. 그녀는 숲에 대해서는 그다지 알지 못한다. 그저 푸른 성 주위에 있는 울창한 떡갈나무와 소나무 숲일 뿐이다. 하지만 그녀는 늘 남몰래 숲을 동경하고 있었다. 그녀에게는 숲에 대해 쓴 포스터의 책은 숲 자체 다음으로 위대한 것이었다.

정오가 되자 비가 그쳤다. 하지만 해는 3시가 될 때까지 얼굴을 내밀지 않았다. 밸런시는 쭈뼛거리며 잠깐 나가고 싶다고 말을 꺼냈다.

"뭐 하러 나가니?" 어머니가 물었다.

"저, 도서관에 가서 책을 빌려오고 싶어요."

"너 지난주에도 도서관에서 책을 빌려오지 않았니?"

"아니에요, 벌써 4주나 됐어요."

"4주라고! 말도 안 돼!"

"정말이에요. 거짓말이 아니에요, 어머니."

"넌 착각하고 있는 거야. 절대로 2주 이상은 되지 않았어. 내가 말대꾸하는 사람을 싫어하는 거 알지? 게다가 도대체 뭐하러 책 같은 것을 읽고 싶어하는지 모르겠구나. 책 따위를 읽느라 시간을 낭비하고 있잖니?"

"그럼 제 시간은 무엇 때문에 있는 거예요?" 밸런시가 씁쓸한 어조로 말했다.

"도스! 나에게 그게 무슨 말버릇이냐?"

"지금 차가 떨어졌어요, 산책하고 싶으면, 가는 길에 사오라고 할까요? 이런 습기 찬 날씨에는 감기에 걸릴지 모르겠지만." 사촌 스티클스가 끼어들었다.

세 사람은 그로부터 10분이나 입씨름을 벌였다. 마침내 프레데릭 부인은 마지못한 얼굴로 밸런시에게 가도 좋다고 허락했다.

쓸쓸한 외출

"장화는?" 밸런시가 막 집을 나서려고 할 때 스티클스가 불러세웠다.

크리스틴 스티클스는 비 오는 날 밸런시가 외출할 때면 반드시 그렇게 묻곤 한다.

"신었어요."

"플란넬 페티코트는?" 이번에는 프레데릭 부인이 물었다.

"아뇨."

"도스, 난 도대체 너라는 아이를 알 수가 없다. 너 또, 감기에 걸려 죽고 싶은 거니?" 마치 밸런시가 벌써 여러 번 감기에 걸려 죽은 적이 있는 것 같은 말투다.

"어서 방에 올라가서 입고 오너라."

"어머니, 전 플란넬 페티코트 같은 건 필요없어요. 공단으로도 충분히 따뜻해요."

"도스, 너는 2년 전에 기관지염을 앓았잖아, 벌써 잊었니? 시키는 대로 입고 와!"

밸런시는 갔다. 그런데 그녀가 하마터면 고무나무 화분을 마당에 내던질 뻔했다는 건 아무도 모를 것이다. 밸런시는 자신의 옷 중에서 그 잿빛 플란넬 페티코트를 제일 싫어했다. 올리브는 플란넬 페티코트 같은 걸 입으라는 말을 여태껏 들은 적이 없다. 올리브는 주름잡힌 비단이나 얇은 론(한랭사), 아니면 안개 같은 레이스 장식이 달린 페티코트를 입는다. 하기는 올리브의 아버지는 '돈하고 결혼'했으니까. 게다가 올리브는 기관지염을 앓은 적이 없다. 다시 말해 올리브와 밸런시는 다른 것이다.

"비누를 물 속에 빠뜨린 채 그냥 나가는 건 아니겠지?" 프레데릭 부인이 추궁했다. 하지만 밸런시는 벌써 나간 뒤였다. 밸런시는 모퉁이까지 오자 뒤돌아서서 자신이 살고 있는, 추한 얼굴로 거드름 피우는 듯, 겉모습만 번듯한 거리를 바라보았다. 스털링의 집이 그 거리에서도 가장 추했다. 붉은 벽돌 상자와 다를 게 없었다. 폭에 비해 너무 높은 데다, 구근 모양을 한 유리를 끼운 둥근 지붕 때문에 더욱 높아 보였다. 아직도 살아 있는 낡은 집의 고독한 불모의 평화가 느껴지는 것 같았다.

모퉁이를 돌면 무척 아름다운 집이 나온다. 납테를 두른 양쪽 여닫이 창문과 잔뜩 공들인 맞배지붕 집으로, 첫눈에 당장 마음을 사로잡아버리는 새집이다. 클레이턴 마클리가 신부를 위해 지은 집이었다. 그는 6월에 제니 로이드와 결혼할 예정이다. 그 작은 집은, 다락에서 지하실까지 새로운 안주인을 언제라도 맞아들일 수 있도록 완벽하게 준비되어 있다고 했다.

"제니의 약혼자는 부럽지 않아." 밸런시는 정말 그렇게 생각했다. 클레이턴 마클리는 그녀의 이상형과는 거리가 멀기 때문이다.

"그런데 제니의 저 집은 정말 부러워. 새롭고 멋진 집이야! 아, 내 집을 가질 수만 있다면! 가난해도 좋고 작아도 상관없어. 오직 내 것이기만 하면 돼. 하지만⋯⋯."

밸런시는 씁쓸하게 덧붙였다.

"양초 한 자루조차 살 수 없는데, 달이 갖고 싶어서 운다 한들 무슨 소용 있담!"

꿈의 나라에서는 밸런시는 파르스름한 사파이어 성(城)이 아니면 만족하지 않았을 것이다. 하지만 현실 세계에서는, 자신만의 작은 집으로 얼마든지 만족할 수 있었다. 그녀는 오늘만큼 제니 로이드가 부러웠던 적이 없었다. 제니는 밸런시보다 특별히 예쁜 것도 아니고, 젊지도 않았다. 그런데도 제니는 그 멋진 집의 안주인이 될 수 있는 것이다. 그리고 그 작고 예쁜 웨지우드 찻잔——밸런시는 그것을 본 적이 있다——그리고 장작불을 피우는 난로, 이름을 수놓은 베갯잇과 시트, 가장자리를 장식한 테이블보, 도자기 그릇을 넣어두는 찬장. 어떤 처녀에게는 모든 것이 주어지는데 아무것도 가질 수 없는 처녀도 있다니 세상은 너무 불공평하다.

밸런시는 걸으면서 또다시 반항심이 치밀어 오르는 것을 느꼈다. 낡아빠진 레인코트에 벌써 3년째 똑같은 모자를 쓰고 있는, 작고 고리타분하고 초라한 자신. 마침 지나가던 차가 밸런시는 안중에 없다는 듯 경적을 울리면서 흙탕물을 튀기고 가버렸다. 자동차는 이 디어우드에서는 아직 귀한 것이었다. 포트로렌스에서는 자주 볼 수 있고, 무스코카에서 여름을 보내는 사람들도 모두 차를 가지고 있었다. 디어우드에서는 현대적인 계층만이 차를 가지고 있었다. 이 좁은 디어우드에도 계층이 있었다. 현대적인 계층, 지식 계층, 오래된 가문 계층——스털링 집안도 그중 하나다——보통 계층, 그리고 약간의 빈민 계층. 스털링 집안 사람들은 유행을 쫓아 차 같은 물건을 사는 걸 경멸하지만, 올리브는 아버지를 끈질기게 조르고 있었다. 밸런시는 차를 타본 적도 없고, 차에 대해 별다른 동경도 가지지 않았다. 사실 밸런시는 차가 무척 무서웠다. 특히 밤에는, 마치 커다란 들짐승이 으르렁거리며 다가와서 자기를 짓밟을 것 같은 느낌, 또는 어디에선가 무서운 형상으로 덤벼들려고 노리고 있는 듯한 느낌이 들었다. 그녀의 푸른 성 주위에 있는 험준한 산길에서는, 화려한 장식을 한 말이 당당하게 달리고 있다. 그러나 현실 세계에서는 멋진 말이 끄는 마차를 타는 것만으로도 그녀는 충분히 만족할 것이다. 밸런시가 마차를 탈 수 있는 건, 이따금 삼촌이나 사촌이 개에게 뼈다귀를 던져주듯 그녀에게 '기회'를 선사할 때뿐이었다.

두려움은 원죄다

밸런시는 언제나 벤저민 삼촌의 식료품점에서 차를 사지 않으면 안 되었다. 다른 가게에서 사는 건 생각도 할 수 없는 일이었다. 그렇지만 밸런시는 하필이면 29살 생일에 삼촌의 가게에 가야 하는 것이 싫었다. 삼촌이 자기의 생일을 기억하지 않을 리 없기 때문이었다.

벤저민 삼촌은 차꾸러미를 묶으면서 짓궂은 시선으로 물었다.

"젊은 여자들은 왜 말을 잘 못하는 남자를 좋아하는지 아니?"

삼촌의 유언장이 늘 머리 한구석에 걸려 있는 밸런시는, 얌전하게 "아뇨, 모르겠어요. 왜 그럴까요?" 하고 물었다.

삼촌이 킬킬 웃으면서 대답했다.

"그런 남자는 결혼을 거절하지 못하기 때문이지."

점원인 조 해먼드와 클로드 버트램이 웃음이 나오는 걸 참고 있었다. 밸런시는 그 두 사람을 전보다 더욱 증오했다. 클로드 버트램이 밸런시를 처음 본 날, 조에게 속삭이던 말을 그녀는 잊지 않고 있었다.

"누구야?" 하자 조가 대답했다.

"밸런시 스털링이야. 디어우드의 노처녀 중 한 사람."

"가능성이 있는 거야, 없는 거야?" 클로드는 자못 재치 있는 질문이라도 한 것처럼 킥킥 웃으면서 물었다. 그 일이 떠오르자 밸런시는 또다시 가슴에 통증을 느꼈다.

"29살이라!" 벤저민 삼촌이 말했다. "도스, 정말 너는 인생의 두 번째 모퉁이를 눈앞에 두고 있으면서, 아직도 결혼할 마음이 없는 거냐? 29살이라니 보통 일이 아니다."

이어서 삼촌의 입에서 약간 비범한 말이 나왔다.

"시간은 새처럼 날아간단다."

"전 기어가는 것처럼 느리다고 생각해요." 밸런시가 발끈한 어조로 말했다. 밸런시가 이렇게 강하게 말하는 것을 처음 들은 벤저민 삼촌은 뭐라고 대꾸해야 좋을지 모르겠다는 눈치였다. 그는 당황스러운 것을 얼버무리려고 이번에는 수수께끼를 냈다. 밸런시의 콩자루를 묶으면서. 밸런시가 집을 나설 때, 사촌 스티클스가 콩도 떨어진 것을 생각해냈던 것이다. 콩은 싼값에 배부르게 먹을 수 있었다.

"age가 붙는 말 중에서 사람을 깔본다는 의미가 있는 두 단어는?" 벤저민 삼촌이 물었다. 그리고 밸런시가 '항복'하기 전에 스스로 대답했다.

"Mir-age(신기루)와 Marri-age(결혼)이지."

"Mirage는 미라지라고 발음해요." 쏘아붙이듯 말하면서 밸런시는 차와 콩 꾸러미를 집어들었다. 그녀는 벤저민 삼촌이 자신을 유언장에서 빼버리든 말든 상관없다고 생각했다. 밸런시는 가게에서 나왔다. 벤저민 삼촌은 입을 쩍 벌린 채 그녀를 바라보며 고개를 설레설레 내저었다.

"가엾게도, 그렇게 예민해질 일도 아닌데."

밸런시는 다음 네거리를 가기 전에 벌써 후회하고 있었다. 왜 그렇게 흥분하고 말았을까? 벤저민 삼촌은 틀림없이 기분이 상해서, 도스가 '자기에게 감히!' 무례하게 대들었다고 어머니한테 이를 것이다. 그리고 어머니는 도스에게 1주일 동안 내리 설교를 늘어놓겠지.

'난 20년 동안이나 쓸데없는 말을 하지 않도록 줄곧 노력해왔어. 어째서 한번 더 참지 못한 것일까?' 하고 밸런시는 생각했다.

그래, 그건 꼭 20년 전의 일이었어. 남자 친구가 없어서 처음으로 남에게 무시를 당한 것은. 그녀는 그때의 괴로움을 똑똑히 기억하고 있었다. 9살밖에 안 되었을 때의 일이었다. 밸런시는 학교 운동장에 혼자 외롭게 서 있었다. 같은 반 여자 아이들은 게임을 하고 있었다. 그 게임에 들어가기 위해서는, 남자 아이한테 짝으로 선택되지 않으면 안 되었다. 그런데 아무도 밸런시를 선택해 주지 않았다. 작은 체격에 파리한 얼굴, 검은 머리의 밸런시는 뻣뻣한 긴 소매 덧옷을 입고 눈끝이 약간 이상하게 올라간 여자 아이였다.

"어머, 가엾어라. 얘는 짝이 없나봐."

귀엽게 생긴 소녀가 안됐다는 듯이 말했다.

밸런시는 지지 않고 대꾸했다.

"난 짝 같은 건 필요 없어." 그때부터 20년 동안이나 그렇게 말해왔지만, 이날 오후부터 밸런시는 그렇게 말하는 것을 딱 그만두기로 했다.

'역시 스스로에게 솔직한 게 낫겠어.' 밸런시는 자포자기하는 심정으로 생각했다.

"벤저민 삼촌의 수수께끼는 너무 진실되어서 내 마음에 상처를 주었어. 난 결혼하고 싶어. 내 집을 가지고 싶어. 내 남편, 그리고 나의 귀엽고 작고 통통한 아기를 갖고 싶어."

밸런시는 갑작스러운 자신의 적나라한 마음의 고백에 깜짝 놀라, 그 다음 말이 나오지 않았다. 마침 지나가던 스톨링 목사가 자신의 마음을 꿰뚫어보고, 그것은 절대로 무리라고 말하는 것만 같았다. 밸런시는 스톨링 목사가 무서웠다. 목사가 세인트 앨번스 교회에 처음 부임해온 23년 전의 일요일 이후 내내 그랬다. 그날 밸런시는 주일학교에 지각을 했던 관계로 몹시 머뭇거리며 교회에 들어가 겨우 스털링 집안 자리에 앉았다. 교회에는 아무도 없었다. 새로 온 목사 스톨링 씨 말고는. 스톨링 목사는 성가대 출입구 앞에 서 있다가 밸런시를 손짓해 부르며 엄한 목소리로 말했다.

"거기 있는 남학생, 이쪽으로 좀 오너라." 밸런시는 주위를 둘러보았다. 남자 아이는 아무도 없었다. 이 넓은 교회에 있는 것은 자기뿐이었다. '푸른 안경을 쓴 그 사람은 나를 부르고 있는 것이 아니야, 난 남자 아이가 아니니까.'

"거기 남학생!" 스톨링 목사는 밸런시를 향해 집게손가락을 세게 흔들면서 아까보다 더 근엄한 목소리로 말했다. "어서 이리 오라니까!"

밸런시는 마치 최면에라도 걸린 것처럼 일어서서 통로를 걸어갔다. 너무 무서워서 시키는 대로 하는 수밖에 없었다. 어떤 끔찍한 일이 일어나려고 하는 것일까? 도대체 나에게 무슨 일이 일어난 거지? 정말 남자 아이가 되어버린 것일까? 밸런시는 스톨링 목사 앞에 섰다. 목사는 집게손가락을 흔들며——정말 길고 마디가 굵은 손가락이었다. 밸런시에게 이렇게 말했다.

"애야, 모자를 벗어라."

밸런시는 모자를 벗었다. 그녀의 등에 가느다랗게 땋은 머리가 늘어져 있었지만 눈이 나쁜 목사는 그것을 보지 못한 것이다.

"됐다, 이제 자리에 돌아가거라. 교회에서는 언제나 모자를 벗어야 한다, 알았지?"

밸런시는 모자를 들고 기계 인형처럼 자기 자리로 돌아갔다. 곧 어머니가 들어왔다.

"도스, 왜 모자를 벗고 있니? 어서 써!"

밸런시는 다시 모자를 썼다. 그녀는 스톨링 목사가 금방이라도 자기를 다시 앞으로 불러내는 게 아닌가 하는 불안함으로, 등줄기에 식은땀이 흘렀다. 그러면 물론 가지 않으면 안 될 것이다. 목사님을 거역한다는 건 생각할 수도 없는 일이니까. 하지만 이미 교회에는 사람들이 많이 모여 있었다. 아! 만약 또 그 찌르는 듯한 무서운 손가락이 나를 가리키면 어떡하지? 밸런시는 예배 내내 죽을 것 같은 무서움에 시달리며 앉아 있었다. 그로부터 1주일 동안 몹시 앓았다. 아무도 그 원인을 몰랐다. 프레데릭 부인은 또다시 신경이 예민한 딸에 대해 탄식해야 했다.

스톨링 목사는 자신의 착각을 알았을 때, 밸런시를 향해 한바탕 웃음을 터뜨렸다. 그래도 밸런시는 웃지 않았다. 스톨링 목사에 대한 공포는 그 이후로도 결코 지울 수 없는 것이 되었다. 그런데 그런 것을 생각하고 있는 지금, 길모퉁이에서 그에게 붙잡히거나 하면 그야말로 큰일이다!

밸런시는 도서관에서 존 포스터의 책을 빌렸다. 《날개의 마법》이라는 책이었다.

"최신작이에요. 새에 대한 것뿐이지만요." 도서관 사서 미스 클라크슨이 말했다. 밸런시는 이제 의사 트렌트 씨에게 들르지 않고 집으로 돌아가려고 거의 마음을 굳히고 있었다. 용기가 사그라들고 만 것이다. 밸런시는 제임스 삼촌을 거역하는 것이 무서웠다. 어머니를 화나게 하는 것도 무서웠다. 눈썹이 더부룩하고 까다로운 성격의 트렌트 씨를 만나는 것이 무서웠다. 의사는 사촌 글래디스에게 말한 것처럼, 밸런시의 병도 상상에 지나지 않고, 병을 즐기고 있을 뿐이라고 말할 것이다. 그만두자, 역시 그만두는 게 좋겠다. 그 대신 레드펀의 보라색 알약을 한 병 사가지고 가자. 레드펀의 보라색 알약은 스털링 집안의 상비약이었다. 의사 다섯 명이 포기했던 육촌

제럴딘도 그 알약으로 낫지 않았는가? 밸런시는 그 알약의 효과에 대해서는 그다지 신용하지 않았다. 그러나 조금은 좋은 데가 있을지도 모른다. 적어도 트렌트 씨와 1대 1로 마주 앉는 것보다는 알약을 먹는 편이 낫다. 밸런시는 도서관에서 잠시 잡지를 뒤적이다가 집으로 돌아가기로 했다.

밸런시는 소설을 읽으려 했다. 하지만 머릿속에 피가 거꾸로 솟구치는 것 같았다. 어느 페이지를 보아도, 여주인공이 구애자들에게 둘러싸여 있는 것이 아닌가? 그런데 나, 밸런시 스털링에게는 단 한 사람의 연인도 없다. 그녀는 잡지를 '탁' 덮고 《날개의 마법》을 펼쳤다. 그녀의 눈은 한 문장에 빨려 들어갔다. 그것이 밸런시의 인생을 바꾸게 된다.

존 포스터는 '두려움은 원죄다'라고 쓰고 있었다.

'세상의 거의 모든 악에는, 그 근원에 누군가가 무언가를 두려워하고 있다는 사실이 도사리고 있다. 두려움은 차갑고 미끌미끌한 뱀처럼 당신을 휘감는다. 두려움을 품고 사는 것만큼 무서운 일은 없다. 그것은 누가 뭐라든 수치스러운 일이다.'

밸런시는 《날개의 마법》을 '탁' 덮고 일어섰다. 이제부터 트렌트 씨를 찾아가는 거다!

운명의 날

　결국 밸런시의 두려움도, 그리 대단한 것은 아니었다. 트렌트 씨는 여전히 까다롭고 무뚝뚝했지만, 밸런시의 병이 상상에 지나지 않는다는 말은 하지 않았다. 의사는 증상을 듣고 몇 마디 질문을 한 뒤, 그녀를 지긋이 바라보았다. 밸런시는 의사가 틀림없이 자기를 불쌍하게 여기고 있는 거라고 생각했다. 그녀는 다음 순간 숨을 멈췄다. 몹시 나쁜 것일까? 설마 그럴 리는 없겠지, 그렇게 심하게 아픈 것도 아니고. 그저 요즘 들어 약간 나빠진 것뿐인데.

　트렌트 씨가 입을 열었다. 하지만 말을 채 시작하기도 전에 옆에 있는 전화기가 요란하게 울리기 시작했다. 의사는 수화기를 집어 들었다. 의사를 쳐다보고 있던 밸런시는, 의사가 전화기 저쪽의 이야기를 듣고 있다가 어느 순간 표정이 돌변하는 것을 보았다.

　"여보세요, 예, 예, 예에? 뭐라구요?" 그러더니 한참 뒤에 다시 말했다. "어떻게 그런 일이 !"

　트렌트 씨는 수화기를 내던진 뒤 밸런시에게는 눈길도 주지 않고 2층으로 올라가버렸다. 머리 위에서 의사가 급히 왔다갔다 하면서 누군가에게, 아마 가정부이겠지만 큰 소리로 뭔가 지시하는 소리가 들려왔다. 의사는 여행 가방을 들고 허둥지둥 내려오더니 모자걸이에서 모자와 코트를 잡아채듯 내린 뒤, 현관문을 난폭하게 열어젖히고 역 쪽을 향해 달려가 버렸다.

밸런시는 좁은 진찰실에 혼자 남겨졌다. 지금까지 자신이 이렇게 바보같이 느껴진 적은 한번도 없었다. 어리석은 짓을 한 데다 모욕까지 받았으니. 바로 이것이 존 포스터의 말에 따라, 두려움을 버리고자 한 용감한 행위의 결과란 말인가? 밸런시는 집안의 낙오자이며 연인과 친구로서 존재 가치가 없을 뿐만 아니라, 환자로서도 아무런 관심을 받지 못했던 것이다. 전화로 무슨 말을 들었는지 몰라도, 트렌트 씨는 당황한 나머지 환자인 밸런시가 그 자리에 있는 것도 잊어버렸다. 밸런시는 제임스 삼촌을 무시하고 집안의 전통을 어겼음에도 결국 아무것도 얻은 것이 없었다.

밸런시는 순간 자기가 울음을 터뜨리지 않을까 걱정이 되었다. 모든 것이 너무 어처구니가 없었다. 그때 의사의 가정부가 2층에서 내려오는 소리가 들렸다. 밸런시는 일어서서 문 쪽으로 걸어갔다.

"의사 선생님이 제가 있는 것을 잊어버리신 모양이군요." 밸런시는 억지로 웃어 보이며 말했다.

"저런! 이를 어쩌나." 가정부인 패터슨이 동정어린 눈길로 쳐다봤다.

"하지만 어쩔 수 없는 일이었어요. 아까 온 전화는 포트로렌스에서 온 전보였는데, 선생님의 아드님이 몬트리올에서 자동차 사고를 당해 크게 다쳤다는군요. 기차 시간까지 10분밖에 없었거든요. 네드 씨에게 만약 일이 생기면 선생님이 어떻게 되실지, 전 걱정이에요. 아드님을 무척 사랑하고 계셨거든요. 스털링 씨, 다음에 다시 한 번 와주시겠어요? 대단한 병이 아니었으면 좋겠군요."

"네, 대단한 건 아니에요." 밸런시는 말했다. 그녀는 아까보다는 기분이 조금 누그러져 있었다. 그런 상황에서 트렌트 씨가 그녀를 잊은 것도 무리가 아니다. 하지만 집으로 돌아가면서, 기운이 빠지고 낙담이 되는 건 어쩔 수 없었다.

밸런시는 지름길을 택해 '연인의 오솔길'을 지나 집으로 돌아갔다. 그 길을 자주 지나가는 편은 아니었지만, 이제 저녁 식사 시간이 다 되어 서두르지 않으면 안 되었다. '연인의 오솔길'은 마을 뒤쪽을 돌아가는 길로, 커다란 느릅나무와 단풍나무로 뒤덮여 있고, 그 이름에 어울리는 아름다운 곳이었다. 언제 가도 서로 사랑을 속삭이는 연인들을 만날 수 있다. 때로는 둘씩 짝을 지어, 팔짱을 끼고 열심히 서로의 비밀을 고백하는 처녀들도 있다. 밸런시는 그 어느 쪽을 보아도, 자기가 너무 비참하게 느껴지고 불쾌한 기분이 들었다.

그날 저녁에는 그 양쪽을 다 만나고 말았다. 코니 헤일과 케이트 베일리는 분홍색 오건디(얇은 반투명 모슬린) 옷을 입고, 모자도 쓰지 않은 채 반짝이는 머리에 색색의 꽃을 자랑스럽게 꽂고 있었다. 밸런시는 분홍색 드레스를 입어본 적도 없고, 머리에 꽃을 장식해본 적도 없었다. 다음에 만난 것은 밸런시가 모르는 커플이었다. 자기들 말고는 아무도 눈에 들어오지 않는 듯한 모습으로 한가롭게 거닐고 있었다. 젊은 남자는 조금도 쑥스러워하는 기색 없이 상대의 허리를 끌어안고 있었다. 밸런시는 한번도 남자에게 안겨서 걸어본 적이 없다. 그 모습을 보고 그녀는 자기가 몹시 충격을 받을 줄 알았다. 저런 사람들은 적어도 해가 지고 더 어두워진 뒤에 산책하면 좋을 텐데. 하지만 그녀는 충격을 받지 않았다. 다음 순간 마음속에서 정직한 목소리가 들려왔다. '아, 부럽다!' 그 두 사람과 스쳤을 때, 그녀는 그들이 자기를 비웃고 있는 게 틀림없다고 생각했다. 틀림없이 가엾게 여기고 있을 것이다.

"저 사람이 약간 이상하다는 노처녀, 밸런시 스털링이에요. 소문에는 그녀가 아직 연애를 해본 적이 한번도 없대요."

밸런시는 서둘러 '연인의 오솔길'을 빠져나갔다. 자신이 이렇게 시들고, 메마르고, 아무런 가치도 없는 여자로 느껴지는 건 처음이었다.

'연인의 오솔길'이 끝나고 길이 바뀌는 곳에 낡아빠진 자동차 한 대가 서 있었다. 밸런시는 그 차를 잘 알고 있었다, 적어도 소문으로만은. 디어우드 사람이라면 누구나 알고 있다.

'틴 리지 (tin Lizzie ; 소형)'라는 이름은 아직 널리 퍼져 있지는 않았다, 적어도 디어우드에서는. 그러나 만약 퍼져 있었더라면, 그 차는 틴 리지 중에서도 가장 싸구려라는 말을 들었을 것이다. 하지만 사실 그 것은 포드가 아니라 낡은 그레이 슬로슨이었다. 어쨌든 그만큼 낡고 평판이 나쁜 차는 세상에 둘도 없을 것이다.

그것은 바니 스네이스의 차였다. 차 밑에서 바니가 작업복 바지에 진흙을 잔뜩 묻힌 채 기어 나왔다. 밸런시는 재빨리 그를 훔쳐본 뒤 서둘러 지나갔다. 그 악명 높은 바니 스네이스를 본 것은 이번이 두 번째였다. 그가 무스코카의 '오지(奧地)'에 살고 있다는 소문은 벌써 5년 전부터 듣고 있었다. 맨 처음 본 것은 1년 전쯤 무스코카 거리에서였다. 그때도 그는 차 밑에서 기어 나와, 밸런시가 지나갈 때 즐거운 듯 씩 웃어보였다. 가볍고 즉흥적인 웃음으로, 마치 도깨비 가 히죽 웃는 것처럼 보였다. 그는 결코 악인같이 보이지는 않았다. 그에 대해서는 언제나 끔찍한 소문만 돌았지만, 밸런시는 그가 악인 으로 생각되지 않았다. 하지만 그가 디어우드의 성실한 사람들이 모 두 잠들어 있는 시간에, 이따금 그 고물차 그레이 슬로슨을 타고 요 란하게 달리는 건 사실이었다. 그것도 늘 늙은 '욕쟁이 아벨'과 함께 였는데, 그 노인이 소리소리 질러대는 통에 더욱 끔찍했다.

"두 사람 다 곤드레만드레 취해 있었대!" 그리고 바니가 도망중 인 죄인, 공금을 횡령한 은행원, 숨어 다니는 살인범, 불신자, 욕쟁이 아벨의 딸이 낳은 사생아의 아버지, 사기꾼, 위조범, 그것 말고도 몇 가지 더 무서운 일을 해치웠다는 것도 모두들 알고 있는 바였다. 하지만 그래도 밸런시는 그가 악인이라는 것이 믿어지지 않았다. 그렇게 웃는 얼굴을 보여줄 수 있는 사람은, 무슨 짓을 했든 절대로 악인이 될 수 없는 법이다.

그날 밤, 까다로워 보이는 턱과 새치가 약간 섞인 머리카락을 가진 푸른 성의 왕자는, 붉은색이 섞인 황갈색 긴 머리와 짙은 갈색 눈, 삼각돛까지는 아니더라도 옆으로 튀어나와 빈틈없는 느낌을 주는 귀를 가진, 야성적인 남자로 바뀌었다. 그래도 까다로워 보이는 턱만은 여전했다.

바니 스네이스는 평소보다 더욱 거친 남자라는 느낌이 들었다. 며칠이나 수염을 깎지 않은 것이 분명했고, 어깨까지 드러난 팔과 손은 기름이 묻어 새까맸다. 하지만 그는 즐거운 듯 휘파람을 불고 있었다. 어딘지 모르게 매우 행복해 보이는 그를 보면서 밸런시는 부러움을 느꼈다. 그의 밝은 분위기, 누구의 눈치도 보지 않는 그 당당한 편안함, 미스타위스 호수의 섬에 있는, 아무도 모르는 작은 오두막, 그의 덜컹거리는 낡은 그레이 슬로슨까지 모든 게 다 부러웠다. 그도, 그의 차도, 집안의 전통 같은 것과는 거리가 멀었다. 한참 뒤, 그의 차가 요란한 소리를 내며 밸런시를 앞질러 지나갔다. 리지의 좌석에 세련된 모습으로 기대 앉아 긴 머리카락을 바람에 날리면서, 입에는 악한에게 그럴듯하게 어울리는 낡은 검정색 파이프를 물고 있는 바니를 보았을 때, 밸런시는 또다시 그가 부럽다고 생각했다. 어찌 됐든 남자들은 좋겠어. 그건 분명해. 바니가 범죄자든 아니든 그는 분명히 행복해보였다. 그런데 그녀는, 이 밸런시 스털링은, 세련되고 더할 수 없이 몸가짐이 바른데도 너무 불행하다. 지금까지도 내내 불행했다. 왜 그런 걸까?

밸런시는 간신히 저녁 식사 시간에 맞춰서 집에 돌아갔다. 해는 완전히 구름에 가리고, 쓸쓸한 비가 다시 추적추적 내리기 시작했다. 스티클스의 신경염이 또 도졌다. 밸런시는 가족을 위해 바느질을 하지 않으면 안 되었다. 《날개의 마법》을 읽을 시간이 없었다.

"내일하면 안 될까요?" 밸런시가 물어본다.

"내일은 또 내일 할 일이 있어." 프레데릭 부인은 차갑게 대답했다.

밸런시는 그날 밤 내내 바느질을 하며, 프레데릭 부인과 스티클스가 기다란 검정색 스타킹을 재미도 없는 듯이 짜면서, 집안 사람들에 대한 한심하고 종잡을 수 없는 소문을 주고받는 것을 듣고 있었다. 육촌인 릴리언의 결혼식이 가까이 다가왔기 때문에, 두 사람은 그녀의 약혼자에 대한 얘기며 그녀의 의상에 대한 얘기를 시시콜콜 주고받고 있었다. 그리고 결국 두 사람은 '릴리언은 결혼을 잘하는 거'라고 결론을 내렸다. 그녀치고는 그만하면 운이 좋다는 뜻인 것 같았다.

"그 아이는 별로 신경도 쓰지 않았지만, 벌써 25살이잖아요." 사촌 스티클스가 말했다.

"이제 다행히도 우리 집안에는 노처녀가 얼마 안 남았어." 프레데릭 부인이 쓸쓸하게 말했다.

밸런시는 온몸이 오그라드는 느낌이었다. 바늘에 손가락이 찔리고 말았다.

팔촌인 에어론 그레이는 고양이에게 손가락을 할퀴어서 패혈증에 걸렸다고 한다.

"고양이만큼 위험한 동물은 없어. 고양이가 집 주위를 배회하는 건 정말 질색이야."

프레데릭 부인은 그렇게 말하면서, 자못 의미심장한 말이라도 한 듯, 그 보기 싫은 안경 너머로 밸런시를 힐끗 쳐다보았다. 밸런시는 5년 전에 딱 한 번 고양이를 키우게 해달라고 어머니한테 말한 적이 있었다. 그때 거절당한 이후로는 그 일에 대해 한 마디도 하지 않았지만, 부인은 그녀가 아직도 마음속으로 그 용서할 수 없는 희망을 은밀하게 품고 있는 게 아닌가 의심하고 있었다.

언젠가 밸런시가 재채기를 했다. 그때부터 사람들 앞에서 재채기를 하는 것은 큰 실례라는 것이 스털링 집안의 법이 되었다.

"윗입술을 손가락으로 세게 누르면 재채기를 참을 수 있다. 잘 기억해 둬." 프레데릭 부인이 나무라듯이 말했다. 새뮤얼 피피스의 일기(영국 해군장관, 1660년1월 1일~1669년 5월 31일까지의 일기. 당시의 런던 생활과 궁정 생활, 해군의 상황이 묘사되어 있음)에도 있듯이, 9시 반이 되자 침대에 들어가기로 했다. 하지만 그 전에 신경염을 앓는 스티클스의 등에 레드펀 도포제를 문질러주지 않으면 안 되었다. 그 역할은 밸런시 몫이었다. 그 도포제 냄새를 그토록 싫어하는데. 게다가 병에 붙어 있는, 턱수염을 기르고 안경을 쓴 퉁퉁한 얼굴이 점잖은 듯이 웃고 있는 레드펀 박사의 모습도 너무 싫었다. 냄새를 없애려고 필사적으로 문질러 씻었지만, 침대에 들어간 뒤에도 밸런시의 손가락에는 여전히 그 싫은 냄새가 배어 있었다.

밸런시의 운명의 날은 이렇게 시작되고 끝났다. 눈물로 시작되어 눈물로 끝난 하루였다.

아주 위험하며 치명적인

　스털링 집안의 소박한 잔디밭 문 옆에 한 그루의 장미나무가 있었다. 그것은 '도스의 장미'로 불리고 있었다. 5년 전에 사촌 조지아나가 준 것으로, 밸런시가 무척 기뻐하며 그곳에 심었던 것이다. 그녀는 장미를 무척 좋아했다. 그런데……물론……그 장미나무는 꽃을 피우지 않았다. 그것은 밸런시의 운명 같았다. 그녀는 갖은 방법을 다 써보고 친척들을 찾아다니며 묻기도 했다. 그래도 장미꽃은 한 송이도 피지 않았다. 나무는 쑥쑥 잘도 커서 풍성하게 자랐다. 잎이 무성한 가지는 녹병(綠病)에도 걸리지 않았고 벌레도 전혀 없었다. 그러나 끝내 봉오리조차 맺지 않았다.

　29번째 생일이 지난 이틀 뒤, 장미나무를 들여다보고 있던 밸런시는, 갑자기 그 나무가 견딜 수 없이 미워졌다. '기어이 꽃을 피우지 않겠다면, 좋아! 잘라버릴 테야.' 밸런시는 용감하게 헛간으로 가서 전정가위를 들고 나와 무서운 얼굴로 장미나무 앞에 섰다. 잠시 뒤, 프레데릭 부인이 베란다에 나와, 딸이 미친 듯 장미가지를 마구 잘라버리고 있는 것을 질린 듯 바라보고 있었다. 그러나 이미

나뭇가지의 반이 바닥에 흩어져 있었다. 옷을 벗은 장미나무는 너무 가련해보였다.

"도스, 지금 뭘 하고 있는 거니? 머리가 이상해진 건 아니냐?"

"아니에요." 밸런시는 단호하게 그렇게 말할 생각이었다. 그러나 여태까지의 습관이 그렇게 하도록 내버려두지 않았다. 그녀는 이내 그것을 부정하듯이 "저, 전 그냥, 이 나무를 자르고 있는 것뿐이에요. 이 나무는 도저히 안 되겠어요. 전혀 꽃을 피우지 않잖아요. 앞으로도 틀림없이 안 필 거예요" 하고 말했다.

"그건 자르는 이유가 될 수 없어." 프레데릭 부인이 가차없이 말했다. "무척이나 아름답고 훌륭한 정원수였는데 그렇게 자르고 나니까 보기 흉해지고 말았잖니?"

"꽃을 피우지 않는 건 장미나무가 아니에요." 밸런시는 약간 반항적으로 나갔다.

"도스, 나에게 말대꾸하는 건 그만둬. 나무는 그대로 두고 그곳을 정리해라. 네가 가지를 엉망으로 자른 걸 조지아나가 보면 뭐라고 하겠니? 너한테 정말 놀랐다. 게다가 나한테 한마디 의논도 없이!"

"이 나무는 제 거예요." 밸런시가 투덜거리듯 말했다.

"뭐? 뭐라고 말했니?"

"이 나무는 제 거라고 말했을 뿐이에요." 밸런시가 순순히 대답했다.

프레데릭 부인은 입을 다문 채 돌아서서, 화난 듯이 집 안으로 들어가 버렸다. 아! 난처한 일이 벌어지고 말았다. 밸런시는 자기가 어머니를 몹시 화나게 만들었다고 생각했다. 이렇게 되면 2, 3일은 무슨 일이 있어도 말을 하지 않을 것이고, 눈길도 주지 않을 것이다. 사촌 스티클스가 밸런시를 상대해 주겠지만, 프레데릭 부인은 완강하게 한 발짝도 양보하지 않고 돌처럼 입을 굳게 다물고 있을 것이다.

밸런시는 한숨을 쉰 뒤 전정가위를 헛간에 원래대로 걸어놓았다. 그리고 가지를 그러모아 치우고 떨어진 잎도 쓸어 모았다. 거의 처참하게 반죽음을 당한 장미나무를 본 밸런시의 입술이 일그러졌다. 그것은 몸이 휘청휘청하고 작고 마른 사촌 조지아나와 기묘하리만치 닮아 있었다.

'정말 끔찍한 꼴로 만들고 말았어.' 밸런시는 생각했다.

그러나 후회하지는 않았다. 다만 어머니를 화나게 만든 것은 어리석었다고 생각했을 뿐이다. 용서해줄 때까지는 어쩔 수 없이 거북하고 불편한 기분을 맛보아야 할 것이다. 한번 화가 나면 그 화를 온 집안에 전염시키는 사람이 흔히 있는데, 프레데릭 부인도 그런 한 사람이었다. 벽도 문도 아무 소용없게 되어버린다.

"시내에 가서 편지를 가지고 와주겠니?" 밸런시가 방에 들어가자 스티클스가 말했다. "난 도저히 갈 수 없어서 말이야. 올봄엔 어쩐지 몸이 더 시원치가 않아. 약국에 들러 레드펀 강장제도 한 병 사다줄 수 있을까? 건강을 위해서는 그보다 더 좋은 게 없어. 사촌 제임스는 보라색 알약이 가장 잘 든다고 하지만, 그 점에 있어서 난 억울해. 우리 남편은 죽는 날까지 그 약을 먹었는데 아무 소용없었어. 절대로 90센트 이상 줘서는 안 돼. 포트로렌스에서도 살 수 있으니까. 그리고 너 아까 어머니한테 뭐라고 말했니? 도스, 너에게 어머니는 한 사람밖에 없어. 그 사실을 잊어선 안 돼."

"한 사람이면 충분해요." 밸런시는 반항적인 생각을 하면서 시내로 나갔다.

밸런시는 스티클스가 부탁한 강장제를 산 뒤, 우체국 창구에 가서 우편물이 온 게 없는지 물었다. 어머니가 사서함을 갖고 있지 않았기 때문이다. 편지 같은 건 거의 오지 않았기 때문에 필요 없었던 것이다. 밸런시는 편지를 기대하지 않았지만 유일하게 구독하고 있는 〈크리스천 타임스〉는 와 있을 거라고 생각했다. 가족 중에는 아무도 편지 따위를 받는 사람이 없었다. 하지만 밸런시는, 우체국에서 잿빛 수염을 기른 산타크로스 같은 우체국 직원 칼 노인이, 운 좋은 사람들에게 편지를 건네주고 있는 모습을 구경하는 건 좋아했다. 노인은 자기와는 아무 상관없다는 듯 거만한 태도로 사람들을 대하고 있었다. 편지가 그것을 받는 사람에게 하늘로 뛰어오를 듯한 기쁨을 주든, 천지가 뒤집히는 슬픔을 주든 전혀 상관없다는 식으로.

편지는 밸런시에게 커다란 매력이 있었다. 그것은 그녀가 좀처럼 편지를 받는 일이 없기 때문일 것이다. 푸른 성에서는, 비단실로 묶고 진홍색으로 봉인한 멋진 편지가 금빛과 푸른색 옷을 입은 소년에 의해 항상 그녀에게 배달되지만, 현실 세계에서는 친척들한테서 이따금 오는 형식적인 안부 편지나 광고지 정도였다.

그래서 칼 노인이 여느때보다 더욱 거만한 얼굴로 밸런시에게 한 통의 편지를 내밀었을 때, 그녀는 깜짝 놀라지 않을 수 없었다. 그것은 틀림없이 그녀 앞으로 온 것이었다. 위엄 있는 검은색 글씨로 '디어우드, 엘름 거리, 밸런시 스털링 귀하'라고 쓰여 있고, 소인은 몬트리올로 되어 있었다. 밸런시는 약간 가쁜 숨을 몰아쉬며 그 편지를 받아들었다. 몬트리올! 그렇다면, 이건 트렌트 씨한테서 온 것이 틀림없다. 역시 그녀를 잊지 않고 기억해준 것이다.

우체국에서 나오다가, 밸런시는 안으로 들어오는 벤저민 삼촌과 맞닥뜨리고 말았다. 다행히 편지는 이미 핸드백 속에 넣은 뒤였다.

"여어! 당나귀와 우표의 차이가 뭔지 아니?" 또 벤저민 삼촌의 수수께끼다.

"모르겠어요. 뭔데요?" 밸런시는 얌전하게 말했다.

"당나귀는 스틱(막대기)으로 릭(때리다) 하지만, 우표는 릭(때려서) 해서 스틱(붙이다) 하는 것이지. 하하하!"

그렇게 말하고 나서 벤저민 삼촌은 혼자 즐거워하며 우체국 안으로 들어갔다.

밸런시가 집에 돌아오자 스티클스는 반갑게 〈크리스천 타임스〉를 받아들었다. 편지 온 것 있느냐고 묻는 것도 잊어버린 것 같았다. 프레데릭 부인은 평소 같으면 물었을 텐데, 아까 그 일 때문에 아직도 화가 풀리지 않아서 아무 말도 하지 않았다. 밸런시는 살았다고 생각했다. 만약 어머니가 편지 온 게 있느냐고 묻는다면, 그렇다고 대답하지 않을 수 없었기 때문이다. 그렇게 되면 그 편지를 어머니와 스티클스에게 보여주지 않으면 안 되고, 그러면 모든 것이 들통나게 될 것이다.

2층 자기 방에 올라갈 때, 밸런시는 어쩐지 가슴이 답답해졌다. 창가에 앉아 봉투를 뜯을 때까지, 한참 동안 그대로 가만히 있었다. 밸런시는 자기가 죄를 짓는 것처럼 떳떳지 못하다는 느낌이 들었다. 지금까지 어머니에게 편지를 비밀로 한 적은 한번도 없었다. 자기가 보내는 것도, 받는 것도, 모두 일단 어머니의 눈을 거쳤기 때문이다. 어머니는 별로 상관하지 않았다. 밸런시에게는 비밀 같은 것은 아무것도 없었으니까. 하지만 이 편지만은 보여줄 수 없었다. 누구한테도 보여서는 안 된다. 나쁜 짓을 하고 있다는 양심의 가책과, 불효를 하고 있다는 마음으로 편지를 뜯는 밸런시의 손은 떨리고 있었다. 내용에 대한 불안도 약간은 있었으리라. 그녀는 자기의 심장에는 특별히 나쁜 데가 없다고 믿고 있었지만, 그래도 모르는 일이었다.

트렌트 씨의 편지는 참으로 그다운 것이었다. 무뚝뚝하고 단도직입적이고, 단순명쾌하여 쓸데없는 말은 한 마디도 없었다. 빙 둘러서 말하지도 않았다.

'스털링 귀하' 그리고 검은 글씨로 분명히 뭔가가 적혀 있었다. 밸런시는 한눈에 그것을 다 읽어버린 것 같았다. 이내 편지가 무릎 위로 떨어지더니 밸런시의 얼굴이 창백해졌다.

트렌트 씨는, 밸런시의 심장병이 상당히 위험하며 치명적인 상태에 이르렀다고 알려온 것이다. 협심증……. 게다가 명백한 동맥류와 함께……. 아무튼 이제 마지막 단계에 와 있다는 것이었다. 빙둘러 말하기는커녕, 의사는 이제 더 이상 손쓸 방법이 없다고 딱 잘라 말했다. 밸런시가 세심한 주의를 기울여 병을 다스린다면 1년은 살 수 있겠지만, 어쩌면 당장 숨이 멎을 수도 있다. 의사는 일부러 완곡한 표현을 사용하지 않는다. 흥분하거나 근육을 심하게 사용하는 일을 절대 피해야 한다. 먹는 것, 마시는 것도 적당히 하고, 결코 뛰어서는 안 되며, 계단과 언덕을 올라갈 때는 최대한 주의를 기울여야 한다. 급격한 충격과 쇼크가 치명적일 수 있다. 그러므로 동봉한 처방전대로 약을 구해 그것을 늘 몸에 지니고 다니며 발작이 일어날 때마다 먹어야 한다. 그리고 'H.B. 트렌트 드림'이라고 되어 있었다.

밸런시는 한동안 창가에 그대로 앉아 있었다. 바깥은 봄날 오후의 부드러운 햇살 속에 푹 잠겨 있었다. 황홀하도록 푸른 하늘, 상쾌하고 향기로운 바람, 어느 방향으로든 마을 외곽을 아련하게 감싸는, 포근하고 부드러운 푸른 안개. 철도역 저편에는 소녀들이 모여서 기차를 기다리고 있었다. 밸런시는 소녀들이 수다를 떨고 장난치면서 내지르는 떠들썩한 웃음소리를 들었다. 기차가 경적을 울리며 들어왔다가 다시 경적을 울리며 나간다. 하지만 그것들은 모두 현실 속 일 같지 않았다. 단 하나의 현실은 밸런시에게 앞으로 1년의 생명밖에 남지 않았다는 사실이었다.

창가에 오래 앉아 있어서 피곤해진 밸런시는 침대에 누웠다. 금이 간, 빛바랜 천장을 멍하니 응시했다. 정신이 아득해지는 충격을 받은 뒤여서, 밸런시는 머리와 몸이 마비된 것 같은 기묘한 기분에 휩싸였다. 이젠 천지가 뒤집힌 듯한 충격과 믿을 수 없다는 느낌만이 남아 있었다. 하지만 트렌트 씨는 의사로서 정확한 진단을 내린 것이 틀림없었고, 그녀 밸런시 스털링은 지금까지 제대로 살았다고 할 수 없는데도 벌써 죽어가고 있는 게 분명했다.

저녁 식사가 준비된 것을 알리는 종소리에, 밸런시는 기계적으로 일어나 아래층으로 내려갔다. 습관이 그렇게 시킨 것이다. 그녀는 이렇게 오랫동안 혼자 있을 수 있었던 것을 이상하게 생각했다. 그 장미나무 때문에 어머니와 싸운 것은 신의 뜻이라는 생각도 들었다. 프레데릭 부인도 그렇게 말하겠지.

밸런시는 음식이 목구멍 속으로 넘어가지 않았다. 프레데릭 부인과 스티클스는 그녀가 어머니의 화난 태도에 단단히 주눅이 들어서라고 생각한 듯, 밸런시의 식욕에 대해서 한 마디도 하지 않았다. 밸런시는 간신히 홍차를 목구멍에 흘려 넣은 뒤, 이 식탁에 앉아 점심 식사를 한 지 이미 몇 년이나 지난 것 같은 기묘한 느낌으로, 다른 두 사람을 바라보며 멍하니 앉아 있었다. 그리고 마음속으로, 자기가 그럴 마음만 있다면 집안을 발칵 뒤집어놓을 수도 있다고 생각하니 기분이 이상했다. 그저 트렌트 씨의 편지에 뭐라고 적혀 있는지만 얘기하면, 두 사람 다 마치 밸런시를 진심으로 걱정하는 것처럼──하고, 씁쓸하게 그녀는 생각한다──난리를 피울 것이다.

"오늘 트렌트 선생님 댁의 가정부에게서 연락이 왔다는군요." 갑자기 스티클스가 꺼낸 얘기에 밸런시는 깜짝 놀라 그 자리에서 벌떡 일어날 뻔했다. 텔레파시라도 작용한 것일까?

"시내에서 제드 부인이 그 댁 가정부와 얘기를 나누고 있더라구요. 트렌트 선생님의 아들은 이제 괜찮은 모양이라고 하면서, 트렌트 선생님이 편지를 보내 아들이 회복되는 대로 외국으로 데리고 갈 예정이라 적어도 1년 동안은 이곳에 돌아오지 않을 거라고 했대요."

"그런 건 우리하고는 아무 상관없어." 프레데릭 부인이 무관심한 어조로 말했다.

"그 사람은 우리 집안의 단골 의사가 아니니까. 난 그런 사람한테 고양이도 보이고 싶지 않아." 그렇게 말하면서 프레데릭 부인은 밸런시를 비난하듯 쳐다보았다. 아니, 그렇게 보였다.

밸런시는 머뭇거리며 말했다.

"2층에 올라가서 눕고 싶은데 괜찮을까요? 저, 머리가 아파서 요."

"머리가 왜 아플까?" 프레데릭 부인 대신 사촌 스티클스가 물었다. 그 질문은 당연히 예상하고 있던 것이었다. 밸런시는 누군가의 간섭을 받지 않고 마음대로 머리도 아플 수 없었다.

"넌 두통 환자는 아니라고 생각했는데…… 유행성 이하선염이 아니면 좋겠다만. 아! 식초를 한 숟갈 먹어보렴."

"말도 안 돼요!" 거칠게 말을 내뱉고 밸런시는 일어섰다. 거칠든 어떻든 그런 건 이제 아무 상관없었다. 지금까지 얼마나 조심스럽게 행동하지 않으면 안 되었던가.

만약 사촌 스티클스가 새파래질 수 있다면 틀림없이 그렇게 되었을 것이다. 그런데 그렇게 되지 않은 대신 얼굴이 더욱더 노래졌다.

"도스, 열이 있는 게 아니니? 아무래도 그런 것 같아. 일찍 방에 가서 누워." 완전히 놀라버린 사촌 스티클스가 말했다.

"나중에 내가 레드펀 도포제로 이마와 목 뒤를 마사지해줄게."

밸런시는 문까지 걸어가서 홱 돌아섰다.

"레드펀 도포제 같은 걸로 문질러줄 필요 없어요!"

사촌 스티클스의 눈이 휘둥그레지고 입이 딱 벌어졌다.

"왜, 왜 그러니, 너?"

"레드펀 도포제 같은 것으로 문질러주지 않아도 된단 말이에요. 그런 기분 나쁘고 끈적끈적한 건! 그렇게 끔찍한 냄새가 나는 건 지금까지 한번도 본 적이 없어. 그런 게 효과가 있을 리 없잖아.

날 혼자 있게 내버려둬요."

그렇게 말한 밸런시는 어리둥절해하는 사촌 스티클스는 쳐다보지도 않고 방에서 나가버렸다.

"저 아이는 틀림없이 열이 있는 거예요. 틀림없어요." 겨우 정신을 차린 스티클스가 말했다.

프레데릭 부인은 저녁 식사를 계속하고 있었다. 밸런시에게 열이 있든 말든 상관없다는 듯이. 밸런시는 어머니에게 무례하게 행동했으니까.

절망은 자유

그날 밤, 밸런시는 한숨도 자지 못했다. 어둡고 긴 밤을 뜬 눈으로 지새며 생각하고 또 생각했다. 그녀는 한 가지 사실을 깨닫고 거기에 놀라고 있었다. 그것은 지금까지 29년 동안 거의 모든 것을 두려워했던 자신이, 지금 죽음을 조금도 두려워하고 있지 않다는 사실이었다. 그녀에게 죽음은 이제 두려움의 대상이 아니었다.

지금 와서 내가 무엇을 두려워하랴. 이제껏 자신은 왜 그렇게 모든 것을 두려워하고 있었던 것일까? 살아가지 않으면 안 되었기 때문이다. 벤저민 삼촌을 두려워하고 있었던 것은, 늙어서 받을 빈곤의 위협이 두려웠기 때문이다.

하지만 이제 자신은 나이를 먹을 일도, 외톨이가 될 일도, 남에게 마지못해 보살핌을 받아야 할 일도 없다. 지금까지는 평생 노처녀로 살아야 할지 모른다는 불안이 있었다. 하지만 이제 노처녀로 있을 날도 그리 길지 않았다. 또 어머니와 친척들을 화나게 만드는 것을 두려워했지만, 그것은 그 사람들 사이에서 앞으로도 계속 살아가야 하므로, 자기가 양보하지 않는 한 평화가 유지될 수 없다고 생각했기 때문이다. 하지만 이제 그런 이유가 모두 사라졌다. 밸런시는 격렬한 자유를 느꼈다.

그러나 아직, 한 가지 무척 두려운 것이 있었다. 밸런시가 이 사실을 얘기하면, 집안 사람들이 모두 몰려와 한바탕 소동이 벌어질 거라는 점이다. 생각만 해도 몸서리가 쳐졌다. 그것은 도저히 견딜 수 없을 것 같았다. 어떻게 될지 훤히 들여다보였다. 우선 분노다. 제임스 삼촌은 그녀가 삼촌과 의논하지 않고, 어떤 의사이든 의사를 만났다는 사실에 대해 화를 낼 것이다. 어머니도 그녀가 거짓말을 하고 몰래 의사를 만난 것에 대해 분개할 것이고, "도스, 어머니를 속이고 이런 짓을 하다니!" 그리고 다른 친척들도 모두 화를 내겠지. 그녀가 마시 선생이 아닌 다른 의사에게 간 것에 대해.

그 다음에 오는 것은 그들의 쓸데없는 걱정이다. 그녀를 마시 선생에게 데리고 갈 것이고, 마시 선생이 트렌트 씨의 진단을 확인하게 되면, 다음에는 토론토와 몬트리올의 전문가에게 데려갈 것이 뻔하다. 벤저민 삼촌은 미망인과 그 딸을 위해, 관대하게 병원비를 지불해줄 것이다. 그러나 그 다음부터는, 그 대단하다는 전문가가 아무것도 하지 못하면서 진료비만 눈이 튀어나올 정도로 바가지를 씌웠다고, 지겹도록 말할 것이 틀림없다. 더구나 전문가도 손쓸 방법이 없다는 걸 알면, 제임스 삼촌은 틀림없이 보라색 알약을 먹으라고 할 것이다.

"이건, 의사들이 두 손을 들어버린 병도 낫게 했으니까." 어머니는 레드펀 강장제를 먹으라고 할 것이고, 스티클스는 매일 밤 레드펀 도포제를 가슴에 문지르면 좋아지면 좋아졌지 절대로 해 되는 일이 없다고 할 것이다. 이 사람 저 사람 모두 자신의 상비약을 들고 와서 시험해보라고 하겠지. 스톨링 목사도 찾아와 엄숙한 얼굴로 이렇게 말할지 모른다.

"당신의 병은 무척 위중합니다. 이제부터 앞으로 닥칠 일에 맞설

마음의 준비가 되어 있나요?" 그리고 그녀에게 집게손가락을 내밀며 흔들지도 모른다. 그 손가락은 몇 년이 지났어도 조금도 짧아지지 않고 마디도 여전히 불거져 있다. 그리고 그들은 그녀를 늘 감시하면서 아기처럼 보살피려 들 것이고 밸런시 혼자 무엇을 하는 것도, 어디에 가는 것도 허락하지 않을 것이다. 어쩌면 잠든 사이에 죽을지 모른다며, 이제 혼자 자는 것조차 허락해주지 않을지도 모른다. 스티클스나 어머니가 자기 방에서 함께 자자고 할 것이 틀림없다. 그래, 틀림없이 그럴 거야.

이 마지막 예측이 머리에 떠올랐을 때 밸런시의 마음은 확실히 정해졌다. 그것만큼은 도저히 견딜 수 없는 일이었고 그렇게 할 생각은 추호도 없었다. 아래층 홀의 기둥 시계가 12시를 쳤을 때 그녀는 단호하게 결심했다. 아무한테도 말하지 않을 테다. 철들 무렵부터 늘 들었던 말은 감정을 드러내서는 안 된다는 것이었다.

"숙녀는 함부로 감정을 드러내는 게 아니야." 언젠가 사촌 스티클스가 훈계하듯 그렇게 말한 적이 있다. 맞아, 그렇다면 이번에야말로 철저히 숙녀답게 속마음을 드러내지 않으리라.

죽음을 두려워하지는 않는다 해도 그것을 무시할 수는 없는 일이다. 밸런시는 죽음을 원망하고 있었다. 제대로 살아보지도 못했는데 벌써 죽어야 한다는 건 너무 불공평하다. 암흑의 시간이 지나감에 따라, 그녀의 마음속에는 반항의 불꽃이 타오르기 시작했다. 그것은 그녀에게 미래가 없기 때문이 아니라 과거가 없었기 때문이었다.

'난 가난하고 못생겼으며, 집안의 수치인 데다 이제 곧 죽으려 하고 있어' 하고 밸런시는 생각했다. 그녀는 자신의 사망 기사가 디어우드 〈주간 타임스〉에 실려 있는 것을 상상해 보았다. 그 기사는 〈포트 로렌스 저널〉에도 실릴 것이다.

"디어우드는 깊은 슬픔에 잠겨 있다. 운운……." "그녀의 죽음을 애석해하는 수많은 친구를 남기고 운운……." 거짓말이다, 다 거짓말이다. 슬픔에 잠겨 있다니! 어처구니가 없어! 아무도 그녀의 죽음을 슬퍼해주지 않을 것이다. 아무도, 아무 느낌도 없을 텐데. 어머니조차 그녀를 사랑하지 않았으니까. 어머니는 그녀가 아들이 아닌 것을 못내 애석하게 생각하고 있었다. 하다못해 예쁘기라도 했으면 좋았을 것을.

밸런시는 자정부터 이른 아침 동틀 때까지, 자신이 지금까지 살아온 생애를 돌이켜 보았다. 그것은 정말 메마른 생애였다. 그래도 여러 가지 일들이, 그것들이 가진 의미 이상으로 확대되어 차례차례 떠오르기 시작했다. 그 사건들은 모든 점에서 불쾌한 것들뿐이었다. 도대체 밸런시에게는 즐거웠던 일이 전혀 없었다.

'난 지금까지 한 시간도 진심으로 즐거웠던 적이 없었어, 단 한 시간도.' 밸런시는 생각했다.

'난 언제나 눈에 띄지 않는 하잘 것 없는 존재였어. 그러고 보니 이런 문구를 어디선가 읽은 것 같아. 여자에게는 단 한 시간의 행복했던 기억이 평생을 행복하게 한다. 그것은 스스로 찾으려고 하면 찾을 수 있는 것이다. 하지만 난 찾을 수 없었어. 앞으로도 절대로 찾을 수 없을 거야. 아! 나에게도 그 한 시간이 주어진다면 이대로 당장 죽어도 좋아.'

그러자 여러 가지 큰 사건들이 시간도 장소도 없고 순서도 없이, 초대받지 않은 유령처럼 마음속에 떠오르기 시작했다. 예를 들면, 16살 때 대야 가득 담긴 옷을 굉장히 짙은 파란색으로 물들여버렸던 일. 또 8살 때 웰링턴 숙모의 식품 저장실에서 라즈베리 잼을 '훔쳐 먹은' 일. 그 두 가지 사건의 결말이 어떻게 되었는지는 기억나지 않는다. 하지만 집안 모임이 있을 때는 거의 반드시 그 일들이 농담거리로 등장하곤 했다. 밸런시는 그것이 싫어서 견딜 수 없었다. 특히 벤저민 삼촌은 그 라즈베리 잼 사건을 얘기하지 않을 때가 없었다. 온 얼굴에 잼을 묻히고 있는 밸런시를 붙잡은 것은 바로 그 삼촌이었던 것이다.

'난 나쁜 짓은 아주 조금밖에 하지 않았는데, 모두들 그런 지나간 장난 얘기를 끝도 없이 되풀이해. 난 누군가와 심하게 다퉈본 일도 없어서 특별히 나를 미워하거나 내가 미워하는 사람도 없어. 한 사람의 적조차 없다는 건 바로 개성이 없다는 것과 다름없는데 ……'

밸런시가 7살이었을 때 학교에서 '진흙놀이' 사건이 있었다. 스톨링 목사가 어떤 성서 문구를 인용할 때마다 그녀는 반드시 그 사건을 떠올린다.

'잘 들어라. 누구든지 있는 사람은 더 받겠고 없는 사람은 있는 것마저 빼앗길 것이다.' (누가복음 19장 26절)

그 문구가 어떤 의미인지 잘 모르는 사람도 있겠지만, 밸런시는 너무나 잘 알고 있다. 그 진흙놀이 사건 이후의 그녀와 올리브의 관계가 그것을 분명하게 증명해주고 있다.

그때 밸런시는 1학년이었고, 한 살 아래인 올리브는 이제 갓 입학한 신입생이었다. 올리브는 '신입생'의 순진한 귀여움을 온몸에 풍기며, 누구나 다시 한 번 쳐다볼 정도로 예쁜 소녀였다. 쉬는 시간에 있었던 일이었다. 상급생도 하급생도 학교 앞 길가에 쪼그리고 앉아 진흙으로 공을 빚고 있었다. 서로 큰 것을 만들려고 경쟁하면서. 밸런시는 그 진흙공을 잘 만들었다. 어딘가 남다른 솜씨가 있었다. 그래서 그녀는 누구보다 큰 공을 만들겠다고 속으로 생각했다. 그런데 혼자 열심히 만들고 있던 올리브가 다른 누구의 것보다 큰 공을 만들어냈다. 밸런시는 별로 부럽게 생각하지 않았다. 밸런시는 자기가 만든 공에 만족하고 있었던 것이다. 그러자, 한 아이가 좋은 아이디어가 떠올랐다는 듯이 말했다.

"얘, 우리가 만든 것을 올리브의 공 위에 얹어서 더 큰 것을 만들면 어떨까?"

모두 그 생각에 좋아라고 찬성했다. 자신들의 진흙공을 삽으로 떠서 올리브의 공 위에 얹었다. 그것은 금세 피라미드처럼 높아졌다. 밸런시는 가늘고 짧은 팔로 자신의 공을 가리면서 지키려 했지만 소용없었다. 아이들은 밸런시를 가차 없이 밀치고, 그녀의 공을 삽으로 떠서 올리브의 피라미드 위에 얹어버렸다. 화가 난 밸런시는 홱 돌아앉아서 다시 다른 공을 빚기 시작했다. 그러자, 또 큰 여자 아이가 거기에 달려들었다. 밸런시는 그 앞을 가로막으며 팔을 치켜올렸다. 화가 나서 얼굴이 발갛게 상기되었다.

"가져가지 마, 부탁이야. 가져가지 마." 밸런시는 애원하듯이 말했다.

"왜?" 큰 여자 아이가 물었다. "올리브의 공을 크게 만드는 걸 왜 돕지 않겠다는 거야?"

"난 작아도 내 것을 갖고 싶어." 밸런시가 쭈뼛거리며 대답했다.

그러나 그 부탁은 받아들여지지 않았다. 두 아이가 다투고 있는 사이에 다른 아이가 밸런시의 공을 가져가버린 것이다. 그걸 본 밸런시는 가슴이 콱 막히고 눈에서는 주르륵 눈물이 흘렀다.

"샘이 나서 그러는 거지? 틀림없어. 다 알아." 여자 아이들이 놀렸다.

집에 가서 어머니에게 그 일을 얘기하자 어머니는 차갑게 말했다.

"넌 어쩜 그렇게 너밖에 모르니?" 그것이 밸런시가 자기의 고민을 어머니에게 털어놓은 처음이자 마지막이었다.

밸런시는 샘이 난 것도 제 고집대로만 하려 한 것도 아니었다. 단지 자신의 진흙공을 가지고 싶었을 뿐이다. 크기는 아무래도 좋았다. 마차 한 대가 지나갔고, 올리브의 공은 망가지고 말았다. 그리고 수업 시작을 알리는 종이 울렸다. 여자 아이들은 모두 교실로 달려갔고, 자리에 앉았을 때는 조금 전 일은 이미 까맣게 잊고 있었다. 하지만 밸런시는 절대로 잊을 수 없었다. 이 날까지 그녀는 남몰래 그 일을 가슴속 깊이 담아두고 있었다. 그 일이야말로 바로, 지금껏 살아온 그녀의 생애를 상징하고 있었기 때문이다.

'난 진흙공조차 제대로 가질 수 없었어.' 밸런시는 생각했다.

밸런시가 6살이 되던 어느 해 가을날 저녁, 거리의 반대편 끝에서 거대한 붉은 달이 떠오르는 것을 본 적이 있었다. 밸런시는 그 어마어마하고 불길하게 느껴지는 달을 보고, 등줄기가 오싹하고 겁이 났다. 마치 자기에게 덤벼들 것만 같았다. 어쩜 저렇게 클까? 그녀는 오들오들 떨면서 어머니한테 달려갔지만, 어머니는 그저 웃을 뿐이었다. 그녀는 침대에 기어들어 벗어둔 옷을 머리에 뒤집어썼다. 어쩌다 창밖으로 시선이 가서, 자신을 노려보고 있는 그 무서운 달과 눈이 마주칠까봐 두려웠던 것이다.

15살 때, 파티에서 밸런시에게 키스하려 한 소년이 있었다. 밸런시는 키스를 하지 못하게 했다. 소년을 뿌리치고 달아나버린 것이다. 지금 생각해보면, 밸런시에게 키스하려 한 남자는 그 소년뿐이었다. 그로부터 14년이 지난 지금, 밸런시는 그때 키스를 하게 둘걸 그랬다고 생각한다.

밸런시가 하지도 않은 일에 대해 올리브에게 사과하지 않으면 안 되었던 적도 있었다. 올리브는 밸런시가 일부러 자기를 진창에 밀어넣어, 새 구두를 망쳐놓았다고 우겼다. 밸런시는 그런 짓을 결코 하지 않았다. 우연히 일어난 일이었을 뿐, 자신의 잘못이 아니었다. 하지만 아무도 믿어주지 않았다. 밸런시는 사과하지 않으면 안 되었다. 게다가 화해의 키스까지 해야 했다. 그때 있었던 불공평한 일에 대한 분노가 오늘 밤 밸런시의 가슴을 새삼 짓눌러온다.

어느 해 여름, 올리브는 더할 수 없이 아름다운 모자를 쓰고 있었다. 크림색 그물로 만들어 둘레에 붉은 장미꽃을 장식한 모자로, 턱밑에서 작은 리본을 매도록 되어 있었다. 밸런시는 자기도 그런 모자가 갖고 싶어 견딜 수 없었다. 그토록 뭔가를 갖고 싶다고 생각한 건 처음이었을 정도로. 그녀는 어머니에게 졸랐지만 비웃음만 샀을 뿐이었다. 그 여름 내내 밸런시는 귀 뒤가 얼얼하게 꼭 끼는 고무밴드가 달린, 보기 싫고 작은 갈색 밀짚모자를 쓰고 다녀야 했다. 그 모습이 너무 초라해서 아무도 그녀에게 다가가지 않았다. 그러나 올리브만은 달랐다. 사람들은 올리브는 정말 착하고 남을 배려할 줄 아는 아이라고 칭찬했다.

'난 올리브에게 최고의 들러리였어. 그 사실을 올리브는 알고 있었던 거야.' 밸런시가 생각했다.

밸런시가 주일학교의 개근상을 받으려고 분발한 적이 있었다. 그런데 그만 올리브에게 빼앗기고 말았다. 감기에 걸려 주일학교에 여러 번 빠져야 했기 때문이다.

학교에서 금요일에 외운 시를 암송하다가 중간에 막혀버린 일도 있었다. 올리브는 암송을 잘해서 결코 막히는 법이 없었다.

10살 때 포트로렌스의 이사벨 고모 집에서 하룻밤 묵은 적이 있었다. 그곳에는 바이런 스털링도 와 있었다. 몬트리올에서 온 12살짜리 소년으로 거짓말을 잘하고 교활했다. 아침에 모두 모여 기도할 때 바이런이 몰래 팔을 뻗어 밸런시의 가느다란 팔을 힘껏 꼬집는 바람에 그녀는 너무 아파 비명을 질렀다. 기도 뒤 밸런시는 이사벨 고모에게 불려가 벌을 받아야 했다. 밸런시가 바이런이 꼬집었다고 말하자, 그 아이는 아니라고 했다. 그녀가 소리친 것은 새끼고양이가 할퀴었기 때문이라고 했다. 데이비드 삼촌의 기도를 듣고 있어야 할 때, 자기 의자에 새끼고양이를 앉혀놓고 놀고 있었다는 것이었다. 결국 바이런의 말이 인정되었다. 스털링 집안에서는 언제나 여자보다 남자의 말이 우선이었다. 밸런시는 기도 시간에 용서할 수 없는 나쁜 짓을 했기 때문에, 완전히 미운 털이 박혀 집으로 돌려보내지고 말았다. 그로부터 오랫동안 이사벨 고모의 집에 초대된 적이 없었다.

사촌 베티 스털링이 결혼했을 때의 일이다. 밸런시는 어디선가 베티가 자기를 신부 들러리로 세울 거라는 소문을 들었다. 밸런시는 은근히 마음이 들떴다. 신부 들러리가 되는 것은 멋진 일이었다. 물론 새 드레스도 생길 것이다. 아름다운 새 드레스, 분홍색 드레스. 베티는 신부 들러리에게 분홍색 드레스를 입히고 싶어했다.

그런데 베티는 끝까지 밸런시에게 들러리를 서달라는 부탁을 하지 않았다. 밸런시는 이유를 몰랐지만 절망의 눈물이 마른 지 한참 지났을 때 올리브가 그 이유를 말해줬다. 베티는 사람들과 의논하고 몇 번이나 생각한 끝에, 밸런시는 너무 하찮아서 들러리의 중요한 효과를 반감시킬 거라고 결론을 내린 것이었다. 벌써 9년 전의 일이었다. 오늘 밤 밸런시는 그 오랜 상처의 통증이 생생하게 되살아나 숨이 막힐 지경이었다.

11살이 되던 해 어느 날, 어머니가 밸런시에게 하지도 않은 일을 억지로 자백하게 했다. 밸런시는 오랫동안 부정했지만 마침내 어머니와 화해하기 위해 자신이 포기하고 잘못을 인정했다. 프레데릭 부인이라는 사람은, 언제나 상대방을 거짓말을 하지 않으면 안 되는 상황으로 몰아넣는 데 명수였다. 어머니는 자신과 사촌 스티클스 사이의 응접실 바닥에 밸런시를 무릎 꿇게 하고 이렇게 말하게 했다.

"하느님! 진실을 말하지 않은 저를 용서해주세요."

밸런시는 그렇게 말했다. 그리고 일어섰을 때 이렇게 중얼거렸다.

"하지만 하느님은 제가 거짓말을 하지 않았다는 거, 다 알고 계시죠?"

그때 밸런시는 갈릴레오에 대해 알지 못했지만 그녀의 운명은 갈릴레오의 그것과 똑같았다. 자백하지 않고 기도도 하지 않은 것과 똑같이 가혹한 벌을 받은 셈이다.

밸런시가 댄스 학교에 간 겨울의 일이었다. 제임스 삼촌이 밸런시도 댄스 학교에 가야 한다며 수강료를 지불해주었던 것이다. 밸런시는 댄스 학교에 갈 날만을 얼마나 고대하고 기다렸는지 모른다! 또 동시에 얼마나 싫어했는지! 자청해서 그녀의 파트너가 되어주려는 사람이 아무도 없었다. 그래서 항상 선생님이 누군가에게 그녀와 함께 춤을 추라고 시키지 않으면 안 되었는데, 지명된 아이는 대개 투덜거리며 불평했다. 그런데 밸런시는 춤을 꽤 잘 추었다. 엉겅퀴의 갓털처럼 가볍게 발을 놀렸다. 반면 파트너가 남아돌았던 올리브는 몸이 무겁고 움직임이 둔했다.

10살 때는 끈에 꿴 단추 사건이 있었다. 온 학교의 여자 아이들이 단추를 끈에 꿴 것을 가지고 있었다. 올리브는 예쁜 단추를 많이 꿴 긴 끈을 가지고 있었다. 밸런시도 끈 하나를 가지고 있었다. 대부분 아주 흔해빠진 단추였지만 밸런시가 가진, 스털링 할머니의 웨딩드레스에서 떼어낸 6개의 단추는 정말 아름다웠다. 금빛과 유리가 반짝반짝 빛나는 그 단추들은 올리브가 가지고 있는 어떤 단추보다 훨씬 더 예뻤다. 그것들을 가졌다는 것 때문에 밸런시는 다른 아이들 한테서 인정받을 수 있었다. 학교의 모든 아이들이 그 아름다운 단추를 가지고 있는 단 한 사람인 밸런시를 부러워한다는 것을 그녀는 알고 있었다. 올리브는 그것을 보았지만, 빤히 응시했을 뿐 아무 말도 하지 않았다. 이튿날, 웰링턴 숙모가 엘름 거리에 찾아와서 프레데릭 부인에게 말했다.

"올리브에게도 그 단추 몇 개쯤 가질 권리가 있지 않을까요? 스털링 할머니는 밸런시의 할머니인 동시에 올리브의 할머니이기도 하니까요." 프레데릭 부인은 쾌히 승낙했다. 웰링턴 숙모의 비위를 건드리는 짓은 도저히 할 수 없었던 것이다. 그리고 그건 그리 중요한 일도 아니었다. 웰링턴 숙모는 관대하게도 밸런시에게 2개나 남겨주고, 4개를 가져갔다. 밸런시는 끈을 죄다 뜯고 단추를 꺼내 바닥에 내팽개쳤다. 감정을 드러내는 것은 숙녀답지 않다는 것을 배우기 전이었기 때문에. 그날 밤 그녀는 수치스러운 행동을 한 대가로 저녁밥도 먹지 못하고 침대로 쫓겨났다.

마거릿 블런트의 파티가 있었을 때, 밸런시는 그날 밤에 아름답게 보이기 위해 눈물겨운 노력을 기울였다. 로브 워커가 오기 때문이었다. 이틀 전날 밤, 미스타비스의 허버트 삼촌의 별장에서 달빛이 쏟아지는 베란다에 있었을 때, 로브는 정말 밸런시에게 열중한 것처럼 보였다. 하지만 마거릿의 파티에서 로브는 밸런시에게 춤을 신청하지 않았다. 그녀에게 눈길조차 주지 않았다. 밸런시는 여느때와 마찬가지로 벽에 장식된 꽃에 불과했다. 그것도 물론 몇 년 전의 일이다. 디어우드 사람들은 밸런시를 댄스파티에 초대하는 것을 오래전에 그만두었다. 하지만 밸런시에게 그때의 부끄러움과 절망감은 바로 엊그제 일처럼 생생했다. 밸런시는 숱 적은 머리를 오글오글하게 말고, 뺨이 발그레해 보이도록 가기 한 시간 전부터 뺨을 꼬집고 있었던 자신을 떠올렸다. 어둠 속에서도 얼굴이 확확 달아오르는 것 같았다. 그 때문에 밸런시가 마거릿 블런트의 파티에 볼연지를 칠하고 갔다는 끔찍한 소문이 퍼지고 말았다. 당시 디어우드에서는, 그것만으로도 영원히 인격을 인정받지 못하게 될 수도 있는 일이었다. 그러나 밸런시는 그것으로 인격을 인정받지 못하지도, 인격을 의심받지도 않았다. 모두들 그녀가 이제 와서 애써 봐도 아무 소용없다고 생각했기 때문이다. 그녀는 그저 웃음거리가 되었을 뿐이었다.

'난 이래도 저래도 상관없는 재탕한 약 같은 존재였어.' 밸런시는 생각한다.

'살아가면서 사람들이 겪게 마련인 여러 가지 강렬하고 아름다운 감정은 모조리 나를 피해 가 버렸어. 나는 깊은 슬픔조차 느낀 적이 없었지. 내가 누구를 진심으로 사랑한 적이 있을까? 어머니를 정말로 사랑하고 있을까? 아니야, 사랑하지 않아. 그게 아무리 수치스러운 일이라 해도 그건 진실이야. 난 어머니를 사랑하지 않아, 사랑한 적이 없었어. 더 지독한 것은 좋아하는 감정조차 없다는 거야. 그러니까, 난 사랑이라는 것을 전혀 모르고 있었어. 내 생애는 허무해, 텅 비어 있어. 이 세상에 공허만큼 무서운 건 없어, 너무 무서워!'

밸런시는 마지막의 '무서워'라는 말을 갑자기 거칠게 소리내어 말했다. 그리고 괴로운 듯 신음하며 잠시 아무것도 생각하지 않으려 했다. 다시 그 통증이 엄습해 왔다.

그것이 진정되었을 때 뭔가가 밸런시의 내부에서 일어났다. 아마 트렌트 씨의 편지를 읽은 뒤, 마음속에 일어난 여러 가지 일들이 한곳에 응집된 것인지도 모른다. 시간은 새벽 3시, 하루 중 가장 맑고 가장 저주받은 시간. 그러나 인간을 자유롭게 해주기도 하는 시간.

"지금까지 난 줄곧 남을 즐겁게 해주려고 노력했지만 실패했어. 이제부터는 나 자신을 즐겁게 해주겠어. 두 번 다시 마음에도 없는 행동은 하지 않을 거야. 나는 거짓과 가식과 체면만으로 살아왔어. 사실대로 말할 수 있다는 건 나에게는 얼마나 사치스러운 일이었는지 몰라! 지금까지 하고 싶었던 일을 전부 한다는 건 무리일지 모르지만, 하고 싶지 않은 일은 이제 다시는 하지 않을 거야. 어머니가 화를 내시면 얼마든지 화내시라지. 이제, 눈 하나 깜짝하지 않겠어.

'절망은 자유, 희망은 노예'인 거야."

밸런시는 일어나서 옷을 챙겨 입었다. 이상한 해방감이 차올라왔다. 머리를 빗고 창문을 열고 포푸리 단지를 바깥으로 힘껏 던져버렸다. 그것은 낡은 차체 공장 벽에 있는 여학생의 살결에 보기 좋게 맞아서 산산조각이 났다.

밸런시는 소리쳤다.

"이제 죽은 것의 향기 같은 건 사절이야!"

신의 특별한 뜻

허버트 삼촌과 앨버타 숙모의 은혼식이 끝난 뒤, 스털링 집안 사람들은 그때의 일을 한참 동안 이렇게 얘기했다.

"봤죠? 우리가 처음 눈치 챘을 때 말이에요. 가엾게도 밸런시가 좀, 그랬죠?"

스털링 집안 사람들은 처음에는 아무도 입 밖에 내어 확실하게 말하지 않았다. 다시 말해, 밸런시가 가벼운 정신병에 걸렸거나 약간 실성한 것 같다는 사실을. 벤저민 삼촌은 큰 소리로 이렇게 말했다가 너무 지나친 말이라고 비난받았다.

"그 아이는 좀 이상해졌어. 틀림없어, 머리가 이상해진 거야." 그러나 그 말도 밸런시가 은혼식 만찬 때 보여준 말도 안 되는 태도 때문에 결국 용서받고 말았다. 프레데릭 부인과 스티클스는 저녁 식사 전부터, 밸런시에 대해 이상한 점을 몇 가지 눈치채고 걱정하는 중이었다. 그것은 말할 것도 없이 그 장미나무 사건에서 시작되었다. 그때 이후 밸런시는 두 번 다시 '정상'으로 돌아가지 않았다. 밸런시는 어머니가 말을 걸지 않는 것에 대해 조금도 신경쓰지 않는 것 같았다. 마치 그 사실을 아예 모르고 있는 것 같았다. 밸런시는 보라색 알약도 레드펀 강장제도 딱 끊었다. 그리고 자기를 '도스'라고 부르면 절대로 대답하지 않겠다고 차갑게 선언했다. 사촌 스티클스에게는 사촌 아티머스 스티클스의 머리카락이 들어 있는 브로치를 다는 건 그만두는 게 좋겠다고 말했다. 그리고 침대를 방의 반대쪽으로 옮겼고, 일요일 오후에 《날개의 마법》을 읽었다. 스티클스가 그것을 지적하자 밸런시는 무엇에 홀린 듯한 표정으로 대답했다.

"어머, 오늘이 일요일이었어요? 잊고 있었어요." 그러고는 그대로 계속 읽었다.

뿐만 아니라 스티클스는 소름끼치는 광경을 보았다. 밸런시가 계단 난간을 미끄럼을 타면서 내려온 것이다. 그러나 프레데릭 부인에게는 그 일을 애기하지 않았다. 가엾은 아멜리아는 당황스러워 어쩔 줄 몰라하고 있었다. 그런데 토요일 밤, 밸런시가 앞으로는 영국 국교파 교회에 가지 않겠다고 선언한 것이 프레데릭 부인의 고집스러운 침묵을 꺾고 말았다.

"이젠 교회에도 가지 않겠다고, 도스? 너, 정말 정신이 어떻게······."

"아니에요, 물론 교회엔 갈 거예요. 하지만 전 장로파 교회에 가겠어요. 영국 국교파 쪽에는 가지 않겠어요." 밸런시는 유쾌하게 말했다.

그것은 교회에 안 가겠다는 것보다 더 나빴다. 프레데릭 부인은 눈물로 호소하는 방법을 쓰기로 했다. 이제 위엄을 부리는 분노는 효과가 없다는 걸 알았기 때문이다.

"왜 영국 국교파가 싫어진 거니?" 어머니는 울면서 물었다.

"그렇지도 않아요. 다만 어머니가 절 억지로 그곳으로 가게 했기 때문이죠. 만약 어머니가 장로파에 가라고 한다면 전 영국 국교파에 가고 싶어질지도 몰라요."

"나한테 어떻게 그런 말을! 정말 은혜를 모르는 자식이 새끼뱀보다 더 무섭다고 하더니만 그 말이 맞았어."

"딸한테 무슨 그런 말씀을 하세요?"

밸런시는 조금도 후회하지 않는 기색이었다.

그래서 은혼식에서의 밸런시의 태도에 대해서도, 프레데릭 부인과 크리스틴 스티클스는 다른 사람들만큼 크게 놀라지는 않았다. 두 사람은 그날 저녁 식사에 밸런시를 데리고 갈까말까 망설였지만, 만약 데리고 가지 않았다간 무슨 소문이 날지 몰라서 데리고 가기로 한 것이었다. 밸런시도 거기서는 얌전히 있어 주겠지. 게다가 아직은 다른 사람들은 아무도 밸런시가 어딘가 이상해졌다는 것을 눈치채지 못하고 있었다. 일요일에는 신의 특별한 뜻이 있어선지 큰 비가 내렸다. 그래서 밸런시는 장로파 교회에 가겠다고 두 사람을 위협하지는 않았다.

만약 두 사람이 밸런시를 데리고 가지 않았다 해도, 밸런시는 전혀 상관하지 않았을 것이다. 그런 집안 행사는 모두 지루하기 짝이 없는 것이었기 때문이다. 그런데 스털링 집안 사람들은 무슨 일만 있으면 구실을 붙여 축하 행사를 벌이는 것을 좋아했다. 오랫동안 내려온 스털링 집안의 전통이었다. 프레데릭 부인까지 자기의 결혼 기념일에 디너파티를 열었고, 사촌 스티클스도 생일날 친구들을 저녁 식사에 초대했다. 밸런시는 그런 모임을 무척 싫어했다. 왜냐하면 그 뒤 한동안은 낭비해버린 비용을 메우기 위해 허리띠를 졸라매지 않으면 안 되었기 때문이다. 밸런시는 사실은 은혼식에 가고 싶었다. 만약 가지 않으면 허버트 삼촌이 불쾌해할 것이다. 밸런시는 허버트 삼촌은 비교적 좋아하는 편이었다. 게다가 그녀는, 자신의 친척을 새로운 시선으로 바라보고 싶었다. 만약 기회가 있다면, 모두 앞에서 독립선언을 할 수도 있는 절호의 자리이기도 했다.

"오늘은 갈색 실크드레스를 입도록 해라." 스털링 부인이 말했다.

마치 그것 말고도 옷이 있다는 듯이 ! 밸런시는 파티에 입고 갈 수 있는 옷은 단 한 벌밖에 없다. 이사벨 숙모가 준 검은빛을 띤 갈색 실크드레스이다. 이사벨 숙모는 밸런시는 절대로 화려한 색깔의 옷을 입어서는 안 된다고 결정했다. 도저히 어울리지 않는다는 것이다. 좀더 어렸을 때는 흰옷은 입을 수 있었다. 그런데 그것도 지난 몇 년 사이 무언중에 입지 않게 되었다. 밸런시는 그 갈색 비단옷을 꺼내 입었다. 깃이 높고 소매가 긴 옷이다. 그녀는 가슴이 파이고 팔꿈치까지 오는 옷을 입어본 적이 없다. 이 디어우드에서도 벌써 1년이 넘게 유행하고 있는 스타일인데도 말이다. 오늘, 밸런시는 머리를 퐁파두르형으로 하지 않았다. 목 뒤에서 하나로 묶어서 머리카락이 귀 위로 풍성하게 내려오도록 했다. 그것이 자기에게 어울린다고 생각했다. 짧게 묶은 머리가 좀 우스꽝스럽긴 했지만. 프레데릭 부인은 그것을 보자 화가 났으나, 파티날 밤에는 아무 말도 하지 않는 게 상책이라고 생각했다. 어쨌든 밸런시가 끝까지 얌전하게 있어 주는 것이 가장 중요한 일이었다. 프레데릭 부인은 밸런시의 비위를 맞춰줘야겠다고 생각한 것이 이번이 처음이라는 사실을 스스로도 깨닫지 못하고 있었다. 하기는, 전에는 밸런시도 이렇게까지 '이상'하지는 않았다.

허버트 삼촌의 집에 갈 때 프레데릭 부인과 사촌 스티클스는 앞장서서 걸어가고, 밸런시는 그 뒤를 얌전하게 따라갔다. 도중에 욕쟁이 아벨과 마주쳤다. 오늘도 어김없이 술에 취해 있었지만 소리소리 지르는 상태까지는 아니었고, 기분이 오싹하리만큼 정중했다. 그는 신하에게 아는 척하는 군주처럼 그 악명 높은 바둑판무늬 모자를 벗고 세 사람에게 거들먹거리며 인사했다. 프레데릭 부인과 사촌 스티클스는 이 욕쟁이 아벨을 완전히 무시할 수는 없었다. 부르면 와서 목공일과 수선 따위의 잡일을 해줄 사람은 디어우드에는 이 사람밖에 없었기 때문에, 그를 화나게 했다간 곤란해지는 수가 있다. 그래도 두 사람 다 그저 거북하게 눈인사만 살짝 했을 뿐이다. 아벨과 같은 수준으로 내려갈 필요까지는 없었다.

두 사람 뒤에 따라오던 밸런시는 두 사람이 보지 못한 것이 천만다행인 행동을 했다. 욕쟁이 아벨에게 빙긋 웃으면서 손을 흔들었던 것이다. 그렇게 해서 안 될 이유가 어디 있단 말인가? 밸런시는 늘 이 늙은 무뢰한을 좋아했다. 쾌활하고 왠지 모르게 재미있고 뻔뻔스러운 무뢰한. 그는 디어우드의 따분하기 짝이 없는 체면주의와 관습에 대해, 불꽃처럼 새빨간 반항의 깃발을 내걸고 저항하는 것 같았다. 바로 2, 3일 전날 밤에도, 아벨은 후줄근한 속옷 차림으로 디어우드를 휘젓고 다녔다. 몇 마일 떨어진 곳에서도 들리는 커다란 목소리로 욕설을 퍼부으며, 세련된 엘름 거리를 지나갈 때는 갑자기 말을 빨리 달렸다.

"꼭 악마 같아, 저렇게 소리소리 지르면서 하느님을 모독하다니." 아침 식사 때 스티클스가 그렇게 말하면서 몸서리를 쳤다.

"어째서 빨리 그 사람한테 천벌을 내리지 않으시는지 몰라." 불쾌한 목소리로 프레데릭 부인이 말했다. 마치 하느님이 우물쭈물하고 있으니 누군가가 독촉을 하지 않으면 안 된다는 듯이.

"저런 사람은 어느 날 아침 아무도 모르는 사이에 죽은 시체로 발견될 거예요. 말에 밟혀서 죽는 게 고작이겠죠." 사촌 스티클스가 자신만만하게 말했다.

그때 밸런시는 아무 말도 하지 않았다. 그녀는 아벨이 이따금 술을 마시며 소란을 피우는 것은, 가난과 힘든 노동, 단조로운 생활에 대한 저항이며, 쓸데없는 짓이 아니라고 생각했다. 밸런시는 푸른 성이라는 꿈속에서 마음대로 살 수 있었다. 그러나 욕쟁이 아벨한테 그런 상상력은 없을 테니까. 그의 현실도피는 뭔가 형태가 있는 것이 아니면 안 된다. 그래서 밸런시는 오늘, 갑자기 욕쟁이 아벨이 친구같이 여겨져 손을 흔들어 준 것이다. 오늘따라 그리 취해 있지 않았던 아벨은, 너무 놀라 마차 좌석에서 거의 굴러떨어질 뻔했다.

밸런시 일행은 단풍나무 거리에 도착했다. 허버트 삼촌의 집은 큰 저택으로, 별 의미 없는 돌출창과 필요도 없는 포치가 복잡하게 늘어서 있는, 잔뜩 겉치레만 한 집이었다. 마치 어리석은 자기 만족에 빠져 있는, 온 얼굴이 사마귀투성이인 돈 많은 남자처럼.

"이런 집은 벼락 맞기 쉽겠어요." 밸런시가 선언하듯 말했다.

프레데릭 부인은 심장이 튀어나올 것만 같았다. 밸런시가 방금 뭐라고 했지? 이건 신을 모독하는 걸까? 아니면 약간 이상한 말을 한 것뿐일까? 앨버타 삼촌의 손님용 침실에서 프레데릭 부인은 떨리는 손으로 모자를 벗었다. 그리고 밸런시가 추태를 보이지 않도록 다시 한 번 눈치를 살피며 충고해 보기로 했다. 스티클스가 아래층에 내려갔을 때 부인은 밸런시를 층계참에서 불러 세웠다.

"애야, 오늘은 너도 숙녀라는 것을 좀 자각해줬으면 좋겠구나." 부인은 거의 사정하듯이 말했다.

"아! 언젠가 그 사실을 잊을 수 있는 날이 온다면 좋겠어요!" 지겹다는 듯이 밸런시가 말했다.

딸한테서 이런 말을 듣다니, 프레데릭 부인은 자신도 신에게 버림 받은 거라고 생각했다.

스털링 집안 사람들

"하느님, 오늘 저희에게 음식을 내려주신 것을 감사드리며, 아울러 저희는 당신께 받은 생명을 당신께 바치겠나이다." 허버트 삼촌이 힘차게 말했다.

웰링턴 숙모는 얼굴을 찌푸렸다. 숙모는 늘 허버트 삼촌의 감사기도가 너무 짧고, 아무래도 가볍다고 생각했다. 웰링턴 삼촌의 말을 인용하면, 감사기도는 적어도 3분은 되어야 할 뿐 아니라 신음소리와 낭송의 중간쯤 되는 거룩한 목소리여야 했다. 그래서 항의할 요량으로 숙모는, 다른 사람들이 모두 얼굴을 쳐든 뒤에도 한동안 그대로 고개를 숙이고 있었다. 잠시 뒤 몸을 일으킨 숙모는, 밸런시가 자기를 쳐다보고 있는 것을 알았다. 나중에 웰링턴 숙모는 이렇게 단언했다.

"그때 밸런시가 어딘가 이상하다는 걸 난 알았어요. 그런 눈을 하고 있을 때는 정상이 아니라는 것을 알아야 했어요." 밸런시의 기묘하게 약간 위로 올라간 눈에는 경멸하는 듯, 유쾌한 듯, 묘한 광채가 있었다. 마치 웰링턴 숙모를 비웃고 있는 것처럼. 하지만 물론 그럴 리는 없었다. 웰링턴 숙모는 이내 그 이상 생각하는 것은 그만 두었다.

밸런시는 무척 유쾌했다. 지금까지는 '집안 모임'을 즐겁다고 생각한 적이 한번도 없었다. 사교의 장에서도 아이들끼리의 놀이 때와 마찬가지로, 밸런시는 단지 머릿수를 '채우기' 위한 존재에 지나지 않았다. 집안 사람들도 언제나 밸런시를 더할 나위 없이 지루한 여자로밖에 보지 않았다. 사교상의 재치가 전혀 없었기 때문이다. 그래서 이런 따분한 집안 모임에서는, 그녀는 늘 자신만의 푸른 성으로 달아나버리는 것이다. 그 결과, 마음이 딴 데 가 있는 것처럼 보여서, 밸런시는 더욱더 지루하고 재미없는 여자가 되었다.

"저 아이는 사교적인 데가 전혀 없어요." 웰링턴 숙모는 단언했다. 모두들 밸런시가 멍하니 있는 것은, 다만 모든 사람을 두려워하기 때문이라는 것을 알 리가 없었다. 그러나 이제 그녀는 아무도 두렵지 않았다. 그녀의 마음을 속박하고 있던 것이 모두 사라졌기 때문이다. 밸런시는 기회만 있다면 기꺼이 대화에 끼어들 생각이었다. 그때까지는, 지금까지 무섭고 겁이 나서 생각조차 한 적이 없는 자유로운 생각에 잠겨 있기로 하자. 허버트 삼촌이 칠면조를 자르기 시작했을 때, 밸런시는 솔직하고 거리낌 없이 기쁜 표정을 지어보였다. 허버트 삼촌은 다시 한 번 밸런시를 쳐다보았다. 그날로 두 번째였다. 남자의 눈에는 밸런시의 헤어스타일은 보이지 않았지만, 아무튼 허버트 삼촌은 밸런시가 생각했던 것보다 못생기지 않았다는 것을 알고 놀라고 있었다. 허버트 삼촌은 하얀 살점을 한 덩어리 더 잘라내어 그녀의 접시에 얹어주었다.

"젊은 여성의 미용에 해로운 향신료는 무엇일까요?" 대화의 실마리를 제공하기 위해, 여느때처럼 벤저민 삼촌이 모두에게 물었다. 잠시 좌중의 분위기를 풀어주려고.

이런 때 언제나 "그게 뭔데요?" 하고 묻는 것이 밸런시의 역할이었지만, 그녀는 잠자코 있었다. 결국 아무도 물어보지 않아서 잠시 기다린 뒤 벤저민 삼촌은 스스로 대답하지 않을 수 없었다.

"타임$\binom{\text{사향초(thyme)와 시간}}{\text{(time)은 동음이의어}}$이에요."

모처럼의 수수께끼는 김빠진 것이 되고 말았다.

삼촌은 불만스러운 듯이 밸런시를 응시했다. 언제나 기대를 배반하지 않았던 밸런시였다. 그러나 밸런시는 삼촌한테 전혀 관심이 없어 보였다. 그녀는 테이블에 앉아 있는 사람들을 둘러보았다. 그 자리에 모인 분별심이 있고 엉큼한 사람들을 한 사람 한 사람 냉소에 찬 눈길로 바라보며, 그 사람들이 안절부절못하고 있는 것을 조금 떨어진 자리에서 재미있다는 듯이 웃으면서 감상했다.

지금까지 자신이 두려워해온 사람들이 정말 이 사람들이란 말인가? 밸런시는 그들을 새로운 시선으로 보고 있었다.

몸집이 크고 뭐든지 척척 잘하며 마치 은혜라도 베푸는 듯한 태도에 말이 많은 밀드레드 숙모는, 자신을 이 집안에서 가장 현명한 여자라고 생각하고 있었다. 자신의 남편은 천사보다 조금 격이 떨어질 뿐이며 아이들은 신동으로 믿고 있다. 숙모의 아들 하워드는 11개월 때 벌써 이가 가지런히 났고, 숙모는 버섯요리법에서부터 뱀을 잡는 방법까지 모르는 게 없어서 모두들 물으러 올 정도였다! 하지만 숙모는 얼마나 지루한 사람인지! 그 얼굴의 보기 싫은 검은 점은 또 어떻고!

사촌 글래디스는 젊은 나이에 죽은 아들만 자랑하고 있다. 그리고 다른 한 아들과는 싸움만 하고 있다. 글래디스는 신경염을 앓고 있었다. 아니, 그녀는 신경염이라고 생각하고 있다. 그것은 자신의 몸속을 수시로 들락날락하는 편리한 것이었다. 만약 누군가가 그녀가 가고 싶지 않은 곳에 데리고 가려고 하면, 때맞춰 글래디스의 다리에 신경염이 찾아온다. 뭔가 머리를 사용해서 생각해야 할 일이 있으면, 이번에는 어김없이 머리로 신경염이 올라가는 것이다. 머리에 신경염이 있는데 무엇을 생각할 수 있으랴!

'말도 안 되는 거짓말쟁이 할멈!' 밸런시는 속으로 악담을 했다.

이사벨 숙모. 밸런시는 이사벨 숙모의 늘어진 턱의 주름을 헤아려 본다. 이 숙모는 스털링 집안의 비평가이다. 언제나 상대방을 납작하게 만들어 주려고 벼르고 있는 것 같다. 이사벨 숙모를 두려워하고 있는 사람은 밸런시 말고도 많았다. 숙모는 독침 같은 혀를 가지고 있다고들 한다.

'만약 당신이 웃는다면 어떤 얼굴이 되는지 보고 싶군요.' 밸런시는 숙모의 얼굴을 빤히 바라보면서 생각한다.

육촌인 사라 테일러의 커다랗고 연푸른색 눈에는 표정이 없다. 사라의 장점이라고 해봤자 다양한 종류의 피클을 만들 줄 안다는 정도다. 뭔가 자신이 말실수를 하지 않을까 겁이 난 나머지 아예 뭔가 들을 만한 가치 있는 말을 한 적이 없다. 너무 고상해서 코르셋 광고를 보면 얼굴이 새빨개질 정도였다. 언젠가 밀로의 비너스상에 옷을 입힌 뒤 '이제야 좀 고상해졌어' 하고 말한 적이 있다.

자그마한 사촌 조지아나. 그다지 미운 사람은 아니다. 하지만 음침하다, 무척. 언제나 방금 풀을 먹여 다림질한 것처럼 보인다. 언제나 자신이 무슨 실수를 하지 않을까 긴장해 있다. 단 한 가지 그녀가 좋아하는 것은 장례식이다. 시체라면 안심하고 함께 있을 수 있다. 그것에는 무슨 일이 일어날 리가 없는 것이다. 하지만 살아 있는 것은 무섭다.

제임스 삼촌. 잘생긴 얼굴, 구릿빛 피부, 냉소로 가득 찬 함정 같은 입, 철회색의 귀밑털. 그가 좋아하는 즐거움은 〈크리스천 타임스〉에 현대주의를 비판하여 논란을 불러일으키는 투서를 하는 것이다. 밸런시는 삼촌이 잠을 잘 때도 깨어 있을 때처럼 위엄 있는 표정을 하고 있는지 궁금했다. 그의 아내가 젊어서 죽은 것도 무리가 아니었다. 밸런시는 죽은 숙모를 기억하고 있다. 아름답고 다감한 여자였다. 제임스 삼촌은 아내가 원하는 것은 하나도 주지 않고, 원하지 않는 것만 쏟아 붓듯이 주었다. 요컨대 숙모를 말려 죽이고 만 것이다. 더할 나위 없이 합법적으로. 숙모는 압박을 견디지 못하고 시름시름 앓다가 입맛을 잃고 죽고 말았다.

고양이처럼 목을 가르랑거리면서 얘기하는 벤저민 삼촌. 주름주머니가 늘어진 눈이 모든 것을 업신여기며 내려다보고 있다.

웰링턴 삼촌. 길고 건조한 얼굴, 빛바랜 노란색의 가느다란 머리카락——이는 스털링 집안 사람들의 특징이다——여위고 곱사등이인 데다 추한 주름이 있는, 소름끼치도록 넓고 툭 튀어나온 이마.

'눈을 보면 물고기만한 지능밖에 없을 것 같아.' 밸런시는 생각한다.

'마치 만화 속 인물 같다니까.'

웰링턴 숙모. 메리라는 이름이지만, 왕고모와 구별하기 위해 보통 남편 이름으로 불리고 있다. 체격이 크고 위엄이 있으며 늘 변함없는 숙녀다. 굉장히 정성들여 땋은 철회색 머리. 최신 유행의 구슬을 박은 사치스러운 드레스. 숙모는 검은 점을 전기침 수술로 뺐는데 그것을 밀드레드 숙모는 신의 의지를 거역한 것으로 해석하고 있었다.

뻣뻣하게 뻗은 잿빛 머리의 허버트 삼촌. 얘기하면서 자못 불쾌하다는 듯이 입술을 일그러뜨리는 버릇이 있는 앨버타 숙모. 앨버타 숙모는 필요 없는 것을 자꾸자꾸 남에게 주기 때문에 무척 통이 큰 사람이라는 평판을 얻고 있다. 밸런시는 이 두 사람을 좋아하기 때문에 비평하는 것을 깨끗이 그만두었다. 교묘하게 밀턴의 말을 흉내내어 말하자면 두 사람 다 '어리석을 정도로 선량'하지만. 밸런시는 앨버타 숙모가 언제나 그 둥그스름한 두 팔의 팔꿈치 윗부분에 검은색 비로드 리본을 감고 있는 이유가 무엇인지 도무지 이해할 수 없었다.

다음에 밸런시는 테이블 맞은쪽에 있는 올리브를 쳐다보았다. 기억하고 있는 한 오래전부터 늘 밸런시에게 비교의 대상이 되고 있는, 아름다움과 조신한 몸가짐과 성공의 표본인 올리브.

"도스, 넌 어째서 올리브처럼 당당하지 못한 거니? 어째서 올리브처럼 자세가 바르지 않은 거지? 어째서 올리브처럼 귀엽게 말을 하지 못하나 몰라. 왜 그렇게 되려고 노력하지 않는 거야, 도스?"

밸런시의 장난기 어린 눈길에서 경멸의 빛이 사라지면서 깊은 생각에 잠긴 슬픈 빛이 떠올랐다. 올리브를 무시하거나 경멸하는 것은 도저히 불가능할 것 같았다. 올리브가 미인이고 남에게 영향을 주는 존재이며, 때로는 지성적인 면도 보인다는 것을 부정할 수 없기 때문이다. 그런데 입이 아무래도 좀 큰 것 같고, 웃을 때 예쁘고 하얀 이가 너무 많이 보이는 것 같았다. 결국 올리브는 벤저민 삼촌이 내린 결론 그대로의 아가씨였다. "정말 매력 있는 아가씨야!" 그랬다. 밸런시는 진심으로 동의하지 않을 수 없었다. 올리브는 정말 굉장히 예뻤다.

풍요로운 금갈색 머리, 반짝이는 머리카락을 군데군데 부풀려서 반짝이는 리본으로 묶은 공들인 헤어스타일, 푸른색으로 빛나는 커다란 눈에 빈틈없이 길게 나 있는 비단 같은 속눈썹, 드레스 위에 꽂아놓은 장미 같은 얼굴과 하얗게 드러난 목덜미, 귀에는 커다란 진주알, 길게 기른 장밋빛 손톱과 길고 매끄러운 밀랍 같은 하얀 손가락, 거기에 끼워져 있는 파르스름하게 빛나는 다이아몬드. 녹색 시폰의 그림자 같은 레이스 소매 사이로 비쳐 보이는 대리석 같은 팔. 밸런시는 갑자기 자신의 앙상한 팔이 갈색 실크드레스 속에 숨어 있는 것이 다행이라는 생각이 들었다. 밸런시는 다시 올리브의 매력을 한 가지씩 들기 시작했다.

큰 키, 여왕 같은 기품, 자신감, 밸런시에게는 모조리 없는 것들

뿐이다. 두 뺨과 턱에 보조개도 있다.

'보조개가 있는 여자는 반드시 자신이 마음먹은 대로 하는 법이지.' 밸런시는 자신에게는 보조개가 하나도 없다는 것을 씁쓸하게 떠올렸다.

올리브는 밸런시보다 겨우 한 살 아래였다. 하지만 모르는 사람이 보면 적어도 10살은 차이가 난다고 생각할 것이다. 올리브가 노처녀로 늙을까봐 걱정하는 사람은 아무도 없다. 그녀 주위에는 10대 전반부터 내로라하는 구애자들이 늘 줄을 서고 있었다. 그녀의 경대 주위에 늘 카드, 사진, 팸플릿, 초대장 같은 것이 가득 꽂혀 있는 것처럼.

올리브는 18살 때 하버갈 대학을 졸업하자마자 햇병아리 변호사 윌 데스먼드와 약혼했다. 하지만 그는 곧 죽어버렸고 올리브는 성실하게 2년 동안 복상했다. 23살 때 도널드 잭슨과 열렬한 사랑에 빠졌다. 하지만 웰링턴 삼촌과 숙모가 두 사람의 결혼을 허락하지 않았기 때문에, 결국 올리브도 부모의 뜻에 따라 그를 포기했다. 스털링 집안 사람은 아무도――다른 사람들이 뭐라고 하든――도널드 쪽이 먼저 열정이 식어버렸기 때문에 올리브가 물러났다는 말은, 절대로 하지 않았다.

그야 어찌 됐든 올리브의 세 번째 사랑은 누구나 인정해주었다. 세실 프라이스는 머리가 좋고 잘생겼으며, '포트로렌스의 프라이스 집안' 출신이었다. 올리브는 그와 약혼한 지 3년이 된다. 그는 토목공학과를 졸업하고 계약을 하나 따면 올리브와 결혼할 예정이다. 올리브의 혼수품 상자에는 좋은 물건들이 넘칠 듯이 들어 있었다. 올리브는 이미 밸런시에게 어떤 웨딩드레스를 입을 것인지 다 얘기해주었다. 레이스로 덮인 상아색 실크에 하얀 공단의 고귀한 긴 옷자락, 안감은 엷은 녹색의 조젯, 그리고 베일은 조상 대대로 내려오는 손뜨개 꽃레이스. 밸런시는 다른 사실도 알고 있다. 올리브한테서 들은 것은 아니지만 신부 들러리는 이미 결정되어 있으며 밸런시는 그 안에 들어 있지 않다는 것을.

밸런시는 말하자면 오래전부터 올리브의 친구였다. 그것은 아마, 집안에서 밸런시만이 올리브에게 지겨운 하소연을 늘어놓지 않았기 때문일 것이다. 올리브는 초등학교 시절, 남자들이 너도나도 러브레터를 보내며 '괴롭혔을' 무렵부터, 줄곧 밸런시에게 자기 남자 친구에 대한 얘기를 자세하게 털어놓았다. 밸런시는 그 이야기들이 환상이 아니라는 것을 알고 있었기 때문에 아무래도 마음이 잘 다스려지지 않았다. 올리브의 얘기는 모두 사실이었다. 행운의 세 사람 말고도 올리브에게 열중한 남자들이 얼마나 많았는지 모른다.

"가엾은 바보들은 나에게 빠지면 점점 더 바보가 되는 거야. 어째서 그런지 난 도무지 모르겠어." 올리브는 자주 그렇게 말했다. 밸런시는 자기도 모르겠다고 말하고 싶었지만, 진실과 계산이 그녀에게 그렇게 시키지 않았다. 밸런시는 잘 알고 있었다. 너무나 잘 알고 있었다. 올리브 스털링은 남자들을 눈 깜짝할 사이에 사로잡아버리는 여자이며 그것만큼이나 명백한 사실은, 밸런시는 두 번 돌아봐주는 남자가 아무도 없다는 것이었다.

"하지만……." 밸런시는 새롭게 엄격한 눈으로 올리브에 대한 결론을 내렸다.

"그녀는 '이슬이 없는 아침' 같아. 뭔가가 빠져 있어."

난센스

밸런시가 그런 생각을 하고 있는 동안, 저녁 식사의 전반 코스가 스털링 집안의 관습에 충실하게 느긋이 진행되어 갔다. 가을치고는 꽤 추워서 앨버타 숙모는 통나무처럼 보이게 만든 가스버너에 불을 켰다. 친척들은 이 가스버너를 무척 부러워하고 있지만 밸런시만은 달랐다. 가을 밤에도 추울 때는 푸른 성의 모든 방 난로에 불꽃이 타오른다. 그러나 가스버너 같은 불경스러운 것을 갖다놓을 바에는 차라리 얼어죽는 게 낫다.

허버트 삼촌은 여느때처럼 웰링턴 숙모를 놀리면서 차갑게 식은 고기를 잘라 웰링턴 숙모의 접시에 얹어주었다. 밀드레드 숙모는 언젠가 칠면조 모래 주머니 안에서 잃어버린 반지를 찾았다는, 늘 하던 얘기를 또 꺼내기 시작했다. 벤저민 삼촌은, 자기는 좋아하지만 듣는 사람은 지루한 얘기를 또 꺼냈다. 지금은 유명해진 한 남자가 옛날에 사과를 훔쳤기 때문에, 쫓아가서 붙잡아 벌을 주었다는 얘기였다. 육촌 제인은 치조농루 때문에 얼마나 고생하고 있는지 늘어놓았다. 웰링턴 숙모는 앨버타 숙모의 은제 티스푼을 칭찬한 뒤 자기는 은제 티스푼 한 개를 잃어버렸다고 말하면서 섭섭해 했다.

"한 벌을 갖춘 것이 소용없게 됐어요. 절대로 똑같은 것은 살 수 없거든요. 늙으신 마틸다 숙모님이 주신 결혼선물이었는데."

이사벨 숙모는 계절이 너무 빨리 지나가 버린다며 옛날의 그 그립고 아름다운 봄은 어디로 가버렸을까 하고 탄식했다. 사촌 조지아나는 아니나 다를까, 지난번에 갔다온 장례식 얘기를 꺼내며 모두가 들으라는 듯이 말했다.

"이 다음에 갈 사람은 이 가운데 누구일까?" 조지아나는 '죽는다'는 말을 확실하게 입 밖에 내지 못한다. 밸런시는 대신 확실하게 말해 줄까 생각하다가 그만두었다. 사촌 글래디스는 역시 여느때와 다름없는 고민을 안고 있다. 집에 놀러 온 조카들이 그녀가 소중히 아끼는 화초의 꽃봉오리를 죄다 따버리고 만 데다, 귀한 품종의 병아리들을 쫓아다니며, 몇 마리인가 목 졸라 죽이고 말았던 것이다.

"사내아이들이란 게 다 그렇지, 뭐." 관대한 허버트 삼촌이 말했다.

"그렇지만, 그런 잔인한 짓을 할 게 뭐람!" 사촌 글래디스는 동의를 구하듯 테이블을 둘러보았다. 모두들 웃었지만 밸런시는 웃지 않았다. 글래디스도 그것을 느끼고 있었다. 잠시 뒤, 엘렌 해밀턴에 대한 얘기가 화제에 올랐을 때, 글래디스는 그녀를 가리켜 "스스로 짝을 찾을 줄 모르는 수동적인 여자예요. 부끄럼을 많이 타는 사람이죠"라고 말하며 의미심장한 눈길로 밸런시를 쳐다보았다.

제임스 삼촌은 대화가 아무래도 그리 품위 없는 개인적인 소문 얘기에 빠져 있다고 느꼈다. 그래서 그는 수준을 조금 높이려고 '최고의 행복'이라는 추상적인 문제를 꺼냈다. 모두들 '최고의 행복'에 대한 의견을 말하지 않을 수 없게 되었다.

밀드레드 숙모는 여자에게 있어서 최고의 행복은 '사랑하고 사랑받는 아내이자, 어머니가 되는 것'이라고 말했고, 웰링턴 숙모는 유럽 여행이라고 했다. 올리브는 테트라치니 같은 위대한 가수가 되는 것이 최고의 행복이라고 말했다. 글래디스는 슬픈 듯이, "나에게 있어 최고의 행복은 신경염에서 해방되는 것, 완전히 해방되는 거예요" 하고 말했다. 조지아나의 최고 행복은 '사랑하고 사랑하는 오빠 리처드가 돌아오는 것'이었다.

앨버타 숙모는 최고의 행복은 '인생이라는 시' 속에서 찾을 수 있는 것이라고 알쏭달쏭한 말을 하더니, 갑자기 생각난 듯 하녀를 불러 뭐가 지시를 내리는 것이었다. 누가 그게 무슨 뜻이냐고 묻기 전에, 프레데릭 부인이, 최고의 행복은 타인에게 애정어린 봉사를 하며 인생을 보내는 것이라고 말하자, 스티클스와 이사벨 숙모가 거기에 찬성했다. 그러나 이사벨 숙모는 약간 화가 난 것 같았다. 아무래도 프레데릭 부인에게 선수를 빼앗긴 것이 분한 모양이었다.

"우린 모두, 자칫하면 세상살이에 쫓겨 멋대로 죄를 범하면서 살아가기 쉬운 법이니까요."

프레데릭 부인은 기회는 이때뿐이라는 듯 말했다. 다른 여자들은 그 말을 듣고, 자신들의 낮은 이상이 공격을 받고 있는 듯한 느낌이 들었다. 제임스 삼촌은 이제 충분히 분위기가 고조되었다고 확신했다.

그때 느닷없이 밸런시가 낭랑한 목소리로 말했다.

"최고의 행복은 하고 싶을 때 재채기를 하는 거라고 생각해요."

모두들 어안이 벙벙하여 밸런시를 쳐다보았다. 누구도 아무 말도 하지 못했다. 밸런시가 농담을 하고 있는 걸까? 설마, 그럴 리가 없지. 지금까지는 밸런시가 아무 문제도 일으키지 않는 가운데 저녁 식사가 진행되고 있었기 때문에, 속으로 가슴을 쓸어내리고 있던 프레데릭 부인은 온몸이 후들후들 떨려왔다. 그래도 아무 말도 하지 않는 게 현명하다고 생각했다. 그러나 벤저민 삼촌은 그다지 현명하지 못했다. 그는 경솔하게도 프레데릭 부인이 두려워하고 있는 것을 건드리고 말았다.

"도스, 젊은 여자와 노처녀의 차이가 뭔지 아니?" 그가 킬킬거리면서 물었다.

"한쪽은 마냥 편안하고 행복한데, 다른 한쪽은 유행성 이하선염으로 타락해 있는 거죠. 벤 삼촌도 참! 제가 기억하고 있는 것만으로도 벌써 50번은 그 수수께끼를 냈을걸요. 그렇게 수수께끼가 좋으면 좀 다른 걸 찾아보지 그러세요? 어차피 성공하지 못하면서 사람들을 웃기려고 하시는데 그게 더 우스워요." 밸런시가 말했다.

벤저민 삼촌은 입을 딱 벌린 채 밸런시를 응시했다. 지금까지 이 벤저민 스털링에게, 스털링 집안과 프로스트 집안의 벤저민에게, 이렇게 말한 사람은 아무도 없었다. 그것도 다른 사람이 아닌 밸런시라니! 그는 다른 사람들이 어떻게 하고 있나 싶어서 눈치를 보며 주위를 둘러보았다. 모두 망연자실해 있는 것 같았다. 가엾게도 프레데릭 부인은 아예 눈을 감고 있었다. 입술을 바르르 떨며 달싹거리고 있다. 기도라도 올리고 있는 모양이다. 아마 그럴 테지. 정말 생각지도 못한 일이어서 어떻게 대처하면 좋을지 아무도 모르는 것이다. 밸런시 본인은 특별히 평소와 달라진 데가 없는 모습으로 태연하게 샐러드를 먹고 있었다.

앨버타 숙모는 이 저녁 식사가 실패로 끝나지 않게 하기 위해 바로 얼마 전에 개에게 물린 얘기를 시작했다. 제임스 삼촌이 응원하듯 어디서 어디를 물렸느냐고 물었다.

"가톨릭 교회 약간 남쪽에서요." 앨버타 숙모가 대답했다.

갑자기 밸런시가 웃기 시작했다. 다른 사람은 아무도 웃지 않았다. 뭐가 우습다는 거지?

"급소였어요?" 밸런시가 물었다.

"무슨 말이야?" 앨버타 숙모가 어리둥절한 표정으로 되물었다. 프레데릭 부인은 지금까지 신의 뜻에 충실하게 살아온 것이 모두 물거품으로 돌아가는 게 아닐까 하는 생각까지 했다.

이사벨 숙모는 밸런시의 입을 다물게 하는 건 오로지 자신의 수완에 달렸다고 생각했다.

"도스, 넌 온통 뼈와 가죽뿐이구나. 온몸이 모만 잔뜩 나서 둥근 데라고는 하나도 없다니까. 도대체 살찌려고 노력은 하고 있는 거니?"

"아뇨." 밸런시는 태도를 조금도 바꾸지 않았다.

"하지만 저는 포트로렌스에 늘어진 턱을 고쳐주는 미용실을 알고 있어요. 가르쳐 드릴까요?"

"밸……런……시!" 이건 프레데릭 부인의 쥐어짜는 듯한 비명에 가까운 목소리였다. 부인은 여느때처럼 당당하고 위엄 있는 목소리로 말하고 싶었지만, 그렇게 되기커녕 마치 울면서 애원하는 듯한 목소리가 되고 말았다. 게다가 오늘은 '도스'라고 부르지도 않았다.

"저 아이는 지금 신경이 무척 흥분되어 있어요." 스티클스가 몹시 난처해하는 목소리로 벤저민 삼촌에게 속삭였다.

"지난 4, 5일 동안 내내 저랬으니까요."

"내가 보기에는 완전히 실성했어. 그렇지 않다면 엉덩이를 한 대철썩 때려주면 나을 거야. 암, 세게 철썩! 말이야." 으르렁거리면서 벤저민 삼촌이 말했다.

"설마! 다 큰 처녀 엉덩이를 어떻게 때려요? 벌써 스물아홉인데." 스티클스가 놀라며 말했다.

"맞아요, 적어도 29살이란 나이에 그런 좋은 점이 있었군요." 밸런시가 마지막 대화만 듣고 이렇게 말했다.

"도스, 내가 죽고 나면 너 말하고 싶은 대로 다 말해도 좋아. 하지만 내가 살아 있는 동안은 좀더 공손하게 말해줬으면 좋겠구나"

벤저민 삼촌이 말했다.

"네! 그렇지만 우린 모두 죽어 있는 것과 같아요. 묻혀 있는 사람도 있고 그렇지 않은 사람도 있고, 아직은요. 그 차이뿐이잖아요?"

"도스." 벤저민 삼촌은 이번에야말로 밸런시를 얌전하게 만들어 버리겠다고 다짐한 듯 말했다.

"네가 라즈베리 잼을 훔쳤을 때의 일을 기억하니?"

밸런시의 얼굴이 확 붉어졌다. 그리고 웃음이 나오려는 걸 참았다. 부끄럽다고 생각한 것만은 아니었다. 삼촌이 그 이야기를 언제 또 꺼내나 기다리고 있었기 때문이다.

"네, 물론이죠." 밸런시가 대답했다.

"정말 맛있었어요. 삼촌한테 들키기 전에 좀더 많이 먹어두지 못한 게 분해 죽겠어요. 어머, 저것 좀 보세요! 벽에 비친 이사벨 숙모의 옆얼굴. 저렇게 우스운 건 처음 봐요!"

모두들 고개를 돌렸다. 그런데 이사벨 숙모까지 그랬기 때문에 옆얼굴은 당연히 사라지고 말았다. 허버트 삼촌이 온화하게 말했다.

"도스, 내가 너라면 더 이상 먹지 않겠다. 아니, 뭐 아까워서 그러는 게 아니야. 다만 너를 위해 좋지 않을 것 같아서지. 위의 상태가 좀 좋지 않은 게 아니냐?"

"제 배 속이라면 걱정 마세요, 귀여운 할아버지. 괜찮아요. 전 계속 먹을 거예요. 이렇게 만족스러운 식사를 하는 건 정말 오랜만이거든요."

디어우드에서는 아직 누구도 '귀여운 할아버지'라고 불린 사람은 없었다. 그들은 밸런시가 그 표현을 만들어낸 거라고 생각했다. 그때부터 그들은 밸런시가 무서워지기 시작했다. '귀여운 할아버지'라는 말은 어쩐지 기분이 으스스했다. 하지만 프레데릭 부인에게는 밸런시가 말한 '만족스러운 식사는 오랜만'이라는 말이야말로 최악의 것이었다. 밸런시는 언제나 프레데릭 부인의 골칫거리였다. 그러나 이제는 수치가 되고 있었다. 부인은 당장이라도 테이블에서 일어나 나가고 싶었다. 그러나 밸런시를 그대로 두고 갈 수는 없는 일이었다.

앨버타 숙모의 하녀가 들어와 샐러드 접시를 가져가고 디저트를 내왔다. 분위기를 바꿀 수 있는 더할 나위 없는 기회였다. 모두들 기운을 차리고 밸런시 따위는 아예 무시하고 다시 얘기를 시작할 마음이 되었다. 웰링턴 삼촌이 바니 스네이스의 이름을 꺼냈다. 그러고 보니 스털링의 집안 모임에서는 반드시 이 바니 스네이스의 이름이 나온다는 사실을 밸런시는 깨달았다. 어떤 남자고 그를 무시할 수 없는 모양이다. 밸런시는 이번에는 잠자코 듣기로 했다. 그것은 밸런시에게는 왠지 모르게 매력 있는 화제였다. 아직 어떤 의미로 매력적인지는 깨닫지 못하고 있었지만. 밸런시는 손가락 끝까지 피가 힘차게 돌고 있는 것이 느껴졌다.

물론 그들은 모두 바니 스네이스에 대한 험담만 늘어놓고 있었다. 그에 대해 좋게 말하는 사람은 아무도 없었다. 그를 둘러싸고 옛날부터 나돌고 있는 무서운 얘기가 또다시 상세하게 되풀이되었다. 돈을 횡령한 은행원, 화폐 위조범, 불신자, 살인범, 도주중인 남자. 웰링턴 삼촌은 그런 악당이 디어우드 가까이에 살고 있다는 것은 정말 수치스러운 일이라며 열을 올렸다. 도대체 포트로렌스의 경찰은 무슨 생각을 하고 있는 것일까. 머지않아 모두들 자고 있다가 살해되고 말 것이 뻔하다. 놈이 한 짓을 생각하면 저렇게 마음대로 돌아다니게 내버려두는 건 천만부당하다.

"도대체 무슨 짓을 했는데요?" 갑자기 밸런시가 물었다.

웰링턴 삼촌은 그녀를 무시하기로 한 것도 잊고 깜짝 놀란 듯 응시했다.

"했지, 했지! 온갖 짓을 다 했어!"

"그러니까 무슨 짓을요?" 밸런시는 끈질기게 물고 늘어졌다. "그 사람이 무슨 짓을 했는지 알고 있어요? 삼촌은 언제나 그 사람에 대해 나쁘게 말하고 있어요. 그 증거가 있나요?"

"난 여자하고는 논쟁하지 않는다. 게다가 증거 같은 게 무슨 필요가 있니? 남자가 혼자 오랫동안 무스코카의 외딴섬에 숨어살고 있고, 그가 어디서 왔고 어떤 생활을 하고 있으며 무엇을 하고 있는지 아무도 모른다면, 그것으로 충분한 증거가 되지 않겠니? 기묘한 데가 있으니 어딘가 수상하다는 거지."

"스네이스라는 이름만으로도 알 수 있잖아요! 너무나 악인에게 어울리는 이름 아니에요?" 육촌 세라가 말했다.

"난 어두운 길에서 그 남자를 만날까봐 무서워요." 사촌 조지아나가 몸을 떨며 말했다.

"그가 무슨 짓을 할 거라고 생각하는데요?" 밸런시가 물었다.

"나를 죽일 거야." 조지아나는 심각하게 말했다.

"단지 재미로?" 밸런시가 넘겨짚었다.

"그래." 조지아나가 자기도 모르게 대답했다.

"아니 땐 굴뚝에 연기 나겠니? 난 그 남자가 이곳에 처음 왔을 때부터 뭔가 나쁜 짓을 저지르지 않을까 걱정했어. 뭔가를 숨기고 있다는 걸 느꼈지. 내 직감은 늘 들어맞는다니까."

"죄인이야! 그놈은 틀림없이 죄인이라고." 웰링턴 삼촌이 밸런시를 노려보면서 말했다.

"절대로 틀림없어. 그놈은 횡령죄로 교도소에 들어가 있었다더군. 확실해. 소문으로는 전국적인 은행 강도와 한패라고 하던데."

"누가 그렇게 말했는데요?" 밸런시가 물었다.

웰링턴 삼촌은 밸런시를 바라보며 미워죽겠다는 듯이 이마에 주름을 잡았다. 이 지긋지긋한 녀석, 뭔가에 씐 것 아니야? 삼촌은 밸런시의 질문을 무시하기로 했다.

"그놈은 얼굴이 정말이지 전과자같이 생겼어. 나는 처음 그놈을 보았을 때부터 그렇게 생각했지." 벤저민 삼촌이 물어뜯기라도 할 기세로 말했다.

태어날 때부터 수치스러운 행위를 하는 자로
운명지워진 슬픈 남자여.

제임스 삼촌이 시를 인용했다. 그는 마침내 그것을 인용할 수 있어서 매우 즐거워하고 있었다. 오랫동안 그 기회를 기다리고 기다렸던 것이다.

"그 사람의 눈썹은 한쪽이 활모양이고 다른 한쪽은 삼각형이에요. 그게 그가 악한이라는 이유가 될까요?" 밸런시가 말했다.

제임스 삼촌은 자신의 눈썹을 치켜 올렸다. 보통 그가 눈썹을 치켜 올릴 때는 이 세상도 끝이 나는 것이다. 하지만 이번만큼은 세상이 끝나지 않았다.

"도스, 넌 어떻게 그 사람의 눈썹에 대해 알고 있는 거니?" 올리브가 조금 신랄한 투로 물었다. 2주일 전 같았으면 이런 말을 들으면 밸런시도 당황했을 것이다. 올리브는 그것을 잘 알고 있었다.

"맞아. 그걸 어떻게 알았니?" 웰링턴 숙모도 한몫 거든다.

"전 그 사람을 두 번이나 봤고 또 주의 깊게 보았거든요. 그런 흥미로운 얼굴은 처음 봤어요." 밸런시는 태연자약하게 말했다.

"전 그 남자의 과거에는 어딘가 수상쩍은 데가 있는 게 틀림없다고 생각해요." 올리브는 희한하게도 밸런시가 대화의 중심에 있고 자기는 완전히 소외당하고 있다는 걸 알았다.

"그렇다고 해서 그 사람이 소문대로 모든 죄를 저질렀다고는 할 수 없잖아요?"

밸런시는 올리브가 거북하게 생각되었다. 왜 올리브가 바니 스네이스를 변호하는 걸까? 그것도 제법 그럴듯하고 당당한 어조로? 올리브는 그 사람과 어떤 관계가 있을까? 그럼 밸런시는? 그러나 밸런시는 그 질문을 스스로에게는 하지 않았다.

"그 남자는 미스타위스의 헛간에서 고양이를 많이 키우고 있다는 소문이에요." 육촌 세라 테일러가 자기도 그를 전혀 모르고 있지는 않다는 듯 말했다.

고양이, 그건 밸런시에게는 매력 있는 말이었다. 그것도 아주 굉장히. 그녀는 새끼고양이가 가득 놀고 있는 무스코카 섬을 머리에 떠올려 보았다.

"그것만으로도 그 남자가 어딘가 수상하다는 걸 알 수 있잖아요." 이사벨 숙모가 단정해서 말했다.

디저트를 무척 맛있게 먹고 있던 밸런시가 말했다.

"아무래도 고양이를 싫어하는 사람들은, 다른 사람들도 마땅히 싫어해야 한다는 기묘한 사고방식을 가지고 있는 것 같군요."

"놈의 친구라고 하면 그 욕쟁이 아벨밖에 없으니까. 욕쟁이 아벨도 다른 사람들처럼 놈과 관계를 갖지 않는 게 좋을 텐데. 물론 아벨의 가족에게는 그렇다는 얘기지만." 웰링턴 삼촌이 말했다.

그가 약간 어색한 말을 하자 웰링턴 숙모가 남편이 깜박 잊고 있는 사실, 즉 이곳에는 젊은 아가씨도 있다는 사실을 상기시키려는 듯 힐끗 남편에게 눈길을 주었다.

"삼촌은 이렇게 말씀하시고 싶은 건가요? 바니 스네이스가 시시게이가 낳은 아이의 아버지라고? 하지만 그건 틀려요. 말도 안 되는 거짓말이에요." 밸런시가 흥분한 목소리로 말했다.

화가 나기는 했지만 밸런시는 이 축하 자리에 앉아 있는 사람들의 얼굴에 드러난 표정을 보고 한층 기분이 좋아졌다. 17년 전, 사촌 글래디스가 주최한 '바느질 모임'에서 사람들은 밸런시의 얼굴에서 '뭔가'를 발견했다. 그것은 그녀가 학교에서 얻어온 것이었다. 바로 머리카락에 이가 있었던 것이다! 밸런시는 우회적인 방법으로 그 모임에서 쫓겨났다. 그때 이후로 처음 보는 표정들이었다.

가엾은 프레데릭 부인은 당장이라도 그 자리에 쓰러질 것 같았다. 그녀는 믿고 있었다, 아니 믿으려고 했다. 밸런시는 아직도, 아기는 파슬리 밭에서 오는 것으로 알고 있다고.

"그만, 이제 그만 해!" 사촌 스티클스가 소리쳤다.

"아니에요, 그만하지 않을 거예요." 떼쓰는 아이처럼 밸런시가 말했다. "전 지금까지 내내 '가만히 있어라, 가만히 있어라'는 말만 들어왔어요. 그렇지만 이제부터는 소리지르고 싶으면 소리지를 거예요. 제가 그러고 싶어지지 않도록 해 주세요. 그러니까 이제 바니 스네이스의 한심한 소문 얘기 같은 건 그만들 두시라구요."

밸런시는 자기가 왜 그렇게 화를 내고 있는 건지 자신도 잘 몰랐다. 바니 스네이스의 누명과 그의 나쁜 품행이 도대체 자기와 무슨 관계가 있다는 말인가? 게다가 무엇보다도 알 수 없는 것은, 그가 그 가엾은 시시 게이의 애인이라는 소문에 왜 이토록 화가 난단 말인가? 밸런시는 그것을 참을 수가 없었다. 그녀는 사람들이 바니를 도둑이라느니, 위조범이라느니, 전과자라느니 하는 것은 상관하지 않았다. 그러나 그가 시시 게이를 사랑하고 파멸시켰다는 건 생각만 해도 화가 치밀어 견딜 수가 없었다. 밸런시는 그를 우연히 두 번밖에 보지 못했지만 그의 얼굴을 또렷이 떠올릴 수 있었다. 일그러지고 이해할 수 없는, 그러나 사람을 끌어당기는 웃음, 얇고 민감하며 익살스러우면서도 금욕적이라고까지 할 수 있는 입술, 몸 전체에서 풍기는 대담무쌍함. 그런 웃음과 입술의 소유자는 사람을 죽이거나 물건을 훔칠지는 모르지만 사람을 배신할 리는 없다. 밸런시는 갑자기 그런 말들을 입에 올리고 그것을 믿는 사람들 모두가 싫어졌다.

"도스, 내가 젊었을 때는 절대로 그런 것을 생각하거나 입 밖에 내지 않았어." 웰링턴 숙모가 엄격하게 말했다.

"네! 하지만 저도 이젠 젊지 않아요." 밸런시는 아무렇지도 않은 듯 되받았다.

"숙모님은 항상 그 사실을 저에게 일깨워주셨잖아요? 여러분은 심통 맞고 어리석은 소문이나 좋아하는 사람들이에요. 어째서 그 불쌍한 시시 게이를 가만히 내버려 두지 않는 거예요? 그 사람은 죽어가고 있어요. 그 사람이 무슨 짓을 했든, 하느님이든 악마든, 이제 충분할 만큼 벌주었어요. 우리들까지 그녀에게 벌을 줄 이유가 없다구요. 바니 스네이스만 해도 그 사람이 지은 단 한 가지 죄라고 하면, 혼자 살면서 아무한테도 의지하지 않고 자기 일만 하고 있다는 것이죠. 그 사람은 우리가 없어도 얼마든지 살아갈 수 있어요. 바로 그 점이 용서할 수 없는 죄가 되는 거죠. 우리들처럼 마음이 좁은 속물 사회에서는 말이죠."

밸런시는 이 마지막 말을 갑자기 발명해 내고는 멋진 재치라고 생각했다. 그것이야말로 이 자리에 있는 모든 사람들을 그대로 표현한 말이며 거기에 반론할 수 있는 사람은 아무도 없을 것이다.

"밸런시, 아버지가 그 말을 들으시면 무덤 속에서 돌아누우시겠구나." 프레데릭 부인이 말했다.

"가끔은 자세를 바꿔주는 것도 괜찮다고 생각해요." 밸런시가 거침없이 대답했다.

"도스, 십계명은 아직도 이 세상에 통용되고 있어. 특히 다섯 번째는. 잊어버렸니?" 제임스 삼촌이 무거운 목소리로 말했다.

"아뇨, 전 잊지 않고 있어요. 삼촌이야말로 잊고 계신 것 아니에요? 특히 아홉 번째를. 삼촌은 십계명이 없었다면 이 세상이 얼마나 따분해질지 생각해본 적 있으세요? 뭔가가 재미있다 싶으면 반드시 그것을 해서는 안 되는 것이 되어버리죠."

밸런시는 너무 흥분해버린 것 같았다. 그녀는 그녀의 내부로부터 어떤 확실한 경고의 목소리를 들었다. 또 발작이 다가오고 있었다.

더 이상 이 자리에 있어서는 안 된다. 밸런시는 의자에서 일어섰다.

"저는 이제 집에 돌아가야겠어요. 저녁을 먹으러 왔을 뿐이니까. 무척 맛있었어요, 앨버타 숙모님. 그런데 샐러드는 좀 싱거웠어요. 후추를 조금만 더 넣으면 좋아질 거예요."

너무 놀란 은혼식 손님들은 아무도 입을 여는 사람이 없었다. 노을 속에서 밸런시가 정원 문을 닫는 소리가 들릴 때까지는.

"저 아이는 내 말대로 정신이 이상해진 게 분명해요." 스티클스가 신음하듯이 말했다.

벤저민 삼촌은 그 뭉툭한 오른손으로, 역시 뭉툭한 왼손을 철썩철썩 무시무시한 기세로 때리면서 말했다.

"저 아이는 실성했어. 틀림없이, 실성하고 만 거야. 결국 저 지경이 되고 말았군. 완전히 미쳐버렸어."

"어머, 아직 그렇게 단정하기는 일러요. 위대한 셰익스피어가 한 말을 생각해보세요. 동정하는 마음에 악은 없다고 했잖아요." 조지아나가 달래듯이 말했다.

"동정이라고! 그 까짓것!" 벤저민 삼촌이 소리를 질렀다.

"난 지금까지 저렇게 말하는 젊은 여자는 본 적이 없어. 생각만 해도 수치스러운 그런 말을 대담하게도 입 밖에 내어 말하다니 벼락 맞을 짓이야! 우리를 바보로 알고 있어! 저런 아이는 채찍으로 흠씬 때려줘야 해. 내가 그것을 하고 싶군. 후, 후!" 벤저민 삼촌은 뜨거운 커피를 벌컥벌컥 반이나 마셔버렸다.

"유행성 이하선염 때문에 저렇게 되는 수는 없나요?" 스티클스가 오들오들 떨면서 말했다.

"저는 뭔가 좋지 않은 일이 일어날 줄 알고 있었어요. 어제 집 안에서 우산을 펼치고 말았거든요." 코를 훌쩍이면서 조지아나가 말했다.

"그 아이에게 혹시 열이 있는지 확인해 봤어요?" 이번에는 사촌 밀드레드가 물었다.

"아멜리아가 입안에 체온계를 넣어보라고 아무리 말해도 듣지 않았어요." 스티클스가 울먹이며 말했다.

프레데릭 부인은 이제 대놓고 울고 있었다. 도저히 막을 방도가 없었다.

"밸런시는 벌써 2주일 전부터 저런 식으로 이상하게 변했어요. 전혀 그 아이 같지가 않았죠. 크리스틴이 설명해줄 거예요. 저는 저 아이가 이번에도 감기에 걸린 것이면 좋겠다고 빌기까지 했어요. 하지만 저건 그게 아니에요. 뭔가 더 무서운 것이 틀림없어요."

"덕택에 내 신경염도 다시 도진 것 같아요." 스티클스가 이마에 손을 짚었다.

"아멜리아, 그만 울어요." 허버트 삼촌이 뻣뻣한 잿빛 머리카락을 초조하게 잡아당기면서 동정어린 목소리로 말했다. 그는 '집안싸움'을 싫어했다. 도스도 하필이면 내 은혼식에서 말썽을 피울 게 뭐람! 도스가 이런 짓을 하리라고는 아무도 예상치 못했다.

"아멜리아, 도스를 의사에게 데리고 가는 게 좋겠소. 이건 단순한, 그러니까 정신착란일 거요. 요즘은 흔히 있는 일 아니오?"

"저는, 저는 어떻게 해야 할지 모르겠어요, 아!" 프레데릭 부인이 괴로운 신음소리를 냈다.

"게다가 레드펀 강장제도 먹으려 하지 않아요." 스티클스가 끼어들었다.

"모든 걸 거부하고 있어요." 프레데릭 부인이 말했다.

"그리고 무슨 일이 있어도 장로파 교회에 가겠다는 거예요." 그러나 스티클스도 계단의 난간 사건만은 밸런시의 명예를 위해 말하지 않았다.

"역시 도스가 정신이 이상해지긴 이상해졌어." 벤저민 삼촌이 탄식하며 말했다.

"오늘 그 아이를 처음 봤을 때부터 어딘가 이상하다고 생각했어. 실은 그 전부터 눈치는 채고 있었지만."(그는 mirage(미라지)를 떠올리고 있었다.)

"오늘 저 아이가 말한 것은 전부 자기의 불안한 정신 상태를 반영하고 있어. 그 질문, '급소였나요?' 그게 무슨 뜻일까? 난센스도 정도가 있어야지. 스털링 집안에는 아직까지 이런 일이 없었는데. 아무래도 원스바라 집안의 피라고 보는 수밖에 없겠군."

가엾게도 프레데릭 부인은 화낼 기운도 없을 만큼 절망에 빠져 있었다.

"저는 원스바라 집안에 그런 사람이 있었다는 말은 들은 적이 없어요." 프레데릭 부인은 흐느껴 울었다.

"밸런시의 외할아버지가 상당히 이상한 사람이었던 건 사실이야." 벤저민 삼촌이 말했다.

"물론 좀 이상한 데가 있기는 했지만 머리는 정상이었어요." 프레데릭 부인은 눈물을 흘리면서 인정했다.

"그분은 늘 오늘의 밸런시와 똑같은 말투를 썼지. 그리고 자신을 고조부의 환생으로 믿고 있었어. 그렇게 말하는 것을 들은 적이 있어. 그런 걸 믿고 있는 사람을 어떻게 정상적인 정신의 소유자라고 할 수 있겠소? 자, 자, 아멜리아, 이제 그만 울어요. 도스가 심한 추태를 보이기는 했지만, 그 아이는 실성해 그런 거니까. 노처녀란 흔히 저런 식으로 홱 변하는 수가 있어요. 그 아이도 혼기를 놓치지 않았더라면 저렇게까지 되지는 않았을 텐데." 벤저민 삼촌이 말했다.

"그 아이와 결혼하고 싶어한 사람이 아무도 없었어요." 벤저민 삼촌이 자신을 비난하고 있는 거라고 느낀 프레데릭 부인이 말했다.

"어쨌든 다행히 이 자리에는 다른 사람은 없어. 이번 일은 우리만의 비밀로 해두는 게 좋겠군. 내가 내일 그 아이를 다시 선생에게 데리고 가지. 저런 고집스러운 아이를 다루는 덴 익숙할 테니까. 그러면 되겠지, 제임스?" 벤저민 삼촌이 말했다.

"의사의 확실한 조언이 필요한 건 틀림없어." 제임스 삼촌도 찬성했다.

"좋아, 그럼 결정됐어. 아멜리아, 한동안은 아무 일도 없었던 것처럼 행동하면서, 그 아이한테서 눈을 떼지 말도록 해요. 절대로 혼자 있게 해서는 안 돼요. 물론 혼자 자게 해서도 안 되고."

다시 프레더릭 부인이 슬픈 목소리로 말했다.

"어떻게 할 수가 없어요. 그저께 밤에도 전 그 아이에게 크리스티와 함께 자라고 말했죠. 하지만 그 아이는 들은 척도 하지 않았어요. 문을 아예 걸어 잠그더군요. 아! 그 아이가 얼마나 달라졌는지 말로 다 못할 정도예요. 일도 하려고 하지 않아요. 적어도 바느질만큼은 절대로 안 하려 해요. 물론 보통 집안일은 하지만요. 어제 아침에는 응접실 청소도 하지 않았어요. 매주 목요일에는 반드시 청소를 하는데, 그 아이는 바닥이 더러워질 때까지 기다리겠다는 거예요. 전 물었죠. '깨끗한 바닥을 청소하는 것보다 더러운 바닥을 청소하는 게 좋단 말이니?' 그랬더니 그 아이는, '물론이에요. 청소하는 보람이 있잖아요' 하는 거예요. 이걸 도대체 어떻게 생각하세요?"

벤저민 삼촌은 생각했다.

"포푸리 항아리가 그 애 방에서 없어져버렸어요." 스티클스가 단어를 철자 그대로 발음하면서 말했다.

"산산조각이 난 채 옆집 뜰에 떨어져 있었어요. 하지만 그 아이는 어떻게 된 건지 얘기해주지 않더군요."

"도스가 이렇게 될 줄은 꿈에도 생각 못했어. 얌전하고 다감한 아이인 줄 알았는데. 좀 늦된 감은 있지만 감수성이 예민한 아이였어."

허버트 삼촌이 말했다.

"이 세상에 영원히 변치 않는 것은 곱셈 구구단뿐이지." 제임스 삼촌이 자못 철학적으로 말했다.

"자, 자, 이제 분위기를 좀 바꿔봅시다." 벤저민 삼촌이 말했다.

"코러스걸이 왜 우수한 축산가와 같은지 알아?"

"왜죠?" 스티클스가 물었다. 누군가가 이렇게 말해주지 않으면 안 되는데, 밸런시는 이미 그곳에 없었기 때문이다.

"카브즈$\left(\begin{smallmatrix} \text{Calves : ①송아지,} \\ \text{②바보, 어리석음} \end{smallmatrix}\right)$를 보여주고 싶어하기 때문이지." 벤저민 삼촌이 킬킬 웃으면서 말했다.

사촌 스티클스는 그가 조금 조심성이 없다고 생각했다. 올리브도 있는 자리에서 말이다. 그렇지만, 그는 남자이므로 체면을 세워주지 않으면 안 된다.

허버트 삼촌은 도스가 가버리자 어쩐지 재미가 없어진 것 같다고 생각했다.

고독의 한가운데

　밸런시는 푸른 어스름이 깔린 땅거미가 지는 길을 걸어 서둘러 집으로 돌아갔다. 너무 서둘렀던 모양이다. 발작이 일어난 것은 다행히 자신의 안전한 방에 도착한 뒤였지만 이렇게 심한 발작은 처음이었다. 정말 지금까지의 발작 가운데 최악이었다. 발작이 일어나는 동안 죽을지도 모른다는 생각이 들었다. 이런 고통 속에 죽는다는 건 도저히 견딜 수 없을 것 같았다. 아마, 아마, 이것이 죽는다는 것인가 보다. 밸런시는 혼자 있는 것이 불안했다. 가까스로 뭔가 생각할 수 있는 상태가 되었을 때 밸런시는 지금 옆에 누가 있어서 자기를 위로해 주었으면 좋겠다고 생각했다. 누구든 진심으로 걱정해 주는 사람……. 달리 어떻게 해주지는 못해도 그저 꼭 안아주기만 해도 좋다. 그리고 이렇게 말해주는 것이다, "다 알고 있어. 힘들지? 하지만 용기를 내, 곧 건강해질 테니까." 그 사람은 그저 오들오들 떨기만 하며 법석을 피우지는 않는다. 어머니도 아니고 사촌 스티클스도 아니다. 그런데 지금 왜, 바니 스네이스가 머리에 떠오르는 것일까? 이 고통과 고독의 한가운데, 왜 갑자기 그 사람이 위로해줄 것이고 괴로워 몸부림치는 자신을 동정해줄 거라고 생각하는 걸까? 어째서, 그가 오래전부터 잘 알고 있는 친구처럼 느껴지는 것일까? 그것은 단지, 아까 밸런시가 그를 변호하며, 친척들의 비난에 대해 그의 편을 들어주었기 때문일까?

발작이 시작될 때는 너무나 고통스러워서 트렌트 씨의 약을 먹을 정신도 없었다. 하지만 가까스로 약을 먹고 나자 곧 진정되기 시작했다. 고통이 사라지자 밸런시는 완전히 기진맥진하여 식은땀을 흘리며 침대에 누웠다. 아, 얼마나 무서웠는지! 그런 고통은 더 이상 견딜 수 없을 것 같았다. 고통도 없이 한순간에 죽을 수 있다면 죽음도 받아들일 수 있을 것 같았다. 하지만 이렇게 괴로운 건 도저히!

밸런시는 갑자기 웃기 시작했다. 그 저녁 식사는 정말 재미있었어! 하지만 그건 극히 단순한 일에 속했다. 밸런시는 단지 늘 생각해 오던 것을 말했을 뿐이다. 모두의 그 표정들! 가엾게도 완전히 당황한 기색이었지! 밸런시는 벤저민 삼촌이 오늘 밤 틀림없이 유언장을 새로 쓸 거라고 생각했다. 올리브가 삼촌이 모은 재산 가운데 밸런시에게 갈 몫을 받게 될 것이다. 올리브는 언제나 밸런시의 몫을 빼앗아 가버렸으니까. 그 진흙공 사건만 봐도 알 수 있어.

집안 사람들을 실컷 비웃어주고 싶다고 생각해왔던 밸런시였지만, 그 실현이 지금의 그녀에게 주어진 만족의 전부였다. 그러나 그것도 어쩐지 정말 초라하다는 생각이 들었다. 아무도 그녀를 가련하게 생각해주지 않으니 스스로 자신을 조금이나마 동정하는 수밖에 없지 않은가?

밸런시는 일어나서 창가로 갔다. 어린 싹눈이 트기 시작한 나무들 위로 불어오는 촉촉하고 향기로운 바람이, 그녀의 얼굴을 지혜로운 옛 친구처럼 다정하게 어루만져 주었다. 멀리 왼쪽에 보이는 트레드 골드 부인 소유지의 서양 사시나무들이——밸런시가 있는 곳에서는 헛간과 낡은 차체 공장 사이로 보인다——구름 한 점 없는 하늘을 배경으로 짙은 보랏빛 그림자처럼 보였다. 그리고 은초록색 호수 위에 진주 한 알이 떠 있는 것처럼, 별 하나가 한 그루 나무 위로 반짝이고 있다. 멀리 역 저편에는 미스타위스 호수를 에워싸는 숲이, 보랏빛 그림자의 모자를 쓰고 있다. 하얗고 아련한 안개가 깔려 있고, 호수 바로 위에 초승달이 희미하게 걸려 있다. 밸런시는 앙상한 왼쪽 어깨너머로 초승달을 바라보았다.

그리고 문득 생각난 것처럼 이렇게 중얼거렸다.

"죽기 전에 단 한 개라도 좋으니까 나만의 진흙공을 만들어보고 싶어."

현명한 방법

벤저민 삼촌은 밸런시를 의사에게 데리고 가겠다고 너무 가볍게 약속해버린 것이 얼마나 경솔한 결과를 초래했는지 깨달았다. 밸런시는 가려고 하지 않았다. 뿐만 아니라 그를 향해 노골적으로 비웃기까지 했다.

"제가 왜 마시 선생님한테 가야 하는 거죠? 제 머리는 조금도 아픈 데가 없어요. 그야, 삼촌들은 제가 갑자기 미쳤다고 생각하겠지만. 그건 아니에요. 저는 남을 기쁘게 하기 위해 산다는 것이 지겨워지고 말았어요. 그래서 이제부터는 저 자신을 기쁘게 하기로 결심했을 뿐이에요. 그러니까 삼촌한테도, 라즈베리 잼을 훔친 것 말고도 얘깃거리를 제공할 수 있을 거예요."

"도스, 넌 왠지 너 같지가 않구나." 벤저민 삼촌은 무겁게, 그러나 자신 없는 듯이 말했다.

"그럼 누구 같다는 거죠?"

밸런시가 물었다.

벤저민 삼촌은 잠시 대답이 궁했지만 될 대로 되라는 심정으로 말했다.

"네 할아버지 윈스바라 같다."

"어머나, 고마워요." 밸런시는 기뻐하는 것처럼 보였다.

"영광이에요. 전 윈스바라 할아버지를 기억하고 있어요. 할아버지는 제가 알고 있는 한 훌륭한 분 가운데 한 사람이었어요, 단 한 사람이라 해도 좋을 만큼. 삼촌, 이제 절 꾸짖거나 달래거나 명령해도, 어머니와 스티클스가 서로 눈짓하며 고개를 설레설레 저어도 소용없어요. 전 절대로 의사한테는 가지 않을 거니까요. 설령억지로 끌고 간다 해도 만나지 않을 거예요. 자, 어떻게 하시겠어요?"

어쩌면 좋단 말이냐, 이 일을! 밸런시를 억지로 의사에게 끌고 가는 건, 아직은 그럴 필요도, 가능성도 없는 일이었다. 보아하니 무슨 수를 써도 소용없을 것 같았다. 어머니가 눈물을 흘리며 애원해도 전혀 효과가 없었다.

"걱정 마세요, 어머니." 밸런시는 가볍게, 그러나 예의를 차려서 말했다. "무서운 짓을 하려는 게 아니에요. 다만 약간 즐기려는 것뿐이죠."

"즐긴다고!" 프레데릭 부인은 마치 밸런시가 잠시 폐결핵에라도 걸리겠다고 말한 것처럼 놀랐다.

어머니가 올리브를 보내서 밸런시를 조금이라도 설득해보려고 찾아왔지만, 금세 얼굴을 붉힌 채 눈은 분노로 활활 타올라 돌아가 버렸다. 올리브는 어머니에게 이제 밸런시는 도저히 손쓸 방법이 없는 것 같다고 보고했다. 자기가 동생처럼 다정하게 타이르듯 얘기했는데도, 밸런시는 그 이상한 눈을 가느다랗게 뜨고 이렇게 말했을 뿐이라고 했다.

"난 웃을 때 잇몸이 보이지 않아."

"어머니, 밸런시는 나에게 말하고 있다기보다, 자신한테 얘기하고 있는 것 같았어요. 정말이지 그 앤, 내가 얘기하는 내내 전혀 듣지 않는 것 같았다구요. 그뿐만이 아니에요. 더 이상 무슨 말을 해도 소용없다는 걸 알고 전 부탁했어요. 다음 주에 세실이 오니까 적어도 그이 앞에서는 이상한 말을 하지 말아달라고요. 그랬더니 그 애가 뭐라고 말한 줄 아세요?"

"상상도 못하겠어." 웰링턴 숙모는 무슨 말이든지 해보라는 듯한 얼굴로 신음하듯 말했다.

"'세실을 깜짝 놀라게 해주고 싶어. 그 사람의 입은 남자치고 너무 빨갛더라'라고 하는 거예요! 아, 어머니. 전 이제 밸런시를 예전의 그 아이로 생각할 수 없게 되었어요."

"올리브, 그 아이는 머리가 정상이 아니야. 스스로도 무슨 말을 하고 있는지 모르고 그러는 거니까, 심각하게 받아들여선 안 돼." 웰링턴 숙모는 단호하게 말했다.

그 뒤 웰링턴 숙모는 프레데릭 부인을 찾아가서 밸런시가 올리브에게 한 말을 얘기했다. 프레데릭 부인은 그 자리에서 밸런시에게 올리브한테 사과하라고 말했다.

"15년 전에 어머닌 제가 하지도 않은 일에 대해 올리브에게 사과하게 했어요. 이것으로 비긴 거예요." 밸런시는 말했다.

다시 집안의 중대한 비밀 회의가 열렸다. 사촌 글래디스를 제외하고 전원이 참석했다. 글래디스는 '가엾은 도스가 이상해진 뒤부터 내내' 심한 두통에 시달리고 있어서 도저히 밸런시까지 신경을 쓸 여유가 없다는 것이었다. 어쨌든 모두가 내린 결론은 이랬다. 자신들의 눈앞에 닥친 사실은 사실로서 받아들이자. 가장 현명한 것은 밸런시를 그냥 잠시 내버려두는 것이다. "그녀가 제정신을 차릴 때까지 그녀를 혼자 내버려 두되 눈을 떼지 말 것." 벤저민 삼촌이 말했다. 그 무렵에는 아직 '지켜보다'라는 말이 없었지만 그것이 바로 당황한 밸런시 집안 사람들이 사실상 취하려 했던 수단이었다.

"앞으로 어떻게 전개되는지에 따라 다시 방법을 강구하지 않으면 안 돼." 벤저민 삼촌이 말했다. 그리고 심각한 얼굴로 이렇게 계속했다.

"달걀을 휘젓는 것이 휘젓지 않고 두는 것보다 쉬워. 물론 만약 밸런시가 발작을 시작하면……."

제임스 삼촌은 앰브로즈 마시 선생과 의논했다. 의사는 그들의 결정을 인정해주었다. 삼촌은 할 수만 있다면 당장이라도 밸런시를 인적이 없는 어딘가에 감금하고 싶었지만, 의사는 얼굴이 확확 달아올라 있는 제임스 삼촌에게 밸런시가 정신병을 앓고 있다는 증거가 없었으므로 확실해질 때까지는 아무리 요즘 같은 세상이라도 쉽게 누군가를 감금할 수 없다고 말했다. 제임스 삼촌이 무슨 말을 해도 마시 선생은 전혀 놀라는 기색이 없었다. 그는 가끔 손을 입으로 가져가 웃음을 감추고 있었다. 그는 어차피 스털링 집안 사람이 아니다. 게다가 밸런시에 대해서도 거의 아는 바가 없었다. 제임스 삼촌은 큰 걸음으로 방에서 나가 디어우드로 돌아갔다.

'쯧쯧! 마시 선생도 이젠 못 믿겠어. 아델레이드 스털링은 좀더 나은 남편감을 찾았어야 했는데.'

욕쟁이 아벨

비극이 일어났다고 해서 일상생활을 멈출 수는 없다. 아들이 죽어도 식사 준비를 하지 않으면 안 되고, 하나뿐인 딸이 머리가 이상해졌어도 망가진 현관은 수리해야 했다. 언제나 계획적으로 행동하는 프레데릭 부인은 현관 차양의 지붕이 몹시 기울어져서 위험했기 때문에, 한참 전부터 6월 둘째 주에 수리해달라고 부탁해 놓고 있었다. 욕쟁이 아벨은 몇 달이나 전에 부탁을 받았는데도 잊지 않고 정확히 둘째 주 첫날에 찾아와서 바로 일을 시작했다. 물론 그는 술에 취해 있었다. 취해 있지 않을 때가 거의 없었으니까. 하지만 아직은 시작 단계라 그는 말이 많고 기분도 좋은 편이었다. 그가 내뿜는 위스키 냄새 때문에 점심 식사 때 프레데릭 부인과 스티클스는 속이 울렁거릴 지경이었다. 밸런시까지 아무리 세상 물정에 밝아진 기분이라 해도 그것만은 싫었다. 하지만 밸런시는 아벨을 좋아했고, 그의 바닥날 줄 모르는 분방한 이야기를 좋아했다. 점심 설거지를 끝내고 그녀는 밖으로 나가 계단 위에 앉아 아벨에게 말을 걸었다.

프레데릭 부인과 스티클스는 큰일났다고 생각했지만 어쩔 수가 없었다. 두 사람이 밸런시에게 안으로 들어오라고 말해도 밸런시는 장난스러운 눈길로 웃기만 할 뿐 꼼짝도 하지 않았다. 한번 해버리고 나니 반항하는 건 너무나 쉬운 일이었다. 무엇이든 시작이 가장 어려운 법이다. 두 사람 다 이제 아무 말도 할 수 없었다. 뭔가 말했다가 밸런시가 욕쟁이 아벨 앞에서 추태를 보이기라도 한다면, 그야말로 아벨은 온 사방에 그의 특기인 과장된 설명을 덧붙여서 퍼뜨리고 다닐 것이다. 두 사람은 그것이 두려웠다.

6월의 햇살이 쏟아지고 있는데도 그날은 무척 추웠다. 그래서 프레데릭 부인은 식당 창가에 진을 치고 앉아 두 사람이 무슨 얘기를 하는지 듣기로 했다. 하지만 창문을 열어둘 수는 없었다. 밸런시와 욕쟁이 아벨은 둘이서만 얘기하고 있었다. 만약 프레데릭 부인이 이 대화가 어떻게 발전할지 알았더라면 당장 그만두게 했을 것이다. 혹시 차양이 무너져도 괜찮다면 말이다.

밸런시는 계단 위에 앉아 있었다. 이사벨 숙모라면 틀림없이 계절이 변한 거라고 말할 게 틀림없을 만큼 이번 6월은 추웠지만, 그 차가운 바람도 밸런시는 전혀 신경 쓰지 않았다. 감기에 걸리든 말든 상관없었던 것이다. 이 차갑고, 아름답고, 향기로운 바깥에 앉아서, 자신이 자유임을 느끼는 것은 멋진 일이었다. 그녀는 상쾌하고 아름다운 바람을 향해 두 팔을 벌려 가슴 가득 들이마시며, 머리카락이 바람에 헝클어지는 대로 내버려 두었다. 그리고 욕쟁이 아벨이 스코틀랜드 노래에 맞춰 유쾌하게 망치질을 하면서, 그 사이사이에 들려주는 고생담에 귀를 기울였다. 밸런시는 아벨의 노래를 좋아했다. 망치를 두드리는 소리와 노래가 듣기 좋은 조화를 이루고 있었다.

욕쟁이 아벨은 일흔 살이라는 나이에도 아직 상당히 괜찮은 남자로 당당하고 훌륭한 품격이 있었다. 파란색 플란넬 셔츠 위까지 내려오는 멋진 수염은 아직 변하지 않고 있는 불꽃처럼 붉은색이었다. 하지만 덥수룩한 머리는 눈처럼 하얗고, 불꽃처럼 빛나는 눈은 싱싱

한 푸른색이다. 그의 붉은 빛이 감도는 크고 하얀 눈썹은 눈썹이라기보다 차라리 콧수염이라고 하는 편이 나을 정도였다. 그가 코 밑을 언제나 말끔하게 깎고 있는 것은 그 탓일지도 모른다. 뺨은 빨갛고 코도 틀림없이 빨갰을 것이다. 하지만 지금은 다르다. 그 코는 모양이 잘 잡힌, 야무지고 높은 매부리코로 가장 고귀한 체하는 로마인도 틀림없이 자부했을 만한 코였다. 아벨은 구두를 벗어도 키가 1미터 88센티미터쯤 되었다. 어깨가 넓고 허리는 탄탄했다. 젊은 시절에는 유명한 플레이보이로, 온 동네 여자가 모두 예쁘게 보여서 도저히 자신을 묶어둘 수가 없었다.

아벨의 생애는 실패와 모험, 용감한 행위와 행운과 불운 등, 수많은 색색의 파노라마였다. 결혼했을 때는 이미 45살이었다. 아내는 귀엽고 날씬한 소녀였는데, 그의 방탕한 생활이 원인이 되어 2, 3년 만에 죽어버렸다. 아벨은 아내의 장례식 때도 몹시 취해 있어서 이사야서 제55장을 목사에게 몇 번이고 읽게 했기 때문에——그는 성서는 거의 모두, 특히 시편은 전부 암기하고 있었다——, 그가 싫어했던 목사는 장례식 동안 내내 기도했다기보다 기도하려고 애썼다고 하는 편이 나을 것이다. 그 뒤 그의 집은 그리 변변치 못한 사촌이 돌봐주게 되었다. 그녀는 아벨의 식사를 준비해주며 그럭저럭 집이나 지키고 있었다. 이러한 희망 없는 환경 속에서 어린 시시 게이는 하루하루 커갔다.

시시 게이도 학교에 다니고 있었기 때문에 밸런시는 그 아이를 잘 알고 있었다. 시시는 밸런시보다 세 살 아래였다. 학교를 졸업하자 두 사람 사이도 멀어졌고, 시시의 모습을 볼 기회도 없었다. 늙은 아벨은 장로파였다. 그래서 장로파 목사를 찾아가서 결혼했고, 아이의 세례도 아내의 장례도 부탁했다. 그는 장로파 신학에 대해 목사들보다 더 정통했기 때문에, 목사들에게 그와의 논쟁은 위협이었다. 그러나 욕쟁이 아벨은 절대로 교회에 가지 않았다. 디어우드에 온 장로파 목사들은 모두 한번씩은 욕쟁이 아벨을 회개시키려고 노력했다. 하지만 요즘은 그를 귀찮게 하는 사람이 없다. 벤틀리 목사는 벌써 8년이나 디어우드에서 시무하고 있지만, 부임한 지 3개월째부터는 욕쟁이 아벨을 방문한 적이 없다. 목사가 처음으로 그의 집을 방문했을 때, 아벨은 신학적으로 말해 명정(酩酊/만취) 상태에 있었는데, 그것은 늘 감정적이고 감상적인 상태 다음에 찾아왔으며, 그 뒤에는 신을 모독하는 말을 소리소리 지르는 것이었다. 그리고 아벨이 잠시나마 자기 자신이 신의 노여움을 산 죄인이라는 것을 간절히 자백하며, 기도의 말을 줄줄 읊어대는 것으로 끝났다. 그 이상은 더 나아가지 않고 대개 이내 무릎을 꿇은 채 잠들어 버린 뒤 눈을 떴을 때는 멀쩡한 얼굴로 돌아와 있었다. 그는 아직 인사불성이 될 정도로 만취한 적은 없었던 셈이다. 그는 벤틀리 목사에게 자신은 건전한 장로교 신자이며, 선택받은 백성이라는 것을 확신하고 있다고 말했다. 한번도 회개해야 할 죄를 지은 적은 없으며 그것은 자신이 가장 잘 알고 있다고 했다.

"지금까지 후회할 만한 일을 한번도 한 적이 없다는 말입니까?"
벤틀리 목사가 물었다.

욕쟁이 아벨은 더부룩한 백발을 북북 긁으면서 생각하는 시늉을 했다.

"아, 맞아! 있어요, 있어." 그는 마침내 그렇게 말했다.

"키스하고 싶었는데 하지 않았던 여자가 몇 명 있었지. 그것이 아직도 후회되는군."

벤틀리 목사는 말없이 밖으로 나가 곧장 교회로 돌아가 버렸다.

아벨은 시시가 정식으로 세례를 받는 것을 지켜보았다——그때도 그는 술에 취해 있었고, 무척 기분이 좋았다. 그는 시시를 교회에도 주일 학교에도 꼬박꼬박 보냈다. 교회 사람들이 시시를 보살펴 주었다. 그녀는 차례차례 교회 성가대와 소녀 클럽, 젊은 여성 모임의

회원이 되었다. 시시는 자그마한 체격에 진지하고 겸손하며 정직한 신자였다. 모든 사람이 시시 게이를 좋아하고 귀여워했다. 시시는 무척 조신하고, 민감하며, 예쁘기까지 했으며, 그 섬세하고 신비로운 아름다움은, 그녀의 생활이 사랑과 친절로 가득 차 있지 않으면 금방이라도 퇴색해 버릴 것 같았다. 사람들이 그녀를 사랑하고 돌보아주었음에도 어느 날 사건이 일어났을 때, 굶주린 승냥이에게 당한 것처럼 그녀가 만신창이가 되는 것을 아무도 막을 수 없었다. 그것은 4년 전의 일이었다. 시시는 여름 동안 무스코카의 호텔에서 웨이트리스로 일했다. 가을이 되어 돌아왔을 때, 그녀는 완전히 변해 있었다. 사람을 만나는 것을 피하고, 아무 데도 가려 하지 않았다. 그 이유는 금방 밝혀졌고 불쾌한 소문들이 나돌았다. 겨울이 되자 시시는 아기를 낳았다. 아버지가 누구인지는 아무도 몰랐다. 시시는 파르스름한 입술을 조개처럼 굳게 다물고 수치스러운 비밀을 밝히려 하지 않았다. 무모한 용기를 내서 욕쟁이 아벨에게 물어보는 사람은 아무도 없었다.

소문이 추측을 불러 바니 스네이스에게 의심이 돌아갔다. 그 호텔의 종업원들에게 자세히 알아봤더니 시시 게이가 '남자하고 같이 있는' 모습은 아무도 보지 못했다고 했기 때문이었다. 시시는 '늘 혼자 있었다'고 모두들 약간 화를 내며 말했다.

"거만해서 우리 같은 건 상대도 하지 않았어요. 그런데 지금은 저
꼴이라니!"

시시의 아기는 1년밖에 살지 못했다. 아기가 죽은 뒤 시시는 점점 쇠약해져 갔다. 2년 전, 마시 선생이 그녀의 생명이 앞으로 6개월밖에 남지 않았다고 선고했다. 폐가 손을 쓸 수 없을 정도로 나빠져 있었던 것이다. 하지만 그녀는 아직도 살아 있다. 아무도 그녀를 만나러 가지 않는다. 여자들은 욕쟁이 아벨의 집에 가는 것조차 싫어했다. 벤틀리 목사가 아벨이 집에 없을 때 한번 찾아간 적이 있었

다. 하지만 부엌바닥을 청소하고 있던 보기에도 불쾌하게 생긴 늙은 여자는 시시가 아무도 만나지 않는다고 말했다. 그 늙은 아벨의 사촌도 죽어버리자 욕쟁이 아벨은 그 뒤 그다지 평판이 좋지 않은 여자들 두세 명을 고용했다. 폐병으로 죽어가고 있는 사람이 있는 집에 갈 정도면 어떤 여자들인지 말할 것도 없을 것이다. 하지만 마지막 가정부도 떠나버리고 지금은 시시를 돌봐주는 사람도, 욕쟁이 아벨을 챙겨주는 사람도 없다. 아벨은 밸런시에게 딱한 사정을 호소했다. 그리고 디어우드와 그 주변 사회의 '위선자들'을 욕하고 저주했다. 그 소리가 그때 마침 홀을 지나가던 사촌 스티클스의 귀에 들어가 금방이라도 숨이 넘어갈 것처럼 놀라게 했다. 밸런시가 이런 이야기를 듣고 있단 말인가?

신을 모독하는 아벨의 말은 밸런시의 귀에 거의 들어오지 않았다. 밸런시는 다만 사람들로부터 버림받은 가엾고 불행한 시시 게이가, 보살펴주거나 위로해주는 사람도 없이 미스타위스 거리 구석의 쓸쓸하고 허름한 집에서, 병상에 누워 있다는 것에만 신경이 쓰였다. 이것이 20세기의 명목상으로는 기독교 사회라는 곳에서 일어나는 실상인 것이다!

"그럼, 지금 시시는 아무도 보살펴주는 사람 없이 혼자 있다는 거예요? 아무도?"

"그래, 그런데 그 아이도 조금은 몸을 움직일 수 있으니까 원한다면 뭘 먹거나 마실 수는 있지. 그러나 일을 할 수는 없어. 내가 하루 종일 일한 뒤 밤에 지친 몸으로 돌아가도 먹을 것을 직접 만들어먹지 않으면 안 돼. 이런 빌어먹…… 아, 아니, 괴로운 일이야. 이따금 레이철 에드워즈 할멈을 쫓아낸 것을 후회할 때가 있지." 아벨은 레이철의 모습을 생생하게 얘기해 주었다.

"그 여편네는 마치 몸은 백번이나 바뀌었는데 얼굴만은 바뀌지 않은 것처럼 늙었지. 그 여편네는 동작이 굼떠서 지렁이도 잡지 못했어. 게다가 불결한 건 말도 못했지. 난 무리한 요구는 하지 않았어. 남자는 죽기 전에는 배부르게 실컷 먹고 싶은 법이야. 하지만 그 여편네는 도무지 얘기가 되지 않아. 그 여편네가 무슨 짓을 했는지 알아? 호박잼을 만들어 그것을 몇 개의 유리병에 담은 뒤, 뚜껑을 닫고 테이블 위에 두었는데, 개가 테이블 위에 올라가서 앞발을 병 안에 집어넣었어. 그 여편네가 어떻게 했을 것 같니? 개를 붙잡아 앞발에 묻은 잼을 긁어 병 속에 도로 넣더군. 그리고 뚜껑을 닫더니 식품 저장실에 갖다놓는 거야. 난 문을 벌컥 열고 그 여자한테 '꺼져버려!' 하고 소리쳤지. 그리고 나가는 여자 뒤로 잼병 두 통을 집어던졌어. 레이철 할멈이 호박잼을 질질 흘리면서 달아나는 것을 보고 죽을 만큼 웃어주었지. 그 여자는 내가 미쳤다고 퍼뜨리고 다녔어. 그래서 이제 아무도 오려고 하지 않아."

"하지만 시시에게는 누군가 돌봐줄 사람이 필요해요." 밸런시가 말했다. 그녀는 아까부터 그것이 마음에 걸렸다. 욕쟁이 아벨의 식사를 만들어주는 사람이야 있든 말든 상관없었다. 하지만 가엾은 시시 게이를 생각하면 가슴이 아팠다.

"뭐, 하지만 그 아이는 어떻게든 해나갈 수 있을 거야. 바니 스네이스가 가까운 곳까지 오면 반드시 들러서 그 아이의 부탁을 들어주지. 오렌지니 꽃이니 여러 가지를 가지고 와줘. 진짜 크리스천도 있기 마련이야. 바니는 신자인 척하면서 거짓 눈물을 흘리는 세인트 앤드루스의 다른 자들과는 전혀 달라. 그놈들의 개가 그놈들보다 먼저 천국에 갈 거야. 게다가 그 목사, 고양이가 낼름낼름 핥은 것처럼 얼굴이 뺀질뺀질한 작자!"

"세인트 앤드루스에도 세인트 조지스에도 좋은 사람들이 있어요. 아저씨만 제대로 하시면 시시에게 친절을 베풀어줄 거예요. 그 사람들은 아저씨네 집에 가까이 가는 것조차 두려워하고 있어요."

밸런시가 진지한 목소리로 말했다.

"그건 내가 이런 늙은 개라서 그런 건가? 하지만 난 물려고 덤벼들지는 않아. 한번도 그런 적이 없어. 너절한 말은 늘 사용하지만 그것으로 사람이 어떻게 되는 것도 아니고. 게다가 나는 누구도 외주기를 바라지 않아. 이러쿵저러쿵 집안일에 간섭하는 건 질색이거든. 내가 원하는 건 가정부야. 만약 내가 일요일마다 수염을 깎고 교회에 다닌다면 가정부쯤이야 얼마든지 골라잡을 수 있겠지만. 신사라고 불리기도 할 것이고. 하지만 이미 운명이 정해져 있다는데 뭐 하러 교회 같은 데 갈 필요가 있겠니? 말 좀 해보렴."

"정말로 그래요?" 밸런시가 물었다.

"그래. 이제 아무리 발버둥쳐도 어쩔 수 없는 일이야. 어떻게든 되겠지. 천국인지 지옥인지 어느 한쪽으로 확실히 정해지는 건 싫다. 양쪽 다 똑같은 비율로 하면 안 되는 건가?"

"그런 게 이 세상 아닌가요?" 밸런시는 생각에 잠기면서 말했다. 하지만 그녀는 신학 문제보다도 뭔가 다른 것을 생각하고 있는 것 같았다.

"아니야, 아니야!" 아벨은 큰 소리를 지르며 좀처럼 들어가지 않는 못을 힘껏 내리쳤다.

"이 세상은 온통 지옥이야. 정말이지 끔찍한 지옥. 그래서 이렇게 술을 마시는 거지. 잠시라도 자유로워지기 위해……. 자기 자신으로부터 말이야. 그리고 정해진 운명으로부터. 술을 마셔본 적 있니?"

"아뇨, 그렇지만 저는 자유로워질 수 있는 다른 방법을 알고 있어요." 밸런시는 마음이 딴 데 가 있는 얼굴로 대답했다. "하지만 시시가 걱정돼요. 누군가 돌봐줄 사람이 꼭 필요해요."

"넌 왜 시시에 대해 자꾸 말하는 거냐? 지금까지 그 아이와 그다지 친했던 것도 아니면서. 만나러 온 적도 없지 않니? 그 아이는 널 무척 좋아했는데."

"그래요. 제가 시시를 찾아봐야 했어요. 그건 이제 아무래도 상관 없어요. 아저씬 이해 못하실 거예요. 제가 말하고 싶은 건 아저씨 집에는 가정부가 필요하다는 거예요."

"어디에 그런 방법이 있겠니? 일만 잘해 준다면 급료도 제대로 줄 생각이다만. 난 늙은 여자는 사절이야."

"그럼 전 어때요?" 밸런시가 말했다.

도스, 어디로?

"진정해요. 자, 자, 그만 진정하라니까." 벤저민 삼촌이 말했다.

"진정하라고요?" 프레데릭 부인은 두 손을 어쩔 줄 모르겠다는 듯이 쥐어짜면서 소리쳤다.

"이게 진정하고 있을 수 있는 일이에요? 이런 수치스러운 일이 일어났는데 진정할 수 있는 사람이 어디 있겠어요?"

"왜 그 아이를 가게 그냥 내버려 뒀소?" 제임스 삼촌이 물었다.

"가게 했다고요? 말릴 수 있었으면 말렸죠. 그 아이는 커다란 가방에 짐을 챙겨 넣고, 욕쟁이 아벨이 저녁을 먹은 뒤 집으로 돌아갈 때 함께 가버렸어요. 그때 나하고 크리스틴은 부엌에 있었죠. 그런데 도스가 녹색 서지 옷을 입고 작은 가방을 들고 2층에서 내려오는 거예요. 이상한 예감이 들더군요. 어떤 예감인지는 말할 수 없지만 도스가 뭔가 무서운 일을 저지르려 한다는 건 어쨌든 알았어요."

"그 예감이라는 것이 조금만 더 일찍 찾아와 주었더라면 이렇게까지는 되지 않았을걸." 비꼬듯 벤저민 삼촌이 말했다.

"난 '도스, 어디 가니?' 하고 물었어요. 그랬더니 그 아이는 이렇게 말하더군요. '저, 푸른 성을 찾아 가요.'"

"그 말을 들으면 마시 선생도 도스의 머리가 이상하다는 걸 인정하지 않을 수 없을 거야." 제임스 삼촌이 끼어들었다.

"그래서 난 말했어요. '밸런시, 그게 무슨 말이니?' 그러자 그 아이는 '욕쟁이 아벨의 가정부가 되어 시시를 돌볼 거예요. 아벨이 한 달에 30달러 주겠다고 했어요' 하고 말하는 게 아니겠어요? 내가 그대로 심장이 멎어버리지 않은 게 이상해요."

"어쨌든 거기로 가게 한 건 실수였어. 집 밖에 내보내선 안 돼. 문에 자물쇠를 채우거나 무슨 수를 쓰든지……." 제임스 삼촌이 의견을 말했다.

"그 아이는 바로 나하고 현관문 사이에 있었어요. 무슨 말을 해도 절대로 받아들이지 않겠다는 태도였어요. 돌처럼 완강했죠. 그게 아무래도 이상해요. 그 아이는 얌전하고 순종적이었는데, 지금은 붙잡을 수도 묶어둘 수도 없으니. 그 아이를 제정신으로 돌려놓으려고 온갖 말을 다 해봤어요. 이상한 소문이 나도 괜찮냐고 물었죠. 난 엄하게 말했어요. '도스, 여자의 가치라는 것은 한번 흠이 잡히면 두 번 다시 원래대로 돌아오지 않는 거야. 만약 네가 욕쟁이 아벨의 집에 가서 시시 같은 좋지 않은 여자를 돌보거나 한다면, 넌 다신 온전한 여자로 인정받지 못하게 돼' 하고요. 그러자 그 아이는 이렇게 말하더군요. '시시가 좋지 않은 여자라고는 생각하지 않아요. 또 만약 그렇다 해도 상관없어요.' 이건 그 아이가 한 말 그대로예요. '만약 그렇다 해도 상관없어요.'"

"도스는 완전히 이성을 잃어버렸어." 자기도 모르게 벤저민 삼촌이 말했다.

"'시시 게이는 죽어가고 있어요' 하고 그 아이는 말했어요. '이 그리스도교 사회에 죽어가는 사람이 있는데 아무도 그 사람을 구하려 하지 않는다는 건 수치스러운 일이고 불명예예요. 그 사람이 어떤 사람이고 어떤 일을 했든 인간이잖아요?' 하고요."

"뭐, 그거야 듣고 보니 맞는 말이군." 제임스 삼촌은 자못 이해된다는 듯이 말했다.

"난 도스에게 남의 눈은 생각하지 않느냐고 물었어요. 그랬더니 그 아이는 '전 지금까지 내내 남의 시선만 생각해 왔어요. 이제부터는 현실주의로 살 거예요. 체면 따윈 개나 줘버리라고 해요.' 하는 거예요! 개나 줘버리라고요!"

"무서운 일이야! 정말 무서운 일이야!" 벤저민 삼촌이 내뱉듯이 말했다. 그렇게 말함으로써 그는 기분이 약간 진정되었지만 다른 사람한테는 아무 도움도 되지 않았다.

프레데릭 부인은 울고 있었다. 사촌 스티클스가 괴로운 신음소리를 내면서 이야기를 계속했다.

"전 말했어요. 우리 두 사람이 같이요. 욕쟁이 아벨은 술에 취해 발작이 일어나서 아내를 죽인 게 틀림없으니까 도스도 죽이고 말 거야. 도스는 웃으면서 말하더군요. '전 욕쟁이 아벨은 무섭지 않아요. 저를 죽일 수는 없을걸요. 그 나이로는 저를 어쩌지 못할 거예요.' 그 어쩐다는 게 도대체 무슨 뜻일까요?"

프레데릭 부인은 다시 이야기에 끼어들려면 우는 걸 잠시 중지해야겠다고 생각했다.

"난 '밸런시, 넌 너의 평판과 가족의 명예가 어떻게 되든 상관없다고 하는데, 내 감정은 어떻게 돼도 상관없다는 거니?' 그 아인 말했어요. '무슨 상관이에요?' 오! 어떻게 그럴 수가! '무슨 상관이에요'라니!"

"정신 이상자는 타인의 감정 같은 건 아예 무시해버리기 마련이지. 그것이 첫 번째 징후야."

벤저민 삼촌이 말했다.

"난 울음을 터뜨리고 말았어요. 그랬더니 그 아이가 뭐라고 한 줄 아세요? '어머니, 그만 진정하시고 저에 대해선 걱정하지 마세요. 전 그리스도교도로서 좋은 일을 하러 가는 거예요. 그 결과 제 평판이 나빠진다 해도, 어차피 저한테는 결혼운이 없는데 아무려면 어때요?' 그러더니 홱 돌아서서 나가버렸어요."

"제가 마지막으로 도스에게 한 말은 '그럼, 이제부터 밤에 누가 내 등을 문질러주니?'였어요. 그랬더니 그 아이는, 그 아이는…… 아! 그런 말은 두 번 다시 입에 올리고 싶지도 않아요." 비통한 표정으로 스티클스가 말했다.

"바보 같기는. 어서 확실하게 말해. 그렇게 거드름 피우고 있을 때가 아니잖아?" 벤저민 삼촌이 말했다.

"그 아이는……." 사촌 스티클스의 목소리는 속삭이는 목소리보다 더 작았다.

"이렇게 말했어요. '거지 같은 할망구!'"

"살아 있는 동안 내 딸이 내게 욕설을 퍼붓는 소리를 듣게 될 줄이야!" 프레데릭 부인은 흐느껴 울었다.

"하, 하지만 그건 뭐가 뭔지도 모르고 그저 하는 소리였을 거예요." 최악의 일이 밝혀진 지금, 사태를 원만하게 처리하고 싶어진 스티클스가 더듬거리면서 말했다. 그러나 그 계단 난간에 대해서는 입이 찢어져도 말할 수 없었다.

"그러다가 곧 진짜 욕설을 하게 되는 거지." 제임스 삼촌이 근엄하게 말했다.

프레데릭 부인은 손수건의 젖지 않은 부분을 찾으면서 말했다. "무엇보다 곤란한 건, 이렇게 되면 이제 그 아이가 이상하다는 사실이 사람들에게 알려지고 말 거라는 점이에요. 비밀로 해두는 건 도저히 불가능해요. 아, 이 일을 어떻게 해야 할지!"

"진작부터 그 아이에게 엄하게 했어야 하는데." 벤저민 삼촌이 비난하듯이 말했다.

"어떻게 했어야 하는 건지, 난 도무지." 프레데릭 부인이 말했다. 진심으로 그렇게 생각하고 있었던 것이다.

제임스 삼촌이 말했다.

"그보다 더 나쁜 건 그 스네이스란 놈이 그 집에 자주 출입하고 있다는 사실이야. 아벨의 집에서 2, 3주일 있어 보고 도스의 마음도 바뀌면 좋겠지만. 시시 게이도 그 이상은 살 수 없을걸."

"그 아이는 플란넬 페티코트도 가지고 가지 않았다구요." 스티클스가 탄식했다.

"그 일에 대해 다시 마시 선생과 의논해봐야겠군." 벤저민 삼촌이 말했다. 그 일이란 밸런시를 가리키는 것으로 플란넬 페티코트 얘기가 아니었다.

"난 퍼거슨 변호사를 만나볼 생각이야." 제임스 삼촌이 말했다.

"어쨌든, 지금으로서는 마음을 진정하고 사태를 지켜봐야지." 벤저민 삼촌이 이렇게 덧붙였다.

시시를 위해

　보라색과 호박색이 섞인 하늘 아래, 밸런시는 미스타위스 거리의 욕쟁이 아벨의 집을 향해 걸어가고 있었다. 그녀의 마음은 묘한 흥분과 기대로 차오르고 있었다. 그녀가 버리고 온 집에서는, 어머니와 스티클스가 울고 있었다. 밸런시를 위해서가 아니라 자신들의 신세를 한탄하고 있는 것이다. 그런데 지금, 이슬을 머금고 있는 차갑고 부드러운 바람이 녹음 짙은 거리에서 불어와 밸런시의 얼굴을 쓰다듬고 지나간다. 아, 난 바람이 정말 좋아! 울새들이 길가 전나무 사이에서 조는 듯이 울고 있고 향기로운 발삼 향이 주위에 감돌고 있다. 제비꽃 색깔의 노을 속에 커다란 자동차가 몇 대나 요란하게 달려간다. 무스코카로 가는 여름철 관광객의 물결이 벌써 밀려오고 있는 것이다. 하지만 밸런시는 그런 사람들이 부럽지 않았다. 물론 무스코카의 별장은 멋지겠지. 하지만 그 저편, 일몰의 하늘에 우뚝 솟아 있는 뾰족한 전나무 꼭대기 저편에 그녀의 푸른 성이 당당하게 서 있다. 밸런시는 나무가 마른 잎을 떨쳐버리듯이 과거도, 습관도, 인습도 다 뿌리치고 왔다. 이제 그런 것에 얽매이는 건 사절이다.

금방이라도 무너져버릴 것 같은 욕쟁이 아벨의 낡은 집은 마을에서 4.8킬로미터쯤 떨어진 곳에 있었다. 이 고장에서는, 집들이 띄엄띄엄 떨어져 있고 언덕과 숲이 많은 이곳 미스타위스 주변을 흔히 '오지'라고 부르고 있는데, 바로 그 외곽에 집이 있었다. 솔직히 그것은 푸른 성과는 전혀 닮지 않은 것이었다.

아벨 게이가 아직 젊고, 사업도 번창할 때는 이 집도 살기 좋고 안락한 곳이었다. 문 위에는 세련된 아치 간판이 걸려 있었다. 'A. 게이, 목수'라고 산뜻한 색깔의 페인트로 깔끔하게 적혀 있었다. 하지만 지금은 색깔도 퇴색되고 음침한 분위기를 풍기는 낡아빠진 집이 되어, 지붕도 누덕누덕 덧대어 추해 보이고 차양도 휘어진 채 매달려 있다. 아벨도 자기 집은 전혀 손을 보지 않은 모양이었다. 너무나 생활에 찌들어 지쳐버린 것 같았다. 집 뒤에는, 누더기를 입은 주름살투성이의 할머니처럼 메마른 느낌의 오래된 가문비나무 숲이 있다. 옛날에는 시시가 예쁘게 손질했을 뜰도 완전히 버려져 있고 집 양쪽으로 잡초만 무성한 들판이 펼쳐져 있다. 집 뒤로는 눈잣나무와 가문비나무가 무성한 황무지가 길게 뻗어 있는 가운데, 군데군데 야생 벚나무가 꽃을 피우고 있는 것이 보인다. 황무지는 3.2킬로미터 앞에 있는 미스타위스 호수 기슭에 수목이 늘어선 곳까지 이어지고 있다. 바위와 돌이 굴러다니는 황폐한 길이, 그 가로수를 지나 숲으로 뻗어간다. 아름답고 하얀 야생 데이지가 흐드러지게 피어 있는 길이었다.

문 앞에서 욕쟁이 아벨이 밸런시를 맞이했다.

"정말 왔구나." 그는 아직도 믿을 수 없다는 표정이었다.

"스털링 집안 사람들이 너를 보내줄 줄은 몰랐다."

밸런시는 송곳니를 보이며 생긋 웃었다.

"저를 붙잡지 못한 거예요."

"너한테 그런 용기가 있었다니." 욕쟁이 아벨이 감탄한 듯 말했다. "발목이 예쁘구나." 그렇게 말한 뒤 아벨은 약간 비켜서서 밸런시를 집 안으로 들여보냈다.

만약 사촌 스티클스가 이 말을 들었더라면 밸런시의 운명, 이승은 물론 저 세상에서의 운명도 이미 정해져버린 거라고 생각했을 것이다. 하지만 밸런시는 늙은 아벨의 이 찬사에 당황하지 않았다. 뿐만 아니라 그녀가 태어나서 처음으로 듣는 찬사였기 때문에 오히려 기뻐했을 정도였다. 스스로도 이따금 자신의 발목이 예쁘게 생겼다고 생각하고 있었지만 아무도 그렇게 말해주는 사람이 없었다. 스털링 집안에서는 발목 같은 건 입에 담아서는 안 되는 것 가운데 하나였다.

욕쟁이 아벨은 밸런시를 부엌으로 안내했다. 그곳에는 시시가 소파에 누워 가쁜 숨을 몰아쉬고 있었다. 홀쭉한 뺨에 군데군데 붉은 반점이 보였다. 밸런시는 벌써 몇 년 동안이나 시시를 보지 못하고 있었다. 그때의 시시는 얼마나 예쁜 처녀였는지 모른다. 가녀린 꽃 같은 소녀로 부드러운 금발에 밀랍 인형처럼 뚜렷한 이목구비, 커다랗고 아름다운 푸른 눈을 가지고 있었다. 밸런시는 시시의 변한 모습에 큰 충격을 받았다. 이것이 그 상냥했던 시시란 말인가? 무참하게 꺾여서 시들어버린 꽃처럼 축 늘어진 이 사람이? 시시는 그 눈의 아름다운 빛을 모두 눈물로 흘려보내버린 것 같았다. 여윈 얼굴에 너무 큰, 아니 거대할 정도인 눈만 가득하다. 밸런시가 마지막으로 시시 게이를 보았을 때는, 지금의 퇴색한 듯 슬픈 듯한 눈도, 기쁨을 띤 조용한 그늘 속에 잠긴 있는 푸른 호수 같았다. 너무나도 변해버린 시시의 모습에 밸런시는 눈물을 흘렸다. 그녀는 시시 옆에 무릎을 꿇고 앉아 시시를 끌어안았다.

"가엾은 시시, 내가 널 보살펴주러 왔어. 이제부터 내내, 내내……. 네가 원할 때까지 있을 거야."

"정말?" 시시는 그 앙상한 팔을 밸런시의 목에 감았다. "정말로 있어 줄 거야? 나, 너무 외로웠어. 내 한 몸은 어떻게 할 수 있지만, 너무 외로워서 견딜 수가 없었어. 아! 마치 천국에 온 것 같아. 누군가가 내 옆에 있어주다니……. 너 같은 사람이! 넌 언제나 날 친절하게 대해주었어. 아주 오래전 일이지만."

밸런시는 시시를 안은 팔에 더욱 힘을 주었다. 갑자기 가슴이 행복으로 벅차올랐다. 이곳에는 나를 필요로 하는 사람이 있다. 내가 돌봐주지 않으면 안 되는 사람이. 나는 이제 쓸모없는 사람이 아니다. 과거는 모두 사라졌다. 모든 것이 새로워졌다.

"모든 일은 하느님이 결정해주시는 거다. 하지만 그 안에는 크나큰 행복도 있는 법이지." 욕쟁이 아벨은 방구석에서 파이프를 피우면서 만족한 듯이 말했다.

숲 속의 꽃

밸런시가 욕쟁이 아벨의 집에서 살게 된 지 1주일이 지났다. 밸런시는 마치 자신의 과거와 가족, 친구와 헤어진 지가 벌써 몇 년이나 지난 것 같았다. 그들은 점차 아득한 꿈 같은 저편의 존재가 되어가고 있었다. 날이 갈수록 그들의 모습은 더욱더 희미해져서 마침내 밸런시는 그들과 완전히 인연을 끊고 말았다.

밸런시는 행복했다. 수수께끼로 괴롭히는 사람도 없고 보라색 알약을 먹으라고 강요하는 사람도 없었다. 도스라고 부르는 사람도 없고, 그녀가 감기에 걸리지 않을까 걱정만 하는 사람도 없었다. 조각이불을 기울 필요도 없고 귀찮게 고무나무에 물을 주지 않아도 되었다. 얼음처럼 차가운 어머니의 노여움에 견뎌야 할 일도 없었다. 언제든 그러고 싶을 때 혼자 있을 수 있고, 자고 싶을 때 자고, 얼마든지 재채기를 해도 되었다. 시시가 잠들어버리고 욕쟁이 아벨도 없는 시간이면 밸런시는 조용히 밖으로 나왔다. 길고 아름다운 오로라가 보이는 황혼녘, 밸런시는 뒷베란다의 삐걱거리는 계단에 앉아, 황무지 저편에 펼쳐진 언덕을 오랫동안 바라보았다. 언덕은 아름다운 보랏빛 꽃으로 덮여 있었다. 밸런시는 키 작은 가문비나무 숲에서 바람이 들려주는 달콤한 들의 노래에 귀기울이며, 햇살을 듬뿍 받은 향기로운 풀냄새를 가슴 가득 들이마셨다. 그러면 어느덧 땅거미가 시원한 물결처럼 주위를 폭 감쌌다.

이따금 시시가 기분이 좋은 오후에는 둘이서 황무지에 나가 숲에 피어 있는 꽃을 바라보았다. 하지만 꺾지 않았다. 밸런시는 시시에게 그것에 대해 존 포스터가 뭐라고 말했는지 읽어주었다.

"숲에 핀 꽃을 꺾는 건 잔인하다. 상쾌하게 반짝이는 아름다운 마력의 반을 잃어버리기 때문이다. 꽃의 아름다움을 즐기려면 꽃이 피어 있는 곳을 찾아가서 마음의 눈으로 바라보고 만족한 다음, 이따금 뒤돌아보면서 돌아갈 일이다. 그 우아한 아름다움과 향기만을 떠올리며, 그 이상의 것을 바라서는 안 된다."

밸런시는 지금까지의 비현실적인 생활과는 정반대로 현실의 한복판에 있었다. 그녀는 바빴다. 아무튼 굉장히 바빴다. 집을 청소하지 않으면 안 되었다. 밸런시는 특별히 스털링 집안의 정돈과 청결 습관이 몸에 배어 있었던 것은 아니었다. 밸런시가 더러운 방을 깨끗하게 청소하는 것에서 만족을 느끼는 사람이라면 여기서는 그것을 충분히 만끽할 수 있었다. 욕쟁이 아벨은 밸런시가 부탁하지도 않은 일을 열심히 하는 것은 어리석다고 생각했지만 간섭은 하지 않았다. 오히려 자기가 발견한 이 가정부에게 더할 나위 없이 만족하고 있었다. 밸런시는 솜씨 좋은 요리사였다. 아벨은 밸런시의 음식 솜씨를 칭찬해주었다. 대신 그녀의 단 하나의 결점이라고 하면 일을 할 때 노래를 부르지 않는 것이라고 말했다.

"노래는 일을 할 때 부르는 거야. 무척 즐겁게 들리거든."

"하지만 언제나 그렇다고는 할 수 없어요. 도살자가 일하면서 노래하는 것을 상상해 보세요. 장의사도 그렇고요."

아벨은 '와하하' 큰 소리로 웃었다.

"정말 너한테는 못 당하겠다. 언제나 재치 있는 대답을 한다니까. 스털링 집안 사람들은 네가 없어서 안도하고 있는 것 아니냐? 그 양반들은 말대답하는 것을 싫어하니까."

아벨은 낮에 거의 집에 없었다. 일이 없을 때는 바니 스네이스와 사냥이나 낚시를 했다. 그리고 대개 밤늦게 돌아오는데 늘 술에 취해 있었다. 밸런시가 온 뒤 처음으로 아벨이 고래고래 소리를 지르면서 돌아온 날 밤 시시는 밸런시에게 이렇게 말했다.

"무서워할 것 없어. 저래 봬도 아버진 아무 짓도 하지 않아. 단지 소리만 지를 뿐이지."

밸런시는 시시의 방 소파에 누워 있었다. 밤중에도 시시를 돌보아야 할 일이 있을까봐 그 방에서 자기로 한 것이다. 시시가 밸런시를 깨우는 일은 거의 없지만. 밸런시는 아벨이 조금도 무섭지 않다고 시시에게 말했다. 아벨은 말을 헛간에 매어놓을 무렵에는 흥분도 가라앉아서, 가장 안쪽에 있는 자신의 방에서 울면서 기도를 올렸다. 그의 꺼림칙한 신음소리가 들려와도 밸런시는 그냥 쌕쌕 잠들어버렸다. 보통 때 아벨은 무척 마음씨 좋은 노인이었다. 때때로 화를 내는 일도 있지만. 그럴 때면 밸런시는 냉정하게 말했다.

"그렇게 소리 지르면 무슨 좋은 일이라도 생겨요?"

"그러니까, 이런 빌어먹…… 아니, 그냥 한번 그래 본 것뿐이다." 아벨이 대답하면 두 사람은 '풋' 하며 웃음을 터뜨리고 만다.

"너 재미있는 아가씨로구나." 아벨이 감탄한 듯이 말했다.

"내가 하는 지저분한 말에는 신경 쓰지 마라. 별 뜻이 있는 건 아니야, 버릇이지. 난 나를 무서워하지 않고 얘기하는 여자가 좋아. 시시는 너무 얌전해. 배짱이 너무 없어. 그래서 외톨이가 되어버리는 거야. 난 네가 마음에 든다."

"어쨌든 아저씨처럼 모든 걸 죄다 지옥으로 보내버려선 안 돼요." 밸런시는 단호하게 말했다.

"방금 깨끗하게 청소한 바닥을 진흙투성이 구둣발로 짓밟는 건 사절이에요. 진흙을 지옥으로 보내든 말든, 진흙털이를 제대로 사용해주세요."

시시는 정돈과 청결을 무척 좋아하여, 병들기 전에는 청소도 제대로 했었다. 시시는 밸런시가 옆에 있어주는 것을 애처로울 정도로 기뻐하고 있었다. 지금까지는 정말 괴로웠다. 혐오스러운 늙은 가정부 말고는 얘기할 상대도 없었던 오랜 외로운 나날들. 시시는 가정부를 싫어하고 무서워하기도 했다. 그래서 지금 그녀는 마치 어린아이처럼 밸런시에게 매달리고 있었다.

시시가 얼마 못 가 죽을 것은 틀림없어 보였다. 그러나 그렇다고 상태가 아주 나쁜 것도 아니었다. 기침도 별로 하지 않았다. 요즘은 거의 매일 일어나서 옷을 입을 수 있을 정도였고, 때로는 뜰이나 들에 나가 한두 시간쯤 일도 할 수 있었다. 밸런시가 온 지 2, 3주일이 지나자 시시는 상당히 좋아진 것처럼 보였다. 밸런시는 이 정도 같으면 시시의 병이 나을지도 모른다는 희망을 품기 시작했지만 시시는 고개를 저으며 말했다.

"아니야, 낫지 않을 거야. 내 폐는 이미 거의 망가지고 말았어. 게다가 난 차라리 낫지 않는 게 좋아. 밸런시, 난 너무 지쳐버렸어. 죽는 것만이 나에게 안식을 가져다 줄 수 있어. 그런데 네가 있어줘서 얼마나 좋은지 몰라. 네가 나에게는 얼마나 마음의 의지가 되는지, 도저히 말로 표현할 수 없을 정도야. 밸런시, 넌 일을 너무 많이 하고 있어. 그렇게까지 할 필요는 없는데. 아버지는 그냥 식사만 준비해드리면 돼. 너도 그다지 건강한 편은 못 되는 것 같은데. 가끔 안색이 몹시 나쁠 때가 있어. 게다가 약 같은 것도 먹고 있지? 밸런시, 정말 괜찮은 거야?"

"난 아무렇지도 않아." 밸런시는 밝게 대답했다. 시시에게 걱정을 끼칠 필요는 없었다.

“그리고 일을 많이 하는 것도 아니야. 난 뭐든 하는 것을 좋아해. 도저히 하지 않으면 안 되는 일 말이야.”

“그럼 이제 내 병에 대해 얘기하는 건 그만두자.” 시시는 꿈꾸는 듯한 눈빛으로 밸런시의 손아귀에 자신의 손을 집어넣었다.

“이제 그런 건 잊어버리는 거야. 이제부터는 내가 다시 어린 소녀로 돌아가서, 네가 우리 집에 놀러 와 준 걸로 하자. 옛날엔 그랬으면 좋겠다고 자주 생각했어. 네가 놀러 와 주었으면 하고. 물론 올 수 없다는 건 알고 있었지. 그렇지만 역시 그렇게 생각하지 않을 수가 없었어. 넌 다른 아이들하고 무척 다르게 보였거든. 친절하고 상냥하고, 그리고 아무도 모르는 것을 가지고 있는 것 같았어. 뭔가 굉장히 멋진 비밀. 그랬어, 밸런시?”

“나에게는 푸른 성이 있었단다.” 생긋 웃으면서 밸런시가 말했다. 시시가 자기를 그렇게 생각하고 있었다는 것이 기뻤다. 누군가가 나를 좋아하고 감탄해주고 관심을 가져준다는 건 생각지도 못한 일이었다. 밸런시는 시시에게 푸른 성에 대해 모두 얘기해주었다. 지금까지 아무한테도 말한 적이 없었던 얘기를.

시시는 조용히 말했다.

“누구나 푸른 성을 가지고 있다고 생각해. 다만, 저마다 다른 이름으로 부르고 있을 뿐이지. 나한테도 있었어. 옛날 일이지만.”

시시는 작고 앙상한 손에 얼굴을 묻었다. 그녀는 자신의 푸른 성을 파괴한 사람이 누구인지를 밸런시에게도 얘기하지 않았다. 하지만 밸런시는 알고 있었다. 그 사람이 누구든, 바니 스네이스는 아니라는 것을.

눈으로 말하는 사람

밸런시는 바니와 가까워졌다. 아직 몇 번 얘기를 나누지 않았는데도 전부터 잘 알던 사이 같았다. 처음 만났을 때부터 친구 같은 느낌이 들었다. 그때 밸런시는 노을이 찾아온 뜰에서 시시의 방을 장식할 하얀 수선화를 꺾고 있었다. 그때 미스타위스 쪽에서 숲을 넘어, 그 고물차 그레이슬로슨이 요란한 소리와 함께 다가오는 소리가 들렸다. 그 소리는 몇 마일이나 떨어진 곳에서도 들렸다. 험한 자갈길을 털털거리며 달려오고 있었다. 하지만 밸런시는 고개를 들지 않았다. 바니는 그녀가 욕쟁이 아벨의 집에 온 뒤 매일 저녁 요란한 소리를 내며 지나가기만 했기 때문에, 밸런시는 한번도 고개를 들어 바라본 적이 없었다. 하지만 오늘은 그대로 지나가지 않았다. 고물차 그레이슬로슨은 달릴 때보다 더 무시무시한 신음소리를 내며 멈춰 섰다. 밸런시는 바니가 차에서 뛰어내려 흔들거리는 문 위에 기대서는 것을 느꼈다. 밸런시는 일어서서 상대방의 얼굴을 쳐다보았다. 두 사람의 눈이 마주쳤다. 밸런시의 가슴에 갑자기 현기증 같은 기쁨이 번졌다. 다시 심장 발작이 일어나려는 건가? 아니야, 이건 전혀 다른 징조야.

밸런시가 언제나 갈색이라고 생각했던 바니의 눈은, 이렇게 가까이에서 보니 짙은 제비꽃 색이었다. 맑고 힘 있는 눈, 눈썹은 양쪽이 완전히 다른 모양을 하고 있다. 그는 무척 여위어 있었다. 너무 앙상하다. 밸런시는 그에게 뭔가 먹여주고 싶다고 생각한다. 윗도리 단추를 달아주고 싶다. 그리고 그가 머리를 깎고 수염도 매일 깎으면 좋을 텐데 생각한다. 그의 얼굴에는 뭔가가 있다. 그게 뭔지는 모른다. 피로? 슬픔? 환멸? 웃으면 홀쭉한 뺨에 보조개가 떠오른다. 그의 눈이 그녀의 눈을 응시하고 있었던 짧은 순간, 그런 생각들이 섬광처럼 그녀의 머리를 스치고 지나갔다.

"안녕하세요, 스털링 양?"

더할 나위 없이 상투적이고 판에 박힌 인사말이다. 누구나 사용하는 인사말. 하지만 바니 스네이스가 말하니 그런 말까지 왠지 모르게 강한 인상을 준다. 그에게 '안녕하세요(굿 이브닝)'라는 말을 들으니 그녀도 정말 기분 좋은 저녁이라는 느낌이 들면서 마치 그의 덕택에 그렇게 된 것 같다. 또 자기도 거기에 한몫 거들고 있는 듯하다. 밸런시는 자기도 모르는 사이에 그렇게 되고 말았지만 어째서 머리 꼭대기에서 발끝까지 떨리는지 알 수가 없었다. 틀림없이 심장 때문이야. 그가 눈치채지 않기를.

"포트로렌스에 가는 길입니다. 당신과 시시에게 필요한 것이 있으면 사다드리지요." 바니 스네이스가 말했다.

"그럼 소금에 절인 대구를 사다주시겠어요?" 밸런시가 말했다. 생각이 나는 거라곤 그것뿐이었다. 욕쟁이 아벨이 오늘 저녁에는 삶은 대구 요리를 먹고 싶다고 했기 때문이다. 푸른 성에 그녀의 기사들이 말을 타고 찾아올 때는 그녀는 온갖 요구를 다한다. 하지만 소금에 절인 대구 같은 건 부탁한 적이 없었다.

"좋아요. 그것뿐인가요? '레이디 제인 그레이슬로슨'에는 아직도 짐 실을 여유가 있습니다. '레이디 제인'은 언제라도 도와줄 거예요. "

"그거면 충분해요." 밸런시가 말했다. 어차피 시시에게는 오렌지를 많이 가지고 와줄 것이다. 언제나 그랬다.

바니는 금방 가려고 하지 않았다. 잠시 말없이 서 있다가, 천천히 장난스럽게 이렇게 말했다.

"스털링 양, 당신은 마음이 무척 넓은 사람이군요. 친절 그 자체예요. 이런 곳에 와서 시시를 돌본다는 건, 그것도 이렇게 끔찍한 곳에."

"너무 과장하지 마세요. 저한테는 달리 할 일이 없는걸요. 게다가 나는 이곳이 좋아요. 그렇게 칭찬 들을 만한 일을 하고 있는 건 아니라고 생각해요. 게이 씨가 급료를 줄 만큼 주고 있고요. 지금까지 돈을 번 적이 한번도 없었죠. 그것도 좋은 점 가운데 하나라고 할까요?"

바니 스네이스를 마주하고 있으니 왠지 말이 술술 나온다. 무서운 소문과 비밀스러운 과거를 가진 악한 바니 스네이스, 그런데 마치 자기 자신에게 얘기하고 있는 것처럼 자연스럽고 마음이 편안하다.

바니가 말했다.

"당신이 지금 시시에게 베풀고 있는 것은 온 세상의 돈으로도 계산할 수 없는 일이오. 훌륭하고 아름다운 일이죠. 당신에게 힘이 되어 줄 일이 있다면 언제든지 말해주시오. 만약 욕쟁이 아벨이 당신을 힘들게 하거나……."

"그런 일 없어요. 무척 잘해 주세요. 전 욕쟁이 아벨을 좋아해요." 밸런시는 솔직하게 말했다.

"나도 그렇소. 하지만 술에 취하면 좀 곤란해지지. 당신은 아직 그런 경우를 당하지 않았겠지만…… 그가 저속한 노래를 부르거나……."

"네, 알고 있어요. 어젯밤에 그런 상태로 갔었죠. 시시와 전 곧 방에 들어가 그의 목소리가 들리지 않도록 문을 잠가버렸어요. 오늘 아침에 그는 사과하더군요. 욕쟁이 아벨의 주정 같은 건 이젠 무섭지 않아요."

"그래요? 그럼 그 사람도 술에 취해 욕지거리를 하는 것만 제외하면, 당신한테는 예의 바르게 잘하고 있는 모양이군요. 나도 그에게 말해 두었소. 당신이 있을 때는 욕을 하지 말라고."

"네? 왜요?" 밸런시는 약간 이상한, 위로 올라간 눈길로 장난스럽게 말했다. 바니 스네이스가 자신을 위해 그렇게 해준 거라고 생각하니 갑자기 두 뺨이 발그레하게 물드는 것 같았다.

"이따금 나도 욕지거리를 퍼붓고 싶을 때가 있는걸요."

그 순간 바니 스네이스는 눈을 크게 떴다. 이 요정 같은 아가씨가 2분 전에도 이곳에 있었던, 너무나 노처녀 티가 나던 그 자그마한 여자와 같은 사람이란 말인가? 틀림없이 이 초라하고 잡초만 무성한 뜰에서 신비로운 마법이 일어난 것이리라.

바니는 웃었다.

"그렇다면 당신 대신 그렇게 해줄 사람이 있어서 다행이라고 해야겠군. 그럼 오늘은 소금에 절인 대구만 사오면 되는 거죠?"

"네, 오늘은요. 하지만 앞으로는 당신이 포트로렌스에 갈 때 종종 부탁하고 싶어요. 게이 씨는 부탁한 것을 전부 외우지 못하거든요."

바니는 레이디 제인을 타고 가버렸다. 밸런시는 그대로 뜰에 오랫동안 서 있었다.

그때부터 바니는 종종 찾아왔다. 휘파람을 불면서 황무지를 지나 걸어왔다. 6월의 황혼녘에, 그가 부는 휘파람소리가 가문비나무 숲에 얼마나 즐거운 듯이 울려 퍼지는지! 밸런시는 매일 저녁, 그 휘파람 소리에 귀를 기울이고 있는 자신을 깨달았다. 그리고 스스로를 질책했다. 그러다가 곧 그러는 자신을 그냥 내버려두기로 했다. 귀를 기울여서 안 될 이유가 어디에 있단 말인가?

바니는 언제나 어김없이 시시에게 줄 과일과 꽃을 가지고 왔다. 하루는 밸런시에게 캔디 한 상자를 갖다 주었다. 밸런시가 처음으로 받아보는 캔디였다. 그것을 먹으면 죄를 짓는 것 같다는 생각마저 들었다.

밸런시는 자신이 하루 종일 바니를 생각하고 있다는 것을 깨달았다. 바니도 밸런시와 함께 있지 않을 때 그녀를 생각하고 있을까? 만약 그렇다면 어떤 식으로? 밸런시는 미스타위스 섬 안에 있는 신비에 싸인 그의 집을 보고 싶었다. 시시도 아직 가본 적이 없었다. 바니에 대해 편안하게 말하는 시시는, 바니를 벌써 5년이나 알고 있지만 그에 대해 알고 있는 건 밸런시와 별다를 게 없었다.

"그 사람은 나쁜 사람이 아니야. 그런 말을 하는 사람이 있으면 용서하지 않을 테야. 그 사람은 남에게 부끄러운 짓을 했을 리가 없어" 하고 시시는 말했다.

"그럼 왜 그런 방식으로 살고 있는 걸까?"

밸런시가 물었다. 그를 두둔하는 말이 듣고 싶었다.

"나도 몰라. 그 사람은 미스테리야. 다만 그 사람한테는 뭔가 남이 모르는 일이 있다는 건 분명해. 하지만 그건 결코 불명예스러운 일이 아닐 거야. 바니 스네이스라는 사람은 명예롭지 않은 일을 할 사람이 아니야, 밸런시."

밸런시는 알 수 없었다. 바니가 뭔가를 한 것은 틀림없다, 과거에. 그는 교육도 받았고 지성도 갖추고 있었다. 그것은 그가 욕쟁이 아벨과 얘기를 나누거나 말다툼을 하는 것을 들으면 금방 알 수 있는 일이다. 놀랍게도 아벨도 책을 자주 읽고 있었고, 술에 취하지 않았을 때는 이 세상의 모든 화제에 대해 자신의 의견을 얘기할 수 있을 정도였다. 그럼 왜 바니는 무스코카에 5년이나 숨어 살며 떠돌이처럼 살고 있는 걸까. 그 이유가 그리 칭찬할 수 없는 나쁜 것이라 하더라도. 그러나 그런 건 아무래도 상관없다. 밸런시는 바니가 시시 게이의 연인이 아닌 것이 분명해졌기 때문에 그것으로 만족했다. 두 사람은 그런 관계가 아니었다. 바니는 시시를 좋아하고 있고 시시도 바니를 좋아한다는 것은 누가 봐도 확실하다. 하지만 그것은 밸런시를 혼동하게 할 만한 것은 아니었다.

"지난 2년 동안 바니가 나에게 얼마나 소중한 사람이었는지 도저히 말로는 다 할 수 없을 정도야. 그 사람이 없었더라면 모든 것이 훨씬 더 괴로웠을 거야." 시시는 솔직하게 말했다.

"시시 게이는 내가 알고 있는 한 가장 착한 여자요. 그래서 나는 가해자인 남자를 찾자마자 쏘아죽일 생각이지."

바니는 서슬이 퍼렇게 말하곤 했다.

바니는 정말 얘기를 재미있게 하는 사람이었다. 많은 모험담을 들려주었지만, 자기 자신에 대한 것은 하나도 얘기하지 않는 요령을 터득하고 있었다. 어느 멋진 비 오는 날 오후, 바니와 아벨은 서로의 모험담을 얘기하고 있었다. 밸런시는 테이블보를 수선하면서 귀를 기울였다. 바니는 기차에 몰래 '무임 승차'하며 대륙을 넘나들던 때의 모험담을 얘기했다. 밀행한다는 것은 무서운 일이지만 밸런시는 그렇게 생각되지 않았다. 가축을 나르는 화물선을 타고 일하면서 영국으로 간 얘기는 그중에서도 가장 실감이 났다. 유콘으로 간 모험담에도 그녀는 마음을 빼앗겼다. 특히 골드런과 설퍼 계곡 사이의 분수령에서 길을 잃었을 때의 얘기는 정말 흥미진진했다. 그는 그곳에서 2년 동안 살았다. 이들 이야기 어디에 교도소니 뭐니 하는 것이 끼어들 수 있단 말인가? 만약 그가 하는 얘기가 진실이라면.

밸런시는 그를 믿고 있었다.

바니는 말했다.

"금은 전혀 찾지 못했소. 갈 때보다 훨씬 가난해져서 돌아왔으니까. 그렇지만 사는 데는 최고였소. 북풍이 지나간 뒤의 그 정적은 미치도록 좋았지. 그때만큼 자신의 존재를 가까이 느껴본 적은 없었소."

바니는 말이 많은 사람은 아니었다. 잘 선택된 몇 마디의 어휘로 많은 것을 얘기했다. 밸런시는 바니가 정말 어휘를 잘 고른다고 감탄하곤 했다. 그는 입을 열지 않고도 하고 싶은 말을 표현하는 요령을 알고 있었다.

'입이 아니라, 눈으로 말하는 사람이 좋아.' 밸런시는 생각한다.

그녀는 그의 모든 것이 좋아졌다. 황갈색 머리, 충동적인 웃음, 눈에 떠오르는 장난기어린 눈빛, 그토록 고물인 '레이디 제인'을 애지중지하는 것. 주머니에 손을 찔러 넣고 앉아, 턱을 가슴께에 묻고, 짝짝이 눈썹 아래로 올려다보는 표정. 다정하고 부드럽게 애무하거나 호소하는 듯, 유쾌하게 울리는 목소리까지 좋았다. 이따금 밸런시는 그런 생각을 하고 있는 자신이 무서워졌다. 생각하면 할수록 그것이 더욱 생생해져 틀림없이 다른 사람에게 들켜버릴 것만 같았다.

"난 하루 종일 딱따구리를 보고 있었소." 어느 날 저녁, 삐걱거리는 뒷베란다에 앉아 있던 바니가 말했다. 그의 딱따구리 생태에 대한 설명은 정말 흠잡을 데가 없었다. 그는 자주 숲 속 동물들의 유쾌하고 재미있는 일화를 얘기해 준다. 때로는 그와 욕쟁이 아벨이 저녁 내내 맹렬하게 담배 연기를 뿜으면서 말은 한 마디도 하지 않고 앉아 있을 때가 있다. 그동안 시시는 베란다 기둥 사이에 건너지른 해먹에 누워 몸을 흔들고 있고, 밸런시는 아무것도 하지 않고 계단 위에 앉아 무릎을 끌어안고 꿈꾸듯 생각에 잠겨 있다. 나는 정말로 밸런시 스털링인 걸까? 그 오래되고 추한 엘름 거리의 집을 나온 지 아직 3주밖에 지나지 않은 게 사실일까?

하얀 달빛을 가득 받으며 황무지가 눈앞에 펼쳐져 있었다. 작은 토끼들이 뛰어다니며 놀고 있다. 바니는 마음이 내키면 황무지 한쪽에 앉아, 그만의 이상한 마력으로 토끼들을 제 주위로 불러 모으는 것이었다. 밸런시는 언젠가 다람쥐가 작은 소나무에서 그의 어깨에 내려와 뭐라 속삭이는 것처럼 소리를 내는 것을 본 적이 있다. 그녀는 존 포스터를 떠올렸다.

이 새로운 생활 속에서 밸런시의 즐거움 가운데 하나는, 존 포스터의 책을 마음껏 언제든지 읽을 수 있다는 것이었다. 밸런시는 시시에게 그것을 모두 읽어주었다. 시시는 무척 좋아했다. 아벨은 지루하다고 했고 바니는 정중하게 괜찮다고 거절했다.

"싱겁군요." 바니는 말했다.

난 돌아가지 않아요

　당연한 일이지만 스털링 집안 사람들은 이 가엾은 정신병자, 밸런시를 그대로 내팽개쳐둔 것은 아니었다. 그들은 그녀의 죽어가고 있는 영혼과 불명예를 원래대로 회복시키기 위해 영웅적인 노력을 게을리하지 않았다. 제임스 삼촌의 변호사는 의사와 마찬가지로 거의 도움이 되지 않았기 때문에 어느 날 삼촌이 직접 그녀를 찾아왔다. 밸런시는 부엌에 혼자 있었다. 그는 단단히 벼르고 있던 대로 그녀를 엄하게 질책했다. 그녀가 어머니의 마음을 짓밟았으며 집안의 수치가 되었다고.

　"어째서요?" 밸런시는 죽 냄비를 깨끗하게 닦는 손길을 멈추지 않은 채 말했다.

　"전 정직한 일을 하고 보수도 제대로 받고 있어요. 그것이 어째서 수치스러운 일인지 모르겠군요."

　"억지소리 하지 마라. 이곳은 너 같은 여자가 있을 곳이 못 돼. 잘 알고 있을 텐데 그러는구나. 게다가 그 전과자 스네이스가 매일 밤 드나든다고 하던데 그게 무슨 소리냐?" 위엄 있는 목소리로 삼촌이 말했다.

"매일 밤은 아니에요. 그래요, 매일 밤은 아니라구요." 반사적으로 밸런시가 대답했다.

"뭐라고! 이젠 도저히 못 참겠구나!" 삼촌의 목소리가 거칠어졌다. "밸런시, 넌 집으로 돌아가야 해. 심한 제재를 가하지는 않겠다. 그건 내가 보장하마. 지금까지의 일은 없었던 것으로 하겠다."

"고맙군요."

"너에게는 수치심이라는 것이 없단 말이냐?" 삼촌이 추궁했다.

"물론 있어요. 하지만 제가 수치라고 생각하는 것과, 삼촌들이 수치라고 생각하는 건 달라요." 밸런시는 그렇게 말하면서 행주를 지나치다 싶으리만큼 정성들여 헹구기 시작했다.

그래도 제임스 삼촌은 포기하지 않았다. 두 손으로 의자를 꽉 붙들고 이를 갈 듯이 말했다.

"네 머리가 정상이 아니라는 건 알고 있다. 그건 고려해줄 생각이야. 그러니까 집으로 돌아와. 이런 곳에서 그 주정뱅이에 불손하고 더러운 영감과……."

"스털링 씨, 그건 혹시 나를 두고 하는 말인가요?" 갑자기 욕쟁이 아벨이 문 앞에 나타났다. 그때까지는 뒷베란다에서 조용히 파이프를 피우면서 '짐 스털링 영감'의 열변을 재미있게 듣고 있었던 것이다. 아벨의 붉은 수염이 분노로 일어서고 굵은 눈썹이 부들부들 떨고 있었다. 그러나 겁이 많은 것은 짐 스털링의 결점에는 들지 않았다.

"그렇소. 그리고 아직도 하고 싶은 말이 있소. 당신은 이 연약하고 불행한 아가씨를 꾀어내 가족과 친구로부터 떼어놓는 끔찍한 짓을 하고 있소. 언젠가 그 죄는……."

짐 스털링은 그 이상 말을 계속할 수 없었다. 욕쟁이 아벨이 한 걸음에 부엌을 가로질러 와서, 상대의 목덜미와 바짓가랑이를 붙잡고 문에서 마당 울타리 너머로 훌쩍 내던져버렸기 때문이다. 시끄러운 고양이를 쫓아내는 것보다 더 간단하게 처리해버린 것이다.

"이 다음에 올 때는 창문으로 내던져주지. 창문이 닫혀 있으면 더 재미있을 거야. 당신은 자신이 세상을 바로잡는 신이라도 되는 것처럼 생각하고 있겠지?" 아벨이 집이 떠나가라고 소리를 질렀다.

솔직히 말해, 지금까지 밸런시는 제임스 삼촌이 윗도리 뒷자락을 펄럭이면서 아스파라거스 밭으로 날아갔을 때만큼 속이 후련했던 적은 없었다 생각했고, 그런 생각이 부끄럽지도 않았다. 이 삼촌이 어떤 판단을 내릴지 두려워했던 적도 있었다. 하지만 지금, 그는 자신의 의견을 남에게 강요하고 싶어하는 어리석은 자만심 가득한 사람에 지나지 않는다는 것을 잘 알고 있었다.

욕쟁이 아벨이 '핫하하' 웃으면서 돌아보았다.

"저 작자, 이제부터는 한밤중에 눈을 뜨면 오늘 일을 떠올리게 될 거야. 하느님도 스털링을 그렇게 많이 만들 것까진 없었는데. 하지만 이미 만들어버렸으니 무시할 수는 없지. 너무 많아서 죄다 처치할 수도 없고. 하지만 놈들이 또 이곳에 와서 너를 훼방 놓을 것 같으면 눈도 깜박하기 전에 쏘아버리마."

다음에 파견되어 온 것은 스톨링 목사였다. 아무리 욕쟁이 아벨이지만 스톨링 목사를 아스파라거스 밭으로 내던지지는 못했다. 스톨링 목사는 이 일에 관해서는 그다지 자신이 없었고, 마음이 내키지도 않았다. 밸런시 스털링이 실성했다는 것도 믿지 않았다. 밸런시는 언제나 독특했다. 스톨링 목사는 밸런시를 도저히 이해할 수가 없었다. 그래서 그녀가 독특하다는 것은 의심할 여지가 없다고 생각했다. 다만, 이번에는 여느때보다 더 이상해진 것일 뿐이었다. 또 스톨링 목사에게는, 욕쟁이 아벨을 싫어할 만한 몇 가지 개인적인 이유가 있었다. 디어우드에 처음 왔을 때, 목사는 미스타위스와 무스코카를 천천히 산책하는 것을 좋아했다. 그러던 어느 날, 그는 길을 잃어버려 오랫동안 헤매고 다닌 끝에 우연히 어깨에 총을 메고 있는 욕쟁이 아벨을 만났다.

스톨링 목사는 일부러 완전히 멍청하다고밖에 할 수 없는 질문을 했다.

"내가 어디로 가고 있을까요?"

그러자 아벨은 경멸하듯이 말했다.

"멍청하긴! 내가 당신 가는 곳을 어떻게 안단 말이오?"

스톨링 목사는 너무 화가 나서 한순간 말이 나오지 않았다. 그 사이에 아벨은 숲 속으로 사라져버렸다. 스톨링 목사는 간신히 길을 찾기는 했지만 두 번 다시 아벨 게이를 만나고 싶은 마음이 없었다.

그러나 스톨링 목사는 지금 책임을 다하기 위해 이곳을 찾아왔다. 밸런시는 낙심하여 목사를 맞이했다. 아직도 그를 두려워하고 있다는 것을 인정하지 않을 수 없었기 때문이다. 만약 그가 그 길고 뼈가 불거진 손가락을 들이밀며 집으로 돌아가라고 말한다면, 거역할 수 없을 것 같다고 생각하니 비참해졌다.

"게이 씨, 잠시 스털링 양과 둘이서만 얘기하고 싶은데 괜찮겠습니까?" 스톨링 목사는 겸손하고 정중하게 물었다.

욕쟁이 아벨은 약간 술에 취해 있었다. 그러니까 무척 정중하면서도 호락호락하지 않은 상태에 있었던 것이다. 실은 스톨링 목사가 왔을 때 그는 마침 나가려던 중이었는데 그만두고 거실 구석에 앉아 팔짱을 꼈다.

"아니, 아니, 그건 안 됩니다." 아벨은 위엄 있게 말했다. "그건 안 됩니다, 절대로 안 돼요. 나는 우리 집을 깨끗하게 유지하는 것으로 유명하지요. 게다가 이 젊은 아가씨의 보호자이기도 하니까요. 내가 없는 사이에 무슨 일이라도 생기면 곤란하거든요."

울컥 화가 치민 스톨링 목사가 보기에도 무서운 표정을 짓는 것을 보고, 밸런시는 아벨이 그냥 있지 않을 거라고 생각했다. 하지만 아벨은 전혀 개의치 않았다.

"그런데 임자, 방금 내가 한 말의 의미를 알아들었소?" 아벨이 싱글거리면서 묻는다.

"그건 무슨?"

"무슨 일이 일어나면 곤란하다고 한 말 말이오." 아벨이 거리낌 없이 대답했다.

목사는 모름지기 독신이어야 한다고 생각하여 결혼도 하지 않은 가련한 스톨링 목사는, 아벨의 저속한 말은 아예 무시하기로 했다. 곧 그는 아벨에게 등을 돌리고 밸런시에게 말했다.

"스털링 양, 나는 당신 어머니 부탁으로 찾아왔어요. 간곡히 부탁하시더군요. 전해달라는 말도 몇 가지 있어요. 얘기해도 되겠소?"

스톨링 목사는 집게손가락을 빙글빙글 돌리면서 말했다.

"네." 목사의 집게손가락을 보면서 밸런시는 작은 소리로 대답했다. 어쩐지 그 손가락에 빨려 들어가는 듯한 느낌이었다.

"맨 먼저, 만약 스털링 양이 이, 이……."

"집," 아벨이 끼어들었다. "집! 임자, 혹시 언어장애가 있소?"

"이 장소를 떠나 집으로 돌아오면 제임스 스털링 씨 부담으로 유능한 간호사를 고용해 게이 양을 돌봐주게 하겠답니다."

밸런시는 두려움에 떨면서도 마음속으로 몰래 웃었다. 제임스 삼촌이 이번 일을 위기로 여기고 있는 것이 분명했다. 그렇지 않다면 주머니끈을 풀 리가 없다. 어쨌든 집안 사람들은 이제 그녀를 업신여기지도, 무시하지도 않고 있다. 밸런시는 그들로부터 중요한 존재가 된 것이다.

"그건 내 문제요, 목사 양반." 아벨이 또 말했다. "스털링 양은 이 집에서 나가고 싶으면 언제라도 나갈 수 있어요. 나는 이 사람하고 정식으로 계약을 맺었소. 그러니까 이 사람은 자기 하고 싶은 대로 결정하면 돼요. 이 사람이 만들어주는 요리는 내 취향에 딱 맞지만 말이오. 죽에 소금을 넣는 것을 잊는 법이 없어요. 문을 '쾅' 닫지도 않고, 해야 할 말이 없을 때는 입을 다물고 있어 주지요. 여자로서는 좀처럼 할 수 없는 일이죠. 나는 만족하고 있어요. 하지만 본인이 이곳이 싫다면 언제든 나가면 그만이오. 그러나, 짐 스털링에게 고용된 여자는 절대로 사양하겠소. 그런 여자가 오는 날에는 ……."

아벨의 목소리는 기분이 으스스하도록 부드럽고 정중해졌다.

"그자의 머리통을 부숴 길바닥에 뿌려줘야겠지. 짐에게 그렇게 전해주시오, 그리고 아벨이 안부 전하더라는 말도."

"목사님, 시시가 필요로 하고 있는 건 간호사가 아니에요." 밸런시가 호소하듯 말했다. "시시는 그런 병자가 아니에요. 시시가 원하는 건 친구예요. 자기가 알고 있는 사람으로, 함께 있어줄 사람이죠. 이해하시겠어요?"

"물론 나는 당신의 동기가 참으로…… 어흠! …… 훌륭한 것인 줄은 알고 있어요."

스톨링 목사는 자신을 참으로 마음이 넓은 사람이라고 생각했다. 왜냐하면, 마음속으로는 밸런시의 동기 같은 건 칭찬할 만한 것이 못 된다고 생각하고 있었기 때문이다. 그는 밸런시가 어떤 생각을 하고 있는지 전혀 알 수가 없었다. 그러나 그 동기가 좋지 않다는 것만은 확신하고 있었다. 그는 자신이 이해할 수 없는 일이 있으면 당장 그것을 비난하는 사람이었다. 그것이 가장 간단하기 때문이다.

"하지만 당신이 우선 생각해야 할 것은 당신 어머니입니다. 어머니는 당신을 필요로 하고 있어요. 꼭 집으로 돌아와 달라고 하십니다. 당신이 돌아오기만 하면 모두 없었던 일로 하시겠답니다."

"그건 또 무슨 말도 안 되는 이유요?" 손바닥으로 담배를 부서

져라 움켜잡으면서 아벨이 다시 끼어들었다.

스톨링 목사는 그를 무시했다.

"당신 어머니는 무슨 일이 있어도 당신이 돌아오기를 바라고 계십니다. 스털링 양." 그렇게 말하면서 목사는 자신이 여호와의 심부름꾼이라는 사실을 부각했다.

"나는 명령합니다. 당신의 목사이며 정신적 지도자로서 당신한테 명령합니다. 나와 함께 집으로 돌아가는 겁니다, 지금 곧. 자, 모자와 코트를 가지고 오세요."

스톨링 목사는 밸런시에게 손가락을 들이댔다. 그 무자비한 손가락 앞에서 밸런시는 고개를 떨어뜨린 채 눈에 띄게 자신감을 잃고 있었다.

'포기하려 하고 있군. 이 아가씨는 목사를 따라가 버릴 거야. 젠장, 이런 목사 따위도 여자에게는 힘이 있으니!' 아벨은 생각했다.

밸런시는 정말 스톨링 목사의 명령에 따르려 하고 있었다. 함께 집으로 돌아가지 않으면 안 된다. 그리고 포기하는 것이다. 다시 도스 스털링으로 돌아가서 남은 며칠, 아니 몇 주일을 전과 같이 주눅 들고 하잘 것 없는 여자로 지내지 않으면 안 된다. 그것이 그녀의 운명이다. 자신을 가리키고 있는 이 냉혹한 집게손가락으로 상징되는 운명. 욕쟁이 아벨이 예정된 운명에서 벗어날 수 없는 것처럼 그녀도 이 손가락에서 달아날 수 없는 것이다. 그녀는 정신이 홀려버린 새가 뱀을 응시하듯 그 손가락을 뚫어지게 바라보고 있었다. 다음 순간……

"두려움은 원죄이다." 갑자기 조용하게 속삭이는 듯한 목소리가 아득히 먼 곳, 밸런시의 의식 깊숙한 안쪽에서 들려왔다.

"세상의 거의 모든 악은 그 근원에 누군가가 무언가를 두려워하고 있다는 사실이 도사리고 있다."

밸런시는 벌떡 일어섰다. 아직도 두려움에 사로잡혀 있기는 했지만 영혼은 다시 자신의 것으로 돌아와 있었다. 마음속의 목소리를 속여서는 안 된다.

"스톨링 씨, 지금 저는 어머니에게 아무런 의무도 없어요. 어머니는 건강하고, 충분히 도와줄 사람도 있고, 친구도 있습니다. 저 같은 건 전혀 필요로 하지 않습니다. 그런데 이곳에서는 제가 필요합니다. 저는 이곳에 남겠습니다."

"잘했어, 대단한 용기야." 아벨이 감탄하며 말했다.

스톨링 목사는 손가락을 내렸다. 언제까지나 손가락을 들이대고 있을 수는 없는 일이었다.

"스털링 양, 당신은 아무것도 느끼는 것이 없습니까? 어린 시절의 기억이나……."

"물론 기억하고 있어요. 아주 싫은 기억이죠."

"사람들이 뭐라고 말하는지 기억나나요? 모두가 뭐라고 말하고 있는지?"

"상상이 돼요." 어깨를 한번 으쓱하며 밸런시가 말했다. 그녀는 한순간 다시 공포에서 해방되었다.

"20년 동안이나 디어우드의 티파티나 바느질 모임에서 사람들이 하는 얘기를 들었던 건 완전히 헛일은 아니었어요. 그렇지만 스톨링 씨, 그 사람들이 뭐라고 하든 전 전혀 상관하지 않아요, 전혀."

그리하여 스톨링 목사는 돌아갔다. 공적인 의견을 들은 척도 하지 않는 여자! 집안의 신성한 유대로도 만류할 수가 없다니! 어린 시절의 기억조차 싫어하고 있다니!

다음에 찾아온 것은 사촌 조지아나였다. 스스로 찾아온 것이다. 모두들 그녀를 보내봤자 도움이 될 리가 없다고 생각했기 때문이다. 조지아나는 밸런시가 혼자 작은 채소밭에서 풀을 뽑고 있는 것을 보았다. 그 밭은 밸런시가 일군 것이었다. 조지아나는 그녀가 생각해

낼 수 있는 모든 진부한 애원의 말들을 늘어놓았다. 밸런시는 참을성 있게 귀를 기울이고 있었다. 밸런시는 조지아나를 그리 싫어하지는 않았다. 이윽고 밸런시가 입을 열었다.

"이제 하고 싶은 말 다한 거죠? 그럼 죽처럼 질지도 않고 사해처럼 짜지도 않은, 대구 크림수프 만드는 법 좀 가르쳐 주시겠어요?"

"이제 시간이 흐르기를 기다리는 것뿐이야." 벤저민 삼촌이 말했다.

"어쨌든 시시 게이는 오래 살지 못할 테니까. 마시 선생은 이제 시시가 죽는 건 시간문제라고 했어."

프레데릭 부인은 울었다. 차라리 밸런시가 죽는 편이 훨씬 낫겠다는 생각마저 들었다. 그때는 상복을 입으면 되니까.

치들리 코너스의 댄스파티

밸런시는 아벨이 처음으로 지불한 월급을——약속한 정확한 날짜에, 담배와 위스키 냄새가 배어 있는 지폐로——그날로 디어우드에 나가 다 써버렸다. 바겐세일에서 새빨간 구슬이 달린 허리띠가 있는 아름다운 초록색 크레이프 드레스와, 거기에 어울리는 실크 양말 한 켤레, 새빨간 장미가 달린 초록색 모자도 샀다. 게다가 약간 바보 같다는 생각은 했지만, 리본과 레이스 장식이 있는 잠옷까지 사왔다.

밸런시는 엘름 거리에 있는 자신의 집 앞을 두 번이나 지나갔다. 그곳을 '우리 집'이라고 느낀 적은 한번도 없었다. 그녀는 아무도 만나지 않았다. 이런 아름다운 6월 저녁에도 어머니는 틀림없이 방에 앉아 혼자 트럼프를 하고 있을 것이다. 그리고 교활한 꾀를 부리고 있겠지. 언제나 속임수를 쓰고 있는 것이다. 절대로 지는 법이 없다. 밸런시와 마주친 사람들은 거의 다 빤히 쳐다보며 차갑게 눈인사만 하고 지나갔다. 걸음을 멈추고 말을 거는 사람은 아무도 없었다.

집에 돌아간 밸런시는 그 초록색 옷을 입어보았다. 그러고는 이내 벗어버렸다. 비참하게도 파인 목과 짧은 소매가 아무것도 입지 않은 것 같은 느낌이 들어 부끄러워진 것이다. 낮은 허리선에 두른 진홍색 띠는 아무리 봐도 고상하다고 할 수 없었다. 밸런시는 옷을 옷장에 걸어놓고 멍하니 쳐다보며 돈을 낭비했다고 생각했다. 도저히 그옷을 입을 용기가 나지 않았다. 존 포스터가 두려움을 '죄'라고 한 말도 그녀의 기분을 풀어주지는 못했다. 이 일에 관해서만큼은, 습관과 관습이 아직도 강력한 힘을 가지고 있었던 것이다. 밸런시는 한숨을 내쉰 뒤, 누른빛이 도는 갈색의 낡은 실크 옷을 입고 바니스네이스를 만나기 위해 아래로 내려갔다. 초록색 옷은 무척 어울렸건만. 초록색 옷을 입었을 때 밸런시는 부끄러움을 느끼긴 했지만 한눈에 많은 것을 알 수 있었다. 초록색 옷 위의 자신의 눈은 조금 색다른 갈색 보석처럼 보였고, 허리띠는 그녀의 납작한 몸에 완전히 다른 인상을 주고 있었다. 그녀는 옷을 그대로 입고 올걸 그랬다고 생각했다. 하지만 존 포스터도 모르는 것은 있다.

매주 일요일 저녁, 밸런시는 '오지' 외곽 골짜기에 있는 작은 자유감리교회에 나갔다. 소나무로 에워싸인, 첨탑이 없는 작은 잿빛 건물이 있고, 그 옆에 좁은 울타리로 칸막이가 되어 있는 잡초 무성한 묘지에는, 움푹 들어간 무덤 몇 개와 이끼 낀 비석이 서 있다. 밸런시는 이곳의 목사가 마음에 들었다. 정말 질박하고 진지한 인물이었다. 포트로렌스에 사는 이 노목사는, 시대에 한참 뒤떨어진 프로펠러 보트로 호수를 건너와서, 언덕 또 언덕을 넘어가야 나오는, 바위투성이의 작은 농장에 사는 사람들에게 무료로 설교를 하고 있었다. 그곳 사람들은 이 목사가 없으면 도저히 신의 말씀을 들을 길이 없었다. 밸런시는 이 간소한 예배와 열성적인 사람들이 부르는 노래를 좋아했다. 열려 있는 창문 옆에 앉아서 소나무 숲을 바라보는 것도 좋았다. 예배에 모이는 사람 수는 늘 적었다. 자유감리교도는 신도 수가 적고 가난하며 대부분 글을 몰랐다. 그러나 밸런시는 이 일요일 저녁이 더할 수 없이 사랑스러웠다. 태어나서 처음으로 그녀는 교회에 가는 것을 좋아하게 되었다. 밸런시가 '자유감리교도'가 되었다는 소문은 디어우드에도 전해졌다. 그 때문에 프레데릭 부인은 하루 동안 자리에 눕고 말았다. 그러나 밸런시는 개종한 것은 아니었다. 그저 좋아서 교회에 갔고, 뭐라고 할까, 어쨌든 그것은 그녀에게 좋은 영향을 미쳤다. 늙은 타워스 목사는 자신이 하는 설교 내용을 진심으로 믿고 있었고, 그것이 그녀에게 지금까지와는 전혀 다른 인상을 주었다.

이상하게도 욕쟁이 아벨은 밸런시가 그 교회에 가는 것을 반대했다. 프레데릭 부인이 있었다면 아마 똑같이 엄하게 반대했을 것이다. 아벨은 말했다.

"나는 자유감리교도들에게 아무런 좋은 점도 인정할 수 없어, 장로파니까."

하지만 밸런시는 아벨의 말을 무시하고 교회에 갔다.

"곧, 더 좋지 않은 소문을 듣게 될 거야."

벤저민 삼촌은 어두운 표정으로 그렇게 예언했다.

곧 그 말대로 되었다.

밸런시는 왜 자신이 그 파티에 가고 싶어졌는지 스스로도 알 수 없었다. 그것은 치들리 코너스라는 '오지'의 댄스파티였는데, 교양 있는 아가씨들이 가는 파티라고는 할 수 없었다. 하지만 밸런시는 재미있을 거라고 생각했다. 왜냐하면 욕쟁이 아벨이 그 파티에서 바이올린 연주자 가운데 한 사람이었기 때문이다.

하지만 아벨이 저녁 식사 때 그 얘기를 꺼낼 때까지 밸런시는 가겠다는 생각은 꿈에도 하지 않았다.

"너도 가면 좋을 텐데. 도움이 될 거야. 혈색이 좋아지지. 넌 너무 메말랐어. 어떻게 해서든 좀더 생기를 불어넣어야 돼."

밸런시는 갑자기 가고 싶어져서 견딜 수 없었다. 치들리 코너스의 댄스파티가 어떤 것인지는 전혀 모르고 있었다. 그녀가 알고 있는 파티라고 해야, 디어우드나 포트 로렌스에서 열리는 정식파티뿐이었다. 물론 이번 파티가 그것과는 다르다는 건 알고 있었다. 훨씬 더 소탈한 분위기의 파티가 틀림없었다. 그렇기 때문에 더욱 재미있는 것이 아닐까? 가서 안 될 이유가 어디 있단 말인가? 지난 1주일 동안 시시는 무척 건강하고 좋아보였다. 시시는 혼자 있어도 괜찮으니까 가고 싶으면 가라고 밸런시에게 권했다. 사실 밸런시는 가고 싶었다.

옷을 갈아입으러 방으로 간 밸런시는 낡은 갈색 실크드레스를 본 순간 새삼 분노가 치밀어 올랐다. 어떻게 이런 옷을 입고 파티에 갈 수 있담! 그녀는 옷걸이에서 초록색 크레이프 옷을 꺼내 맹렬한 기세로 그것을 입었다. 바보 같구나, 단지 목덜미와 팔이 좀 드러난다는 것만으로 이렇게, 이렇게 알몸 같은 느낌이 들다니! 자신이 노처녀이기 때문에 그렇게 느껴지는 거야. 그까짓 일로 기가 죽어서는 안 돼! 그녀는 옷을 입었다. 실내화도 신었다.

10대 초반에 입은 오건디 옷 이래 아름다운 옷을 입는 것은 이번이 처음이었다. 그 오건디 옷을 입었을 때도 밸런시는 이렇게까지 자신이 알몸처럼 느껴지지는 않았다.

'목걸이나 뭐가 있었으면 좋겠는데.' 밸런시는 생각한다. 목걸이만 있으면 이렇게 허전한 기분이 되지 않을 수 있다. 그녀는 뜰로 뛰어갔다. 클로버 꽃이 많이 피어 있었다. 무성한 풀 사이로 새빨갛고 커다란 꽃이 고개를 내밀고 있었다. 밸런시는 손에 가득 꺾어서 그것을 엮어 링을 만들었다. 목에 대어보니 제법 멋진 조화를 이루며 뜻밖에 잘 어울렸다. 링을 하나 더 만들어 머리에도 장식했다. 아래쪽을 부풀린 헤어스타일은 그녀에게 잘 어울렸다. 흥분되고 들뜬 기분이 밸런시의 뺨을 엷은 핑크빛으로 물들였다. 밸런시는 코트를 걸치고 작은 초록색 모자를 썼다.

시시가 말했다.

"굉장히 예뻐. ……평소하고 전혀 달라 보여, 밸런시. 초록색 달빛에 붉은 줄이 들어가 있는 것 같아. 만약 그런 것이 있다면 말이지만."

밸런시는 몸을 숙여 시시에게 키스했다.

"미안해, 시시. 너를 혼자 남겨두고 싶지는 않은데……."

"무슨 소리야, 괜찮아. 이렇게 기분이 좋은 건 오랜만인걸. 네가 나 때문에 잠시도 이곳을 떠나지 못한다고 생각할 때마다, 늘 안됐다는 기분이 들었어. 즐겁게 놀다 와. 코너스의 파티에는 가본 적이 없지만, 오지의 다른 파티에는 옛날에 가본 적 있어. 언제나 무척 즐거웠어. 오늘 밤엔 아버지가 술에 취할 걱정도 없고, 파티에서 연주할 때는 절대로 마시지 않거든. 그런데 아마 술이 나올 텐데, 소동이 일어나면 어떻게 할 거야?"

"아무도 나에게 장난 같은 건 걸지 않을 거야."

"큰일은 없을 거라고 생각하지만. 아버지가 신경 써주실 테니까. 그래도 시끄러워지거나 불쾌한 일이 있을지도 몰라."

"걱정 안 해. 난 단지 구경꾼으로서 가는 거야. 춤을 출 생각은 없어. 그저 '오지'의 파티가 어떤 것인지 보고 싶을 뿐이야. 고상한 디어우드의 파티밖에 본 적이 없거든."

시시는 그래도 걱정된다는 듯이 빙긋 웃었다. 술이 들어가면 '오지'의 파티가 어떤 식으로 전개되는지 밸런시보다 잘 알고 있었기 때문이다. 그러나 그렇게 되지 않을지도 모른다.

"재미있게 놀다 와." 시시는 다시 한 번 그렇게 말했다.

밸런시는 파티장에 가면서 드라이브를 즐겼다. 치들리 코너스까지는 19킬로미터쯤 된다. 아벨의 차는 고물인 데다 덜컹거리는 포장마차였기 때문에 두 사람은 일찌감치 출발했다. 무스코카의 도로는 대부분 자갈투성이의 험한 길뿐이었다. 그렇지만 북쪽의 삼림 지대 특유의 맑은 아름다움으로 가득 차 있었다. 길은, 6월의 일몰 속에 줄지어 서서 속삭이고 있는 듯한, 매력 만점의 아름다운 소나무 사이로 구불구불 이어지고 있었다. 또, 늘 천상의 기쁨에 떨고 있는 듯한 사시나무가, 기슭을 흐르는 무스코카의 신비한 비취색 강을 건너 뻗어가고 있었다.

욕쟁이 아벨은 멋진 얘기 상대였다. 그는 사람들이 잘 모르는 '오지'의 아름다운 이야기와 전설을 모조리 알고 있어서, 마차를 달리면서 밸런시에게 얘기해주었다. 밸런시는 이따금 '풋' 웃음을 터뜨렸다. 만약 벤저민 삼촌과 웰링턴 숙모 또 그 밖의 사람들이, 지금 자기가 욕쟁이 아벨과 함께 그 무서운 마차를 타고 치들리 코너스의 댄스파티에 가는 모습을 본다면 어떤 표정을 지을까 생각한 것이다.

파티는 조용한 분위기로 시작되었다. 밸런시는 즐겁고 유쾌한 기분이었다. 인상 좋은 '오지' 남자 두 명과 춤을 췄다. 두 사람 다 춤을 잘 추었고, 밸런시의 춤 솜씨를 칭찬해 주었다.

조금 있으니 좀 다른 칭찬의 말도 들려왔다. 그리 고상한 내용은 아니었지만, 지금까지 빈말로라도 칭찬을 들은 적이 거의 없었던 밸런시는 그래도 뛸 듯이 기뻤다. 그녀 뒤쪽에 있는 어두컴컴한 칸막이 안에서 젊은 '오지' 남자 두 사람이 그녀에 대해 얘기하는 소리가 귀에 들어왔다.

"저 초록색 옷을 입은 아가씨, 누군지 알아?"

"아니. 시내에서 왔을 거야. 아마 포트일걸. 꽤 괜찮은데……."

"미인은 아니지만 제법 근사해. 저런 눈은 여간해서 볼 수 없다구."

소나무와 전나무 가지로 장식한 그 큰 홀에는 종이등에 불이 켜져 있었다. 바닥은 왁스칠이 되어 있고, 아벨의 바이올린이 그의 화려한 솜씨로 멋진 음악을 연주하고 있었다. '오지' 아가씨들은 아름다웠고 모두 예쁜 옷을 입고 있었다. 밸런시는 이렇게 멋진 파티는 처음이라고 생각했다.

11시가 되자 그녀의 생각은 바뀌기 시작했다. 새로운 그룹이 왁자지껄 들어왔다. 틀림없이 술에 취해 있는 것 같았다. 이때부터 마음대로 마실 수 있도록 위스키가 제공되었다. 곧 거의 모든 남자들에게 취기가 돌기 시작했다. 현관과 입구 근처 사람들이, '모두 와서 즐기세'를 큰 소리로 부르기 시작하더니 쉬지 않고 고래고래 고함을 질러댔다. 주위가 시끄럽고 살벌해졌다. 여기저기서 싸움이 일어났다. 상스러운 말과 외설적인 노랫소리가 들려왔다. 아가씨들은 이리저리 춤에 끌려 다녔고, 머리가 헝클어지고 싸구려 인형처럼 희롱당했다. 구석에 혼자 앉아 있던 밸런시는 환멸을 느끼고 후회했다. 왜 이런 곳에 오고 말았을까? 자유도 독립도 좋지만 어리석은 짓을 해서는 안 된다. 이곳이 어떤 곳인지 알았어야 했다. 시시의 걱정하는 말에 귀를 기울였어야 했다. 밸런시는 머리가 아파왔다. 모든 것이 싫어졌다. 그러나 어쩔 도리가 없었다. 끝날 때까지 있지 않으면 안 되었다. 아벨을 기다려야 하기 때문이다. 아마 새벽 3시나 4시까지.

새로 온 남자들 때문에 아가씨들의 수가 현저하게 부족해져서 남자들에게 파트너가 돌아가지 않았다. 밸런시는 차례차례 이어지는 춤 신청에 넌더리가 날 지경이었다. 그녀는 모두 쌀쌀하게 거절했다. 싫은 얼굴을 하는 사람도 있었다. 뭐라고 욕을 하거나 기분 나쁜 표정을 짓는 사람도 있었다. 방 저쪽에 모르는 남자들이 몇 명 모여서 의미심장하게 그녀 쪽을 바라보고 있었다. 무슨 일을 꾸미고 있는 걸까?

그때였다. 밸런시는 입구 쪽에서 사람들의 머리 너머로 이쪽을 보고 있는 바니 스네이스를 발견했다. 그 순간 그녀는 두 가지 사실을 분명하게 깨달았다. 하나는 이젠 안심해도 된다는 것. 또 하나는 바로 그 때문에 이 파티에 오고 싶었다는 사실. 이것은 너무나 어리석은 기대라 스스로도 인정하지 않고 있었다. 하지만 지금, 이곳에 바니가 올지도 모른다고 생각했기 때문에 자기가 온 것임을 깨달은 것이다. 그런 생각을 하다니 부끄럽게 여겨져야 할 텐데도 그렇지 않았다. 안도한 다음 순간, 그녀는 바니가 수염도 깎지 않고 온 것이 마음에 걸렸다. 파티에 올 때만큼은 제대로 외모를 갖추는 예의 정도는 지켜도 좋았을 텐데. 그는 모자도 쓰지 않았고, 수염은 제멋대로 자란 채였으며, 낡은 바지에 푸른 홈스펀 셔츠 차림이었다. 재킷조차 입지 않고 있었다. 밸런시는 속이 상한 나머지, 그를 마구 흔들어주고 싶었다. 사람들이 그에 대해 좋게 말하지 않는 것도 당연했다.

그러나 이제 밸런시는 무섭지 않았다. 조금 전에 소곤소곤 얘기하던 남자들 가운데 한 명이 친구를 남겨두고 방을 가로질러 그녀 쪽으로 다가왔다. 방은 열광적으로 춤추는 젊은이들로 가득했고 공기는 열기로 후텁지근했다. 그 남자는 키가 크고 어깨가 넓고 탄탄하며, 복장도 얼굴도 그다지 나쁘지 않았지만 술에 취해 있는 게 분명했다. 남자는 밸런시에게 춤을 신청했다. 밸런시가 정중하게 거절하자 남자의 얼굴이 분노로 일그러졌다. 남자는 강제로 그녀의 허리에 팔을 감고 끌어당겼다. 위스키 냄새가 풍기는 뜨거운 숨결이 그녀의 얼굴에 확 끼쳐왔다.

"이봐, 아가씨. 여기서는 잘난 척할 필요 없어. 이곳에 온 이상 우리와 춤을 쳐줘야지, 안 그래? 우린 아까부터 내내 아가씨에게 눈독을 들이고 있었다구. 자, 우리하고 교대로 춤을 추고 키스하는 거야, 알겠어?"

밸런시는 죽기를 각오하고 저항하며 벗어나려 했지만 소용없었다. 그녀는 소리소리 지르고 발을 굴렀지만 어쩔 수 없이 춤을 추고 있는 사람들 사이로 질질 끌려들어가고 말았다. 다음 순간, 그녀를 끌어당기던 남자가 턱을 한방 얻어맞고 비틀거리며 방 저쪽으로 나가 떨어졌다. 주위에서 춤추고 있던 사람들도 함께 넘어졌다. 누군가가 밸런시의 팔을 꽉 붙잡았다.

"이쪽으로, 어서!" 바니 스네이스의 목소리였다. 그는 뒤쪽에 열려 있는 창문으로 그녀를 안아 밖에 내려놓고 자기도 창문턱을 가볍게 타고 넘었다. 그는 그녀의 손을 잡았다.

"어서 달아납시다. 곧 쫓아올 테니까."

밸런시는 지금까지 한번도 이토록 무아지경으로 뛰어본 적이 없었다. 바니의 손을 꼭 잡고 이렇게 미친 듯이 뛰고 있는 데도 어째서 죽지 않는 건지 이상했다. 어쩌면 이미 죽어버린 것일까! 이 일이 알려지면, 가엾은 그녀의 집안에는 끔찍한 추문이 될 것이다. 이때 처음으로 밸런시는 집안 사람들한테 미안하다는 생각이 들었다. 하지만 이제 그 무서운 소동에서 해방되었다고 생각하니 기뻤다. 또 바니의 손을 꼭 잡고 있는 것도 좋았다. 여러 가지 생각들이 교차했다. 짧은 동안에 이렇게 많은 것을 생각하고 느낀 건 그때가 처음이었다.

두 사람은 가까스로 소나무 숲의 한적한 곳에 도착했다. 쫓아오던 사람들은 다른 방향으로 가버렸고 뒤에서 들려오던 고함소리도 멀어졌다. 밸런시의 심장은 방망이질 치는 것처럼 빨리 뛰고 있었다. 숨을 헐떡이며 그녀는 쓰러진 소나무 기둥에 무너지듯 주저앉았다.

"고마워요." 가쁜 숨을 내쉬면서 밸런시가 말했다.

"이런 곳에 오다니, 미친 짓이야."

바니가 야단쳤다.

"이런, 곳일, 줄은, 몰랐, 어요." 변명하듯 밸런시가 말했다.

"치들리 (술에 취한 이라는 뜻) 코너스라고 하면 알 만하지 않소!"

"그냥, 이름이 그런 줄 알았죠."

밸런시는 바니가 자신이 '오지'에 대해 무지함을 아직 모르는 거라고 생각했다. 그녀가 줄곧 디어우드에서 살았으니, 당연히 알고 있을 줄 알았으리라. 그러나 그는, 밸런시가 어떤 환경에서 자랐는지 아무것도 모르고 있었다. 그런 것을 설명해준다 해도 이젠 소용없는 일이다.

"저녁에 아벨의 집에 가봤더니 시시가 당신이 이곳에 갔다고 가르쳐줘서 깜짝 놀랐소. 갑자기 등줄기가 서늘해지더군. 시시는 당신을 걱정하고 있었소. 그런데 말리면 질투하는 거라고 당신이 생각할까봐 아무 말도 못했던 모양이오. 그래서 난 디어우드에 가지 않고 곧장 이곳으로 온 거요."

어두컴컴한 소나무 숲 속에서, 갑자기 밸런시는 온몸이 기쁨으로 환하게 빛나는 것 같은 느낌이 들었다. 바니는 진심으로 그녀가 걱정돼서 와준 것이다.

"놈들이 쫓아오는 것을 포기하면 무스코카 거리로 나갑시다. '레이디 제인'을 거기 세워뒀으니까 집까지 데려다 주겠소. 파티는 이제 그만하면 충분하죠?"

"물론이에요." 밸런시는 고개를 숙였다. 집으로 가는 길의 반은 두 사람 다 말 한 마디 하지 않았다. 말해봤자 소용없었다. '레이디 제인'이 내는 소음으로 상대방이 하는 말을 알아들을 수가 없었기 때문이다. 그리고 밸런시는 말하고 싶은 기분도 아니었다. 자신이 한 짓을 진심으로 부끄러워하고 있었다. 어리석게 그런 곳에 간 것을, 그리고 그런 곳에 있는 모습을 바니 스네이스한테 보여준 것을. 소문난 탈옥자, 불신자, 위조범, 공금을 횡령한 도망자인 바니에게. 그것을 생각하고 어두운 차 속에서 밸런시는 입술을 깨물었다. 부끄러워서 견딜 수가 없었다.

한편으로는 즐겁기도 했다. 이상하게 마음이 설렜다. 바니 스네이스 옆에 앉아 울퉁불퉁한 길을 덜컹거리며 가는 것이. 커다란 나무들이 나는 듯 지나갔다. 키 큰 잡초가 마치 줄을 맞춘 군대처럼 길가에 빳빳하게 곧은 자세로 서 있었다. 전조등 불빛이 비치면, 엉경퀴는 마치 술에 취한 요정이나 갈지자로 걷는 엘프 (산지에 사는 것으로 알려진 작은 요정) 처럼 보였다. 밸런시가 차를 타는 것은 이번이 처음이었다. 무척 마음에 들었다. 바니가 운전하고 있어선지 조금도 무섭지 않았다. 차에 흔들리면서 그녀의 마음은 둥실둥실 춤추고 있었다. 이제 더 이상 부끄럽지도 않았다. 다만, 이 넓은 밤의 공간을 반짝이며 흘러가는 혜성의 일부가 된 것 같았다.

소나무 숲이 점점 드문드문해지다가 관목의 황무지로 변했을 때 갑자기 '레이디 제인'이 조용해졌다, 기분 나쁘리만큼 조용히. 점차 속도가 떨어지더니 마침내 서버렸다.

바니가 놀라 소리쳤다. 곧 차에서 내려 살펴보더니 미안해하는 얼굴로 돌아왔다.

"난 어처구니없는 멍청이였소, 차에 기름이 떨어졌군요. 집에서 나올 때 얼마 남지 않았다는 걸 알고 디어우드에서 넣고 갈 생각이었는데. 그런데 코너스에 빨리 가려고 서두르다가 그만 깜박 잊어버렸소."

"어떻게 할 생각이에요?" 밸런시는 태연자약했다.

"모르겠소. 디어우드까지 가야 주유소가 있는데. 그것도 14킬로미터쯤이나 앞에. 당신을 이곳에 혼자 둘 수도 없고. 이 근처에는 부랑자들이 우글우글하니까. 게다가 코너스의 미친놈들이 언제 쫓아올지 모르고. 포트에서 온 남자들도 있더군. 내 생각에 가장 좋은 방법은 여기서 다른 차가 오기를 기다리고 있다가, 욕쟁이 아벨의 집으로 돌아갈 수 있을 만큼만 기름을 빌리는 거요."

"좋아요. 그러면 되잖아요?"

"이곳에 밤새도록 앉아 있어야 할지도 모르오."

"난 괜찮아요."

바니는 약간 웃었다.

"당신이 좋다면 나도 걱정하지 않겠소. 어차피 더 이상 들을 나쁜 평판도 없고."

"저두요." 밸런시가 쾌활하게 말했다.

우연히, 또는 신의 은총으로

바니가 말했다.

"그럼 여기 앉아서 기다리기로 할까? 좋아요, 만약 할 말이 있다면 해도 좋지만, 그렇지 않다면 잠자코 있기로 합시다. 당신이 나에게 말하지 않으면 안 될 일은 없다고 생각하는데."

"존 포스터가 말했어요. '만약 당신이 어떤 사람과 30분 동안 말을 하지 않고 앉아 있을 수 있고, 그것이 전혀 거북하지 않다면 당신들 두 사람은 친구가 될 수 있다. 만약 그렇지 못하다면 친구가 될 수 없다. 그렇게 되려고 노력하는 시간은 쓸데없는 낭비가 아니다.'" 밸런시가 말했다.

"맞아요, 존 포스터도 가끔은 괜찮은 말을 할 줄 아는군." 바니도 인정했다.

그런 다음 두 사람은 오랫동안 말없이 앉아 있었다. 작은 토끼가 길을 가로질러 뛰어갔다. 올빼미도 한두 번 유쾌한 듯 웃음소리를 냈다. 앞쪽에 뻗어 있는 도로에 나무들이 짜올린 레이스가 가장자리를 장식하고 있었다. 아득한 저편 남서쪽 하늘은 은빛의 작은 새털 구름으로 덮여 있었다. 바로 그 아래가 바니가 사는 섬이 있는 곳이 틀림없었다.

밸런시의 마음은 행복으로 가득했다. 인생에서는 무언가가 천천히 보이는 일이 있다. 또 섬광처럼 불현듯 무언가를 알게 될 때도 있다. 밸런시는 그 섬광을 느꼈다.

이제 밸런시는 자신이 바니를 사랑하고 있다는 것을 똑똑히 알았다. 어제까지 그녀는 자기만의 것이었다. 그런데 지금은 이제 이 남자의 것이다. 그러나 그가 무엇을 한 것도 아니고 무엇을 말한 것도 아니었다. 그녀를 여자로 봐주지도 않는다. 하지만 그런 건 아무래도 좋았다. 그가 어떤 사람이든 그가 무슨 짓을 한 사람이든, 그런 건 아무래도 상관없다. 그녀는 조건 없이 그를 사랑하고 있었다. 그녀 안의 모든 것을 그에게 바치는 사랑. 그녀는 더 이상 이 사랑을 억제하거나 부정하지 않겠다고 생각했다. 밸런시는 자신이 너무나도 완전하게 그의 것이라는 생각이 들어, 그를 남이라고 생각하는 것 ──그를 염두에 두지 않고 사물을 생각하는 것──조차 불가능하다는 느낌이 들었다.

바니가 차 문에 기대어 기름이 떨어졌다고 말했을 때, 밸런시는 그야말로 한순간에 자신이 분명히 이 남자를 사랑하고 있다는 것을 깨달았다. 달빛 속에서 그의 눈을 들여다보았을 때 알았다. 그 더할 나위 없이 짧은 순간에 모든 것이 끝났다. 낡은 것은 다 지나가고 모든 것이 새로워졌다.

밸런시는 이제 하잘 것 없는 노처녀 밸런시 스털링이 아니다. 사랑에 빠진 여자이며, 그래서 풍요롭고 결실이 있는, 자신을 자신으로 인정할 수 있는 여자가 되었다. 인생은 더 이상 공허하지도 무의미하지도 않다. 이젠 죽음도 그녀를 속일 수는 없다. 사랑이 그녀가 가장 두려워하고 있는 것을 물리친 것이다.

사랑! 마음을 태우고, 상처주고, 그러면서도 참을 수 없도록 달콤한 것이, 몸과 영혼과 마음을 전율시킨다! 결코 깨지지 않는 다이아몬드가 발하는 푸른 광채처럼 아름답고 순수하고 아득히 먼, 정신적인 무언가가 마음 한가운데에서 싹텄다. 어떤 꿈도 그것 앞에서는 빛을 잃는다. 밸런시는 이제 혼자가 아니었다. 온 세상에서 사랑의 경험이 있는 모든 여성 가운데 한 사람이 된 것이다.

하지만 바니가 그것을 반드시 알 필요는 없다. 안다 해도 상관없지만. 어쨌든 밸런시는 사랑을 알게 되었다. 그것은 참으로 눈부신 변화를 가져다주었다! 오직 사랑한다는 것! 사랑받지 않아도 상관없다. 여름밤, 하얗게 빛나는 달빛을 받으면서 소나무 숲에서 불어오는 바람을 뺨에 느끼며, 말없이 그 사람 옆에 앉아 있는 것만으로도 가슴이 뛰었다. 그녀는 늘 바람이 부러웠다. 저토록 자유롭지 않은가! 가고 싶은 곳으로 마음대로 불어갈 수 있다. 언덕을 넘어 호수를 건넌다. 휘잉 휘잉 휘이이이잉! 꿈 같은 모험을 할 수 있다. 밸런시는 신의 공장 아궁이에서 방금 나온 영혼과, 자신의 헌 영혼을 교환한 것 같은 기분이 들었다. 과거를 깊이 뒤돌아보면, 그것은 얼마나 지루하고 무미건조하며 빛바랜 것이었는지! 지금 그녀는 아름다운 보랏빛과 향기로운 제비꽃 무리를 발견한 것이다. 모두 스스로 가져도 되는 것이다. 바니의 과거에 누가 있고 무엇이 있든, 그 미래에 누가 오든 무슨 일이 일어나든 아무도 이 충만한 시간을 빼앗을 수는 없다. 그녀는 이 아름다운 순간에 푹 잠겨 있기로 했다.

"기구를 타고 싶다고 생각한 적 있소?"

바니가 불쑥 물었다.

"아뇨."

"난 있어요. 자주 꿈꾸었소. 구름 속을 타고 돌아다니며 금빛 석양도 보고, 번개가 아래위에서 번쩍이며 오가고 있는 무시무시한 폭풍의 한가운데에서 몇 시간이나 보내다가 보름달 밑에서 은빛 구름 바닥을 미끄러지는 거요. 멋지지 않소?"

"그렇겠군요. 하지만 전 지상에서 꿈을 꾸고 있었어요." 밸런시는 바니에게 푸른 성에 대해 얘기했다. 그에게는 뭐든 얘기하기가 쉬웠다. 뭐든 이해해줄 것 같았기 때문이다. 말하지 않는 것까지도. 그리고 그녀는 욕쟁이 아벨의 집에 오기 전의 생활을 조금 얘기해주었다. 왜 '오지'의 댄스파티에 갔는지 이해해주길 바랐던 것이다.

"그래요, 전 지금까지는 정말로 살아 있었던 게 아니에요. 다만 숨을 쉬고 있었을 뿐이죠. 제 앞에는 모든 문이 닫혀 있었어요."

"하지만 당신은 아직 젊어요."

바니가 말했다.

"네, 그래요. 전 '아직 젊어요'. 하지만 그건 사람들이 흔히 말하는 젊음과는 좀 다르죠." 밸런시는 쓸쓸하게 말했다. 그 순간 그녀는, 왜 자신의 나이가 미래로 이어질 수 없는지, 바니에게 말해버리고 싶은 충동에 사로잡혔다. 하지만 말하지 않았다. 오늘 밤에는 죽음에 대해 생각하지 말자.

"전 한번도 젊었던 적이 없었어요." 그렇게 말하면서 밸런시는 마음속으로 이렇게 덧붙였다. '오늘 밤까지는요.'

"다른 소녀들과는 전혀 다른 생활을 해왔죠. 당신은 이해하지 못하겠지만……." 밸런시는 바니에게 자신의 가장 나쁜 점을 말해주고 싶어 견딜 수가 없었다.

"전 어머니조차 사랑할 수 없는걸요. 어머니를 사랑할 수 없다는 건 한심하다고 생각하지 않으세요?"

"정말 안된 일이군. 어머니한테 말이오." 건조한 목소리로 바니가 말했다.

"아, 어머니는 아무것도 모르세요. 제가 사랑하고 있는 것으로 믿고 있죠. 하지만 전, 어머니에게 아무런 도움도 되지 않고 위안도 되지 못해요. 전 그냥…… 그냥 식물이었어요. 그러다가 마침내 지쳐버렸고, 그래서 게이 씨의 가정부가 되어 시시를 돌봐주기로 한 거예요."

"당신 가족은 당신이 정신이 이상해진 거라고 생각했겠군요."

"맞아요. 정말 그랬어요. 그래도 그 사람들은 그게 차라리 낫다고 생각하고 있어요. 악인이 되는 것보다는 정신병자가 되는 게 낫다고요. 어느 한쪽을 선택할 수밖에 없으니까요. 하지만 전, 게이 씨의 집에 온 뒤 살아 있다는 걸 몸으로 느끼고 있어요. 멋진 경험이에요. 그만둘 때는 제가 오히려 사례를 하고 싶은 심정이에요. 그때는 이미 경험을 내 것으로 만든 뒤겠지만."

"아마 그럴 거요." 바니가 말했다. "자기가 자기의 경험을 산다면 그건 이미 그 자신의 것이오. 그러니까 아무리 많이 지불해도 지나치지 않아요. 타인의 경험은 결코 내 것이 될 수 없으니까. 이 세상은 정말 익숙하면서도 기묘한 곳이오."

"정말 그렇게 생각하세요?" 밸런시가 꿈을 꾸듯 물었다. "6월에는 도저히 그런 익숙한 느낌이 들지 않아요. 오늘 밤엔 어쩐지 무척 새로운 기분이 드는걸요. 저 아른거리고 있는 달빛 속에서 젊고 하얀 이미지의 소녀가 기다리고 있는 것 같은."

바니도 고개를 끄덕이며 말했다.

"오지에서도 변두리인 이 일대에서 보는 달빛은, 다른 곳에서는 결코 볼 수 없는 것이지. 이런 달빛 속에 있으면 언제나 마음과 몸이 정화되는 기분이 들어요. 물론 봄이 되면 다시 황금빛 시간이 반드시 돌아오기 마련이지만."

벌써 10시였다. 검은 구름이 한 마리의 용처럼 달을 삼켜버리고 말았다. 봄의 밤공기도 차갑게 식어가기 시작했다. 밸런시는 몸을 떨었다. 바니는 차 속에서 담배 냄새가 배어 있는 헌 외투를 꺼냈다.

"이걸 걸쳐요." 그가 명령조로 말했다.

"당신은 안 입어요?" 밸런시는 망설였다.

"나 때문에 감기 걸려선 안 되니까."

"아니에요, 감기 같은 건 걸리지 않아요. 게이 씨의 집에 온 뒤부터는 한번도 걸리지 않았어요. 감기에 걸릴 짓만 하고 있는데도. 정말 이상해요. 전에는 거의 일년 내내 감기를 달고 있었거든요. 당신 외투를 차지해서 미안해요."

"벌써 세 번이나 재채기한 것 알아요? 오지의 '경험'을 독감이나 폐렴으로 장식할 필요는 없어요."

바니는 그녀의 목까지 외투를 끌어올려 단추를 채워주었다. 밸런시는 속으로 기뻐하면서 고분고분 앉아 있었다. 이렇게 친절한 배려를 받는 것은 얼마나 기분 좋은 일인가! 담배 냄새가 나는 옷깃 사이에 목을 묻으면서 밸런시는 이대로 밤이 끝나지 않았으면 좋겠다고 생각했다.

10분 뒤, 오지 쪽에서 한 대의 차가 다가왔다. 바니가 '레이디 제인'에서 뛰어내려 손을 흔들었다. 차는 두 사람의 차 옆에 멈춰 섰다. 밸런시는 웰링턴 삼촌과 올리브가 어리둥절한 눈으로 자신을 보고 있는 것을 알았다.

웰링턴 삼촌이 결국 차를 샀구나! 틀림없이 미스타위스에서 사촌 허버트와 밤을 보내고 오는 것이리라. 삼촌이 밸런시를 쳐다보던 그 표정! 밸런시는 하마터면 웃음이 터져 나올 뻔했다. 거만한 쥐색 수염의 사기꾼!

"디어우드까지 갈 수 있는 만큼만 휘발유를 좀 나눠주실 수 있을까요?" 바니가 정중하게 부탁했다. 하지만 웰링턴 삼촌은 바니 쪽은 쳐다보지도 않았다.

"밸런시, 네가 왜 이런 곳에 있는 거냐!"

삼촌이 엄격한 목소리로 말했다.

"우연히, 또는 신의 은총으로."

밸런시가 대답한다.

"이 전과자하고 밤 10시에 말이냐?" 웰링턴 삼촌이 소리쳤다.

밸런시는 바니 쪽을 돌아보았다. 어느새 달은 용의 구름에서 빠져나와 있었다. 그 빛 속에서 그녀의 눈이 대담하기 짝이 없는 빛을 뿜고 있다.

"당신, 전과자예요?"

"그렇다면 어쩔 거요?" 바니는 눈을 한순간 유쾌하게 빛내면서 말했다.

"난 상관없어요. 그냥 호기심에서 물어봤을 뿐이에요." 밸런시가 말했다.

"그럼 나도 말하지 않겠소. 호기심을 만족시켜주는 취미는 없으니까." 그렇게 말한 뒤 바니는 웰링턴 스털링을 돌아다보았다. 그 목소리는 미묘해졌다.

"스털링 씨, 방금 휘발유를 조금 나눠주실 수 있느냐고 여쭈어봤는데요. 허락해주시면 고맙겠군요. 뭐 싫으시다면 억지로 강요하지는 않겠습니다."

웰링턴 삼촌은 이러지도 저러지도 못하는 궁지에 빠졌다. 이 뻔뻔스러운 두 사람에게 휘발유를 나눠줘? 하지만 만약 거절한다면……. 날이 샐 때까지 미스타위스의 숲에 이대로 버려두고 갔다가는……. 차라리 두 사람에게 휘발유를 나눠줘서, 누가 보기 전에 어디론가 보내버리는 편이 낫다.

"휘발유를 넣을 통은 있소?" 삼촌은 퉁명스럽게 말했다.

바니는 '레이디 제인'에서 9리터짜리 통을 꺼내왔다. 두 사람은 스털링의 차 뒤로 돌아가서 마개를 열고 기름을 옮기기 시작했다. 밸런시는 바니의 외투 깃 너머로 올리브를 가만히 바라보았다. 올리브는 도저히 참을 수 없다는 표정으로 앞을 똑바로 노려보며 앉아 있었다. 밸런시 쪽을 쳐다보지 않을 작정인 것 같았다. 올리브가 화를 내는 데는 개인적인 이유가 있었다. 요즘 디어우드에 와 있는 세실도 당연히 밸런시에 대한 얘기를 듣고 있었다. 그는 밸런시가 이상해진 것을 인정하면서 그 이유가 유전적인 데 있는 것인지 끊임없이 알고 싶어했던 것이다. 가족에게 그런 피가 흐르고 있다는 것은 중대한 일이었다. 매우 중대한 일. 올리브가 남길 자손에 대해서도 생각하지 않을 수 없으니까.

"그건 원스바라 집안의 것이에요. 스털링 집안에는 그런 피는 없어요, 절대로." 올리브는 결연하게 말했다.

"나도 그러길 바라지, 진심으로. 하지만 남의 집에 가정부로 들어가다니! 사실은 그게 문제야. 당신 사촌이 말이야!" 세실은 여전히 석연치 않다는 듯 말했다.

가엾은 올리브는 거기서 야유 비슷한 것을 느꼈다. 포트로렌스의 프라이스 집안은 '돈벌러 나간' 사람이 있는 가족과는 교제하고 싶지 않다고 생각하는 것이다.

밸런시는 더 이상 참을 수가 없었다. 차 밖으로 몸을 내밀며 소리쳤다.

"올리브, 너, 기분 나쁜 거니?"

올리브는 몸을 굳히며 입술을 깨물었다.

"뭐가?"

"이런 내 모습을 보고."

올리브는 밸런시 같은 건 무시하겠다고 결심했지만 지금 이 순간 결국 의무감이 이기고 말았다. 이 기회를 놓쳐서는 안 된다.

"도스, 집에 돌아오지 않을래? 오늘 밤, 어때?" 똑같이 몸을 내밀며 올리브가 애원하듯이 말했다.

밸런시는 하품을 했다.

"신앙부흥회 같은 말투구나. 꼭 그래."

"응? 만약 돌아와 준다면……."

"모든 걸 용서하겠다?"

"그래." 올리브가 간곡하게 말했다. 내가 이 문제의 가출 소녀를 잘 설득해서 집에 돌아가게 할 수 있다면 얼마나 훌륭한 일인가?

"여러 말 하지 않을게, 도스. 널 생각하며 잠을 이루지 못한 밤이 얼마인지 몰라."

"그리고, 내가 나다운 인생을 보내고 있는 것을 생각하고 말이지?" 웃으면서 밸런시가 말했다.

"도스, 난 네가 나쁜 사람이라고는 생각하지 않아. 늘 그렇게 말하고 있어. 넌 나쁜 짓을 할 수 없다고…….."

"나도 그렇게 생각해. 구제할 길 없이 착한 사람이라고. 이 차 안에서 바니 스네이스와 세 시간이나 함께 앉아 있었는데도, 그 사람은 키스도 하려고 하지 않지 뭐니? 그랬다 해도 조금도 상관하지 않았을 텐데."

밸런시가 몸을 더 내밀었다. 새빨간 장미꽃을 꽂은 작은 모자가 한쪽 눈 위까지 기울어졌다. 밸런시는 빙긋 웃었다. 도대체 밸런시에게 무슨 일이 일어난 것일까! 뭔가 아름다운 건 아니다. 도스가 아름답다는 건 있을 수 없는 일이다. 하지만 도발적이고 매력 있어 보였다. 그래, 화가 날 만큼! 올리브는 다시 몸을 집어넣었다. 더 이상 말을 하면, 자신의 위엄이 손상될 것 같았다. 어쨌든 밸런시는 정신이 이상한 데다 불량하기까지 하다.

"감사합니다. 이 정도면 충분합니다." 차 뒤에서 바니의 목소리가 들렸다.

"덕분에 살았군요, 스털링 씨. 9리터……, 70센트죠? 고맙습니다."

웰링턴 삼촌은 몹시 불쾌하고 단념한 듯한 모습으로 차에 올라탔다. 사실은 스네이스에게 훈계를 해주고 싶었지만 참기로 했다. 그랬다가는 무슨 일을 당할지 알 수 없었다. 틀림없이 총을 지니고 있을 것이다.

웰링턴 삼촌은 불안한 듯이 밸런시를 쳐다보았다. 그러나 밸런시는 등을 돌리고 바니가 '레이디 제인'에 휘발유를 넣는 것을 보고 있었다.

"그만 가요." 올리브가 단호하게 말했다. "꾸물거리고 있을 필요 없어요. 아까 밸런시가 뭐라고 말했는지나 들어보세요."

"천한 것 같으니! 수치를 모르는 천한 것!" 웰링턴 삼촌이 내뱉듯이 말했다.

'레이디 제인'을 타고

　스털링 집안 사람들이 들은 다음 사건은, 밸런시가 바니 스네이스와 함께 영화를 관람하러 포트로렌스의 극장에 갔으며, 그 뒤 중국 요릿집에서 식사를 했다는 것이었다. 이것은 사실이었다. 그 일로 누구보다 놀란 것은 다름 아닌 밸런시 자신이었다. 어느 안개 낀 황혼녘에 바니가 '레이디 제인'을 타고 찾아와서 지나가는 말처럼 밸런시에게 드라이브를 하자고 제안했다.

　"지금 포트에 가려고 하는데 함께 가지 않겠소?"

　그의 눈은 놀리고 있는 것처럼 보였고 목소리는 도전적이었다. 밸런시는 그와 함께라면 어디라도 갈 수 있다고 생각했으므로 두말 없이 차에 '올라탔다'. 차는 무시무시한 기세로 디어우드를 지나갔다. 베란다에서 바람을 쐬고 있던 프레데릭 부인과 사촌 스티클스는 두 사람이 탄 차가 먼지를 일으키며 달려가는 것을 보고, 도움을 청하듯 서로를 응시했다. 전에, 인생의 어두운 쪽에서만 살고 있었을 때의 밸런시는 차를 무서워했는데, 오늘은 모자도 쓰지 않고 머리카락이 바람에 날려 흐트러지는 것도 아랑곳하지 않는 모습이다. 저러다간 틀림없이 기관지염에 걸려 쓰러지고 말 것이다. 그리고 욕쟁이 아벨의 집에서 죽을 것이다. 밸런시는 목이 파인 옷을 입고 거기다 팔도 드러내고 있었다. 그런가 하면 스네이스는, 재킷도 입지 않고 파이프를 피우고 있었다. 차는 시속 64킬로미터로 달리는 것처럼 보였다. "아니에요, 100킬로미터쯤이에요" 하고 스티클스가 주장했다.

밸런시는 두 사람을 향해 밝게 손을 흔들었다. 프레데릭 부인은 어떻게 하면 히스테리를 일으킬 수 있는지 알고 싶었다.

프레데릭 부인은 연극투로 말했다.

"어머니가 되는 고통을 치른 대가가 이런 것이란 말인가?"

스티클스가 엄숙하게 대답했다.

"우리의 기도는 틀림없이 응답을 받게 될 거라고 믿어요."

"아! 만약 내가 죽으면 누가 그 불쌍한 아이를 보호해주지?"

프레데릭 부인은 신음했다.

밸런시는 바로 2, 3주 전까지만 해도 저 두 사람과 함께 베란다에 앉아 있었다는 사실이 도저히 믿어지지가 않았다. 그 지겨운 고무나무, 검은 파리처럼 쏟아지던 악의에 찬 질문들. 남에게 어떻게 보일까 하는 것에만 온 신경을 썼지. 웰링턴 숙모의 스푼과 벤저민 삼촌의 돈 때문에 언제나 주눅 들어 있었던 자신, 가난의 괴로움, 모든 사람이 무서웠다. 올리브가 부러웠다. 시대에 뒤떨어진 전통의 노예. 희망도 기대도 제로.

지금은 하루하루가 즐거운 모험이었다.

'레이디 제인'은 디어우드와 포트 사이의 24킬로미터를 달린 뒤 이윽고 포트도 빠져나갔다. 바니는 교통순경을 완전히 무시한 채 차를 쌩쌩 몰았다. 밝은 레몬색 황혼녘, 불빛이 별처럼 깜박이기 시작했다. 밸런시는 태어나서 처음으로 도심지가 멋지다고 생각했다. 게다가 이 통쾌한 속도감! 차를 그토록 무서워했다는 게 도저히 믿어지지 않았다. 바니 옆에 앉아 있는 것만으로도 그녀는 완벽하게 행복했다. 왠지 모르게, 이 일이 중대한 의미를 가지고 있는 게 아닐까 생각했기 때문은 아니다. 바니가 충동적으로 그녀에게 드라이브를 제안했다는 건 잘 알고 있다. 채워지지 않는 꿈을 좇는 그녀에 대한 동정심에서 그랬을 것이다. 바쁜 하루 뒤에 심장 발작 때문에 잠들 수 없는 하룻밤을 보낸 그녀는 곁에서 보아도 지쳐보였다. 너무 지루한 나날이 계속되고 있었다. 한번쯤 외출할 기회를 주자고 생각한 것이리라. 게다가 부엌에 있던 아벨은 마침 만취한 상태여서, 신 따위는 믿지 않는다고 소리소리 지르며 저속한 노래를 부르기 시작하던 참이었다. 밸런시가 잠시 자취를 감추는 데는 절호의 기회였다. 바니는 아벨이 어떤 노래를 부를지 알고 있었다.

두 사람은 극장에 갔다. 밸런시는 난생 처음 영화를 보았다. 그런 다음, 마침 적당하게 배가 고팠기 때문에 밖에 나가 중국요릿집에 가서 닭튀김 요리를 먹었다. 믿을 수 없으리만큼 맛있었다. 그리고 다시 차를 타고 집으로 돌아갔다. 곳곳에 끔찍한 소문을 남기고. 프레데릭 부인은 교회에 가는 것을 그만두었다. 도저히 친구들의 동정하는 듯한 시선과 질문을 견딜 수 없었기 때문이었다. 스티클스는 일요일마다 교회에 갔다. 그리고 모두에게 '지금 자신들은 십자가를 지고 있는 거'라고 말했다.

순백의 잠

　잠이 오지 않는 어느 날 밤, 시시는 밸런시에게 자신의 신상과 관련한 슬픈 이야기를 들려줬다. 두 사람은 열린 창가 앞에 앉아 있었다. 그날 밤 시시는 못 견디게 숨이 답답해서 잠을 이룰 수가 없었다. 반달이라고도 보름달이라고도 할 수 없는 달이 언덕 위에 걸려 있었고, 그 불길한 빛을 받고 있는 시시는, 너무나도 위태롭고 사랑스럽고, 믿을 수 없을 만큼 어려 보였다. 마치 어린아이 같았다. 도저히 그녀가 말하는 것처럼 정열과 고통과 수치스런 인생을 살아온 것같이 보이지 않았다.

　"그 사람은 호수 건너 호텔에 찾아왔어. 밤에 자주 카누를 타고. 우리는 호숫가의 소나무 숲에서 만났어. 그는 아직 젊은 대학생이었고 그의 아버지는 토론토의 부자였어. 아, 밸런시. 난 나쁜 짓을 할 생각은 없었어. 정말이야. 하지만 그 사람을 사랑하고 있었는걸. 지금도, 앞으로도 내내. 하지만 난 몰랐어. 많은 것을 몰랐던 거야. 어느 날 그의 아버지가 와서 그를 데리고 가버렸어. 난 한참 뒤에야 알았지. 아, 밸런시. 난 너무 무서웠어. 어떻게 하면 좋을지 몰라서. 난 그에게 편지를 썼고, 그가 왔어. 그 사람이 결혼하자고 말했어."

"뭐어? 그럼, 왜…… 왜?"

"밸런시, 그 사람은 이미 나를 사랑하고 있지 않았어. 한눈에 봐도 알 수 있을 만큼. 그 사람은 단지 의무라고 여겼기 때문에 그렇게 말했던 거야. 나를 불쌍하게 생각하고. 그 사람은 나쁜 사람이 아니야. 하지만 너무 젊었어. 아버지를 거역하면서까지 사랑하지 않으면 안 될 가치가 나에게는 없었던 거야."

"그렇게 그 사람을 변호하지 않아도 돼. 그럼, 네가 그 사람하고 결혼하려고 하지 않았던 거니?" 밸런시가 물었다.

"그럴 수 없었어. 이미 나를 사랑하지도 않는 사람과는. 잘 표현할 수는 없지만…… 결혼해서는 안 된다는 느낌이 들었어. 그는 약간 화를 내다가 결국 가버렸어. 밸런시, 내가 잘못한 걸까?"

"아니야, 잘했어. 그러나 그 사람은……."

"괜찮아, 그 사람을 비난하진 마. 부탁이니까. 이제 그 사람 얘기는 그만할게. 어쩔 수 없는 일인걸. 난 네가 이해해주길 바랐어 ……. 날 나쁜 여자로 생각하지 말아줬으면 하고……."

"그렇게 생각하지 않아."

"그래, 나도 느낌으로 알았어. 네가 왔을 때. 아, 밸런시. 넌 나에게 둘도 없는 사람이야. 도저히 말로는 다할 수 없어. 하느님이 널 축복해 주실 거야. 틀림없어. '너에게 어울리는 방법으로' 말이야."

시시는 밸런시의 품에 안겨 한참 동안 흐느껴 울었다. 그리고 눈물을 닦은 뒤 이렇게 말했다.

"할 얘기는 이것뿐이야. 난 집으로 돌아왔어. 하지만 그렇게 불행하다는 생각은 들지 않더라. 틀림없이 슬퍼서 못 견딜 줄 알았는데 그렇지 않았어. 아버지는 나에게 다정하게 대해주셨어. 그리고 아기는 너무 사랑스러웠어. 귀엽고 파란 눈, 비단실 같은 가느다란 금발이 돌돌 말려 있었지. 조그맣고 통통한 손. 그 아이의 공단처럼 매끄러운 작은 얼굴을 마구 깨물어주었어. 물론 아프지 않도록 살살, 알지?”

“응, 알아.” 밸런시는 약간 주저하면서 말했다.

“그래, 여자는 언제나 알 수 있어. 그리고 꿈을 꾸고 있지.”

“그 아이의 모든 것이 내 것이었어. 그 아이는 누구에게도 줄 수 없다고 생각했어. 그 아이가 죽었을 때는 나도 죽으려고 생각했지. 그런 고통을 어떻게 견딜 수 있겠어? 다시는 그 조그맣고 귀여운 눈동자를 볼 수 없다니! 밤에 내 품으로 파고드는 따뜻한 몸이 얼마나 그리웠는지. 얼어붙은 딱딱한 흙 속에 그 작은 얼굴을 묻고 홀로 잠들어 있을 것을 생각하니, 아! 첫 1년이 가장 무서웠어. 그 뒤 점점 괜찮아지더니 ‘작년의 오늘은……’ 하고 생각하는 일이 점점 줄어들었지. 그래서 내 생명이 이제 얼마 남지 않았다는 걸 알았을 때 난 정말 기뻤어.”

“죽음에 대한 염원 없이 어떻게 살아갈 수 있을까?” 밸런시가 가만히 중얼거렸다. 그것은 물론 존 포스터의 책에서 인용한 말이었다.

“너에게 얘기하길 잘했어. 이해해주길 바랐거든.” 시시가 한숨을 쉬었다.

며칠 뒤 시시는 숨을 거두었다. 욕쟁이 아벨은 그때 집에 없었다. 시시의 얼굴에서 변화를 본 밸런시는 의사에게 전화를 걸려고 했다. 그런데 시시가 그렇게 하지 못하게 했다.

“밸런시, 왜 그런 짓을 하려고 해? 어차피 아무 소용없어. 지난 며칠 동안 난 알고 있었어. 이 순간이…… 가까워졌다는걸. 부탁이야, 조용히 죽게 해줘. 내 손을 꼭 잡고 있어줘. 아! 네가 있어줘서 얼마나 고마운지 몰라. 아버지께 내가 ‘안녕’이라고 말했다고 전해줘. 아버지는 아버지 나름대로 나에게 늘 잘해주셨어. 그리고 바니도. 내 생각에, 바니는 어쩐지……."

그때 갑자기 기침 발작이 일어난 시시는 지쳐서 축 늘어지고 말았다. 발작이 진정되자 시시는 밸런시의 손을 잡은 채 잠에 빠져들었다. 밸런시는 그대로 앉아 있었다. 조금도 무섭지 않았다……. 가엾다고 생각되지도 않았다. 동이 틀 때 시시는 숨을 거두었다. 시시는 눈을 들어 밸런시를 넘어 뭔가를 응시했다. 그리고 갑자기 행복한 듯 생긋 웃었다. 시시는 얼굴에 편안한 웃음을 지은 채 죽어갔다.

밸런시는 시시의 두 손을 가슴 위에 가지런히 모아주고 열려 있는 창문 쪽으로 갔다. 동쪽하늘에 새빨간 해가 떠오르고 있고 그 속에 하현달이 보였다. 초승달처럼 가늘고 아름다웠다. 밸런시는 그때까지 하현달을 본 적이 없었다. 점점 파르스름해지고 희미해지다가, 장밋빛으로 물들기 시작한 하늘에서 사라져가는 것을 바라보았다. 황무지의 작은 연못이 햇빛을 받아 금빛 백합처럼 빛나 보였다.

갑자기 세상이 추운 곳으로 생각되었다. 이제 밸런시를 필요로 하는 사람은 아무도 없다. 밸런시는 시시가 죽은 것은 조금도 슬프지 않았다. 다만 그녀의 고뇌에 찬 일생이 가련해서 견딜 수가 없었다. 이제 아무도 그녀를 괴롭히지 못할 것이다. 밸런시는 늘 죽음은 더할 수 없이 두려운 것이라고 생각하고 있었다. 하지만 시시는 저렇게 편안하게, 행복한 듯이 죽어갔다. 그리고 마지막의 무언가가 지금까지의 모든 것을 씻어 보내주었다. 시시는 지금 어린아이처럼 깨끗한 순백의 잠에 들었다. 얼마나 아름다운가! 지금까지의 모든 수치와 고뇌는 흔적도 남지 않았다.

욕쟁이 아벨이 마차를 타고 돌아와서 "나 왔다" 하고 소리쳤다. 밸런시는 아래층으로 내려가서 시시의 죽음을 알렸다. 그 충격에 아벨의 취기는 순식간에 달아나고 말았다. 그는 마차 시트에 주저앉아 힘없이 고개를 떨어뜨렸다.

"시시가 죽었어……. 시시가 죽어버렸어." 멍한 목소리로 아벨이 말했다. "이렇게 금방 갈 줄은 몰랐는데, 죽어버렸단 말이지? 그 아이는 내가 돌아오면, 그때마다 작고 하얀 장미를 머리에 꽂고 달려 나와 맞이했지. 사랑스러운 아이였어. 착한 아이였어."

"그래요, 시시는 늘 사랑스럽고 착한 사람이었어요." 밸런시가 말했다.

아무 일도 없었던 것처럼

밸런시는 혼자 시시의 장례식을 준비했다. 그 가련하고 앙상한 작은 몸에 어느 누구의 손도 닿게 하고 싶지 않았다. 장례식 날 그 낡은 집에는 먼지 하나 없었다. 바니 스네이스의 모습은 보이지 않았다. 그는 사람들이 오기 전에 밸런시를 힘닿는 데까지 도와주었다. 바니는 정원에서 꺾어온 하얀 장미로 파리한 시시의 몸을 덮어준 뒤에 자신의 섬으로 돌아갔다. 그 밖의 사람들은 모두 참석했다. 디어우드에서도 '오지'에서도. 그들은 이제야 시시를 관대하게 용서한 것이었다. 브래들리 목사는 훌륭한 장송사를 낭독했다. 밸런시는 자유감리교의 늙은 목사에게 부탁하고 싶었지만, 욕쟁이 아벨이 허락하지 않았다. 그는 '딸'의 장례식을 자신이 장로파이므로 장로파가 아닌 목사한테 부탁할 수는 없다고 말했다. 브래들리 목사는 상당한 수완가였다. 문제의 소지가 있는 행동은 모조리 피해갔다. 그가 어쨌든 최선을 다하고자 한다는 것은 잘 알 수 있었다. 디어우드의 6명의 유지들이 시시 게이의 관을, 아담한 디어우드 묘지의 무덤으로 운구해 갔다. 웰링턴 삼촌도 그 유지들에 들어 있었다.

스털링 집안 사람은 남녀 모두 장례식에 참석했다. 그들은 그 전에 비밀 회의를 열었다. 시시 게이가 죽은 이상 밸런시도 집으로 돌아올 것이다. 어쨌든 욕쟁이 아벨과 함께 살게 할 수는 없는 일이니까. 제임스 삼촌이 분명하게 말했다. 아무튼 장례식에 참석해서 지금까지 있었던 일을 정당화해야 한다. 다시 말해, 밸런시는 '불쌍한 시시 게이의 간병'이라는 훌륭한 행위를 했으며, 스털링 집안은 그것을 후원한 것임을 디어우드 사람들에게 알리는 것이었다. 죽음은 기적을 불러일으키는 것인지, 상황은 갑자기 칭송받아야 마땅한 것으로 바뀌었다. 모든 사람이 그것을 인정한 시점에서 밸런시가 집으로 돌아와 얌전하게 있어만 준다면, 모든 것이 원만하게 정리되리라. 주위 사람들은 금세 시시에 대한 추문 같은 건 깨끗이 잊어버리고, 그녀가 예쁘고 얌전한 아가씨였다는 것만 떠올릴 것이다. '어머니 없이 자란 아이, 그래 어머니 없이 자란 아이였어' 하며. 제임스 삼촌은 장례식이 심리적인 영향을 미칠 수 있는 기회라고 말했다.

그리하여 스털링 집안 사람들은 다 함께 장례식에 참석했다. 이때만큼은 사촌 글래디스의 신경염도 재발하지 않았다. 사촌 스티클스도 와 있었다. 그녀는 모자가 흠뻑 젖어 얼굴에 드리워져 있었다. 마치 시시가 자신의 가장 가까운 혈육이며 사랑했던 사람이었던 것처럼 슬프게 울었기 때문이다. 장례식은 시종 그녀의 '슬픈 사별'의 추억을 상기시키는 것이었다.

웰링턴 삼촌은 관 덮개를 들고 있는 역할을 맡았다.

밸런시는 파리하고 침울한 얼굴을 하고 있었고 위로 올라간 눈 밑에는 보라색 그늘이 져 있었다. 그녀는 누런빛이 도는 갈색 옷을 입고 조용히 움직이며 사람들을 자리에 안내했으며, 낮은 목소리로 목사와 장의사와 함께 의논했다. 응접실로 '조문객'을 안내하며, 참으로 당당하고도 능숙하게, 너무나도 스털링 집안 사람답게 일하고 있었다. 집안 사람들은 그런 그녀를 보고 갑자기 생각을 바꿨다. 이

아가씨가 바니 스네이스와 숲 속에서 하룻밤 차 안에 있었던 그 아가씨인가. 디어우드와 포트로렌스를 모자도 쓰지 않고 차를 타고 달렸던 그 아가씨란 말인가. 그럴 리가 없다. 이것이 모두가 알고 있는 밸런시이다. 참으로 놀랄 만큼 유능하고 믿음직한 아가씨. 지금까지는 너무 억제당하고 있었던 것이다. 아멜리아가 지나치게 엄격했다. 그래서 그녀의 진정한 모습을 알지 못했던 것이라고 스털링 집안 사람들은 생각했다. 포트로렌스 거리에서 온 에드워드 벡이라는 자식 많은 홀아비는 밸런시에게 관심의 눈길을 보냈다. 그녀 정도면 후처감으로 안성맞춤이라고 생각한 것이다. 미인은 아니야, 하지만 쉰 살에 홀아비인 나로서는 이것저것 따질 형편이 아니지. 어쨌든 이 시시 게이의 장례식 때만큼은 밸런시에게도 결혼의 기회가 있었던 셈이다.

그러나 만약 스털링 집안 사람들과 에드워드 벡이 밸런시의 속마음을 알았더라면, 어떻게 생각했을지는 상상에 맡기도록 하자. 밸런시는 속으로 이 장례식을 못마땅해 하고 있었다. 시시의 대리석 같은 하얀 얼굴을 호기심 어린 눈길로 들여다보는 사람들이 몹시 미웠다. 가식적인 사람들, 끝없이 이어지는 슬픈 노래도, 브래들리 목사의 침통하고 상투적인 장송사도 마음에 들지 않았다. 만약 자기가 하고 싶은 대로 할 수 있었다면, 장례식 같은 건 하지 않았을 것이다. 시시를 꽃으로 덮어 사람들의 속물에 찬 호기심어린 눈길이 닿지 못하게 하고, 늙은 자유감리교 목사의 진심어린 짧은 기도 속에, '오지'에 있는 교회 옆 소나무밭의 무성한 풀숲 묘지에 잠들어 있는, 그녀의 이름없는 아기 옆에 묻어주었을 것이다. 밸런시는 언젠가 시시가 이렇게 말한 것을 떠올렸다.

"내가 죽으면 깊은 숲 속에 묻어줬으면 좋겠어. 아무도 '이곳에 시시 게이가 매장되어 있다'고 하며, 나의 비참한 과거를 들먹이지 않는 곳에 말이야."

그런데 이게 뭐란 말인가! 그것도 이제 곧 끝날 것이다. 스털링 집안 사람들도 에드워드 벡도 알 리 없었지만 밸런시는 앞으로 어떻게 할지 확실하게 결정해 놓고 있었다. 간밤에 내내 자지 않고 생각에 생각을 거듭한 끝에 내린 결론이었다.

장례 행렬이 집에서 나가자 프레데릭 부인이 밸런시를 찾아 부엌으로 왔다.

"밸런시, 넌 착한 아이니까 이제 집으로 돌아와줄 거지?" 부인은 조심스럽게 물었다.

"집……." 밸런시는 마음이 딴 데 가 있는 것 같았다. 앞치마를 두르고 저녁 식사 때 차를 얼마나 준비하면 될까 계산하고 있는 중이었다. '오지'에서 몇 명인가 손님이 와 있었고, 오랫동안 게이에 대해 완전히 잊고 있었던 먼 친척들도 있었다. 밸런시는 완전히 지쳐서 고양이 손이라도 빌리고 싶은 심정이었다.

"그래, 집!" 프레데릭 부인이 강한 어조로 말했다. "너, 설마 이곳에 남을 생각은 아니겠지, 그 욕쟁이 아벨과 단둘이."

"설마! 이곳에 있을 생각은 없어요. 물론 하루이틀은 남아서 집안을 정리해야겠죠. 하지만 그뿐이에요. 이젠 됐죠, 어머니? 저 지금 굉장히 바빠요. '오지' 사람들이 곧 저녁 식사를 하러 올 거예요."

안도한 프레데릭 부인은 얌전히 물러갔다. 스털링 집안 사람들은 모두 가슴을 쓸어내리는 심정으로 돌아갔다.

벤저민 삼촌이 모두에게 말했다.

"그 아이가 돌아오면 아무 일도 없었던 것처럼 맞이하는 거야. 그게 최고야. 아무 일도 없었던 것처럼."

나와 결혼해 주세요

장례식 다음날 밤, 욕쟁이 아벨은 술을 마시기 위해 외출했다. 꼬박 나흘 동안이나 맨정신으로 지낸 그는 더 이상 참을 수 없었다. 아벨이 나가기 전에 밸런시는 내일 이 집에서 나가겠다고 말했다. 욕쟁이 아벨은 섭섭해하면서 그것을 솔직히 표현했다. '오지'에서 먼 친척뻘 되는 사람이 집안일을 도우러 올 예정이었다. 이제 병에 걸린 시시를 돌보지 않아도 되었기 때문에 아주 흔쾌하게 그 방문을 허락했다. 아벨은 더 이상 불평할 마음이 없었다.

"너 같지는 않겠지만 어쨌든 고마운 일이지. 넌 날 타락의 구렁텅이에서 건져주었어. 잊지 않으마. 그리고 시시를 위해 정성을 다해준 것도. 난 네 친구야. 만약 스털링 집안의 누군가를 때려주거나 벌세우고 싶을 때는 나를 불러다오. 자, 이제 목을 축이러 나가 볼까? 며칠 술을 못 마셨더니 목이 칼칼해. 내일 밤까지 돌아오지 않을 거야. 네가 내일 돌아간다면 이것이 작별이 되는 셈이군."

"내일 돌아가기는 하지만 디어우드로는 돌아가지 않을 거예요."

밸런시가 말했다.

"디어우드로는 돌아가지 않는다……?"

밸런시는 그 말을 가로막더니, "아참! 열쇠는 장작을 넣어두는 헛간의 못에 걸어두겠어요" 하고 정중하고도 분명하게 말했다.

"개는 헛간에, 고양이는 지하실에 있어요. 친척 아주머니가 올 때까지 먹이를 꼭 주셔야 해요. 식품 저장실은 가득 채워두었고, 오늘 빵과 파이도 구워뒀어요. 안녕히 계세요, 게이 씨. 친절하게 대해주셔서 정말 감사해요."

"아니다, 그동안 정말 즐거웠어. 넌 정말 재치 있는 아가씨야. 스털링 집안 사람 모두가 한꺼번에 덤벼들어도 네 새끼손가락에도 못 당할 거다. 잘 가거라, 건강하고."

밸런시는 뜰로 나갔다. 어쩐지 다리가 조금 떨렸다. 하지만 마음은 안정되어 있었고 또 그렇게 보였다. 그녀의 손에 뭔가가 꼭 쥐어져 있다. 뜰에는 두둥실 떠다니는 듯한 향긋한 냄새가 감도는, 7월 황혼녘의 마법이 걸려 있었다. 벌써 몇 개인가 별이 떠 있고, 황무지의 비로드 같은 정적 속에 울새가 서로를 부르고 있었다. 밸런시는 뭔가를 기다리는 것처럼 문 옆에 서 있었다. 그는 올 것인가? 만약 오지 않으면…….

그는 왔다. 숲 저편에서 '레이디 제인 그레이'의 소리가 들려왔다. 밸런시의 숨결이 조금 거칠어졌다. 가까이 오고 있다……가까이 오고 있다……벌써 '레이디 제인'이 보인다……길을 마구 흔들면서……이제 곧……이제 곧……그가 그곳에 있었다……. 그는 차에서 뛰어내려 문에서 몸을 내밀며 그녀를 쳐다보았다.

"집으로 돌아갈 거요, 스털링 양?"

"아직은 모르겠어요." 밸런시는 느릿하게 말했다. 그녀는 단호하게 마음을 정했다. 참으로 짧은 순간!

"뭔가 할 일이 있으면 도와주려고 했는데." 바니가 말했다.

밸런시는 이때다, 하고 그 말을 붙잡았다.

"그래요, 한 가지 부탁하고 싶은 것이 있어요." 그리고 막힘없이 또렷하게 말했다. "나와 결혼해 주지 않겠어요?"

한순간 바니는 말없이 서 있었다. 그 얼굴에는 별다른 표정이 떠오르지 않았다. 그는 기묘한 웃음소리를 냈다.

"이게 무슨 소리지? 오늘 밤엔 좋은 일이 기다리고 있을 것 같은 예감은 들었지만. 아무래도 그런 느낌이 들었거든."

"잠깐만요." 밸런시가 한 손으로 제지했다. "난 진심이에요, 하지만 잠시 숨 좀 돌려야겠어요. 물론 당신이 받은 교육에서 생각하면, 이런 건 숙녀가 먼저 신청할 일이 아니라는 건 잘 알고 있어요."

"그런데, 왜?"

"이유는 두 가지 있어요." 아직도 조금 숨결이 가빴지만, 밸런시는 바니의 눈을 똑바로 응시했다. 죽은 스털링 집안 조상들은 놀라 무덤 속에서 벌떡 일어나겠지만, 살아 있는 사람들에게는 아무런 변화도 없었다. 왜냐하면, 그들은 밸런시가 지금 이 악명 높은 악당 바니 스네이스에게 정식으로 청혼하고 있는 것을 모르기 때문이다.

"첫 번째 이유는…… 난…… 난……." 밸런시는 이렇게 말하고 싶었다.

"당신을 사랑하고 있어요." 그러나 그렇게 말하지 않고 일부러 가벼운 말투로 가장했다.

"당신한테 반했어요. 두 번째 이유는…… 이거예요."

밸런시는 그에게 트렌트 씨의 편지를 건넸다.

바니는 가까스로 뭔가 안전한, 할 일이 생겨서 안도하는 듯이 그 편지를 펼쳤다. 읽고 있는 사이에 그의 안색이 변했다. 그는 모든 것을 이해했다. 아마 밸런시가 바라는 이상으로.

"정말 이미 늦은 거요?"

밸런시는 그 질문을 정면으로 받아들였다.

"네, 심장병에 대한 트렌트 씨의 명성은 알고 계시죠? 난 이제 얼마 못 살아요. 앞으로 2, 3달. 아니, 2, 3주일지도. 전 최선을 다해 살고 싶어요. 디어우드에는 돌아가지 않을 거예요. 내 지나온 생활이 어땠는지 얘기했죠? 그리고……" 밸런시는 마침내 말했다. "당신을 사랑하고 있기 때문이에요. 얼마 남지 않은 시간을 당신과 함께 보내고 싶어요. 그뿐이에요."

바니는 문 위에서 팔짱을 낀 채 욕쟁이 아벨의 부엌 굴뚝 위에서 익살스레 윙크하고 있는 하얀 별을 진지한 표정으로 응시했다.

"당신은 나에 대해 아무것도 모르고 있지 않소? 어쩌면 살인범일지도."

"그래요, 난 몰라요. 당신은 정말 무서운 사람일지도 몰라요. 세상 사람들이 말하는 당신에 대한 소문도 전부 사실일지 모르죠. 그러나 나하고는 상관없어요."

"밸런시, 당신은 그 정도로 나를?" 바니는 별에서 시선을 거두어, 믿을 수 없다는 듯이 밸런시의 이상하고 신비로운 눈을 들여다보았다.

"네, 말할 수 없이." 낮은 목소리로 밸런시가 대답했다. 그녀는 떨고 있었다. 그는 처음으로 그녀를 밸런시라는 이름으로 불러주었다. 이렇게 그에게 이름이 불리는 것은 다른 남자의 어떤 애무보다 달콤한 기분이었다.

"만약 결혼하게 되면," 갑자기 바니는 가볍게 사무적인 투로 말했다. "조건이 있소."

"어떤 조건이라도 받아들이겠어요."

"나에게는 비밀이 있소. 당신은 그 일에 대해 물어서는 안 되오." 바니가 냉정하게 말했다.

"묻지 않겠어요."

"나에게 온 편지를 보여달라고 해서도 안 돼요."

"절대로."

"가식은 서로 그만둡시다."

"좋아요. 나를 좋아하는 시늉은 하지 않아도 돼요. 나하고 결혼해 준다면 그건 동정 때문이라는 걸 알고 있으니까요."

"무슨 일에 대해서도 거짓말은 하지 않을 것. 그것이 크든 작든."

"특히 사소한 거짓말은." 밸런시도 고개를 끄덕였다.

"그리고 당신은 내 섬으로 와서 살 것. 난 다른 어떤 곳에서도 살 생각이 없으니까."

"내가 당신과 결혼하고 싶은 이유 중에는 그것도 들어 있어요."

바니는 밸런시를 꿰뚫어보듯이 쳐다보았다.

"당신이 진심이라는 걸 믿겠소. 좋아요, 그럼 결혼합시다."

"고마워요." 밸런시는 갑자기 다시 새침한 말투로 돌아가 있었 다. 만약 그가 거절했다 해도 이토록 허둥대지는 않았을 것이다.

"조건을 붙일 권리가 없다는 건 알고 있지만, 하나만 약속해 줄 수 있겠지요? 내 심장에 대한 것과 급사할지도 모른다는 것에 대 해 절대 말하지 않길 바라요. 주의하라고도 말하지 않길. 잊어주 세요. 내가 완전히 건강한 몸은 아니라는 것을 완전히 잊어주세 요. 어머니한테 편지를 썼어요. 이것이에요. 당신이 가지고 있어 주세요. 모든 것을 설명해 두었으니까, 만약 내가 갑자기 죽더라 도…… 그럴 가능성이 높지만……."

"당신 가족이 내가 당신을 독살했다고 의심하지 않도록?" 바니 는 싱긋 웃었다.

"맞아요." 밸런시는 밝게 웃었다.

"아, 말해버리길 잘했어요. 약간 힘들었어요, 이해하시죠? 난 내 쪽에서 먼저 남자한테 청혼하는 타입은 아니거든요. 승낙해줘서, 남 편 아닌 그냥 친구로 있고 싶다고 말하지 않아줘서 기뻐요. 고마워요.”

“내일 포트에 가서 증명서를 받아오겠소. 내일 저녁에는 결혼할
수 있을 거요. 스톨링 목사한테 부탁할 거요?”

“말도 안 돼요!” 밸런시는 몸서리를 쳤다.

“게다가 받아주지도 않을 거예요. 그 사람이 나에게 집게손가락을
들이대면, 난 제단 앞에 당신을 남겨두고 달아나고 말 거예요. 그
사람은 그만둬요. 타워스 목사님께 부탁할 생각이에요.”

“지금 이대로의 나하고 결혼해 줄 거요?” 바니가 물었다.

관광객을 가득 태운 차가 요란하게 경적을 울리면서 지나갔다. 조
롱하듯이. 밸런시는 바니를 쳐다보았다. 푸른 홈스펀 셔츠, 정체를
알 수 없는 모자, 진흙투성이 작업복 바지. 수염도 깎지 않았다!

“네.” 그녀는 대답했다.

바니는 문 위로 손을 내밀어 그녀의 작고 차가운 손을 다정하게
잡고, 애써 편안하게 말하려고 노력했다.

“밸런시, 물론 난 당신을 사랑하지는 않소. 누군가를 사랑한다는
것은 생각조차 해본 적이 없어요. 하지만 늘 당신을 사랑스러운
사람이라고 생각하고 있었소.”

아, 나의 푸른성!

밸런시에게 이튿날은 마치 꿈처럼 지나갔다. 하는 일, 해야 할 일이 모두 현실이 아닌 것처럼 생각되었다. 아직 바니는 나타나지 않고 있었다. 그녀는 그가 증명서를 받으러 차를 타고 포트로 가고 있는 중이라고 생각했다.

어쩌면 그는 마음이 변했을지도 모른다.

하지만 저녁이 되자, 길 저편의 봉긋 솟은 언덕 꼭대기에서 '레이디 제인'의 불빛이 보이기 시작했다. 밸런시는 문 앞에 서서 신랑을 기다렸다. 그녀는 초록색 옷을 입고 초록색 모자를 쓰고 있었다. 그것밖에 입을 것이 없어서였다. 전혀 신부같이 보이지 않았고, 그녀 스스로도 그런 기분이 들지 않았다. 실은 초록색 숲에서 길을 잃어 밖으로 나온 숲의 요정처럼 보였다. 그러나 그런 건 아무래도 좋았다. 바니가 그녀를 데리러 와주었다는 것 말고는 아무래도 좋았다.

"준비 됐소?"

'레이디 제인'이 무시무시한 소리를 내며 정지했을 때 바니가 물었다.

"네." 밸런시는 차에 올라탔다. 바니는 푸른 셔츠에 작업복 바지 차림이었다. 하지만 깨끗하게 세탁한 것이었다. 악당에게나 어울릴 것 같은 파이프를 물고 모자는 쓰지 않고 있었다. 그러나 허름한 작업복 바지 밑에 약간 색다르고 맵시 있는 부츠를 신고 있고, 수염도 깎았다. 두 사람이 탄 차는 덜컹거리며 디어우드를 지나 포트로 이어지는 긴 숲길을 향해 출발했다.

"마음이 변하진 않았소?" 바니가 물었다.

"아뇨, 당신은?"

"나도 아니오."

포트까지의 24킬로미터를 달리는 동안, 두 사람이 나눈 대화는 그것뿐이었다. 모든 것이 꿈만 같았다. 밸런시는 자신이 행복한지 어떤지 잘 알 수 없었다. 두려운 건지 아니면 그저 어리석은 짓을 하고 있는 것인지.

그러는 사이 포트로렌스의 불빛이 보이기 시작했다. 굶주린 커다란 표범이 수없이 눈을 번뜩이며 기회를 노리면서 자신들을 에워싸고 있는 듯했다. 바니가 타워스 목사의 집 위치를 짤막하게 물었다. 밸런시도 짧게 대답했다. 차는 퇴락한 거리의 한 작고 낡은 집 앞에 멈춰 섰다. 두 사람은 작고 허름한 방으로 들어갔다. 바니는 결혼 증명서를 꺼냈다. 역시 가지고 온 것이다. 그리고 반지도. 이것은 이제 꿈이 아니다. 밸런시 스털링은 이제 의심할 여지없이 결혼하려는 것이다.

두 사람은 나란히 타워스 목사 앞에 섰다. 밸런시는 바니가 타워스 목사와 뭔가 얘기하고 있는 것을 들었다. 또 하나의 다른 목소리도. 그녀는 옛날에 상상한 적이 있었다. 자신이 결혼하는 모습을. 그녀가 10대 전반이었을 시절에 결혼을 하지 못하게 되리라고는 꿈에도 생각지 않았다. 하얀 비단옷에 망사로 된 베일, 거기에 오렌지꽃. 들러리는 없다. 머리에 화환을 장식하고, 엷은 핑크색 바탕에 그림자 같은 크림빛 레이스를 곁들인 드레스 입은 신부가, 장미와 은방울꽃을 가득 담은 바구니를 들고 서 있다. 고귀한 얼굴의 신랑은 그 운명의 날에 더할 나위 없이 어울리는 차림을 하고 있다.

밸런시는 문득 눈을 들어 난로 위 작고 기울어진, 사물이 일그러져 보이는 거울 속에 비친 자신과 바니의 모습을 보았다. 기묘하고 전혀 신부답지 않은 초록색 옷에 초록색 모자를 쓴 자신과, 셔츠에 작업복 바지 차림의 바니. 그러나 그건 틀림없는 바니였다. 그것이 무엇보다 중요했다. 베일도 없고, 꽃도 없고, 손님도 없고, 잔치도 없고, 웨딩케이크도 없고, 오직 바니뿐. 하지만 바니는 밸런시가 죽을 때까지 함께 있어 줄 것이다.

"스네이스 씨, 행복하시기 바랍니다." 타워스 목사가 말했다.

그는 두 사람의 모습을 보고도 조금도 놀라지 않는 것 같았다. 바니의 작업복 바지조차도. '오지'의 기묘한 결혼식을 많이 보았기 때문이리라. 그는 밸런시가 디어우드의 스털링 집안 사람이라는 사실을 몰랐다. 디어우드의 스털링 집안이라는 이름조차도 아예 몰랐다. 또 바니가 법을 어긴 도망자라는 사실도 몰랐다. 사실 그는 아무것도 모르는 노인이었다. 그래서 두 사람을 결혼시키고 친절하고도 엄숙하게 축복을 내렸으며, 두 사람이 돌아간 뒤 밤에는 두 사람을 위해 기도까지 올렸다. 그의 양심은 아무런 가책도 받지 않았다.

"제법 괜찮은 결혼식이었소. 야단법석을 떨거나 거들먹거리지도 않고. 내가 생각했던 것보다 배나 좋았던 것 같군." '레이디 제인'의 기어를 넣으면서 바니가 말했다.

밸런시가 말했다.

"부탁이에요, 우리가 결혼했다는 건 잊어버리고 부부가 아닌 것처럼 얘기해요. 올 때처럼 입을 꾹 다물고 있는 드라이브는 싫어요."

바니는 무시무시한 소리와 함께 '레이디 제인'의 엔진을 회전시켜

속도를 올렸다.

"그건 당신 마음을 편하게 해주려고 했기 때문이오. 말하고 싶어 하지 않는 것처럼 보여서."

"맞아요. 하지만 당신은 얘기해주길 바랐어요. 나를 사랑하고 있는 척해주기를 바라지는 않지만, 그냥 자연스럽게 행동해주세요. 당신의 섬에 대해 얘기하는 게 어때요? 어떤 곳이에요?"

"세상에서 가장 즐거운 곳이지. 틀림없이 좋아하게 될 거요. 나도 첫눈에 마음에 들었으니까. 그때는 톰 맥뮤레이라는 영감님 소유였소. 그곳에 작은 오두막을 짓고, 겨울에는 그 집에서 지내고, 여름에는 토론토 사람들에게 빌려주고 있었지. 난 그곳을 샀소. 간단한 거래로 집과 섬을 가진 지주가 된 셈이지. 섬을 통째로 소유한다는 건 기분 좋은 일이오. 아무도 살지 않는 섬이라 꽤 괜찮지 않소? '로빈슨 크루소'를 읽었을 때부터 섬을 갖고 싶었소. 그걸 실현했다는 건 믿을 수 없는 일이었지. 정말 아름다운 곳이오. 주위에 보이는 것은 모두 정부 소유지만, 그냥 보기만 하는 데는 세금이 붙지 않아요. 달은 모든 사람의 것이오. 내 오두막은 깔끔하다고는 할 수 없소. 당신이라면 아마 틀림없이 그곳도 깨끗하게 만들고 싶어질걸."

"네." 밸런시는 솔직하게 대답했다.

"깨끗하지 않으면 못 배기는 성격이에요. 사실 그렇게 하고 싶진 않은데. 깔끔하지 않으면 참을 수가 없거든요. 그래서 역시, 당신의 오두막도 깨끗하게 치우고 싶어질 거예요."

"그럴 줄 알았소." 못 말리겠다는 듯이 바니가 말했다.

"하지만 안에 들어올 때 발을 털라는 말은 하지 않을게요." 밸런시가 봐준다는 듯이 말했다.

"그야 물론이지. 당신은 그저 순교자 같은 얼굴을 하고 내가 들어간 뒤에 청소를 하면 되니까. 아무튼 달개(원채의 처마 끝에 잇대어 늘여 짓거나 차양을 달아 지은 방)만은 청소해선 안 돼요. 들어가도 안 되고. 자물쇠를 채우고 열쇠는 내가 갖고 있을 거요.”

“푸른 수염의 방 (푸른 수염을 기른 추한 남자가 재산의 힘으로 몇 번이나 결혼한 뒤, 차례차례 아내를 죽이고 시체를 방에 매달아 두었다고 하는 프랑스의 옛날이야기) 이군요. 그런 건 생각도 하지 않아요. 당신이 그곳에 몇 사람의 머리카락으로 아내를 매달아 두었든 상관하지 않겠어요. 틀림없이 죽어 있다면.”

“틀림없이 죽어 있지. 당신은 그 달개만 제외하면 어디서 무엇을 하든 상관없소. 물론 넓지는 않지만……. 큰 거실 하나와 작은 침실뿐이오. 하지만 튼튼하게 지은 것이오. 톰 영감이 열심히 일했지. 들보는 삼나무고 서까래는 전나무. 거실 창문은 서향과 동향. 일출과 일몰을 다 볼 수 있는 멋진 방이오.

또 고양이 두 마리가 있어요. ‘밴조’와 ‘럭’이라고 하는데 무척 귀여워요. 밴조는 크고 매혹적인 잿빛 고양이, 물론 줄무늬가 있소. 줄무늬가 없는 고양이는 좋아하지 않거든. 밴조처럼 재치 있게 효과적으로 우는 고양이는 아마 없을 거요. 놈의 단 한 가지 결점은 자면서 코를 굉장히 곤다는 거요. 럭은 예쁜 고양이인데, 늘 뭔가 하고 싶은 말이 있는 듯한 의미심장한 눈길로 사람을 응시해요. 언젠가 정말로 말을 할지도 몰라. 천년에 한 마리 정도, 말할 줄 아는 고양이가 나오는 것도 좋지 않겠소? 내 고양이들은 철학자요. 엎지른 우유를 먹고 싶어서 울지는 않지.

곶의 소나무에 늙은 까마귀 두 마리가 살고 있어요. 제법 사람을 따르는 편이지. ‘닙’과 ‘턱’이라고 불러요. 그리고 길이 잘 든 무척 얌전한 올빼미도 있소. 이름은 ‘리앤더’. 새끼 때부터 키워줬어요. 큰 섬에 살고 있는데 밤이 되면 혼자 소리내어 울어요. 그리고 박쥐, 밤에는 박쥐들 천국이 되지. 무섭소?”

“아뇨, 좋아요.”

“나도 그래요. 기묘하고, 이상하고, 어딘가 신비로운, 귀여운 놈들이오. 어디선가 찾아와서 어디론가 가버려. 그놈들은 민첩하게 달려들어요! 밴조도 놈들이 좋은 모양이오. 잡아먹는 걸 보면. 나는 카누와 시대에 한참 뒤떨어진 프로펠러가 달린 보트를 가지고 있소. 오늘 그것을 타고 포트에 가서 증명서를 받아왔소. '레이디 제인'보다 조용한 게 장점이지."

"난 당신이 가지 않았을 줄 알았어요. 마음이 변했을 거라고 생각해서." 밸런시가 고백했다.

바니는 웃었다. 밸런시의 감정에 거슬리는…… 약간 씁쓸하고 야유하는 듯한 웃음.

"난 마음을 바꾸는 사람이 아니오." 그는 짤막하게 말했다.

두 사람은 디어우드를 지나갔다. 무스코카 거리를 북쪽으로 달려 욕쟁이 아벨의 집을 지나, 돌이 굴러다니고 데이지가 피어 있는 길을 달려갔다. 검은 소나무 숲이 차를 삼켜버렸다. 숲은 길 양쪽을 덮고 있는 눈에는 보이지 않는 식물, 초롱꽃이 뿜어내는 달콤한 향기로 가득했다. 숲을 지나 미스타위스 호수의 기슭으로 나갔다. 여기서 '레이디 제인'을 내리지 않으면 안 된다. 두 사람은 차에서 내렸다. 바니가 앞장서서 기슭을 향해 오솔길을 걸어갔다.

"이것이 우리의 섬이오." 바니가 자랑스럽게 말했다.

밸런시는 보았고 또 보았다. 그리고 또 한번 보았다. 호수에는 투명한 라일락 색깔의 안개가 끼어 섬을 완전히 덮고 있었다. 그 안개를 통해 커다란 소나무 두 그루가 바니의 오두막 위에서 서로 손을 잡고 있는 것이, 마치 검은 탑이 서 있는 것처럼 희미하게 보였다. 소나무 저쪽의 하늘은, 아직 장밋빛 저녁놀로 물들어 있고 파리한 달이 걸려 있었다.

밸런시는 불현듯 바람을 맞은 나무처럼 몸을 떨었다. 무언가 몸 안을 훑고 지나가는 듯한 느낌이 들었다.

"나의 푸른 성! 아, 나의 푸른 성!"

두 사람은 카누를 타고 푸른 성을 향해 저어갔다. 그들은 일상의 모든 것을 뒤로 하고, 기적과 매혹의 세계에 상륙했다. 어떤 일이든 일어날 수 있고, 어떤 일이라도 실현되는 세계. 바니는 카누에서 밸런시를 안아 올려 어린 소나무 밑의 이끼 낀 바위에 내려놓았다. 그의 팔이 그녀를 끌어안았고, 다음 순간 그의 입술이 그녀의 입술 위에 포개졌다. 밸런시는 이 생애 첫 키스에 온몸이 기쁨으로 떨렸다.

바니의 목소리가 들려왔다.

"내 집에 온 걸 환영하오."

바니 스네이스 부인

　사촌 조지아나는 자신의 작은 집에서 나오는 오솔길을 걸어왔다. 그녀는 디어우드에서 1킬로미터쯤 떨어진 곳에 살고 있었다. 아멜리아의 집에 가서 도스가 돌아왔는지 알아보려는 것이다. 그녀는 도스를 만나고 싶어 몸살이 날 지경이었다. 매우 중대한 이야기가 있었다. 도스도 이 얘기를 들으면 틀림없이 기뻐하겠지. 가엾은 도스! 그동안 얼마나 지루한 나날을 보냈을까? 조지아나는 자기 같으면 아멜리아가 하라는 대로 살지는 않을 것이라고 생각했다. 그러나 이제 모든 것은 달라질 것이다. 조지아나는 자신이 더할 나위 없이 중요한 인물이 된 것 같은 느낌이 들었다. 한동안 그녀는, 두 사람 가운데 어느 쪽이 먼저 신의 부르심을 받을지 생각하는 것조차 잊고 있었다.

　바로 그때, 욕쟁이 아벨의 집에서 기묘한 초록색 옷에 모자를 쓴 도스가 이쪽으로 걸어왔다. 옳거니! 행운이 굴러들어온 것을 어떻게 애기하지 않을 수 있으랴? 지금이야말로 누구의 방해도 받지 않고 이 멋진 비밀을 애기할 수 있는 절호의 찬스다. 이건 바로 신의 계시이다.

꿈의 섬에서 나흘을 보낸 밸런시는 이제 디어우드로 가서, 집안 사람들에게 자신이 결혼한 사실을 알려야겠다고 생각했다. 자신이 욕쟁이 아벨의 집에서 자취를 감춘 것을 알면 모두들 쳐들어와 가택 수색을 할지도 모른다. 바니가 차로 데려다 주겠다고 했지만 그녀는 혼자 가는 쪽을 선택했다. 그녀는 조지아나에게 너무나도 환하게 빙긋 웃어 보였다. 조지아나는 옛날부터 알고 지내지만 그리 싫은 사람은 아니었다. 밸런시는 행복으로 넘치고 있었기 때문에 모든 사람을 향해 웃어주고 싶은 기분이었다. 제임스 삼촌에게조차. 그래서 조지아나를 만난 것이 조금도 싫지 않았다. 거리를 따라 집들이 하루하루 새로 들어서고 있었는데, 밸런시는 집집마다 창문에서 호기심어린 눈길들이 자기를 응시하고 있는 것을 밸런시는 느낄 수 있었다.

"도스, 집으로 가니?" 밸런시와 악수를 나누면서 조지아나가 물었다. 밸런시의 드레스를 훑어보고 페티코트를 입고 있는 걸까 의심하면서.

"네, 그런 셈이에요." 밸런시가 비밀스럽게 말했다.

"그럼 나하고 함께 가자. 널 얼마나 만나고 싶었는지. 좋은 소식이 있단다."

"그래요?" 밸런시는 관심이 없는 듯한 눈치였다. 이 사촌 조지아나가 왜 이렇게 젠체하며 비밀스러운 냄새를 피우고 있는 걸까? 그런데 그게 뭐 어쨌단 말인가? 나하고는 상관없는 일이다. 중요한 것은 오직 바니와 미스타위스의 푸른 성뿐.

"얼마 전에 누가 날 찾아온 줄 아니?" 조지아나가 재미있다는 듯이 물었다.

밸런시가 어떻게 안단 말인가.

"에드워드 벡이야." 사촌 조지아나의 목소리가 갑자기 낮아지며 속삭이듯 말했다. "에드워드 벡."

왜 그렇게 속삭일까? 그녀는 얼굴까지 발갛게 달아올라 있는 게 아닌가?

"에드워드 벡이 누군데요?" 밸런시가 시큰둥하게 물었다.

조지아나는 눈을 동그랗게 떴다.

"에드워드 벡 말이야, 기억 안 나니? 포트로렌스 거리의 멋진 집에 살고 있고, 우리 교회에 다니는 사람이잖아. 일요일마다 꼬박꼬박. 너도 기억할 텐데." 조지아나는 거의 비난하듯 말했다.

"아! 생각나요." 가까스로 생각해낸 밸런시가 말했다.

"이마에 혹이 있고, 아이가 몇 다스나 되고, 언제나 문 옆 자리에 앉는 나이든 사람 말이죠?"

"뭐, 몇 다스라니, 말도 안 돼. 한 다스도 안 돼, 겨우 아홉이란다. 지금 있는 건 아홉뿐이야. 나머지는 다 죽었지. 그리고 그 사람은 나이도 그리 많지 않아. 이제 겨우 마흔여덟인걸. 한창때 아니니? 도스, 그 사람의 혹 같은 건 상관없지 않니?"

"물론 상관없죠." 밸런시는 진심으로 그렇게 말했다. 에드워드 벡에게 혹이 하나 있든, 한 다스가 있든, 아니면 하나도 없든, 그녀와는 아무 상관이 없었으니까. 그러나 그녀는 어쩐지 이상한 생각이 들기 시작했다. 조지아나는 아무리 봐도 승리의 기쁨을 감추지 못하는 모습이었다. 또 결혼이라도 할 생각인 걸까? 에드워드 벡과? 말도 안 돼! 그녀는 아무리 몸부림을 쳐도 65살이었고, 뭔가 말하고 싶어하는 듯한 그 작은 얼굴은 백 살 먹은 노파처럼 쭈글쭈글한 주름으로 완전히 덮여 있었다. 그러나 그래도⋯⋯.

"도스, 에드워드 벡은 너하고 결혼할 생각이란다."

순간 밸런시는 눈을 크게 뜨고 상대를 응시했다. 그리고 큰 소리로 웃기 시작했다. 그러나 단지 이렇게 말했을 뿐이다.

"저하고요?"

"그래, 너하고. 그 사람은 장례식 때 너에게 첫눈에 반한 모양이야. 그래서 나한테 의논하러 왔더구나. 너도 알고 있겠지만 난 그 사람의 첫 번째 부인 친구 아니었니? 도스, 그 사람은 정말 적극적이란다. 너한테는 둘도 없는 기회야. 부자인 데다…… 음…… 뭐랄까…… 너도……."

"이제 젊지 않고." 밸런시가 말했다. "'가진 자는 더 얻을 것'이라는 얘기군요. 제가 좋은 새엄마가 될 수 있을 거라고 생각하세요?"

"틀림없지. 될 수 있고말고. 넌 아이들을 좋아하지 않니?"

"그렇지만 한꺼번에 9명은 너무하잖아요?" 밸런시가 투덜거렸다.

"위의 두 아이는 이제 다 컸고 셋째도 머지않았어. 손이 가는 건 겨우 6명뿐이야. 그것도 거의가 사내아이들이란다. 계집아이를 키우는 것보다 훨씬 수월하지. 그리고 좋은 책이 있어.《발육 중인 아이의 건강 관리》. 아마 글래디스가 한 권 가지고 있을 거야. 무척 도움이 되는 책이란다. 도덕에 대한 책도 있어. 잘할 수 있을 거야. 난 에드워드 백에게 말해줬어. 물론 넌……."

"좋아라고 덤벼들 거라고?" 밸런시가 나머지를 말했다.

"아니, 아니, 설마! 그런 품위 없는 말은 안 써요. 난 네가 청혼을 기쁘게 받아들일 거라고 했어. 그렇지 않니?"

"단 한 가지 문제가 있어요." 꿈꾸듯이 밸런시가 말했다. "전 이미 결혼해버렸거든요."

"결혼을 해?" 조지아나는 깜짝 놀라 밸런시를 쳐다보았다. "네가 결혼했다고!"

"네, 맞아요. 지난 주 화요일 저녁, 포트로렌스에서 바니 스네이스하고 결혼했어요."

마침 다행히도 바로 옆에 문기둥이 있었다. 사촌 조지아나는 그것을 꽉 붙잡았다.

"아! 도스! 난 노인이야. 설마 날 놀리는 건 아니겠지?"

"네, 아니에요. 전 사실을 말했을 뿐이에요. 제발 부탁이니……." 분명한 어떤 징후를 눈치챈 밸런시는 당황했다.

"이런 길 한복판에서 울지 말아요!"

조지아나는 눈물을 참으면서 대신 절망의 신음소리를 냈다.

"아, 도스. 네가 무슨 짓을 한 거니? 도대체 무슨 짓을?"

"그러니까 방금 말했잖아요. 결혼했다고요." 냉정하고 참을성 있게 밸런시가 말했다.

"그…… 그…… 무서운…… 바니 스네이스하고? 하지만 그 남자한테는 아내가 한 다스나 있지 않니?"

"지금은 저 하나뿐이에요."

"너의 불쌍한 어머니가 뭐라고 하실까?" 조지아나는 다시 신음소리를 냈다.

"궁금하시면 지금 함께 가세요. 마침 어머니한테 그 얘기를 하러 가는 길이에요."

조지아나는 조심스럽게 문기둥에서 손을 뗀 뒤 혼자 설 수 있는지 확인했다. 그리고 얌전하게 밸런시와 나란히 걸어갔다. 밸런시가 갑자기 지금까지와는 전혀 다른 여자로 보였다. 조지아나는 결혼한 여자한테는 특별히 존경심을 품고 있었기 때문이다. 그런데 이 아이는 도대체 이 무슨 엄청난 일을 저질렀단 말인가? 무분별하고 무모한 아가씨. 밸런시는 틀림없이 실성한 것이다. 그렇지만 그녀는 너무도 행복해보였다. 조지아나는 스털링 집안이 그녀를 억지로 정상으로 돌려놓으려 하는 건 가여운 일이라는 생각이 들었다. 밸런시의 이런 눈빛은 지금까지 한번도 본 적이 없었다. 하지만 아멜리아가 뭐라고 할까? 벤은?

"그 남자에 대해 아무것도 모르면서 결혼하다니!" 조지아나는 생각한 그대로 입 밖에 내어 말했다.

"에드워드 벡보다는 많이 알고 있어요."

"에드워드 벡은 교회에 열심히 다녀. 바…… 그 사람은 어떻니?"

"날씨 좋은 일요일에는 함께 가겠다고 약속했어요."

두 사람이 스털링 집안의 문에 들어서려는 순간 밸런시가 깜짝 놀라 소리쳤다.

"저기 봐요, 내 장미! 꽃이 피었어요!"

그랬다. 장미나무가 온통 꽃으로 가득했다. 새빨간 비로드 같은 커다란 꽃. 좋은 향기가 났다. 반짝반짝 윤기를 머금고 있는 아름다운 꽃.

"역시 가지치기 해주기를 잘했어." 밸런시가 웃으면서 말했다. 밸런시는 꽃을 한 아름 땄다. 미스타위스의 베란다에서 저녁을 먹을 때 식탁에 장식하면 틀림없이 예쁠 것이다. 그리고 그대로 웃으면서 현관 쪽으로 걸어갔다. 밸런시는 계단 위에 올리브가 서 있는 것을 알고 있었다. 여신처럼 아름다운 올리브가 이마에 약간 주름을 모으고 내려다보고 있었다. 아름답고 도도한 올리브. 장밋빛 실크 레이스로 만든 우아한 드레스를 입고 있는 모습이 요염해 보였다. 그 풍요로운 금갈색 곱슬머리가 하얀 프릴 장식이 달린 커다란 모자 밑으로 흘러내리고 있었다. 당장이라도 녹아버릴 것 같은 감미로운 살결의 성숙한 모습이다.

"아름다운 사람." 밸런시는 냉정하게 인정했다.

"하지만 번뜩이는 개성이 전혀 없어." 갑자기 새로운 눈으로 사촌을 볼 수 있게 된 그녀는 그렇게 생각했다.

'다행이야. 역시 밸런시는 돌아왔어.' 올리브는 생각하고 있었다. 그러나 밸런시는 아무리 보아도 후회하고 돌아온, 가출한 딸로는 보이지 않았다. 그것이 올리브의 이마에 잡힌 주름의 원인이었다. 밸런시는 우쭐하여 부끄러워하는 기색이 전혀 없었다. 그 끔찍한 드레스, 그 기묘한 모자, 두 팔 가득 안은 새빨간 장미. 하지만 그 드레스에도, 모자에도, 올리브 자신에게는 없는 뭔가가 있다는 것을, 그녀는 한순간에 느꼈다. 이것이 미간의 주름을 더욱 깊게 만들었다. 그녀는 일부러 겸손한 모습으로 손을 내밀었다.

"역시 돌아와 줬구나, 도스. 날씨가 따뜻하지? 걸어왔어?"

"응. 안에 안 들어가?"

"아냐, 지금까지 있었는걸. 나, 숙모님을 위로하러 이따금 오곤 해. 무척 적적해 하시거든. 난 이제부터 바틀릿 씨의 다과회에 갈 거야. 가서 도와주기로 했어. 토론토에서 온 사촌을 위한 모임이래. 무척 사랑스러운 사람이야. 너도 만나면 금방 좋아하게 될 거야. 바틀릿 씨가 너에게도 초대장을 보냈지? 너도 나중에 올 거지?"

"아니, 난 안 가." 밸런시는 흥미 없다는 듯이 말했다. "집에 돌아가서 바니의 저녁 식사를 준비해야 해. 오늘 밤엔 미스타위스에서 달밤의 카누 드라이브를 즐기기로 했어."

"바니? 저녁 식사? 그게 무슨 소리니, 밸런시 스털링?" 올리브가 기절할 듯이 놀랐다.

"덕분에 지금은 밸런시 스네이스야."

밸런시는 너무 놀란 나머지 딱딱하게 굳어 있는 올리브의 눈앞에 결혼 반지를 낀 손을 보란 듯이 내밀었다. 그리고 그녀의 앞을 휙 지나 집 안으로 들어갔다. 사촌 조지아나도 따라 들어갔다. 올리브는 당장이라도 실신할 것처럼 보였지만, 조지아나는 이제부터 펼쳐질 광경을 놓칠 수가 없었다.

올리브는 실신하지는 않았다. 망연자실한 모습으로 바틀릿 부인의 집을 향해 걸어갔다. '도대체 도스가 무슨 소리를 하는 것일까?' 설마…… 그 반지는…… 아! 그 아이는 무방비한 스털링 집안에 또 무슨 말도 안 되는 풍파를 몰고 온 걸까? 정말이지 늦기 전에 빨리 집안에 가둬뒀어야 했는데.

밸런시는 거실 문을 열고, 뜻밖에 위엄 있는 얼굴을 하고 모여 있는 스털링 집안 사람들의 한복판에 뛰어들었다. 그들은 뭔가 좋지 않은 일 때문에 가족 회의를 하러 모여 있는 건 아니었다. 웰링턴 숙모와 사촌 글래디스, 밀드레드 숙모, 사촌 세라는 교회에 갔다가 돌아가는 길에 잠시 들렀을 뿐이었다. 제임스 삼촌은 불확실한 투자에 대해 아멜리아에게 알릴 것이 있어서 들른 것이었다. 틀림없이 벤저민 삼촌이 찾아온 이유는 오늘은 날씨가 덥다고 말하기 위해서이거나 벌$^{(Bee, 꿀벌)}$과 당나귀$^{(Donkey, 바보, 얼뜨기)}$의 차이에 대한 수수께끼를 내기 위해서일 것이다. 눈치가 없는 사촌 스티클스는 답을 알고 있었으므로 그대로 말하고 말았다.

"한쪽은 꿀을 벌고, 다른 한쪽은 꾸지람을 벌죠." 그래서 벤저민 삼촌은 실망스러워 하고 있었다. 모두들 입 밖에 내어 말하지는 않았어도 밸런시가 집에 돌아왔는지 어떤지, 만약 아직도 안 왔다면 어떻게 할 생각인지 궁금해서 온 것이었다.

그런데 당사자인 밸런시가 나타난 것이다. 더할 수 없이 침착하고 자신감 넘치는 밸런시. 당연히 보여주어야 할 겸손하고 미안해하는 태도는 전혀 보이지 않았다. 그리고 놀랍고 기묘하리만큼 젊어 보였다. 밸런시는 문 앞에 서서 그들을 둘러보았다. 밸런시 뒤에 사촌 조지아나가 쭈뼛거리지만 앞으로 벌어질 상황에 대한 기대로 가슴을 두근거리면서 서 있었다. 밸런시는 너무 행복해서 이미 이 친척들을 미워하지 않고 있었다. 그뿐 아니라 지금까지 보지 못했던 좋은 점을 볼 수 있게 되었다. 그리고 그들을 가엾게 여겼다. 그런 기분이 그녀로 하여금 상냥한 태도를 취하게 해주었다.

"어머니!" 밸런시는 밝은 목소리로 어머니를 불렀다.

"오, 결국 돌아와 주었구나." 프레데릭 부인은 그렇게 말하며 손수건부터 꺼냈다. 화난 모습을 보여줄 마음도 없었지만 눈물을 감출 생각도 없었다.

"그런 게 아니에요." 마침내 밸런시가 폭탄을 떨어뜨렸다. "잠깐 들러서 결혼한 사실을 알리려는 것뿐이에요. 저, 지난 주 화요일 밤, 바니 스네이스와 결혼했어요."

벤저민 삼촌은 자리에서 벌떡 일어났다가 다시 앉았다.

"오, 하느님. 굽어살피소서!" 삼촌은 마비된 것처럼 말했다. 다른 사람들은 모두 돌이라도 된 것 같았다. 다만 사촌 글래디스는 돌이 되는 대신 실신해버렸다. 밀드레드 숙모와 웰링턴 삼촌이 글래디스를 부엌으로 부축해 옮기지 않으면 안 되었다.

"글래디스는 무슨 일이 있어도 빅토리아 왕조의 전통을 지키지 않으면 견디질 못해요." 밸런시는 생긋 웃으며 말했다. 그리고 누가 권한 것도 아닌데 의자에 앉았다. 스티클스는 흐느껴 울기 시작했다.

"아이 참, 지금까지 하루라도 울지 않은 날이 있을까 몰라." 밸런시는 정말 이상하다는 듯이 말했다.

맨 먼저 기운을 차린 사람은 제임스 삼촌이었다.

"밸런시, 방금 한 말이 사실이냐?"

"네, 사실이에요."

"그러니까, 집을 나가서, 그…… 그…… 악당 바니 스네이스하고 겨…… 결혼했다는 말이냐. 그…… 그…… 죄인……."

"네."

그러자 제임스 삼촌이 격앙된 어조로 소리쳤다.

"정말이지, 이렇게도 부끄러움을 모르는 아이가 또 있을까! 재산도 도덕도 다 버리고! 난 이제 너 같은 아이는 더 이상 돌봐주지 않겠다. 두 번 다시 얼굴도 보고 싶지 않아."

"제가 사람을 죽인다면 더 하실 말씀이 없겠군요."

벤저민 삼촌은 또다시 신께 도움을 청했다.

"주정뱅이에다 무법자놈이⋯⋯."

밸런시의 눈이 이상하게 힐끗 빛났다. 자기에 대해서는 뭐라고 말해도 상관없지만 바니에 대한 험담만은 용납할 수 없다.

"차라리 '이 개자식'이라고 말하는 게 어때요? 그러면 속이라도 시원하실 텐데."

"난 그런 저속한 말을 사용하지 않아도 하고 싶은 말을 다 할 수 있어. 넌 그 주정뱅이하고 결혼함으로써, 네 자신의 일생을 수치와 오명으로 먹칠을 하고 말았어. 그 주정뱅이 놈이⋯⋯."

"삼촌이야말로 좀더 자주 술에 취하는 게 어때요? 바니는 주정뱅이가 아니에요!"

"포트로렌스에서 만취해 있는 모습을 본 사람이 있어."

"그게 사실이라면──물론 전 믿지 않지만──그럴 만한 이유가 있었을 거예요. 자, 이제 절 그렇게 실망한 듯이 보는 건 그만두시고 사실을 인정해주세요. 전 결혼했어요. 이젠 취소할 수 없는 일이에요. 그리고 전 무척 행복하답니다."

"그 남자가 이 아이와 정말 결혼했다면 그건 기뻐해야 할 일이에요." 좋은 쪽으로 생각하려고 애쓰면서 사촌 세라가 말했다.

"만약 그게 사실이라면 누가 너희들을 결혼시켰니?" 방금 밸런시한테서 손을 떼겠다고 말했던 제임스 삼촌이 물었다.

"타워스 목사님요. 포트로렌스의."

"자유감리교도에게!" 프레데릭 부인은 신음소리를 냈다. 마치 옥중에 있는 감리교도 목사 앞에서 결혼하는 편이 그래도 약간 체면이 서겠다고 말하는 듯이. 이것이 프레데릭 부인의 입에서 나온 첫번째 말이었다. 뭐라고 말해야 좋을지 몰랐던 것이다. 모든 것이 너무했다. 온통 끔찍한 일뿐이었다. 이건 악몽이라고밖에 할 수 없었다. 어서 깨어나야 한다. 시시의 장례식 때는 그렇게 밝은 희망에

차 있었건만.

"그러고 보니 옛날 이야기에 요정이 요람 속의 아기를 바꿔치기 하는 것이 있긴 한데." 벤저민 삼촌이 힘없이 말했다.

"스물아홉 살짜리 아기도 납치해 간다는 거예요, 지금?" 웰링턴 숙모가 빈정대듯이 말했다.

"어쨌든 본 적도 없는 기묘한 얼굴을 한 아기였어." 벤저민 삼촌이 우겼다. "그때 난 이렇게 말했어. '아멜리아, 사람의 눈치고 이런 눈은 처음이야' 하고."

"난 아이가 없어서 다행이에요." 세라가 말했다.

"한편으로는 마음이 찢어지는 듯한 고통은 없지만 다른 일에서 같은 고통을 겪어야 하니까."

"그래도 마음이 시드는 것보다는 찢어지는 편이 낫지 않을까요? 찢어지기 전에 뭔가 짜릿한 기분을 맛볼 수 있으니까요. 그건 바로 아플 만한 가치가 있다는 뜻이에요." 밸런시가 말했다.

"저, 정말, 시, 실성했어." 벤저민 삼촌이 중얼거렸다. 언젠가 누군가가 같은 말을 한 것 같은 느낌이 들어 조금 불만이었다.

프레데릭 부인이 진지한 목소리로 말했다.

"밸런시, 넌 어머니에게 등을 돌린 것을 용서해달라고 기도한 적이나 있니?"

"오랫동안 너무 순종만 해온 것을 용서해달라고 기도해야 한다고는 생각해요. 그렇지만 그런 기도는 하지 않았어요. 오히려 하느님께 이 행복을 매일 감사하고 있어요." 밸런시는 고집스럽게 주장했다.

뒤늦게 거의 울음이 터지기 직전이 된 프레데릭 부인이 말했다.

"그런 말을 들을 바엔 차라리 눈앞에서 죽어주는 편이 낫겠다는 생각이 드는구나."

밸런시는 어머니와 숙모들을 바라보며 이 사람들은 도대체 사랑이 어떤 것인지 알고나 있는지 의아했다. 그리고 전보다 더욱 그녀들을 가엾게 생각했다. 동정해야 할 사람들! 하지만 당사자들은 꿈에도 그런 줄 몰랐다.

"널 꼬드겨서 결혼한 바니 스네이스가 나쁜 놈이야." 제임스 삼촌이 거칠게 말했다.

"어머나, 꼬드긴 건 저였어요. 제가 그 사람한테 결혼하자고 한 걸요." 밸런시는 장난스럽게 웃었다.

"너한테는 자존심이라는 게 없는 거냐?" 웰링턴 숙모가 말했다.

"물론 많이 있죠. 전 누구의 도움도 받지 않고 혼자 힘으로 남편 감을 얻었잖아요? 여기 있는 사촌 조지아나는 에드워드 벡을 붙잡을 수 있게 도와주겠다고 했지만."

"에드워드 벡은 2만 달러 부자인 데다 이곳과 포트로렌스 사이에서 가장 좋은 집을 가지고 있다." 벤저민 삼촌이 말했다.

"그것 참 멋지군요." 밸런시는 경멸하듯이 말하더니 '딱!' 하고 손가락을 튕겼다.

"그렇지만, 바니의 품에 안겨 뺨을 맞대고 있을 때의 기분과는 비교도 할 수 없어요."

"도스, 너!" 사촌 스티클스가 소리쳤다.

"도스, 오오!" 이건 사촌 세라.

"밸런시, 그런 상스러운 말을!" 웰링턴 숙모가 질책했다.

"네, 왜요? 남편의 품에 안기는 것을 기뻐하는 게 뭐가 상스러워요? 그렇게 생각하는 게 오히려 더 이상한데요."

"이젠 이 아이한테 온전한 것을 기대해봤자 아무 소용없어. 이 아이는 그런 것과는 이미 영원히 인연을 끊었어. 마음대로 하게 내버려둬." 제임스 삼촌이 신랄하게 말했다.

"고마워요." 밸런시는 진심으로 감사했다.

"토르케마다(스페인의 초대 종교재판소장)가 된 기분이 어떠세요? 그럼 저는 이만 돌아가 봐야겠어요. 어머니, 제가 작년 겨울에 만든 모직 쿠션 세 개는 가지고 가도 되죠?"

"가지고 가, 뭐든지 마음대로 가지고 가!"

"어머니, 전 뭐든지 필요하진 않아요. 조금만 있으면 돼요. 제 푸른 성이 복잡해지면 곤란하거든요. 그래도 쿠션만은 갖고 싶어요. 나중에 차로 가지러 올게요."

밸런시는 일어서서 문 쪽으로 걸어갔다. 그리고 거기서 뒤돌아섰다. 그녀는 들어올 때보다 더욱 그곳에 있는 사람들을 가엾게 생각하고 있었다. 이들에게는 미스타위스의 보랏빛 정적 속에 서 있는 푸른 성이 없지 않은가!

"여러분의 결점은 마음껏 웃지도 못한다는 거예요." 밸런시는 말했다.

"도스, 너도 언젠가 피는 물보다 진하다는 걸 알게 될 거야." 조지아나가 슬픈 듯이 말했다.

"그야 그렇겠죠. 누가 그런 진한 물을 원할까요? 물은 연해야죠. 반짝반짝 빛나는 수정처럼 맑아야 해요." 밸런시는 노련하게 말을 받아넘겼다.

스티클스가 신음했다.

밸런시는 아무한테도 자기 집에 놀러 오라고 말하지 않았다. 만약 호기심에서 누가 온다면 곤란하기 때문이다. 대신 이렇게 말했다.

"어머니, 가끔 이곳에 들러도 될까요?"

"이 집은 영원히 너를 위해 열려 있을 거야." 프레데릭 부인은 슬픔 속에도 위엄을 유지하며 말했다.

"두 번 다시 같은 아이인지 아닌지 알아볼 수 없게 될 게 틀림없어." 밸런시가 문을 닫고 나가자 제임스 삼촌이 엄격한 목소리로 말했다.

"그렇지만 난 어미라는 사실을 깨끗이 잊을 수는 없어요. 아, 가 없고 불운한 내 딸!" 프레데릭 부인이 말했다.

"이 결혼은 떳떳한 것이 못 된다고 생각해" 하며 제임스 삼촌이 위로하듯이 말했다 "놈은 아마 전에도 대여섯 번 정도는 결혼한 게 틀림없어요. 하지만 이제 저 아이는 내 힘으로는 도저히 감당할 수가 없어. 할 수 있는 것은 다해 봤지만. 아멜리아도 그건 인정할 거야. 그러니까 앞으로는 이제," 제임스 삼촌은 자못 엄숙하게 선언했다. "나에게 밸런시는 죽은 사람이나 마찬가지야."

"이제부터는 바니 스네이스 부인이죠." 조지아나가 어떤 어감인지 음미하듯이 중얼거렸다.

"놈은 가명을 수도 없이 가지고 있어. 아마 틀림없을 거야. 내 생각으로는, 놈에게는 인디언의 피도 섞여 있을 것 같아. 틀림없이 토인의 오두막에 살고 있을걸." 벤저민 삼촌이 말했다.

"만약 그 아이가 스네이스라는 이름으로 결혼했는데, 그것이 가명일 때는 결혼은 무효가 되는 게 아닐까요?" 스티클스가 기대를 가지고 말했다.

제임스 삼촌이 고개를 저었다.

"아니야, 결혼하는 건 그 남자이지 이름이 아니니까."

아까 실신했다가 정신을 차리긴 했지만 아직도 몸을 떨고 있는 글래디스가 입을 열었다.

"전 허버트의 은혼식 때 똑똑히 예감했어요. 그때 확실히 눈치챘어요. 밸런시가 스네이스를 두둔했거든요. 물론 기억하고 계시죠? 계시처럼 머리에 번뜩 떠올랐어요. 집으로 돌아가자마자 데이비드에게도 그렇게 말했죠."

"우주여, 도대체 밸런시에게 무슨 일이 일어난 건가요, 그 밸런시에게?" 웰링턴 숙모가 호소하듯이 말했다.

"숨어 있던 성격이 갑자기 고개를 쳐드는 경우가 있다고 요즘 말들 하잖아? 난 요즘 유행하고 있는 생각에는 도저히 찬성할 수 없지만, 이번 경우에는 뭔가 관련이 있을 것 같아. 그것이 그 아이의 이해할 수 없는 행동을 설명해 주지 않을까?"

"밸런시는 버섯을 무척 좋아해요. 깊은 산속에 들어가서 독버섯을 잘못 먹지나 않을지 걱정이에요." 조지아나가 한숨을 쉬었다.

"이 세상에는 죽음보다 무서운 것이 있는 법이야" 하고 말한 제임스 삼촌은, 이런 말을 한 건 세계에서 자기가 최초인 것이 틀림없다고 생각했다.

"모든 것이 다시는 원래대로 돌아갈 수 없게 되어버렸어요!" 스티클스는 흐느껴 울었다.

상쾌한 미스타위스의 보랏빛 섬을 향해 먼지 이는 길을 서둘러 걸어가는 밸런시는, 두고 온 사람들에 대한 생각은 깡그리 잊고 있었다. 또 너무 서두르면 언제 그 자리에서 심장이 멎어버릴지 모른다는 사실도.

완전한 평화

여름이 지나갔다. 스털링 집안 사람들은——사소한 예외인 조지
아나를 제외하면——밸런시를 이미 죽은 사람으로 여기는 제임스
삼촌의 의견을 암암리에 따르고 있었다. 그렇지만, 밸런시는 바니와
함께 말로 표현할 수 없는 '레이디 제인'을 타고 디어우드를 지나 포
트로렌스로 달려가는, 점잖지 못한, 유령 같은 모습을 종종 연출해
보여주었다. 모자도 쓰지 않은 채 눈을 별처럼 반짝이면서. 바니 역
시 모자도 없이 파이프를 물고 있었다. 그렇지만 수염은 말끔히 깎
고 있었다. 지금은 누군가가 알아보는 한에서는 늘 수염을 깎은 모
습이었다. 두 사람은 대담하게도 벤저민 삼촌의 가게에 물건을 사러
들어갔다. 벤저민 삼촌은 두 사람을 두 번이나 무시했다. 밸런시는
이미 죽은 사람이 아니었던가. 게다가 스네이스라는 이름도 존재하
지 않았다. 세 번째에야 삼촌은 바니에게 말했다.

"네 놈은 마음이 여리고 불행한 처녀를 가족과 친구들한테서 강탈
해간 죄로, 목을 매달아도 시원치 않을 악당이야."

바니의 한쪽 눈썹이 치켜 올라갔다.

"난 밸런시를 행복하게 해주었어요. 밸런시는 주위 사람들 때문에 비참하게 살아왔지요. 그뿐입니다." 바니는 차갑게 말했다.

벤저민 삼촌의 눈이 휘둥그레졌다. 남자가 여자를 행복하게 해주어야 한다는 건 생각해본 적도 없었던 일이다.

"시건방진 풋내기 같으니!"

"하하, 정말 진부하기 짝이 없는 표현이군요!" 바니는 쾌활하게 말했다. "누구나 그 정도는 말할 수 있습니다. 스털링 집안 사람에게 어울리는 좀더 그럴듯한 말이 떠오르지 않나 보지요? 그리고 난 풋내기가 아닙니다. 솔직하게 말하면 한창 때라 할 수 있죠. 가르쳐 드릴까요? 서른다섯입니다."

그때, 때맞춰 벤저민 삼촌의 머리에 밸런시는 이미 죽은 사람이라는 사실이 떠올라 주었다. 그는 바니에게 등을 돌렸다.

밸런시는 행복했다. 더할 나위 없이 행복했다. 밸런시는 인생이라는 멋진 집에서 살며, 매일매일 새로운 신비의 방문을 노크하고 있는 듯했다. 그것은 밸런시가 버리고 온 세상과는 전혀 딴판인 세상이었다. 그곳에 시간이라는 것은 없었다. 영원불멸의 젊음을 유지하고 있는 세계이기 때문에 과거도 미래도 없고 현재만이 있었다. 밸런시는 그 마법에 완전히 몸을 맡기고 있었다.

그곳에서의 완전한 자유는 믿을 수가 없을 정도였다. 하고 싶은 일을 했다. 그런디 부인(속이 좁고 세속적인 판 / 습을 몹시 따지는 여인)도 없었다. 전통도 없었다. 가족도 친척도 없었다.

"평화, 완전한 평화, 사랑받는 자는 아득한 저편에." 어색해 하는 기색도 없이 바니가 인용했다.

밸런시는 한번 집에 들러 쿠션을 가지고 왔다. 사촌 조지아나는 자신의 자랑거리인, 무척 정성들여 만든 침대보를 밸런시에게 선물했다.

"손님용 침실에 사용하렴."

"우리 집에는 손님용 침실이 없어요." 밸런시가 말했다.

조지아나는 깜짝 놀라는 눈치였다. 손님용 침실이 없는 집이라니 그런 집도 있다는 말인가?

"하지만 무척 예뻐요. 정말 고마워요. 제 침대에 쓰겠어요. 바니의 낡은 조각 누비이불은 거의 넝마가 다 되었거든요." 밸런시는 사촌에게 키스했다.

"그런 한심한 곳에서 어떻게 참고 지내? 이 세상에 그런 집도 있다니?" 조지아나가 한숨을 내쉬었다.

"참고 지낸다고요?" 밸런시는 웃었다. 조지아나에게는 아무리 설명해줘도 소용없을 것이다. "참으로 멋지고 완벽해서 정말 이 세상의 것으로 생각할 수 없는 곳이에요."

"그래서, 넌 정말 행복하니?" 생각에 잠기면서 조지아나가 물었다.

"말할 수 없이 행복해요." 눈은 꿈꾸면서도 밸런시는 진지하게 대답했다.

"결혼은 엄숙한 것이야." 조지아나는 한숨을 쉬었다.

"오래 계속된다면요." 밸런시가 말했다.

조지아나는 그 말을 이해할 수 없었다. 그 말이 못내 마음에 걸려, 밤중에 눈을 뜰 때마다 밸런시가 무슨 뜻으로 그런 말을 했을까 생각했다.

밸런시는 푸른 성을 더할 수 없이 사랑하며 진심으로 만족하고 있었다. 커다란 거실에는 창문이 세 개 있는데, 그 창문으로 각각 아름다운 미스타위스의 매력 넘치는 경치를 마음껏 볼 수 있었다. 방문 맞은쪽에 있는 창문은 돌출창이었다. 바니의 말로는 톰 맥뮤레이가 팔려고 내놓은 '오지'의 한 작은 교회에서 떼어온 것이라고 한다. 그 창문은 서향이었기 때문에, 저물어가는 태양빛이 넘치듯이 들어올 때면, 밸런시는 어디 대성당에 있기라도 한 것처럼 무릎을 꿇고 전심전력으로 기도하는 것이었다. 갓 태어난 초승달이 창문으로 들

완전한 평화 217

여다보고 있고, 소나무의 낮은 가지가 창 위쪽에서 흔들거리고 있다. 그리고 밤의 고요 속에 해가 질 듯하면서도 쉬이 지지 않는 부드러운 은빛 호수가 꿈을 꾸고 있는 것처럼 가로누워 있다.

돌출창 반대쪽에는 돌 난로가 있다. 신을 모독하는 듯 모양만 흉내낸 가스 난로가 아니라 통나무를 태우는 진짜 난로다. 그 앞의 바닥에는 커다란 잿빛 곰 털가죽이 깔려 있고, 그 옆에는 거슬리는 느낌의 붉은 비로드 소파가 있다. 그것도 톰 맥뮤레이 시절의 것이다. 그런데 그 추함도 은회색의 늑대 털가죽으로 가려져 있고, 밸런시의 쿠션이 즐거운 듯 편안한 분위기를 자아내고 있었다. 방구석에서는 제법 멋진, 키가 크고 게으른 고물 시계가 째깍째깍 시간을 새기고 있다. 전형적인 탁상 시계다. 절대로 서두르지 않고 유유히 시간을 흘려 보내는. 너무나도 유쾌한 고물 시계. 거기에는 남자의 커다랗고 둥근 얼굴이 그려져 있다. 바늘이 그 코에서 뻗어 나와 있고 문자반이 후광처럼 얼굴을 에워싸고 있다. 뚱뚱하게 살찐 시계다.

박제 올빼미와 사슴 머리를 넣어둔 커다란 유리 상자도 있다. 역시 톰 맥뮤레이 시절의 것이다. 언제라도 앉아주십시오 하는 듯한, 기분 좋아 보이는 낡은 의자. 쿠션이 살짝 놓여 있는 작고 땅딸막한 의자는 분명히 밴조의 것임을 알 수 있다. 만약 누군가가 거기에 앉기라도 할라치면, 밴조는 그 검은 테 속의 토파즈 색 눈으로 쏘듯이 노려보며 쫓아버릴 것이다. 밴조는 그 의자 위에서 몸을 젖히고, 자신의 꼬리를 붙잡으려고 뱅뱅 도는 귀여운 버릇을 가지고 있다. 하지만 그게 잘 되지 않아서 늘 화를 낸다. 어쩌다가 운 좋게 붙잡으면, 그때까지 쌓인 분풀이로 힘껏 물어버리고는, 너무 아파서 소름 끼치도록 비명을 지른다. 바니와 밸런시는 그 모습을 보며 배가 아프도록 웃었다. 두 사람이 사랑하는 것은 굿럭이었다. 굿럭은 너무나도 사랑스러운 고양이라서, 늘 두 사람의 머리에서 떠나지 않았다.

벽 한쪽에는 거칠게 깎아 만든 수제 책장이 있고, 책이 빼곡하게 채워져 있다. 옆에 있는 두 개의 창문 사이에는 빛바랜 금색 테에 끼워진 낡은 거울이 걸려 있다. 거울판에서는 포동포동하게 살이 오른 큐피드가 놀고 있다. 밸런시는 생각한다. '이 거울은 신화 속에 나오는 거울이며, 비너스가 한번 들여다본 거울이기 때문에 그때부터 이것을 들여다보는 모든 여성은 아름답게 보이는 것이 틀림없다' 고. 밸런시는 이 거울에 비친 자신의 모습은 아름답다고 말해도 좋은 것 같다고 생각했다. 그것은 아마 머리를 짧게 잘랐기 때문일 것이다.

그 무렵 여자의 단발은 매우 드물어서, 세상을 놀라게 하는 무모한 행위로 여겨졌다. 티푸스에라도 걸린 거라면 몰라도. 프레데릭 부인은 이 얘기를 들었을 때, 가족의 이름이 적힌 성경에서 밸런시의 이름을 지워버릴 생각까지 했다. 밸런시의 머리를 잘라준 것은 바니였다. 목덜미에서 똑바로 자르고 앞머리는 짧게 내려오는 정도로 했다. 이것으로, 밸런시의 작고 세모난 얼굴에 지금까지 볼 수 없었던 의미와 매력이 주어졌다. 코조차도 이제 속상해 하는 원인이 되지 않았다. 눈은 빛났고, 혈색 나빴던 피부도 크림빛이 섞인 상아색으로 윤기가 흘렀다. 집안의 오랜 우스개 소리가 사실이 되었다. 밸런시는 마침내 살이 찐 것이다. 적어도 이제 앙상하지는 않았다. 밸런시는 결코 미인이라고는 할 수 없었다. 하지만 숲 속에 있을 때 가장 아름답게 보이는 타입의 아가씨였다. 마치 사람을 놀리는 매혹적인 요정 같았다.

이젠 심장도 거의 아프지 않았다. 발작이 일어날 듯하면 언제나 트렌트 씨의 약으로 진정시킬 수가 있었다. 공교롭게 약이 떨어졌을 때, 심한 발작이 일어난 적이 딱 한번 있었다. 정말 끔찍한 발작이었다. 그동안 밸런시는 죽음이 지금 자신에게 찾아오려 한다는 것을 생생하게 느꼈다. 그러나 그때 말고는 발작에 대한 일은 생각하지도 생각하려고 하지도 않았다.

달빛님!

밸런시는 일에 쫓겨 허덕이거나 지쳐서 녹초가 되는 일이 전혀 없었다. 사실 하는 일이라고 해야 정말 조금밖에 없었다. 석유 스토브를 이용해 음식을 만들고, 매일 해야 하는 자질구레한 집안일을 꼼꼼하게 즐기면서 해냈다. 두 사람은 거의 호수까지 나와 있는 베란다에서 식사를 했다. 눈앞에는 미스타위스 호수가 펼쳐져 있어서, 마치 옛날이야기 속 정경 같았다. 테이블 맞은쪽에서 바니가 밸런시에게 수수께끼 같은 일그러진, 웃음을 빙긋 보냈다.

"이 오두막을 지은 톰 영감님은 정말 멋진 곳을 선택했어!" 바니는 자주 기쁜 듯이 그렇게 말하곤 했다.

밸런시는 저녁 먹을 때가 가장 마음에 들었다. 늘 바람의 희미한 속삭임이 느껴지고 움직이는 구름 밑에서 시시각각 바뀌는, 미스타위스 호수의 비할 데 없이 거룩한 빛깔은, 도저히 말로는 표현할 수 없는 것이었다. 그림자도 마찬가지였다. 소나무 숲에 모여든 그림자는, 바람에 날려 몸을 떨며 호수 위로 쫓겨 간다. 그림자는 하루 종일 기슭에서 고사리와 들꽃에 묻혀 있다가, 서산으로 넘어가는 햇빛에 쫓겨 곳을 돈 뒤, 황혼이 찾아오는 동시에 멋진 노을빛이 짜내는 직물 속에 섞여 들어가고 만다.

영리하고 천진스러운 생김새를 한 고양이들은 베란다 난간에 앉아 바니가 던져주는 먹이에 군침을 흘린다. 모든 것이 얼마나 재미있는지! 미스타위스의 넘칠 듯한 낭만에 에워싸여 있으면서도 밸런시는 인간에게 위장이 있다는 것을 잊어서는 안 되었다. 바니는 밸런시가 만든 요리는 뭐든지 칭찬해주었다.

"역시 충분한 식사는 좋은 거야" 하고 그도 인정했다. "난 한꺼번에 2, 30개의 달걀을 푹 삶아놓고 배가 고플 때마다 몇 개씩 먹는데, 때로는 베이컨 한 조각을 곁들이거나 차 한 잔을 마시는 게 고작이었어."

밸런시는 도대체 언젯적 물건인지 짐작도 가지 않을 만큼 오래되고 낡은 바니의 작은 납땜 주전자로 차를 끓였다. 밸런시는 접시 세트조차 가지고 오지 않았다. 바니의 제멋대로 생긴 이 빠진 접시 몇 개, 울새 알 같은 파란색의, 낡았지만 크고 아름다운 물병이 있을 뿐이었다.

두 사람은 식사를 한 뒤 자주 몇 시간씩 얘기를 나누었다. 그대로 앉아서, 세상의 언어로는 아무 얘기도 하지 않고 있을 때도 있다. 바니는 파이프 담배를 피우고 밸런시는 전나무의 뾰족한 잎사귀 끝이 저녁 노을 속에 떠오르는, 미스타위스 훨씬 저편의 언덕을 꿈꾸듯 그저 행복에 잠겨 바라보고 있었다.

이윽고 달빛이 미스타위스를 은빛으로 물들이기 시작한다. 검은 박쥐가 서쪽의 푸르스름한 금빛 하늘을 향해 날아오른다. 그렇게 멀지 않은 곳의 높은 절벽에서 떨어지는 작은 폭포는, 숲의 신령들이 장난을 치는 건지, 향기가 코를 톡 쏘는 녹색의 키 큰 나무들 사이에서 하얀 옷을 입은 미녀가 손짓하고 있는 것처럼 보일 때가 있다. 올빼미 리앤더가 섬 기슭에서 악마 같은 울음소리를 내기 시작한다.

이 아름다운 침묵 속에 밸런시는 마냥 앉아 있고, 테이블 건너편에서는 바니가 여전히 파이프 담배를 물고 있는 것이다. 이 얼마나 평화로운 세계인가!

주위에는 여러 개의 다른 섬들이 보이지만 모두 이웃이라기에는 너무 멀어서 번거로운 일은 일어나지 않는다. 훨씬 서쪽에 '행운의 작은 섬'으로 불리는 섬들이 모여 있다. 해가 뜰 때는 마치 에메랄드처럼 빛나고, 해가 질 때는 자수정처럼 보인다. 그 섬들은 집을 짓기에는 너무 작다. 그러나 큰 섬들의 불빛이 호수를 가득 비추고 있고, 기슭의 모닥불이 숲 그림자 속으로 흘러들어가거나, 물 위에 피처럼 붉은, 커다란 리본을 던져둔 것처럼 보인다. 곳곳의 보트와 가장 큰 섬의 부잣집 베란다에서는 유혹하는 듯한 음악이 흘러나온다.

"달빛님, 당신도 저런 집을 갖고 싶소?" 그 집을 가리키며 바니가 물은 적이 있다. 그는 밸런시를 달빛님이라고 부르고 있었다. 밸런시는 그 호칭이 무척 마음에 들었다.

"아뇨." 옛날에는 그 '별장'의 열 배나 되는 산 속의 성을 꿈꾸었지만 지금은 성에 사는 불쌍한 사람들을 동정하게 되었다. "아니요, 저건 너무 우아해요. 저 성이 내 것이라면 아마 어디든 가지고 다니고 싶어질 것 같아요. 달팽이처럼 등에 얹고. 그래서 결국 그건 날 소유하고 말 거예요. 내 몸도 마음도 자신의 것으로 하고 말걸요? 난 사랑하고 귀여워해주고, 내 마음대로 할 수 있는 아담한 집이 좋아요. 우리 집처럼. 그래서 '캐나다에서 가장 좋은 여름 별장'을 가지고 있는 해밀턴 고서드도 부럽지 않아요. 무척 호화롭긴 하지만 나의 푸른 성은 아닌걸요."

아득한 호수 저쪽 끝에 밤마다 거대한 대륙 철도 열차가 개간지를 달려가는 것이 보였다. 밸런시는 불 켜진 창문이 빛처럼 달려가는 것을 바라보면서 그 속에 누가 타고 있는지, 어떤 희망과 두려움을 품고 가는지 상상하는 것을 좋아했다. 또, 바니와 자신이 다른 섬에 있는 집의 춤과 식사 모임에 초대받아 가는 것을 그려보며 즐거워했다. 그렇지만 진심으로 가고 싶은 생각은 없었다. 어느 날 두 사람은 호수 북쪽의 호텔 별관에서 열린 가장 무도회에 간 적이 있었다. 두 사람은 무척 멋진 밤을 보냈지만 가면을 벗기 전에 카누를 타고 빠져나와 푸른 성으로 돌아오고 말았다.

"정말 멋졌어요. 하지만 다시는 가고 싶지 않아요." 밸런시가 말했다.

바니는 하루의 대부분을 '푸른 수염의 방'에 틀어박혀 있었다. 밸런시는 그 방을 들여다본 적이 없다. 이따금 흘러나오는 냄새로, 그가 무슨 화학 실험이라도 하고 있는 모양이라고만 생각했다. 어쩌면 연금술을 연구하고 있는 건지도 모른다. 연금술에는 뭔가 냄새를 내는 과정이 있을 것이다. 그러나 그녀는 그런 것에 대해 오래 생각하지는 않았다. 바니의 사생활과 관련된, 닫힌 방을 들여다볼 마음은 털끝만큼도 없었다. 그의 과거도 미래도 그녀와는 상관이 없었다. 오직 가슴 뛰는 현재만 있으면 되었다. 다른 것은 아무래도 좋았다.

언젠가 바니가 이틀 동안 집을 비운 적이 있었다. 바니는 밸런시에게 혼자 있는 게 무서우냐고 물었지만, 그녀는 아니라고 대답했다. 그는 어디에 갔다 왔는지 결코 얘기하지 않았다. 밸런시는 혼자 있는 건 무섭지 않았지만 말할 수 없이 외로웠다. 그녀의 귀에 들리는 가장 감미로운 소리는, 바니가 돌아올 때 숲을 빠져 나와 덜컹거리며 달려오는 '레이디 제인'의 소리다. 그러면, 곧 물가에서 그가 신호하는 휘파람 소리가 들린다. 밸런시는 카누를 매어두는 바위로 달려 내려가 그를 맞이한다. 기다리고 있는 그의 품속으로 뛰어든다. 그 품은 정말 그녀가 오기를 기다리고 있었던 것처럼 느껴졌다.

"내가 없어서 심심했지, 달빛님?"

바니는 속삭인다.

"백년이나 지난 것 같아요."

밸런시가 대답한다.

"이젠 혼자 두고 가지 않겠소."

"가고 싶으면 가세요. 가고 싶은데도 나를 위해 가지 않는다는 걸 알면, 난 비참한 생각이 들 거예요. 당신이 완전히 자유롭기를 바라요."

바니는 웃었다. 약간 비웃듯이.

"이 지상에 자유라는 건 없소. 다만, 여러 가지 속박이 있을 뿐이지. 속박을 서로 비교하고 있는 거요. 당신은 지금까지의 견디기 힘들었던 속박에서 벗어나 이젠 자유라고 생각하고 있소. 하지만 정말로 자유로울까? 당신은 나를 사랑하고 있소. 그것도 속박이지."

"'스스로를 가둔 감옥은 이제 감옥이 아니다'라고 말하거나 쓴 사람은 누구였을까요?" 바니의 팔에 꼭 안겨 돌계단을 올라가면서 꿈꾸듯 밸런시가 말했다.

"그래, 당신은 그것을 얻은 거지. 우리가 원하는 자유라는 건 그런 거요. 자신의 감옥을 선택하는 자유. 그런데 달빛님," 푸른 성의 문 앞에서 걸음을 멈춘 바니는 주위를 둘러보았다. 빛나는 호수, 커다란 그림자, 깊은 수풀, 모닥불, 깜박이는 별……. "난 우리 집으로 돌아온 게 기뻐. 숲을 지나 돌아왔을 때 집의 불빛이 보였지. 내 집의 불빛. 소나무 고목 밑에서 빛나고 있었어. 지금까지 한번도 본 적이 없는 광경이었소. 달빛님, 얼마나 기뻤는지 몰라, 정말 기뻤어!"

바니의 속박론에도 불구하고 밸런시는 두 사람 모두 너무나 자유롭다고 생각했다. 밤늦도록 자지 않고 마음껏 달을 보고 있을 수 있다는 건 믿기 어려울 만큼 멋진 일이었다. 자신의 사정으로 식사가 늦어져도 상관없다니! 1분이라도 늦으면 반드시 어머니에게 엄하게 꾸중을 듣고, 스티클스에게는 잔소리를 들었던 밸런시였다. 식사를 마음 내키는 대로 천천히 즐길 수 있고, 먹고 싶지 않으면 빵 껍질을 남겨도 되며, 식사 시간에 맞춰 바삐 집으로 돌아가지 않아도 된다니! 하고 싶으면, 햇볕을 받아 따끈해진 바위에 앉아 맨발로 뜨거운 모래를 휘젓고 있어도 되고, 달콤한 침묵 속에 그냥 앉아 아무것도 하지 않아도 된다니! 다시 말해, 만약 그렇게 하고 싶으면, 아무리 바보 같은 짓을 해도 상관없는 것이다. 그것이 자유가 아니라면 뭐가 자유란 말인가?

장밋빛 인생

두 사람이 매일 섬에서만 지낸 것은 아니었다. 반 이상은 꿈같이 아름다운 무스코카 지방을 마음 내키는 대로 돌아다녔다. 바니는 숲을 구석구석까지 잘 알고 있어서 밸런시에게 숲에 얽힌 전설과 비밀을 얘기해주었다. 그는 언제나 수줍음 잘 타는 동물들이 다니는 숲길과 보금자리를 찾아낼 줄 알았다. 밸런시는 요정을 닮은 온갖 이끼를 찾아낼 줄 알았고, 숲 속에 피는 꽃의 우아함과 사랑스러움도 발견했다. 보기만 하고도 새의 이름을 알아맞힐 수 있었고, 그 울음소리를 흉내 낼 수 있게 되었다. 바니처럼 잘하지는 못했지만. 온갖 나무와 친구가 되었다. 카누도 바니만큼이나 잘 저을 수 있게 되었다. 비를 맞는 것을 좋아했지만 결코 감기에 걸리지 않았다.

이따금 도시락을 싸가지고 딸기를 따러 다녔다. 딸기와 블루베리를. 그것은 또 얼마나 사랑스러운지! 아직 익지 않은 녹색과 반쯤 익어 반짝이는 분홍색과 빨강색, 그리고 완전히 익어 안개가 낀 것처럼 푸른색의 블루베리. 밸런시는 잘 익은 딸기를 맛보았다. 미스타위스 기슭에 볕이 잘 드는 작은 골짜기가 있었다. 한쪽에는 자작나무가, 반대쪽에는 어린 가문비나무가 늘 변함없이 가지런하게 늘어서 있었다. 자작나무 발치의 키가 크고 무성한 풀이, 바람에 빗질을 하는 것처럼 휘어져 있고, 곧 오후가 되려 하는데도 아침 이슬에 촉촉이 젖어 있었다.

그곳에서 두 사람은 딸기를 발견했다. 루쿨루스(로마의 장군이자 정치가. 정계를 은
퇴한 뒤에는 향락적인 생활을 했다)의 연회를 장식했을 것 같은 대단히 향기롭고 달콤한 열매가, 긴 장밋빛 줄기에 루비처럼 맺혀 있었다. 두 사람은 줄기를 끌어당겨 열매를 따먹었다. 그야말로 처음 사람의 손길이 닿은 흠 하나 없는 열매는, 하나하나가 야생의 향기를 고스란히 품고 있었다.

밸런시는 몇 개인가 따서 집으로 가지고 돌아왔지만, 그 신기한 맛은 어느새 사라지고 여느 시장에서 팔고 있는 보통 딸기가 되어 있었다. 부엌에서 사용하기에는 충분하지만, 자작나무 골짜기에서 오로라의 눈꺼풀처럼 손가락을 붉게 물들여가며 먹었을 때의 맛은 느낄 수가 없었다.

또 둘이서 수련을 찾으러 다닌 적도 있었다. 바니는 미스타위스의 어느 물줄기와 기슭을 찾아가면 되는지 잘 알고 있었다. 푸른 성으로 돌아오면 이내, 집에 있는 모든 꽃병들은 그 아름다운 수련으로 가득 채워진다. 수련이 없으면 주홍색 로벨리아가 있다. 미스타위스의 습지에는 아직도 로벨리아가 불꽃의 리본처럼 산뜻하고 선명하게 피어 있었다.

어떤 날은 이름도 없는 작은 강이나 숨어 있는 강으로 송어잡이를 갔다. 그 기슭은 물의 정령이 하얗게 젖은 팔다리를 햇볕에 말리고 있는 것 같은 느낌이 드는 곳이다. 두 사람이 가지고 간 것은 감자와 소금뿐이었다. 모닥불에 감자를 굽는 동안, 바니는 밸런시에게 송어 요리법을 가르쳐주었다. 잎사귀에 싸서 진흙을 바르고 새빨간 장작 속에서 굽는 것이다. 그렇게 맛있는 것은 세상에 다시없을 것 같았다. 밸런시의 식욕이 무척 왕성해져 몸에 자꾸자꾸 살이 붙는 것도 당연한 일이었다.

또, 언제나 멋진 일이 일어나고 있을 것 같은 숲을 그저 거닐며 돌아다닐 때도 있었다. 적어도 밸런시는 그렇게 느꼈다. 다음에는 낮은 구릉으로 내려가서 또 다음 언덕을 올라갔다. 아! 찾았다.

"어디로 가는지 몰라도 재미있지 않소?" 바니는 자주 그렇게 말했다.

푸른 성에서 멀리 떨어진 곳에서 날이 저문 적도 몇 번 있었다. 바니는 고사리와 전나무 가지로 아주 좋은 향기가 나는 침대를 만들었고, 두 사람은 이끼 낀 가문비나무 노목을 천장삼아 꿈도 꾸지 않고 깊은 단잠에 빠졌다. 아득히 먼 곳에서는 달빛과 소나무의 속삭임이 어우러져서 어느 쪽이 빛이고 어느 쪽이 속삭임인지 모를 정도였다.

물론 비가 오는 날도 있었다. 그런 날엔 무스코카는 촉촉하게 물기를 머금은 초록색이 된다. 소낙비가 푸르스름한 유령처럼 미스타위스를 건너오는 날에도, 비가 온다고 집안에만 있지는 않았다. 하지만 비가 억수같이 내리는 날에는 역시 단념하지 않을 수 없었다. 그런 날이면 바니는 '푸른 수염의 방'에 틀어박혀버린다. 밸런시는 책을 읽거나 늑대 털가죽 위에서 꿈꾸는 듯한 기분에 빠져든다. 굿럭이 옆에서 목을 가르랑거리며 어리광을 부리고, 밴조는 자기가 좋아하는 의자에 웅크리고 앉아 신기한 듯이 쳐다보고 있다. 일요일 저녁에는 카누를 타고 곳으로 저어가서, 숲을 지나 작은 자유감리교회까지 걸어간다. 정말 미안할 정도로 행복한 기분이다. 밸런시는 지금까지 단 한번도 일요일이 좋다고 생각한 적이 없었다.

그리고 언제나, 일요일도 다른 날도 밸런시는 바니와 함께였다. 다른 것은 사실 아무래도 상관없었다. 그는 정말 멋진 동반자였다! 이해심 많고 유쾌하고, 그리고 말할 수 없이 바니답다! 그 한마디면 족하다.

밸런시는 은행에 들어 있는 200달러 가운데 얼마를 찾아서 예쁜 옷을 샀다. 약간 희미한 푸른색 시폰(매우 얇고 매끄러운 직물) 옷은 집에서 저녁 시간을 보낼 때 늘 입었다. 아련한 푸른색에 은빛이 약간 섞여 있었다. 바니가 밸런시를 달빛님이라고 부르게 된 것은 그때부터였다.

"달빛과 푸른 황혼의 빛, 그 옷을 입고 있는 당신의 이미지요. 무척 보기 좋아. 어울려요. 당신은 흔히 말하는 미인은 아니지만 몇 가지 매력을 가지고 있소. 먼저 눈. 그리고 키스하고 싶어지는 쇄골 사이의 움푹한 곳. 귀족적인 손목과 발목. 작은 머리는 예쁜 모양을 하고 있소. 특히 고개를 돌려 뒤돌아볼 때의 아름다운 모습은 더할 수 없이 뛰어나지, 황혼이나 달빛 아래서는 더욱더. 마치 요정 같아. 숲 속의 요정. 당신은 숲을 닮았소, 달빛님! 숲에서 나가면 안 돼. 당신의 조상이 누구든, 어딘지 모르게 야생에서 자란 듯한 느낌을 주는 당신에게는 가까이 다가가기 힘든, 세속에 물들지 않은 데가 있소. 당신의 허스키한 목소리는 부드럽고도 달콤하며 여름처럼 시원해. 사랑을 속삭이는 데는 더할 나위 없는 목소리지."

"블라니석(아일랜드 블라니 성에 있는 돌로, 여기에 키스하면 아첨을 잘하게 된다는 말이 있다)에 키스했군요?" 하고 밸런시가 놀렸다. 그렇지만 밸런시는 그로부터 몇 주일 동안이나 수시로 그 찬사를 떠올려보며 기뻐하곤 했다.

밸런시는 엷은 초록색 수영복을 샀다. 스털링 집안 사람들이 그것을 입고 있는 그녀를 봤더라면 아마 그자리에서 까무러치고 말았으리라. 바니는 밸런시에게 수영을 가르쳐주었다. 아침에 일어나서 수영복을 입은 뒤, 밤에 잘 때까지 그대로 있을 때도 있다. 마음이 내키면 곧장 기슭으로 달려가서 물에 뛰어들고, 볕이 잘 드는 바위 위에 누워 몸을 말리기도 하고.

밸런시는 밤만 되면 어쩔 수 없이 생각났던 지난날의 부끄러운 일들은 완전히 잊고 있었다. 차별대우를 받았던 일, 절망했던 일. 그것들은 모두 마치 남의 일처럼 느껴졌다. 그녀 자신, 언제나 행복한 밸런시 스네이스에게 일어난 일 같지가 않았다.

"다시 태어난다는 게 어떤 것인지 알겠어요." 밸런시는 바니에게 말했다. 시인 홈스는 자신의 시 속에서 슬픔은 '과거를 덧칠해버린 다'고 말했다. 하지만 밸런시는, 슬픔과 마찬가지로 행복도 과거를 덧칠하고, 그녀의 지난날의 단조로운 생활을 장밋빛으로 다시 칠해 버렸다고 생각했다. 지난날 자신이 외롭고 불행했으며 두려움에 떨고 있었다는 사실이 믿어지지 않았다.

'언제 죽음이 찾아온다 해도 난 살았다고 말할 수 있어. 나 자신의 삶을 살았다고 말할 수 있어.' 밸런시는 생각했다.

아, 그녀의 진흙공!

어느 날, 밸런시는 섬의 해변에서 커다란 모래성을 지었다. 그리고 그 위에 유쾌한 영국연합 국기를 꽂았다.

"무엇을 축하하는 거요?"

바니가 알고 싶어했다. 그러자 밸런시가 대답했다.

"악마를 쫓아낸 것을요."

진주 목걸이

가을이 왔다. 9월 말의 밤은 쌀쌀하다. 그래도 두 사람은 베란다를 포기할 수는 없었다. 그 대신 커다란 난로에 불을 피우고, 그 앞에서 마음껏 즐기며 웃었다. 언제나 문을 열어두기 때문에 밴조와 굿럭도 마음대로 집을 드나들 수 있었다. 때로는 두 마리가 다 바니와 밸런시 사이에 끼어들어, 진지한 표정으로 곰 털가죽 위에 앉아 있을 때도 있다. 싸늘한 바깥 어둠 속으로 몰래 나가기도 한다. 오래된 돌출창 밖으로 지평선의 안개에 휩싸인 별이 희미하게 보인다.

소나무 숲의 끊임없이 불길한 속삭임이 주위를 감싸고 있다. 점점 바람이 불기 시작하고, 작은 파도가 부드럽게 흐느껴 우는 듯한 소리를 내며 소나무 숲 자락의 바위에 부딪쳐 부서진다. 불빛으로는 난롯불만 있으면 되었다. 때로는 갑자기 확 타올라 두 사람을 순간적으로 환하게 비춰준다. 그러고는 그림자 속에 갇혀버린다.

밤바람이 강할 때 바니는 문을 닫고 램프를 켠 뒤, 밸런시에게 여러 가지 글을 읽어주었다. 시와 수필, 화려하지만 어두운 옛날의 전쟁 이야기 등. 그는 소설은 한 줄도 읽지 않았다. 따분하다고 깎아

내렸다. 그러나 밸런시는 이따금 읽었다. 늑대 털가죽 위에 앉아 누구의 방해도 받지 않고 웃을 수 있었다. 바니는 누가 웃고 있으면 옆에 가서 "뭐가 그리 재미있어?" 하고 물어봐야 속이 시원한 타입은 아니었기 때문이다.

10월, 미스타위스 주변을 맴도는 영롱한 빛깔의 향연. 밸런시는 몸도 마음도 그 속에 도취되었다. 이렇게 찬란한 것은 상상한 적도 없었다. 아름답게 채색된 평화. 바람이 춤추는 푸른 하늘. 요정 나라의 빈터에서 한숨 자고 있는 햇빛. 카누를 타고 기슭을 따라, 붉은색과 금빛 강을 천천히 거슬러 올라가는, 꿈결 같은 긴 보랏빛 나날. 졸음이 오는 듯한 붉은 수렵의 달. 나뭇잎을 불어 날려 기슭에 쌓아올리는, 가슴 두근거리는 폭풍. 오고 가는 구름의 그림자. 다른 어떤 아름답고 풍요로운 곳도 이곳에는 비할 바가 못 된다.

11월, 서로 다른 모습을 한 나무들이 불길한 요술을 부리기 시작한다. 서향 언덕 뒤로 태양이 안개 낀 붉은색으로 불타며 가라앉는다. 손에 손을 잡고 눈을 감고 걸었던 장엄한 숲의 아름답고 우아했던 그 그리운 나날. 이제 잎이 떨어진 금빛 노간주나무 숲을 빠져나가, 잿빛 자작나무 사이에서 반짝이며, 상록의 이끼 둔덕을 비추고, 소나무 가로수를 어루만져주는, 엷고 가느다란 햇빛의 나날. 얼룩하나 없는 터키석처럼 드높은 하늘의 나날. 사색에 잠긴 아름다운 분위기가 호수 주변의 꿈 같은 정경을 감싸고 있는 듯한 나날. 가을의 어둡고 거친 폭풍의 나날. 그 뒤에 소나무 숲에서 마녀의 웃음소리가 들려오고, 큰 섬의 나무들 사이에서 이따금 신음소리가 들려오는, 비가 올 것처럼 축축한 밤이 찾아온다. 하지만 그게 무슨 대수이랴? 톰 영감의 튼튼한 지붕과 결코 막히는 법이 없는 굴뚝이 있는데.

"따뜻한 불, 책, 안락함, 폭풍도 무섭지 않아. 카펫 위에는 우리의 고양이들. 달빛님, 만약 지금 당신에게 백만 달러가 있다면 이보다 행복해질 수 있을까?" 바니가 물었다.

"아뇨, 이 반도 행복할 수 없어요. 모임이니 규칙이니 하는 것들 때문에 오히려 싫증이 나버릴걸요?"

12월, 이른 눈의 방문과 오리온자리, 은하의 파르스름한 빛, 이제 완연히 겨울이다. 별빛이 춥고도 멋진 영롱한 겨울. 밸런시는 지금까지 겨울을 얼마나 싫어했는지! 울적하고 진부하며 지루했던 나날. 길고 추운 외톨이의 밤. 스티클스의 등을 내내 문질러주어야 했던 일. 아침이 되면 기묘한 소리를 내며 양치질 하는 스티클스. 석탄 가격 때문에 불평하는 스티클스. 캐내고 질문하고, 그리고 무시하는 어머니. 언제까지나 낫지 않는 감기와 기관지염, 또는 그것에 대한 두려움. 레드펀의 도포제와 보라색 알약.

그런데 지금 밸런시는 겨울을 사랑하지 않을 수가 없다. '오지'의 겨울은 아름답다. 정말 비할 데 없이 맑디맑게 빛나는 나날. 매혹의 컵에 겨울의 순수하게 정제된 와인을 따라 놓은 것 같은 멋진 황혼. 별이 온통 반짝이는 밤. 차갑지만 더할 수 없이 멋진 겨울의 일출. 푸른 성의 모든 창문마다 얼어붙어 있는 양치류 같은 서리. 빗방울이 그대로 얼어서 맺혀 있는 자작나무를 비추는 달빛. 바람 부는 저녁에 흩어지는 그림자, 깨지고 뒤틀린 환상적인 그림자들. 거대하고 엄격하게 주위를 뒤덮는 정적. 보석을 뿌린 듯한 이국적인 언덕. 길고 하얀 미스타위스를 뒤덮은 잿빛 구름 속에서 불현듯 얼굴을 내미는 태양. 갑작스러운 눈보라에 흩어지는 얼음처럼 차가운 잿빛 노을. 하지만 쾌적한 거실에서는 난롯불 도깨비들이 춤을 추고 있고, 수수께끼처럼 신비로운 고양이들은 너무나 만족스러워 보였다. 시간이 흐를수록 새로운 발견과 놀라움이 자꾸자꾸 늘어난다.

바니는 '레이디 제인'을 욕쟁이 아벨의 헛간에 넣어버린 뒤, 밸런시에게 설피(눈에 빠지지 않도록 신 바닥에 대는 덧신)를 신기고 눈 위를 걷는 연습을 시켰다. 전 같으면 그런 짓을 했다가는 기관지염에 걸려 꼼짝도 하지 못했을 테지만, 다행스럽게 감기도 걸리지 않았다. 겨울도 끝나가는 무렵, 오히려 바니가 심한 감기에 걸려, 밸런시는 폐렴으로 발전할까봐 두려워하면서 잠시도 그의 곁을 떠나지 않고 간호했다. 하지만 밸런시의 감기는 그믐달이 숨을 무렵에 함께 달아나버린 것 같았다. 그것은 행운이었다. 그녀는 레드펀의 도포제를 가지고 있지 않았기 때문이다. 실은 만약을 위해서 포트에서 한 병 사두었는데, 바니가 씁쓸한 얼굴을 해서 그것을 얼어붙은 미스타위스에 던져버렸던 것이다.

"이제 그런 엉터리 같은 약은 사지 마시오!" 그는 간단하게 명령했다. 바니가 그녀에게 이렇게 거세게 말을 한 것은 이때가 처음이자 마지막이었다.

두 사람은 아름다운 무언의 겨울 숲과 얼어붙은 은빛 숲을 산책하며 곳곳에서 아름다움을 발견했다.

때로는 개간지와 호수와 하늘이 너무나도 하얗게 빛나고 있어서, 수정과 진주로 만든 마법의 세계를 걷고 있는 듯한 느낌이 들었다. 공기는 얼얼하리만큼 차갑고 맑아서 숨이 막힐 것만 같았다.

어느 날 두 사람은 자작나무 가로수 사이의 좁은 오솔길 입구에서 만난 너무 아름다운 광경에 그 자리에 못 박힌 듯 서고 말았다. 가지 하나하나가 눈 위에 선명하게 그림자를 떨어뜨리고 있었다. 가로수 옆 덤불은 대리석으로 만든 작은 동화 나라의 숲처럼 보였다. 햇빛이 만드는 그림자는 너무나도 섬세하고 성스러웠다.

"이제 돌아갑시다." 빙글 방향을 바꾼 바니가 말했다. "이곳은 함부로 들어갈 수 없는 성스러운 곳이오."

어느 날 저녁, 두 사람은 오래된 개간지 변두리에서 그야말로 아름다운 부인의 옆얼굴 같은 눈산을 만났다. 세인트존 성에 얽힌 옛날이야기처럼, 그 부인의 얼굴은 너무 가까이 다가가면 오히려 더 희미해졌다. 뒤에서 보면 아무런 형태가 없지만, 거리와 각도를 잘 맞추면 그 형상이 참으로 선명하게 드러났다. 겨울의 노을 속에서 검은 가문비나무를 배경으로 빛나고 있는 그 옆얼굴을 우연히 만난 두 사람은, 놀라 소리를 지르고 말았다. 낮고 고귀한 이마, 똑바로 뻗은 고전적인 코와 입술과 턱, 그리고 뺨의 곡선……. 조각가가 고대의 여신을 모델로 삼아 산을 빚어놓은 것 같았다. 그 차갑게 봉긋 솟아오른 아름다운 가슴에는 겨울 숲의 영혼 그 자체가 드러나 있는 것 같았다.

'고대 그리스 로마의 모든 미(美)가 여기에 노래되고 그려지고 얘기되어 있도다.' 바니가 인용했다.

"그런데도, 우리 말고는 아무도 이것을 본 적이 없고 앞으로도 보지 못하겠죠?" 밸런시가 숨을 죽이며 말했다. 그녀는 이따금, 자신이 마치 존 포스터의 책 속의 세계에 살고 있는 듯한 느낌이 들어 견딜 수가 없었다. 주위를 둘러보며, 그녀는 최근에 구한 포스터의 새 책 속에 표시해둔 부분을 떠올렸다. 그 책은 바니가 포트에서 사다준 것이다. 하지만 바니는 자기가 밸런시에게 그것을 읽어주는 것은 물론, 그녀가 자기에게 읽어주는 것도 사양하겠다고 말했다.

"겨울 숲의 모든 색조는 비할 데 없이 섬세하고 종잡을 수가 없다." 밸런시는 머릿속에 떠올리면서 그렇게 인용했다.

"짧은 오후가 물러가고 태양이 바로 언덕 꼭대기에 걸릴 무렵, 숲은 색깔, 아니 색깔 자체가 아니라 색깔의 정령으로 가득해진다. 다시 말해, 그곳에는 순수한 흰색 말고는 없지만 사람들은 언덕에서도, 골짜기에서도, 삼림의 비탈에서도, 장미와 제비꽃, 오팔과 헬리오트로프(치자과에 속하는 다년생 풀. 연보랏빛)의 색을 요정이 뒤섞은 것 같은 색조로 느낄 것이다. 색깔이 있는 것은 알지만 똑바로 바라보면 사라져버린다. 힐끗 곁눈으로 보면, 바로 조금 전까지는 그저 맑은 겨울의 창백함이 차지하고 있었던 곳 저편에 그 색조가 들여다보인다. 해가 지는 동안만 진정한 색깔을 잠시 보여주는 것이다. 그리고 붉은색이 눈 위로 번져 나와 언덕과 강을 붉게 물들이고, 소나무 꼭

대기도 불꽃처럼 태워버린다. 그렇게 변신하고 보여주는 시간은 고작 2, 3분에 지나지 않고, 눈 깜짝할 사이에 모든 것이 끝나버리는 것이다."

"존 포스트는 어쩌면 미스타위스에서 한겨울을 보낸 적이 있는 게 아닐까요?" 밸런시가 말했다.

"말도 안 돼! 그런 하찮은 것을 쓰는 작자들은 흔히 시내 한복판에서 거들먹거리며 따뜻한 집에 사는 법이지." 바니가 경멸하듯이 말했다.

"당신은 존 포스터에게 너무 인색해요. 어젯밤 내가 읽어준 짧은 글도, 스스로 직접 눈으로 보지 않으면 쓸 수 없는 것이에요. 당신도 알고 있을걸요." 밸런시가 강력하게 반발했다.

"무슨 말을 해도 좋아. 하지만 난 당신이 하는 말은 듣지 않겠어." 바니는 불쾌한 듯이 말했다.

"그럼, 지금 말할 테니 들어봐요." 밸런시는 그를 설피 위에 세워둔 채 다시 인용하기 시작했다.

"'어머니인 자연은 위대한 예술가이다. '일하는 기쁨을 위해' 일하며, 허영심 따위는 털끝만큼도 없다. 오늘 전나무 숲은 초록과 잿빛의 교향곡이다. 그 색조는 너무도 미묘해서, 어떤 식으로 색깔이 변해갈지 짐작조차 할 수 없다. 잿빛이 감도는 하얀 그림자에 덮인 지면 위 잿빛 줄기와 초록색 가지, 회록색의 이끼. 그러나 늙은 집시는 변화 없는 단조로운 색조는 좋아하지 않는다. 뭔가 한 가지 색이 더 없어서는 안 된다. 보라! 부러진 메마른 전나무 가지를. 이끼 수염 사이에서 흔들리고 있는 그 가지는 아름다운 적갈색이 아닌가?'"

"이런! 그자의 책을 모두 암기하고 있는 거요?" 바니는 넌더리가 난다는 듯이 말하고는 홱 앞서서 걸어가 버렸다.

"존 포스터의 책이 지난 5년 동안 유일하게 내 영혼을 구해준 것이었어요. 바니! 저 느릅나무 고목 줄기에 새겨진 주름을 봐요. 눈이 얼마나 아름다운 조각을 새겨 놓았는지 보라구요!"

호수 기슭에 도착하자, 두 사람은 설피를 스케이트화로 바꿔 신고 집까지 미끄러져 돌아갔다. 놀랍게도 밸런시는 초등학교 시절, 디어우드 학교 뒤의 못에서 스케이트를 배웠다. 자신의 스케이트를 가져 보지는 않았지만 친구에게 빌려서 탔던 그녀한테는 타고난 감각이 있는 것 같았다. 언젠가 벤저민 삼촌이 크리스마스에 스케이트를 사 주겠다고 약속한 적이 있었는데, 막상 크리스마스 때 받은 것은 고무 장화였다. 성인이 된 뒤로 스케이트를 탄 적이 없었지만 스케이트화를 신자 금세 옛날 감각이 되살아났다. 밸런시와 바니는 하얀 호수 위를 경쾌하게 미끄러져, 여름 별장이 폐쇄되어 정적에 싸인 어두운 섬들을 지나갔다. 멋진 한때였다.

오늘 밤, 두 사람은 바람이 불기 전에 미스타위스를 나는 듯이 지나 스케이트를 타고 돌아왔다. 흥분한 밸런시의 두 뺨이, 둘레가 불룩하고 납작한 두건 모양의 하얀 모자 밑에서 불타는 듯 달아올라 있었다. 이윽고 그녀의 사랑스러운 집에 도착했다. 소나무 섬에 지은, 지붕에 덮여 있는 하얀 눈이 달빛을 받아 반짝이고 있는 집에 돌아왔다. 창문으로 빛이 어른어른 보이는 것이 마치 창문이 장난스럽게 웃고 있는 것 같았다.

"정말 한 폭의 그림 같지 않소?" 바니가 말했다.

두 사람은 멋진 크리스마스를 보냈다. 서두를 것도, 야단법석을 떨 필요도, 가계부를 맞추려고 궁상을 떨 필요도, 막판 손님으로 혼잡한 백화점에 갈 필요도 없었다. 얌전하게, 누구의 눈에도 거슬리지 않도록 외롭게 앉아 있어야 하는 지루한 집안 '모임'도, '눈치 볼 일'도 없었다. 두 사람은 푸른 성을 소나무 가지로 장식했다. 밸런시는 반짝반짝 빛나는 귀여운 별을 여러 개 만들어 파란 소나무 가지에 매달았다. 그녀가 만든 맛있는 음식은 바니의 혀를 즐겁게 했고 굿럭과 밴조는 뼈를 얻어먹었다.

"이런 맛있는 거위를 생산하는 나라는 정말 멋진 나라야. 캐나다여, 영원하라!" 하고 바니가 말했다. 두 사람은 조지아나가 침대보와 함께 선물한 민들레 술로 연합 왕국에 건배했다.

조지아나는 진지한 얼굴로 이렇게 말했었다.

"언젠가 약간의 자극이 필요한 때를 위해."

바니는 밸런시에게 크리스마스 선물로 무엇을 받고 싶으냐고 물었다.

"뭐든 자그마하고 거창하지 않은 것이면 돼요." 밸런시는 작년 크리스마스에는 고무 방수용 덧신을, 재작년 크리스마스에는 긴 소매 모직 셔츠를 받았다. 그 전에도 대개 비슷비슷한 것이었다.

그런데 뜻밖에도 바니는 진주 목걸이를 사주었던 것이다. 그녀는 전부터 우윳빛 진주 목걸이를 갖고 싶어했다. 달빛을 따다 얼린 듯한 그것은 정말 아름다웠다. 밸런시가 마음에 좀 걸린 것은 그것이 진짜라는 것이었다. 상당히 비싸 보였다. 적어도 15달러는 할 것이다. 바니에게 그럴 만한 여유가 있었을까? 밸런시는 그의 주머니 사정에 대해서는 아무것도 모른다. 그녀는 그가 사주는 옷을 거절했다. 자기에게 필요한 돈은 충분히 있다고 말했다. 바니는 난로 선반에 놓아둔 둥글고 검은 항아리에 생활비를 넣어둔다. 늘 넉넉하게 들어 있었다. 항아리는 결코 비는 일이 없었는데, 밸런시는 그가 거기에 돈을 넣는 것을 본 적이 없다. 바니는 물론 부자가 아니었다. 그런데도 이 목걸이는? 밸런시는 더 이상 신경 쓰지 않기로 했다. 그것을 목에 걸고 즐기도록 하자. 그것은 밸런시가 받은 최초의 아름다운 선물이었다.

폭풍의 밤

새해. 오래돼 너덜너덜해진 묵은 달력이 치워지고 새 달력이 걸렸다. 1월은 눈보라의 달이다. 3주씩이나 계속 눈이 내렸다. 온도계의 눈금은 0도를 훨씬 밑도는 자리에서 버티고 있었다. 바니와 밸런시는 "모기가 없어서 좋잖아?" 하고 입을 맞춰 말했다. 커다란 난로에서 장작이 '탁탁' 소리를 내며 타오르고, 북풍이 울부짖는 소리까지 그 속에 빨려 들어간다. 굿럭과 밴조는 어느덧 통통하게 살이 올랐고 비단결처럼 매끄럽고 두터운 털이 갈수록 풍성해졌다. 닙과 턱은 어디론가 나가버렸다.

"봄이 되면 돌아올 거요." 바니가 장담했다.

조금도 지루하지 않았다. 때때로 두 사람은 약간 연극 같은 말다툼을 벌였다. 하지만 진짜 싸움으로 발전하는 일은 절대로 없었다. 가끔 욕쟁이 아벨이 놀러 왔다. 밤에만 있을 때도, 아침부터 내내 있을 때도 있다. 낡은 바둑판무늬 모자와, 길고 붉은 수염도 눈으로 새하얗게 되어 찾아온다. 대개 바이올린을 가지고 와서 두 사람에게 연주해 주었다. 그를 달가워하지 않는 것은 밴조뿐이었다. 밴조는 일시적으로 이상한 눈빛을 띠며, 밸런시의 침대 밑으로 달아나버린다. 아벨과 바니가 애기하는 동안 밸런시는 캔디를 만들기도 한다. 두 사람은 마치 테니슨(Alfred Tennyson ; 영국 시인)과 칼라일(Thomas Carlyle ; 영국 역사가)이 된 것처럼 말없이 앉아 파이프 담배를 피울 때도 있다. 그러다가 푸른 성이 완전히 연기로 가득 차면 밸런시는 밖으로 뛰쳐나간다. 밤새도록 말없이, 하지만 치열하게 체스 게임을 벌일 때도 있다. 또 아벨이 가지고 온 라셋 사과를 먹기도 한다. 그동안 유쾌한 고물 시계는 내내 즐거운 듯 시간을 새기고 있는 것이다.

"바구니에 수북한 사과와 난롯불과 즐겁고 좋은 책이 있으면 천국이지" 하고 바니가 말한다.

"누구나 황금의 길을 손에 넣을 수 있어. 이제 카먼(Bliss Carman ; 캐나다 시인)을 읽기로 할까?"

요사이 스털링 집안에서는 밸런시를 이미 오래전 죽은 사람으로 생각하는 것 같았다. 밸런시를 포트에서 보았다는 소문도 그리 자주 들려오지 않았다. 그러나 두 사람은 자주 스케이트를 타고 호수를 지나 가서 영화를 보고, 그 뒤 노점에서 민망해 하는 기색도 없이 핫도그를 사먹기도 했다. 이제 밸런시에 대해 생각하는 사람은 없을 것이다. 그런데 단 한 사람 사촌 조지아나만은 자주 밤중에 눈을 뜨면 가엾은 도스에 대해 걱정하곤 했다. 음식은 제대로 먹고 있는 걸까? 그 무서운 남자는 그 불쌍한 아이에게 잘해주고 있는 걸까? 밤에는 따뜻하게 자고 있는 걸까?

밸런시는 더할 나위 없이 따뜻한 밤을 보내고 있었다. 이따금 밤중에 눈을 뜨면, 이 얼어붙은 호수의 작은 섬에서 보내는 겨울밤의 안락함을 혼자 은밀하게 즐겼다. 지난날의 겨울밤은 얼마나 춥고 길었는지! 밤중에 일어나면 지나온 춥고 허망한 날이 생각나고, 다가올 춥고 허망한 내일이 생각나서 견딜 수가 없었다. 그러나 지금 그녀는 자다가 잠이 깨는 일이 없기 때문에 행복한 기분에 잠길 수 있는 한밤중의 30분을 아쉬워하게까지 되었다. 옆에서는 바니가 규칙적인 숨소리를 내고 있다. 열린 문 사이로 타다 남은 장작이 어둠 속에서 윙크하고 있는 것이 보인다. 어둠 속에서 고양이 럭키가 사뿐히 침대에 뛰어올라, 야옹야옹 응석을 부리며 발치에 파고드는 것은 또 얼마나 기분 좋은 일인지! 하지만 밴조는 불 앞에 무뚝뚝하게 앉아서 뭔가 노리고 있는 악마처럼 보였다. 그런 때 밴조는 정말 불길한 존재로 보였지만 밸런시는 그런 불길함까지 좋아했다.

침대는 창가에 딱 붙여두지 않으면 안 되었다. 방이 작아서 그렇게 하지 않으면 침대를 둘 수 없는 것이다. 밸런시는 침대에 누운 채 창밖을 바라볼 수 있었다. 창문에 닿아 있는 커다란 소나무 가지 사이로 저 멀리 미스타위스가 보였다. 어떤 때는 진주를 깔아놓은 것처럼 하얗게 빛나고, 어떤 때는 폭풍 속에서 어둡고 무섭게 보였다. 소나무 가지가 친구에게 신호를 보내듯 유리를 때릴 때도 있었다. 밸런시는 이따금 바로 귓전에서 소나무에게 조용조용 속삭이는 눈의 속삭임을 들을 때도 있었다. 바깥 세상의 모든 것이 정적에 지배되어버리는 밤도 있었다. 또, 소나무들이 바람의 위력에 위협받는 밤도 왔다. 푸른 성 주위에서 아름다운 별들이 즐거운 듯 기쁜 듯 휘파람을 부는 밤도, 나지막하게 음산하고 슬픈 듯한 소리를 내며 호수 위로 몰래 다가오는 폭풍 전의 불길한 밤도 있었다.

밸런시는 이런 멋진 만남 때문에 깊이 잠들지 못할 때도 있었다. 하지만 늦잠을 자고 싶으면 언제까지나 누워 있어도 되었다. 꾸지람하는 사람은 아무도 없었다. 바니는 혼자 베이컨 에그를 만들어 먹은 뒤, 저녁때까지 '푸른 수염의 방'에 틀어박혀 버린다. 그리고 두 사람은 독서와 대화의 밤을 보내는 것이다. 두 사람은 세상의 온갖 일과, 아직 모르고 있는 세계의 여러 가지 재미있는 일들을 서로 얘기했다. 농담을 주고받고는 온 푸른 성에 메아리칠 만큼 큰 소리로 웃어젖혔다.

"당신의 웃음소리는 정말 듣기 좋아." 바니가 말한 적이 있다.

"당신의 웃음소리를 듣고 싶어서 웃겨야겠다는 생각이 들 만큼. 비결이 뭘까? 마치 더 유쾌한 일이 있지만 가르쳐 주지 않겠다는 것처럼. 달빛님, 미스타위스에 오기 전에도 그렇게 웃은 적이 있나요?"

"정말로 웃어본 적은 없어요. 웃어야 한다고 느껴질 때 바보처럼 킥킥거릴 뿐이었죠. 하지만 지금은 절로 웃음이 나와요."

바니도 전보다 자주 웃게 되었고 그 웃음소리도 달라졌다고, 밸런시는 가끔 생각하며 놀라곤 했다. 마음으로 웃고 있는 것이다. 지금은 전처럼 빈정대는 듯한 느낌은 거의 들지 않는다. 이렇게 웃을 수 있는 남자가 양심에 거리끼는 죄를 저질렀을까?

그런데 바니는 틀림없이 무슨 일을 저질렀다. 밸런시는 그가 무슨 짓을 했는지, 자신도 모르게 혼자 정해버리고 있었다. 그녀는 그가 돈을 횡령한 은행원이라고 나름대로 생각해버렸다. 언젠가 바니의 책 속에, 재판을 피해 증발한 은행 출납원에 대한 기사가 실린 〈몬트리올 신문〉 스크랩이 끼워져 있는 것을 본 적이 있었다. 그것은 바니에 대한 기사라고도 생각할 수 있었다. 동시에 밸런시가 알고 있는 다른 남자들에 대한 것으로도 생각할 수 있다. 또, 그가 이따금 무심코 던지는 한마디 한마디에서, 그가 몬트리올에 대해 잘 알고 있다는 느낌이 들 때도 있었다.

밸런시는 남몰래 상상해보았다. 바니는 은행원이었다. 그는 약간의 공금을 투기에 사용하려고 했다. 물론 곧 돌려줄 생각으로. 그러나 점점 깊이 빠지게 되어 결국 달아날 수밖에 없는 지경에 몰려버렸다. 이런 것은 흔히 있는 일이다. 밸런시는 그렇게 확신했다. 그는 나쁜 짓을 할 생각은 없었다고. 공교롭게도 그 기사의 주인공의 이름은 버나드 크레이그였다. 스네이스는 가명이 틀림없다고 밸런시는 생각했다. 그러나 그런 건 아무래도 좋았다.

그해 겨울, 밸런시는 딱 한번 불안한 밤을 보냈다. 3월 말, 눈은 거의 다 녹았고 닙과 틱도 돌아와 있었다. 그는 별일이 없으면 어두워지기 전까지 돌아올 거라며 오후부터 숲 속을 산책하러 나갔다. 그가 나가자 곧 눈이 내리기 시작했다. 바람이 불기 시작하더니, 미스타위스에서 겨울철의 가장 혹독한 폭풍이 이내 불어 닥쳤다. 폭풍은 호수를 마구 휘저으며 작은 집들을 덮쳤다. 큰 섬의 성난 듯한 검은 숲이 밸런시를 노려보고 있었다. 불길하게 가지를 흔들며 바람이 부추기는 대로 너무나 무섭게, 배 속 깊은 곳에서 쥐어짜는 듯한 공포의 비명을 질렀다. 섬에 있는 나무들도 무서워서 몸을 오그리고 있었다.

그날 밤, 밸런시는 난롯불 앞의 깔개 위에 앉은 채, 내내 두 손으로 얼굴을 감싸고 있었다. 평소에는 푸른 보조개가 떠 있던 미스타위스도, 미친 듯한 바람과 눈에 덮여 보이지 않았다. 돌출창에서 밖을 내다보아도 소용없었다. 바니는 어디에 있는 걸까? 무정한 호수 위에서 행방불명이 된 건 아닐까? 길 없는 숲에서 지칠 대로 지쳐 눈구덩이에 빠져버린 건 아닐까? 밸런시는 그날 밤 수백 번 죽는 생각을 하며, 푸른 성에서의 행복을 모두 내던지더라도 바니를 구하고야 말겠다고 생각했다.

날이 밝자 폭풍이 그치고 활짝 개었다. 태양이 눈부시게 미스타위스를 비추는 가운데, 정오가 되자 바니가 돌아왔다. 밸런시는 돌출창을 통해 그가 나무가 우거진 곳에서 걸어오는 모습을 보았다. 반짝반짝 빛나는 주위의 하얀 세상과는 대조적으로 그의 모습은 초췌하고 어두워 보였다. 그녀는 달려가서 그를 맞이할 수가 없었다. 갑자기 무릎이 덜덜 떨려서 밴조의 의자에 그대로 주저앉고 말았다. 다행히 밴조는 아슬아슬하게 피했지만 화가 나서 수염이 곤두서 있었다. 바니는 그녀가 두 손에 얼굴을 파묻고 쓰러져 있는 모습을 발견했다.

"바니, 당신이 죽은 줄만 알았어요" 하고 밸런시가 속삭였다.

바니는 어이가 없다는 듯이 소리 질렀다.

"클론다이크 강에서 2년이나 산 내가 그 정도 폭풍에 굴복할 줄 알았단 말이오? 난 무스코카의 낡은 목재 창고에서 잤소. 약간 추웠지만 무척 안락했어. 이 바보! 당신의 눈은 꼭 담요가 타서 뚫어진 조그만 구멍 같군. 밤새도록 자지 않고 이 숲의 사나이인 나를 걱정하고 있었단 말이오?"

"그래요. 도저히 어떻게 할 수가 없었어요. 폭풍이 정말 무시무시했거든요. 누구라도 길을 잃어버릴 것 같았어요. 당신이 곳에서 이쪽으로 오는 것을 보았을 때 마음속의 뭔가가 일어났어요. 뭔지는 모르지만. 마치 한번 죽었다가 다시 살아난 것 같은 느낌이에요. 아무튼 그렇게밖에 표현할 수가 없네요."

저, 야생 자두나무를 봐요!

봄이 왔다. 한두 주일 동안 미스타위스도 어두침침하고 우울했다. 그러나 곧 호수가 다시 사파이어색, 터키석색, 라일락색, 장미색으로 불타는 계절이 돌아왔다. 돌출창에서 바라보면, 웃음을 지으면서 자수정 같은 섬들을 부드럽게 어루만져주는 비단결 같은 바람에 물결이 잔잔하게 인다. 습지와 연못에 사는 개구리와 작은 녹색 도마뱀들은 긴 황혼녘부터 밤까지 여기저기서 줄기차게 노래한다. 녹색 안개를 두른 섬들은 마치 요정 같았다.

새싹을 틔운 어린 야생나무의 덧없는 아름다움. 노간주나무의 어린잎은 서리가 내린 듯 사랑스럽다. 들의 영혼 그 자체 같은, 귀엽고 청순한 봄꽃들로 옷을 갈아입은 숲. 붉은 안개처럼 아스라한 단풍나무. 반짝이는 은빛 새끼고양이 같은 싹을 틔운 버드나무. 미스타위스 전역에서 잊혀지듯 사라졌던 제비꽃들이 일제히 꽃망울을 터뜨렸다. 매혹적인 4월.

"이 미스타위스에 몇 번이나 봄이 찾아왔을까요? 모든 것이 아름다워요. 아, 바니. 저, 야생 자두나무를 봐요! 난 아무래도 존 포스터의 말을 인용해야겠어요. 이런 말이 있었거든요. 벌써 백번도 더 읽었어요. 포스터는 틀림없이 이런 나무를 눈앞에 보면서 그 글을 썼을 거예요.

'섬세한 레이스로 만든 면사포 같은 잊을 수 없는 의상으로 몸을 장식하고 있는 어린 야생 자두나무를 보라. 틀림없이 나무의 요정이 그것을 한 올 한 올 짰으리라. 지상의 밭이 짜낼 수 있는 것이 아니기 때문이다. 그 나무는 자신의 아름다움을 잘 알고 있는 게 분명하다. 그러면서도 우리의 눈앞에서 새침하게 시치미를 떼고 있다. 마치 그 아름다움이 숲 속에서 영원히 계속될 것이기라도 한 양. 하지만 그것은 오늘은 그렇지 않지만 내일은 덧없는 것이기에, 더욱 귀하고 탁월한 아름다움이다. 가지를 흔들고 지나가는 남풍은, 그때마다 가녀린 꽃잎을 눈보라처럼 흩날리고 가버린다. 하지만 그게 뭐 어떻단 말인가? 오늘은 황무지의 여왕이며, 숲은 늘 오늘인데.'"

"하고 싶은 말을 다 했으니 속이 시원하시겠군." 바니가 다시 심술궂게 답한다.

"아! 여기 민들레가 소복이 피어 있어요." 그 말에는 전혀 신경 쓰지 않는 듯 밸런시가 말했다. "하지만 민들레는 숲 속에는 피지 않는 꽃인데. 숲에는 어떤 것이 어울리는지 전혀 모르고 있나 봐요. 민들레는 너무 쾌활해서 자만하고 있는 것처럼 보여요. 숲의 꽃다운 신비로움과 겸손함이 없어요."

"다시 말해, 비밀을 가지고 있지 않다는 거지. 하지만 좀더 기다려 봐요. 숲은 숲 나름대로 이런 당돌한 민들레에도 틀림없이 잘 대처할 테니까. 곧 이 화려한 노란색도, 더할 나위 없이 만족해하는 모습도 사라지고, 안개 같고 그림자 같은 둥근 머리가 긴 줄기 위에서 몸을 흔들며, 숲의 전설에 어울리게 보일 때가 올 거야."

"마치 존 포스터처럼 말하는군요." 이번에는 밸런시가 놀랐다.

"그렇게 심한 말을 들을 이유는 없다고 생각하는데." 바니가 투덜거렸다.

봄이 온 것을 알려주는 가장 빠른 징후 가운데 하나는 '레이디 제인'의 부활이다. 다른 차가 지나가지 않는 것을 확인한 바니는, '레이디 제인'을 거리로 몰고 나가, 회전축까지 진흙 속에 푹푹 빠지면서 디어우드를 빠져나갔다. 스털링 집안의 몇몇 집 앞을 달려 지나갔다. 사람들은 넌더리를 내며 드디어 봄이 왔나 했더니, 또다시 이 뻔뻔스러운 사람들과 얼굴을 마주해야 한단 말인가 하며 인상을 찌푸렸다.

디어우드의 가게를 돌아다니던 밸런시는 길에서 벤저민 삼촌을 만났다. 하지만 삼촌은 2블록 정도 더 간 뒤에야 가까스로 알아보았다. 붉은 깃이 달린 두꺼운 모직 코트를 입고 싸늘한 4월 공기에 뺨을 장밋빛으로 물들이며, 약간 위로 올라간 듯한 눈으로 웃는 얼굴, 저 검은 머리의 여자가 밸런시라니! 그녀를 알아본 순간 벤저민 삼촌은 분노했다. 어째서 밸런시가 저렇게…… 저렇게 화사해 보이는 것일까? 죄인의 길은 험난할 텐데. 험난해야 하는데. 성서를 봐도, 원래의 의미를 봐도. 그런데 밸런시의 길은 험난하지 않았던 것이 분명했다. 험난했더라면 이렇게 보일 리가 없다. 뭔가 잘못된 것이다. 이렇다면 누구라도 모더니스트가 되고 싶어지지 않겠는가!

바니와 밸런시가 요란한 소리를 내며 포트에 갔다가 다시 디어우드를 지날 때는 이미 날이 어두워진 뒤였다. 옛날 집 앞에서 밸런시는 갑자기 내리고 싶어졌다. 작은 문을 열고 발끝으로 서서 거실 창가로 가만히 걸어갔다. 어머니와 스티클스가 지루한 듯, 근엄한 얼굴로 뜨개질을 하고 있었다. 여전히 완고하고 인간적인 것과는 거리가 먼 두 사람. 만약 두 사람이 조금이라도 쓸쓸해하는 모습을 하고 있었더라면, 밸런시는 안에 들어갔을 것이다. 그런데 그렇지 않았다. 밸런시는 이 두 사람을 방해하지 않아야겠다고 생각했다.

천국보다 아름다운

그해 봄 밸런시에게 멋진 일이 두 가지 생겼다.

어느 날 블루베리와 가문비나무 가지를 한 아름 안고 숲에서 돌아오다가 한 남자를 만났다. 밸런시는 틀림없이 앨런 티아니라고 생각했다. '앨런 티아니'라고 하면 미인화로 정평이 나 있는 유명한 화가이다. 그는 겨울철에는 뉴욕에서 살지만, 미스타위스 북쪽 끝에 별장을 가지고 있어서 얼음이 녹으면 어김없이 찾아오고 있었다. 독신인 데다 괴팍하다는 소문이 있었다. 모델에게도 절대 친절을 베푸는 일이 없었다. 그럴 필요가 없는 것이다. 그는 친절을 베풀지 않으면 안 되는 여성은 아예 그릴 마음이 없었다.

앨런 티아니의 모델이 되는 것은 여성이라면 누구나 동경할 만한 '아름다움의 객관적 보증'이라고 할 수 있었다. 밸런시는 그에 대한 소문을 자주 들었기 때문에 지나친 뒤에 다시 한 번 몰래, 호기심 어린 시선으로 뒤돌아보지 않을 수 없었다. 한 줄기 엷은 봄빛이 굵은 소나무 줄기 사이를 지나, 모자를 쓰지 않은 밸런시의 검은 머리와 약간 위로 치켜 올라간 눈을 비스듬하게 비쳐주었다. 그녀는 엷은 녹색 스웨터를 입고, 머리를 갸느다란 린넨 끈으로 묶고 있었다. 깃털 같은 가문비나무 가지가 팔에서 넘쳐날 정도여서 발밑으로 몇 개 떨어지고 말았다. 앨런 티아니의 눈이 반짝 빛났다.

이튿날 오후 바니가 말했다.

"손님이 다녀갔소."

밸런시는 또 꽃을 찾아 나갔다가 돌아온 참이었다.

"누가요?" 놀랐지만 별달리 관심이 있었던 건 아니었다. 광주리에 블루베리를 담기 시작했다.

"앨런 티아니, 당신을 그리고 싶대, 달빛님."

"나를요?" 밸런시는 블루베리를 바구니째 떨어뜨렸다.

"바니, 날 놀리고 있는 거죠?"

"아니야, 티아니가 그렇게 말했어. 부인을 그려도 되는지 나에게 허락을 구하러 왔다고. 무스코카의 마음이니 뭐니 하면서."

"하지만…… 하지만……." 밸런시는 말을 더듬었다. "앨런 티아니가 그리는 건……."

"미인뿐이지. 진짜 미인. 바니 스네이스 부인은 미인이오" 하고 바니가 결론을 내렸다.

"말도 안 돼요!" 떨어진 블루베리를 주우려고 밸런시는 허리를 구부렸다. "당신이 잘 알잖아요. 물론 1년 전보다는 훨씬 나아졌죠. 하지만 아름답다고는 할 수 없어요."

"앨런 티아니의 눈은 틀리지 않아요, 달빛님. 당신은 세상에 여러 가지 종류의 아름다움이 있다는 걸 잊고 있소. 당신은 미인이라고 하면 당신 사촌 올리브 같은 전형적인 미인밖에 모르지. 나도 본 적이 있어. 분명히 시선을 빼앗는 사람이더군. 그래도 앨런 티아니로 하여금 그리고 싶은 충동을 느끼게 하지는 못해요. 그리 고 상하지는 않지만 괜찮은 표현에 이런 것이 있소. '그녀는 좋은 것을 죄다 그러모아 장식한 쇼윈도 같은 거'라고. 당신은 무의식중에 올리브 같은 미인만이 유일한 미인이라고 믿고 있소. 또, 당신은 영혼이 자신 속에 갇혀 있었던 지난날의 얼굴을 잊지 않고 있기 때문이오. 티아니는 당신이 고개를 돌려 돌아봤을 때의 턱선이 좋다고 말하더군. 나도 그게 무척 아름답다고 전에 말한 적 있지 않소? 그리고 눈이 정말 좋다고도 했어요. 그의 흥미가 단순히 직업적인 것이라는 걸 알지 못했다면──그 사람은 괴팍한 독신이니까──난 질투를 느꼈을 거야."

"어쨌든 난 모델이 되는 건 싫어요. 그렇게 말하지 그랬어요?"

"그렇게 말할 수는 없지, 당신이 어떻게 생각할지 모르니까. 그래서 난 이렇게 말해줬소. 아내를 모델로 그린 그림이 살롱에서 뭇사람들의 호기심 어린 시선을 받는 건 내키지 않는다고. 그리고 누군가에게 팔리는 것도 싫다고. 내가 살 능력은 도저히 안 되니까. 결국 설사 당신이 모델이 되고 싶다고 해도, 폭군 남편인 내가 허락하지 않을 거라고 했소. 티아니는 약간 불쾌한 모양이더군. 그자는 거절당하는 데 익숙지 않은 사람이었어. 그자의 부탁은 그야말로 왕의 명령과도 같은 대접을 받았을 테니까."

"그렇지만 우리는 무법자 아녜요? 어떤 명령에도 굴하지 않죠. 지배자 따위는 인정하지 않구요."

밸런시는 속으로 부끄러움도 없이 또 이렇게 생각했다.

'올리브에게 말해주고 싶어. 앨런 티아니가 나를 그리고 싶어했다고. 나를 말이야. 하찮은 노처녀일 뿐이었던 밸런시 스털링을!'

또 하나의 멋진 사건은 5월의 어느 저녁에 일어났다. 그때, 밸런시는 바니가 진심으로 자기를 좋아하고 있다는 사실을 깨달았다. 언제나 그래 주기를 바라고는 있었다. 그러나 유감스럽게도 아무래도 마음에서 떠나지 않는 두려움이 있었다. '그는 단지 동정심 때문에 이렇게 친절하고, 다정하고, 자상하게 대해 주고 있는 것이다. 그녀가 앞으로 얼마 살지 못한다는 것을 알고 있기 때문에, 살아 있는 동안만이라도 행복하게 해주자고 결심한 것이다. 하지만 마음속으로는 다시 자유로운 몸으로 돌아가고 싶어하고, 이 섬의 혼자만의 성채에서 거치적거리는 여자를 쫓아내고, 숲을 산책할 때도 옆에서 재잘거리는 상대는 필요 없다고 생각하고 있다.'

그녀는 바니가 자신을 사랑하는 건 불가능하다는 것을 알고 있었다. 그것은 바라지도 않았다. 만약 밸런시를 사랑했다면, 그는 그녀의 죽음을 슬퍼할 것이다. 그렇게 확실하게 말해도 이제 무섭지 않았다. '세상을 떠난다'는 말은 필요 없다. 그녀는 바니가 슬퍼하는 것은 바라지 않았다. 그렇다고, 기뻐하거나 안도의 한숨을 내쉬는 것도 쓸쓸한 기분이 들었다. 자신을 좋아하게 되어, 죽고 나면 좋은 친구였다고 그리워해주기를 바랐다. 그런데 그날 저녁 밸런시는 처음으로 그의 마음을 알았다.

두 사람은 석양 속 언덕을 올라가고 있었다. 양치류가 무성한 둔덕에서 아무도 모르는 옹달샘을 발견한 두 사람은, 자작나무 껍질로 컵을 만들어 그 물을 떠마셨다. 그런 다음 금방이라도 무너질 것처럼 낡은 울타리 위에 오랫동안 가만히 앉아 있었다. 두 사람 다 말이 별로 없었다. 그런데 밸런시는 두 사람은 하나라고 하는 이상한 기분을 느꼈다. 바니가 자신을 좋아하고 있지 않다면 이런 기분이 들 리가 없다고 생각했다.

불현듯 바니가 말했다.

"당신은 정말 사랑스러운 사람이오. 정말 사랑스럽고 멋진 사람이오. 당신이 너무 놀라워서 현실 속의 사람이 아니라는 느낌이 들 때가 가끔 있소. 내가 꿈을 꾸고 있는 거라고."

'아, 어째서 이 순간에 심장이 멎지 않는 것일까? 이렇게 행복한 순간에!' 밸런시는 생각했다.

어쨌든 죽음은 이제 그리 먼 일이 아니다. 어쩐지 전부터 밸런시는, 트렌트 씨가 선언한 1년을 살아남을 수 있을 거라는 느낌이 들었다. 그녀는 별로 조심 하지도 않았다. 그렇게 노력한 것도 아니었다. 그러나 1년은 틀림없이 살아남을 수 있을 것 같았다. 그 일에 대해서는 생각조차 하려 하지 않았다. 그런데 이렇게 바니 옆에 앉아 그의 손에 자신의 손을 맡기고 있는 지금, 갑자기 어떤 생각이 떠올랐다. 그러고 보니 오랫동안 심장 발작이 일어나지 않았던 것이다. 적어도 두 달 동안은 없었다. 마지막으로 발작이 일어났던 것은 바니가 폭풍에 갇혔던 2, 3일 전날 밤이었다. 그때부터는 밸런시는 자신에게 심장이 있는지 어떤지도 의식하지 못하고 있었다. 정말 이것은 이 세상과의 작별이 가까워졌다는 징후가 틀림없었다. 자연은 이제 싸움을 그만둔 것이다. 이제 고통은 없었다.

'천국도 이 멋진 1년에 비하면 지루한 곳일 거야. 그곳에서는 기억은 사라지는 것일까? 그편이 나을까? 아니야, 아니야. 바니를 잊는 건 싫어. 천국에서 그를 잊고 행복하게 있을 바엔, 차라리 쓸쓸하더라도 기억하고 있는 편이 나아. 난 앞으로도 영원히 기억할 거야, 그가 나를 진심으로 좋아하고 있다는 걸.'

30초 동안

때로는 30초도 영원처럼 길게 느껴질 때가 있는 법이다. 기적이나 혁명이 일어나기에 충분한 시간이다. 그 30초 사이에 바니와 밸런시 스네이스의 일생은 완전히 바뀌고 말았다.

어느 6월 저녁, 두 사람은 시대에 한참 뒤떨어진 프로펠러 보트를 타고 호수를 돌아 작은 강에서 한 시간쯤 낚시를 한 뒤, 그곳에 보트를 두고 숲을 지나 3.2킬로미터쯤 떨어진 포트로렌스까지 걸어갔다. 밸런시는 가게를 몇 군데 돌며 튼튼한 구두 한 켤레를 샀다. 헌 구두가 갑자기 망가져서 그날 저녁 그녀는 굽이 높고 가느다란, 작고 예쁜 에나멜 구두를 신지 않으면 안 되었다. 어느 겨울날, 그 구두가 너무 예뻐서 약간 충동적으로, 어리석고 사치스러운 쇼핑인 줄 알면서도 그냥 사버린 것이다.

푸른 성에서는 저녁때 가끔 그것을 신기도 했다. 그런데 밖에 신고 나온 것은 이번이 처음이었다. 밸런시는 그 구두를 신고 숲을 걷는 것은 그리 쉬운 일이 아님을 알았다. 바니도 그 일로 그녀를 놀리거나 동정해주지 않았다. 발이 아픈 건 둘째였고, 밸런시는 아름답고 허영심을 채워줄 그 구두를 신으면, 자신의 가느다란 발목과 높은 발등이 돋보이는 것이 기분 좋았다. 그래서 새 구두를 사고도 바꿔 신지 않았다. 그렇게 했어야 하는데.

두 사람이 포트로렌스를 떠날 때는 해가 소나무 숲에 낮게 걸려 있었다. 북쪽을 쳐다보니 갑자기 숲 그림자가 마을을 뒤덮기 시작했다. 밸런시는 언제나 다른 세상에 발을 들여놓는 듯한 기분이 들었다. 마치 현실 세계에서 요정의 나라로 들어서는 것처럼. 포트로렌스를 떠나는 순간, 눈 깜짝할 사이에 소나무 숲이 군대처럼 입구를 가로막아버린 듯했다.

포트로렌스에서 2.4킬로미터쯤 되는 곳에 작은 역사가 있는 철도역이 있다. 이 시간 이후로는 기차가 없어서 조용했다. 바니와 밸런시가 숲에서 나왔을 때 주위에는 고양이 새끼 한 마리 보이지 않았다. 왼쪽은 커브가 급해서 보이지 않았지만, 나무꼭대기 부근에 연기가 꼬리를 끌고 있는 걸 보니 통과 열차가 다가오고 있는 것 같았다. 바니가 전철기(轉轍機 ; 철도 선로의 분기점에 붙여 차량을 딴 선로로 옮기는 장치)를 건넜을 때, 레일이 웅웅 소리를 내며 진동했다. 밸런시는 두세 걸음 처져서, 레일가에 있는 좁고 구불구불한 길에 피어 있는 준벨을 따면서 천천히 따라오고 있었다. 기차가 오기 전에 레일을 건널 시간은 충분했다. 밸런시는 아무 생각 없이 첫 번째 레일을 건너기 시작했다.

그 다음 어째서 그렇게 되어버렸는지 그녀는 알 수가 없었다. 이어지는 30초 동안은 그야말로 혼란스러운 악몽, 천 번이나 죽는 것 같은 고통의 시간이었다고 늘 회상했다.

예쁜 구두굽이 철로의 홈에 빠져버린 것이다. 아무리 당겨도 빠지지 않았다.

"바니, 바니!" 그녀는 당황하여 소리쳤다.

돌아본 바니는 이내 상황을 깨닫고——그녀의 새파란 얼굴을 보고——서둘러 달려왔다. 그는 그녀의 발을 구두에서 빼려고 했다.

악마의 손에 꽉 붙들려 있는 듯 발을 비틀어 빼려고 했지만 꼼짝도 하지 않았다. 기차는 곧 커브를 돌아올 것이다. 그리고 두 사람에게 달려들 것이다.

"가세요! 어서 가세요! 당신, 깔려 죽고 말 거예요!" 밸런시는 바니를 밀쳐내면서 소리쳤다.

바니는 새하얗게 질린 얼굴로 무릎을 꿇고 필사적으로 구두끈을 풀려고 했다. 하지만 너무 단단하게 묶여 있어서 그의 떨리는 손가락으로는 아무 소용이 없었다. 그는 이번에는 주머니에서 칼을 찾아 끈을 자르려고 했다. 밸런시는 여전히 미친 듯 그를 밀어내고 있었다. 바니가 죽을 거라는 공포로 가득했던 것이다. 자신의 몸에 닥친 위험은 완전히 잊은 채.

"바니…… 가요……. 어서 가요……. 제발 부탁이에요……. 가세요!"

"아니, 안 갈 거야!" 바니가 이를 악물며 중얼거렸다. 구두끈을 끊기 위해 다시 한 번 힘껏 힘을 주었다. 기차가 굉음을 내며 커브를 돌아왔을 때, 그는 몸을 벌떡 일으켜 밸런시를 꼭 안고 구두를 버려둔 채 레일을 빠져나갔다. 기차가 지나간 뒤 얼음 같은 바람이, 그의 얼굴에 흐르는 땀을 식혀주었다.

"살았다!" 그는 휴! 한숨을 몰아쉬었다.

다음 순간 두 사람은 서로를 망연히 응시했다. 두 사람 다 얼굴이 새파랗게 질려서 몸은 와들와들 떨고 있고, 눈에는 핏발이 서 있었다. 그런 다음 비틀거리면서 역사 끝 벤치로 걸어가서 무너지듯 주저앉았다. 바니는 두 손에 얼굴을 묻은 채 아무 말도 하지 않았다. 밸런시도 앉아서 똑바로 앞을 응시했다. 그렇다고 무엇을 보고 있었던 것은 아니다. 커다란 소나무 숲, 개간지의 그루터기, 길게 빛나고 있는 선로. 멍한 머릿속에 떠오르는 것은 단 한 가지 사실뿐이었다. 불꽃이 몸을 태우는 것처럼 생각만 해도 머리가 타버릴 것 같은 사실.

1년 전 트렌트 씨는, 밸런시는 무서운 심장병을 앓고 있으므로 작은 흥분도 목숨이 위태로울 수 있다고 말했다.

만약 그렇다면 그녀는 어째서 지금 죽지 않았을까? 지금 이 순간에? 그녀는 이 30초 동안에 세상 사람들이 평생 겪을 수 있는 최대한의 무서운 경험을 맛보았다. 그런데도 죽지 않은 것이다. 심장에 위협을 느낀 것도 아니다. 누구라도 그 정도는 느낄, 무릎이 덜덜 떨리고 가슴이 조금 두근거리는 충격뿐이었다.

왜?

트렌트 씨가 잘못 진단한 것은 아닐까?

밸런시는 갑자기 차가운 바람이 영혼 속까지 불어 들어오는 것처럼 몸을 떨었다. 바니를 보니 옆에서 몸을 웅크리고 있었다. 그의 침묵은 오히려 웅변처럼 느껴졌다. 그도 같은 생각을 했던 것일까? 그도 갑자기 무서운 의혹에 눈뜬 것일까? 심장병이라는 말에 속아서 사랑하지도 않는 여자와 결혼하고, 두세 달이나 1년은커녕 앞으로도 내내 함께 살지 않으면 안 되는 것인가 하고. 그렇게 생각하는 것만으로도 밸런시는 온몸의 피가 빠져나가는 기분이었다. 그럴 리가 없다. 그건 너무 잔인하다. 악마의 짓으로밖에 생각할 수 없을 정도로. 트렌트 씨가 오진했을 리가 없다. 있을 수 없는 일이다. 그는 온타리오에서도 첫손가락에 꼽히는 심장병의 권위자다. 바보 같은 극심한 공포 때문에 머리가 멍해졌다. 전에 무척 심한 발작이 일어났던 것을 떠올렸다. 틀림없이 심장에 중대한 결함이 있기 때문에 그런 발작이 일어난 것이리라.

그렇지만 지난 석 달 남짓 동안은 한번도 발작이 없었다.

어째서?

이윽고 바니가 몸을 일으켰다. 그는 일어서더니 밸런시 쪽은 쳐다보지도 않고 가볍게 말했다.

"이제 그만 갑시다. 해가 저물었어. 걸어갈 수 있겠소?"

"네, 괜찮아요." 비참한 기분으로 밸런시가 대답했다.

바니는 개간지를 가로질러가서 아까 떨어뜨린 꾸러미를 주워들었다. 밸런시의 새 구두였다. 그것을 가지고 와서 그녀에게 건넸다. 밸런시는 스스로 구두를 꺼내 신었다. 그는 도와주려 하지 않았다. 등을 돌린 채 소나무 숲 저쪽을 응시하고 있었다.

두 사람은 말없이 그림자가 누워 있는 길을 걸어 호수로 갔다. 바니는 말없이 보트를 젓기 시작했다. 석양의 신비, 미스타위스로. 말없이, 깃털로 덮인 것 같은 곳을 돌아 산호 기슭을 지난 다음, 카누가 석양 속을 미끄러지듯이 오가고 있는 은빛 강을 건넜다. 입을 굳게 다문 채 음악과 웃음소리가 메아리치는 별장을 지났다. 푸른 성 아래 선착장에 도착했을 때도 두 사람은 아무 말이 없었다.

밸런시는 돌계단을 올라가 집 안으로 들어갔다. 맨 먼저 눈에 들어온 의자에 쓰러지듯 앉아 돌출창으로 밖을 멍하니 바라보고 있었다. 굿럭이 반가워하며 야옹거리고 있는 것도, 밴조가 자신의 의자를 빼앗기고 항의하는 듯이 무서운 눈길로 노려보고 있는 것도 전혀 깨닫지 못했다.

한참 뒤 바니가 들어왔다. 밸런시 쪽으로는 오지 않고 뒤에 선 채 괜찮으냐고 걱정스럽게 물었다.

밸런시는 여기서 정직하게 '아니요'라고 대답할 수 있다면 이 행복한 1년과 맞바꾸어도 좋다고까지 생각했다.

"네." 그녀는 아무렇지 않게 대답했다.

바니는 '푸른 수염의 방'으로 들어가 문을 닫았다. 그가 왔다갔다 서성이는 소리가 들렸다. 뚜벅, 뚜벅, 뚜벅, 뚜벅. 이런 일은 처음이었다.

아, 한 시간 전, 겨우 한 시간 전까지는 그토록 행복했는데!

불길한 고요

밸런시는 가까스로 침대 속에 들어갔다. 그 전에 트렌트 씨의 편지를 꺼내 다시 읽어보았다. 약간 마음이 편안해졌다. 너무나도 분명하고 자신감이 있는 글이었다. 또박또박한 검은 필체. 쓰고 있는 내용에 자신이 없는 사람의 글씨가 아니었다. 그런데 그녀는 잠을 이룰 수 없었다. 바니가 들어왔을 때 그녀는 잠든 척했다. 바니도 자는 척했다. 그녀는 그도 자기와 마찬가지로 자고 있을 리 없다는 것을 잘 알고 있었다. 누워서 어둠 속을 응시하고 있는 것이다. 무슨 생각을 하고 있을까? 이제부터 맞닥뜨리지 않으면 안 되는 것, 그것은?

지금까지 이 창가의 침대에서 한밤중에 눈을 뜨면 오랫동안 즐거운 상상에 잠겼던 밸런시였지만, 이 비참한 밤 그녀는 그것들에 대한 모든 대가를 치르고 있었다. 무섭고 불길한 사실이, 추측과 두려움의 안개를 헤치고 점점 선명하게 떠오르고 있었다. 그녀는 그것으로부터 눈을 돌릴 수도, 쫓아버릴 수도, 무시할 수도 없었다.

트렌트 씨의 진단이야 어쨌든, 밸런시의 심장에 뭔가 중대한 결함이 있는 것 같지는 않았다. 그랬다면 그 30초 동안 그녀는 틀림없이 죽었을 것이다. 의사의 편지와 그의 명성을 끌어댄다 해도 아무 소용없는 일이다. 위대한 학자도 때로는 실수할 수 있는 법이다. 의사도 그 예에서 벗어날 수 없다.

새벽에 밸런시는 단속적으로 몇 가지 기묘한 꿈을 꾸었다. 하나는 바니가 그녀에게 속았다고 소리치며 그녀를 비난하는 꿈이었다. 꿈 속에서 그녀는 몽둥이로 그의 머리를 힘껏 내리치고 말았다. 그러자 그는 유리로 만든 사람인 양 온몸이 산산조각 나서 바닥에 흩어지고 말았다. 공포에 찬 비명을 지르며 눈을 뜬 뒤 허덕이면서도 안도하고 어리석은 꿈에 잠시 웃었다. 밸런시는 어제 일을 떠올리고 다시 비참한 기분에 빠져들었다.

바니는 가버렸다. 밸런시는 깨달았다. 말해주지 않아도 저절로 알게 되는 일이 있는 법이다. 그는 집에도 '푸른 수염의 방'에도 없었다. 거실은 기묘할 정도로 적막했다. 불길한 고요. 고물 시계도 멈춰 있었다. 분명히 바니는 태엽 돌리는 것을 잊어버린 것이다. 지금까지 한번도 잊은 적이 없었는데. 고물 시계 소리가 들리지 않으니 마치 방이 죽어 있는 것 같았다. 다만 돌출창에서 햇빛이 비쳐들어, 호수에서 춤추는 물결이 이루는 빛의 고리가 벽에 비쳐 일렁이고 있었다.

카누가 없었다. 하지만 '레이디 제인'은 큰 섬의 숲 속에 있었다. 그렇다면 바니는 황무지로 간 모양이다. 밤까지는 돌아오지 않을 것이다. 아니, 밤에도 돌아오지 않을지 모른다. 그는 그녀에게 화가 난 것이다. 그 무서운 침묵이야말로 그의 분노, 차갑고도 깊은 당연한 분노인 것이다. 밸런시는 자신이 맨 먼저 무엇을 해야 하는지 알고 있었다. 이제 그다지 애태우지 않기로 했다. 그러나 몸도 마음도 마비된 것 같은 꺼림칙한 기분은 발작의 고통보다 괴로웠다. 그녀 안에 있는 무언가가 죽어버린 것 같았다. 자신을 위해 간단한 아침 식사를 만들어 먹고, 습관적으로 푸른 성을 청소했다. 그런 다음 모자와 코트를 걸치고 문을 잠근 뒤, 열쇠를 소나무 노목 뒤에 숨기고 모터보트를 타고 큰 섬으로 건너갔다. 디어우드에 가서 트렌트 씨를 만나려는 것이다. 무슨 일이 있어도 확인해야 할 일이 있었다.

용서할 수 없는 일

트렌트 씨는 처음 보는 사람처럼 밸런시를 쳐다보며 열심히 기억해 내려고 애썼다.

"아, 그러니까 당신은……."

"스네이스예요. 1년 전 5월에는 밸런시 스털링이었죠. 그때 심장을 진찰했어요." 밸런시는 조용하게 말했다.

트렌트 씨는 그제야 생각난다는 표정을 지었다.

"아! 맞아요. 이제 생각이 나는군요. 하지만 몰라 봤던 건 내 잘못이 아니에요. 당신은 변했어요, 몰라보게 달라졌어요. 게다가 결혼도 하고. 그래, 맞아. 그게 좋은 작용을 했던 모양이군요. 이젠 환자로 보이지 않아요, 전혀! 그날의 일은 잘 기억하고 있어요. 난 몹시 흥분해 있었지요. 가엾은 네드 소식을 듣고 완전히 정신이 나갔었어요. 하지만 네드도 지금은 완쾌되어 무척 건강해졌어요, 당신처럼. 물론 난 편지에서 그렇게 말했었지요. 걱정할 일은 아니라고."

밸런시는 트렌트 씨를 빤히 쳐다보았다.

"선생님은 편지에 이렇게 써 보내셨어요." 천천히, 마치 누군가 타인이 자신의 입을 빌려 말하고 있는 것 같은 이상한 기분으로 말했다.

"제 병은 협심증이고, 그것도 이미 손을 쓸 수 없는 상태이며 동맥류가 병발했다고, 그래서 언젠 죽을지 모른다. 길어야 1년밖에 못 산다고 하셨어요."

트렌트 씨는 눈을 크게 뜨고 그녀를 응시했다.

"설마, 그럴 리가! 내가 그런 말을 썼을 리 없어!" 그는 결연하게 말했다.

밸런시는 핸드백에서 그가 보낸 편지를 꺼내 건넸다.

그는 겉봉을 훑어보았다.

"밸런시 스털링 귀하. 그래, 맞아요. 난 이것을 기차 안에서 썼어요, 그날 밤에. 틀림없어요. 그런데 아무것도 걱정할 것 없다고 썼을 텐데……."

"그럼 내용을 읽어보세요." 밸런시가 재촉했다.

트렌트 씨는 알맹이를 꺼내어 단숨에 읽어 내려갔다. 그의 얼굴에 당황한 기색이 역력했다. 그는 의자에서 벌떡 일어서더니 안절부절 못하며 큰 걸음으로 방안을 왔다갔다하기 시작했다.

"어떻게 이런 일이! 이건 '제인 스털링크' 노부인한테 쓴 편지인데. 포트로렌스 사람이에요. 그 사람도, 그날 진찰을 받으러 왔지요. 내가 당신한테 엉뚱한 편지를 보낸 거군. 이건 용서할 수 없는 실수야! 나는 그날 밤 완전히 제 정신이 아니었어요. 정말이지 어떻게 이런 일이! 당신은 그것을 믿었군요. 믿고, 그러니까 다른 의사한테는 가지 않았던 겁니까?"

밸런시는 일어서서 멍한 얼굴로 주위를 둘러본 뒤 다시 앉았다.

"믿었어요." 그녀는 힘없이 말했다 "다른 의사한테는 가지 않았어요. 전…… 전…… 아, 얘기하자면 길어져요. 전 제가 곧 죽을 거라고 믿었어요."

트렌트 씨는 밸런시 앞에서 걸음을 멈췄다.

"나는 도저히 스스로를 용서할 수 없어요. 당신이 지난 1년 동안 얼마나 고통스러웠을지! 하지만 지금의 당신은 조금도……. 도대체 어찌된 일입니까?"

"좋아요. 그래서 제 심장은 아무렇지도 않다는 말씀이군요?"

"예, 걱정할 것 전혀 없어요. 당신은 소위 의사협심증(擬似狹心症)이라는 증세였어요. 생명과는 아무 상관없는, 적절한 치료만 하면 깨끗이 낫는 병이었지요. 때로는 굉장히 기쁜 감정을 느꼈을 때 낫는 경우도 있어요. 발작으로 괴로웠던 적은 없었습니까?"

"3월부터는 전혀 없었어요." 밸런시는 그 폭풍 불던 날 밤, 바니가 무사하게 돌아왔을 때 다시 태어난 것 같은 멋진 감동을 경험한 것을 떠올렸다. 그 기쁨과 감동이 병을 치료해준 것일까?

"그럼, 이제 당신은 걱정 없습니다. 당신 앞으로 쓴 편지에 어떻게 하면 되는지 써두기는 했지만, 당신은 틀림없이 다른 의사에게도 진찰을 받을 거라고 생각했어요. 왜 그렇게 하지 않았어요?"

"다른 사람에게 더 알려지는 게 싫었어요."

"어리석은 사람이군요." 트렌트 씨는 단호하게 말했다. "어째서 그런 어리석은 짓을 했는지 이해할 수가 없어요. 그 가엾은 스털링크 노부인, 그 부인이 당신에게 쓴 편지를 받은 셈이군요. 그러니까, 아무 걱정할 필요없다는 내용이었는데. 뭐, 어느 쪽이든 큰 차이는 없었을 겁니다. 부인의 경우는 이미 때가 늦어 있었으니까요. 치료를 해도, 그냥 내버려 둬도 달라지는 것이 없었을 겁니다. 그런데 그녀가 두 달이나 더 살았다는 소식을 듣고 무척 놀랐습니다. 그날, 그 사람은 당신보다 조금 일찍 왔습니다. 나는 사실을 말하고 싶지 않았어요. 나를 두고 입이 험하고 까다로운 노인이라고 생각하시겠지요. 편지도 참으로 무뚝뚝하게 쓰고, 완곡하게 돌려서 말하지 못하는 성격이에요. 그런데 부인과 얼굴을 마주하고 곧 죽을 거라는 말은 도저히 할 수 없는 겁쟁이이기도 하지요. 나는 아직 분명하지 않은 것을 좀 더 확인한 뒤에 이튿날 결과를 알려주겠다고 말했습니다. 그런데 그 편지를 당신이 받았을 줄이야……. 아! 이걸 보세요. '스털링크 귀하'라고 되어 있잖아요?"

"네, 저도 알고 있었어요. 하지만 단순한 착각일 거라고 생각했죠. 포트로렌스에 스털링크라는 성을 가진 사람이 있다는 건 몰랐거든요."

"그 사람뿐이었어요. 외로운 노인이었죠. 가정부 한 명과 조용히 살고 있었어요. 이곳에 다녀간 뒤 두 달 만에 잠자는 사이에 세상을 떠났어요. 내 실수는 그 사람에게는 큰 영향을 주지 않았던 거지요. 하지만 당신은! 당신에게 비참한 1년을 안겨준 나 자신을 도저히 용서할 수 없는 심정입니다. 그런 말도 안 되는 실수를 하다니. 아무래도 은퇴할 때가 된 것 같군요. 아무리 아들이 중상을 입었다고 하지만. 나를 용서해주시겠습니까?"

비참한 1년! 밸런시는 트렌트 씨의 실수가 가져다준 행복을 생각하고, 쓰디쓴 웃음을 지었다. 하지만 지금 그녀는 그 대가를 치르고 있다, 그것도 톡톡하게. 만약 느낀 대로 사는 것이 삶이라면 그녀는 복수와 함께 살아가게 될 것이다.

밸런시는 트렌트 씨에게 진찰을 받고 모든 질문에 거침없이 대답했다. 의사는 그녀가 완전히 건강하며 백 살까지도 살 수 있을 거라고 말했다. 그녀는 일어서서 말없이 그곳을 나왔다. 이제부터 생각하지 않으면 안 되는 무서운 일들이 산더미처럼 있었다.

의사는 그녀가 이상하다는 것을 눈치챘다. 그 희망을 잃은 듯한 근심에 싸인 얼굴을 보면, 누구라도 그녀가 삶이 아니라 죽음을 선고받았다고 생각할 것이다. 스네이스…… 스네이스? 도대체 어떤 남자일까? 디어우드에서는 스네이스라는 이름을 들은 적이 없었다.

전에는 혈색 나쁘고 그리 눈에 띄지 않는 자그마한 노처녀였는데, 그 스네이스라는 자가 누구이기에 결혼한 뒤 그녀의 달라진 변모를 보라! 스네이스? 트렌트 씨는 겨우 생각해냈다. '오지'에 사는 건 달이 아닌가! 밸런시 스털링이 그자하고 결혼했단 말인가? 집안 사람들은 그것을 허락했고? 그래, 이제야 수수께끼가 풀리는 것 같군. 그녀는 성급하게 결혼했다가 점점 후회하기 시작한 거야. 그래서 죽지 않는다는 보장을 받고도 그리 기뻐하지 않았던 거지. 결혼을 하다니! 그것도 그런 작자하고! 그자는 도대체 어떤 사람일까? 전과자? 횡령범? 도망자? 가엾게도 다가올 죽음에서 휴식을 찾고 있었던 거라면 불행한 일이야. 그런데 여자들이란 어째서 이렇게도 어리석단 말인가? 트렌트 씨는 밸런시에 대해서는 잊기로 했다. 그러나 편지를 잘못 부친 것에 대해서는 죽는 날까지 부끄럽게 여길 것이다.

버나드 스네이스 레드펀의 진실

밸런시는 빠른 걸음으로 뒷길을 지나 '연인의 오솔길'을 걸어갔다. 아는 사람은 아무도 만나고 싶지 않았다. 모르는 사람도 역시 만나고 싶지 않았다. 자신의 모습을 보여주기가 싫었던 것이다. 머릿속이 혼란스러워, 이제 뭐가 뭔지 알 수 없게 되고 말았다. 자신의 겉모습도 마찬가지일 거라고 생각했다. 디어우드를 빠져나가 '오지'로 가는 길에 들어섰을 때는 흐느낌과도 비슷한 안도의 한숨이 새나왔다. 여기까지 왔으니 이제 아는 사람을 만날 걱정은 거의 없었다. 요란한 괴성을 지르면서 그녀 옆을 달려가는 몇 대의 차에는 모르는 사람들만 타고 있었다. 그중 한 대는 젊은이들로 가득했는데, 지나갈 때 그들이 소리소리 지르면서 부르는 노랫소리가 들려왔다.

마누라가 열병에 걸렸네, 이크!
마누라가 열병에 걸렸네, 이크!
마누라가 열병에 걸렸네
아, 열이 내리지 않아야 할 텐데

그러면 우리는 다시 자유의 몸이라네.

밸런시는 누군가가 차에서 몸을 내밀어 채찍으로 얼굴을 치기라도 할 것처럼 몸을 피했다.

그녀는 지난날 죽음과 계약을 맺었지만 배반당하고 말았다. 이번에는 삶이 그녀를 속이고 있었다. 그녀는 바니를 함정에 빠뜨린 것이다. 함정에 빠뜨려 결혼하게 만든 것이다. 온타리오에서 이혼은 매우 힘든 일이었다. 큰돈이 든다. 하지만 바니는 가난했다.

막상 죽지 않을 거라는 말을 들으니 두려움이 마음을 파고들었다. 가슴이 울렁거릴 만큼 두려웠다. 바니는 어떻게 생각할까? 뭐라고 말할까? 그 없이 살아가야 하는 미래에 대한 두려움. 세상의 웃음거리로 전락한 그녀와 완전히 인연을 끊은 가족에 대한 두려움.

성스러운 컵의 물을 한 모금 마셨지만, 이제 그것은 그녀의 입술에서 흘러나가고 말았다. 이제 그녀를 구원해 줄, 친절하고 사려 깊은 죽음은 사라졌다. 앞으로 계속 살아가지 않으면 안 된다. 모든 것이 무너지고, 더럽혀지고, 추해지고 말았다. 푸른 성에서의 지난 1년조차도. 바니에 대한 수치심을 잊은 사랑조차도. 그것들은 죽음이 기다리고 있었기 때문에 아름다웠던 것이다. 하지만 죽음이 사라져버린 지금은 그저 추할 뿐이다. 이기기 힘든 상대를 이기는 건 도저히 불가능하다.

집에 돌아가서 그에게 얘기해야 한다. 속일 생각은 없었다는 것을 믿어달라고. 무슨 짓을 해서라도 믿게 하지 않으면 안 된다. 그리고 푸른 성에 작별을 고하고 엘름 거리의 벽돌집으로 돌아가는 거다. 영원히 버렸다고 생각했던 사람들이 있는 곳으로 돌아가는 거다. 옛날의 인연으로, 옛날의 공포로. 하지만 그것은 이제 아무래도 좋다. 지금의 문제는, 그녀가 의도적으로 바니를 함정에 빠뜨린 것이 아니라는 것을 어떻게든 이해시키는 일이다.

밸런시가 호수 옆 소나무 숲에 도착했을 때였다. 그녀는 너무 괴로워 멍해진 머리를 번쩍 깨게 하는 광경을 보았다. 그 털털거리는 고물차 '레이디 제인' 옆에 다른 차 한 대가 서 있었던 것이다. 멋진 차였다. 자주색 차, 왕실을 상징하는 짙은 자주색이 아니라 화려하고 현란한 자주색. 거울처럼 반짝반짝 광택이 나고 내장은 최고급 사치품으로 도배하다시피 했다. 운전석에는 제복을 입은 거만한 느낌의 운전기사가 앉아 있었다. 뒷좌석에는 한 남자가 혼자 타고 있었는데, 밸런시가 선착장으로 가는 길을 걸어오는 것을 보더니, 문을 열고 가볍게 차에서 내려, 그녀가 가까이 올 때까지 소나무 숲에서 기다리고 있었다. 그래서 그녀는 상대를 자세히 관찰할 수 있었다.

몸집은 자그마하지만 다부지고 통통한 남자로, 커다란 얼굴이 익살스러워 보였다. 깔끔하게 수염을 깎고 있었다. 밸런시의 마비된 머릿속의 마비되지 않은 부분에 있던 악마가 이렇게 속삭였다. '이런 얼굴에는 하얀 턱수염이 얼굴 윤곽을 감쌀 만큼 더부룩하게 나 있어야 하는 건데.' 구식 철테 안경 안에는 커다랗고 푸른 눈이 툭 튀어나와 있었다. 두꺼비를 연상시키는 입에, 작고 둥글고 울퉁불퉁한 코. 어디선가, 어디선가, 어디선가 본 듯한 얼굴이다. 밸런시는 필사적으로 생각해내려고 애썼다. 자기 얼굴처럼 낯익은 얼굴이다.

그 남자는 녹색 모자를 쓰고, 화려한 체크무늬 양복에 가벼운 베이지 색 코트를 걸치고 있었다. 넥타이는 약간 엷은 색조의 번쩍이는 녹색이며, 밸런시에게 말을 걸며 내미는 뭉툭한 손에서는 거대한 다이아몬드가 빛났다. 그런데 그 웃는 얼굴에서는 밝고 아버지다운 면이 엿보였다. 건강하고 거침없이 울리는 말투에는, 뭔가 밸런시의 마음을 끄는 데가 있었다.

"저, 실례지만 아가씨, 저 집이 레드펀 씨의 집이오? 혹시 어떻게 하면 저 집에 갈 수 있는지 아시오?"

레드펀! 온갖 약병이 밸런시의 눈앞에서 춤추기 시작했다. 기다란 강장제 병, 헤어토닉의 둥근 병, 네모난 도포제 병, 보랏빛 알약이 들어 있는 키가 작고 땅딸막한 병…… 그 모든 약병들마다에는 모두 철테 안경을 쓰고 웃고 있는 둥근 달덩이 같은 얼굴이 든 상표가 붙어 있었다.

레드펀 박사다!

"아니요." 밸런시는 작은 목소리로 말했다.

"저 집은 스네이스 씨의 집이에요."

레드펀 박사는 고개를 끄덕였다.

"맞아요. 바니가 스네이스라는 이름을 쓴다는 건 알고 있었소. 하지만 그건 그 아이의 가운데 이름이오. 죽은 어머니의 성이지요. 버나드 스네이스 레드펀이 그 아이의 본명이오. 그건 그렇고, 저곳의 섬에 가려면 어떻게 해야 하는지 가르쳐주지 않겠소? 아무래도 집에 아무도 없는 것 같은데. 손을 흔들고 불러봤소만. 저곳에 있는 헨리는 날 전혀 도와주려 하지 않아요. 자기 할 일밖에는 하지 않는 사람이라오. 레드펀 박사의 목소리는 아직 누구에게도 지지 않는데 여기서는 아무 소용이 없구려. 까마귀 두 마리가 날아올랐을 뿐. 바니는 외출한 모양이오."

"그 사람은 제가 오늘 아침에 일어났을 때 이미 나가고 없었어요. 아직 돌아오지 않았을 거예요."

밸런시가 건조하고 억양 없는 목소리로 말했다. 이 충격에, 조금 전 트렌트 씨에 의해 밝혀진 사실로 인해 아주 조금밖에 남아 있지 않았던 이성의 힘까지 잠시 빼앗기고 말았다. 마음 한구석에서 다시 그 악마가 바보 같은 옛 속담을 조롱하듯이 되풀이했다. '불행은 늘 한꺼번에 닥치는 법이야.' 그러나 그녀는 이제 더 이상 생각하지 않으려고 했다. 생각한들 무엇하랴?

레드펀 박사는 깜짝 놀라며 그녀를 빤히 쳐다보았다.

"오늘 아침에 일어났을 때? 그럼 아가씬 저 집에서 살고 있소?"

박사는 다이아몬드 반지 낀 손으로 푸른 성을 가리켰다.

"네, 그렇습니다. 전 그 사람의 아내인걸요." 약간 어이없다는 듯 밸런시가 말했다.

레드펀 박사는 노란 비단 손수건을 꺼내, 모자를 벗고 눈썹을 문질러 닦았다. 완전히 벗겨진 대머리. 또다시 악마가 밸런시의 마음에 속삭였다. '왜 대머리일까? 남성적인 매력을 망쳤군. 레드펀의 모발제를 시험해보시죠. 훨씬 젊어질 수 있을걸요.'

"실례했소. 사실 좀 놀랐소." 박사가 말했다.

"오늘은 쇼크가 온 사방에 널려 있는 것 같군요." 밸런시가 말릴 사이도 없이 악마가 소리 내어 말해버렸다.

"바니가 결혼한 줄은 몰랐소. 아버지한테 말도 하지 않고 결혼할 줄은 꿈에도 몰랐소."

박사의 눈이 혹시 젖어 있는 건가? 비참함과 두려움과 불안으로 마비될 것 같은 고통을 겪고 있는 밸런시였지만, 갑자기 이 노인이 안됐다는 생각이 들었다.

밸런시는 당황하여 말했다.

"그 사람을 나무라진 마세요. 그 사람이 나빴던 게 아니에요. 모두 제 탓이에요."

"당신이 먼저 그러자고 한 건 아니겠지?" 박사의 눈이 유쾌한 듯 빛났다. "알려 주었으면 좋았을 텐데. 그러면 이렇게 되기 전에 며느리하고 좀더 가까워질 수 있었을 것을. 어쨌든 만나서 반갑소, 정말 반가워. 세상 물정을 좀 아는 사람처럼 보이는구려. 나는 전부터 바니가 단지 아름답기만 하고 알맹이는 보잘 것 없는 여자를 고르지 않을까 걱정하고 있었어요. 말할 나위도 없이 여자들이 녀석의 뒤를 쫓아다녔거든. 돈을 노리고. 알약과 강장제는 좋아하지 않지만 돈은 좋아하니까. 늙은 박사의 금고에 그 귀여운 손을 집어넣고 싶어서 ! 어떻게 생각해요 ? ”

“금고라구요 ? ” 밸런시는 정신이 아득해졌다. 어디든 앉고 싶었다. 생각할 시간이 필요하다. 푸른 성과 함께 미스타위스의 바닥에 가라앉아 버려, 사람들 눈에 영원히 띄지 않았으면 좋겠다.

레드펀 박사는 의기양양하게 말했다.

“그래요, 금고 ! 그런데 바니는 그것을 버리고 저곳이 좋다고 하니.” 그는 다시 다이아몬드 낀 손가락으로 경멸하듯이 푸른 성을 가리켰다.

“이젠 좀 정신을 차릴 때가 됐는데. 그것도 모두 여자 때문이었지. 하지만 이젠 결혼했으니까 지난 일은 잊었을 거야. 당신이 녀석을 잘 설득해서 문명 사회로 돌아올 수 있도록 도와주지 않겠소 ? 이런 곳에서 허무하게 나이만 먹는 건 정말 바보짓이지. 그건 그렇고 당신들 집으로 안내해주겠소 ? 가는 방법이 있을 텐데.”

“물론 있어요.” 밸런시는 여전히 망연자실한 모습으로 대답했다. 그리고 시대에 뒤떨어진 프로펠러 보트가 매여 있는 작은 기슭으로 안내했다.

“저, 저 운전기사 분도 같이 가실 건가요 ? ”

“누구 ? 헨리 ? 아니, 가지 않아요. 저 불만스러운 얼굴을 좀 보시오. 저 사람은 이 일 모두를 쓸데없다고 생각하고 있소. 아랫길에서 올라오는 험한 산길에 스트레스를 많이 받은 모양이오. 아, 저 길은 정말 자동차에는 고난의 길이더군. 저기 있는 저 고물 버스는 누구의 것인지 원 ! ”

“바니의 차예요.”

“뭐라고 ! 바니 레드펀이 저런 물건을 타고 다닌단 말이오 ? 백발의 포드 할멈 같구먼.”

“포드가 아니에요. 그레이슬로슨이죠.” 밸런시는 힘차게 말했다.

왠지 잘 모르겠지만, 레드펀 박사가 사랑스러운 고물차 '레이디 제인'을 놀리는 순간 불현듯 다시 살아난 것 같은 느낌이 들었다. 고통만 가득한 생명이지만 그래도 살아 있는 것이다. 조금 전 몇 분 동안. 아니 예전의 반은 죽은 것 같고 반은 살아 있는 것 같은 혐오스러운 세월보다는 나았다. 밸런시는 손을 흔들어 박사를 보트로 안내한 뒤 푸른 성으로 데리고 갔다. 열쇠는 아직 소나무 노목 뒤에 그대로 있었다. 집안에는 정적이 흐르고 인기척은 없었다.

밸런시는 박사를 거실에서 서쪽 베란다로 안내했다. 우선 공기 좋은 곳으로 가고 싶었다. 아직 햇빛은 들고 있었지만, 남서쪽 하늘에서 흰색과 보라색 그림자가 있는 커다란 천둥 구름이 봉우리처럼 일어나, 미스타위스를 향해 느릿하게 움직이고 있었다. 박사는 휴! 숨을 토하며 허름한 의자에 털썩 앉아 다시 눈썹을 문질러 닦았다.

"따뜻하군. 오! 정말 멋진 경관이야! 헨리에게 보여주면 마음이 조금 풀릴 텐데."

"점심 식사는 하셨나요?" 밸런시가 물었다.

"그럼. 포트로렌스에서 출발하기 전에 어떤 은둔자의 초막에 가게 될지 몰라서 미리 먹어두었지. 귀여운 여성을 만나 식사까지 권유받으리라고는 생각도 못했으니까. 응? 고양이가 있군. 오, 그래. 이리 온! 하하, 이것 좀 봐요. 이 녀석이 내가 마음에 드는 모양이야. 바니는 고양이를 좋아해요. 나를 닮은 점은 그것뿐이지. 녀석은 죽은 제 어머니를 쏙 빼닮았어요."

밸런시도 왠지 모르게 바니는 어머니를 닮았을 거라고 생각하고 있었다. 그녀가 그대로 계단 옆에 서 있으니, 박사가 손짓으로 흔들 의자에 앉으라는 시늉을 했다.

"앉아요. 의자가 있는데 서 있을 필요는 없지. 난 바니 아내의 얼굴을 자세히 보고 싶소. 음, 난 당신의 얼굴이 마음에 들어요. 미인은 아니지만……. 이렇게 말한다고 불쾌하게 생각하진 않겠지? 그 정도는 이해할 줄 아는 사람이라고 생각해요. 자, 앉아요."

밸런시는 의자에 앉았다. 정신적인 고뇌에 시달리며 도저히 마음이 안정되지 않을 때, 가만히 앉아 있어야 한다는 것은 그야말로 지옥의 고통이다. 온몸의 신경이 혼자 있고 싶었다. 어딘가로 숨어버리고 싶다고 외치고 있었다. 그러나 그녀는 가만히 앉아 레드펀 박사의 얘기를 듣지 않으면 안 되었다. 한번 시작하면 쉽게 끝날 것 같지 않은 박사의 얘기를.

"바니는 언제쯤 돌아올까?"

"모르겠어요. 밤까지는 아마 돌아오지 않을 것 같아요."

"어디로 갔소?"

"그것도 몰라요. 아마 숲에, 오지의 숲에 갔을 거라고 생각하지만요."

"흠, 그 아인 당신한테 행선지고 뭐고 아무것도 말하지 않았군. 늘 어딘가 비밀스러운 데가 있는 녀석이었지. 이해할 수 없어. 죽은 제 어미와 똑같아. 하지만 난 언제나 그 아이를 생각하고 있었어요. 그렇게 자취를 감췄을 때는 무척 괴로웠지. 벌써 11년 전 일이군. 11년이나 아들을 만나지 못했소."

"11년!" 밸런시는 놀랐다.

"그가 이곳에 온 건 6년 전이에요."

"아! 그야 전에는 클론다이크에 있었기 때문이지. 아니 전 세계라고 해도 좋을지 몰라. 이따금 편지를 보냈지만, 그저 잘 있다는 말뿐, 어디에 있는지 전혀 알려주지 않았소. 거기에 대해선 그 아이한테서 들었겠지?"

"아뇨, 전 그 사람의 과거에 대해선 아무것도 몰라요." 그렇게 말하면서, 밸런시는 갑자기 궁금해져서 견딜 수가 없었다. 무슨 일이 있어도 알고 싶었다. 그것도 지금 알지 않으면 안 된다. 전에는 아무래도 상관없는 일이었지만 지금은 알지 않으면 안 되는 것이다. 바니한테서 듣는 건 불가능하다. 이제 두 번 다시 만날 수 없을지도 모른다. 설사 만날 수 있다 해도, 옛날 일을 물을 수는 없다.

"무슨 일이 있었나요? 그 사람은 왜 집을 나왔어요? 얘기해주세요. 제발."

"뭐, 대단한 얘기는 아니오. 약혼녀와 싸우고 어리석게도 화를 낸 것뿐이지. 바니는 너무 고집이 세었어요, 언제나. 하고 싶지 않은 일을 그 아이에게 시키는 건 절대로 무리였소. 태어난 날부터 그랬지. 그러나 그 아이는 늘 조용하고 마음 착한 아이였소. 순금처럼 좋은 아들이었어요.

바로 그 무렵에 나는 모발제로 한창 성공을 거두고 있던 중이었어요. 꿈을 통해 그 제조법을 알아낸 거지. 세상에는 그런 일도 있는 법이라오. 돈이 정신없이 굴러들어왔어요. 바니는 원하는 건 뭐든 손에 넣을 수 있었소. 나는 그 아이를 최고급 학교, 사립학교에 넣었어요. 신사로 만들고 싶었소. 나에게는 그런 기회가 없었기 때문이지. 그 아이는 맥길에 진학해 내내 우수한 성적을 거뒀소. 난 그 아이가 법률가의 길을 가기 바랐어요. 그런데 그 아이는 저널리즘이니 하는 것을 동경하고 있었소. 나에게 신문을 낼 자금을 달라느니, 녀석이 말하는 '진실하고 가치 있는, 양심에 충실한 캐나다의 잡지'를 출판하는 걸 후원해 달라고 부탁하더군. 나는 그 아이가 말하는 대로 해주었소. 언제나 해달라는 건 다해주었어. 그 아이는 내 인생의 유일한 보람이었으니까. 그 아이는 행복하게 살아주기를 바랐어요. 그런데 그 아이는 결코 행복하지 않았던 거요. 믿을 수 있겠소? 그 아이가 그렇게 말했던 건 아니오. 난 언제나 그 아이가 행복하지 않다는 걸 느끼고 있었소. 원하는 건 모두 주었는데……. 쓰고 싶은 만큼의 돈, 녀석의 이름으로 만든 은행계좌, 전 세계를 돌아다니는 여행……. 하지만 그 아이는 행복해 하지 않았소. 그런데 에셀 트래버스와 사랑에 빠진 뒤로는 달랐어요. 그 아이는 한동안 무척 행복해 보였소."

구름이 태양을 따라잡더니, 싸늘하게 식은 거대한 보라색 그림자가 눈 깜짝할 사이에 미스타위스를 뒤덮었다. 그것은 푸른 성까지 삼키면서 높은 하늘에서 소용돌이쳤다. 밸런시는 몸을 떨었다.

"그랬군요. 그런데…… 그…… 그분은 어떤 분이었나요?" 괴로움 속에서도 알고 싶은 마음이 커서 그녀는 그렇게 물었지만, 한 마디 한 마디가 가슴에 꽂히는 것 같았다.

"몬트리올에서 제일가는 미인이었지. 음, 그 아가씨는 확실히 미인이었소. 비단결처럼 윤기가 흐르는 금발, 커다랗고 부드러운 검은 눈동자, 우유와 장미로 빚은 것 같은 살결. 바니가 푹 빠진 것도 무리가 아니었어. 머리도 좋았고. 그 아이는 마음이 허황한 아가씨가 아니었어요. 맥길 대학에서 학위도 땄고, 게다가 가정 교육을 잘 받은 아가씨였지. 양가댁 규수라고 할까? 하지만 집안이 가난한 편이었소. 바니는 그 아가씨한테 반해버렸어요. 세상에서 제일 행복한 놈이었지. 그런데…… 파멸이 온 거요."

"무슨 일이 있었는데요?" 밸런시는 모자를 벗어, 무의식적으로 핀을 꽂았다가 뺐다를 되풀이하고 있었다. 굿럭이 '야옹' 하면서 곁으로 다가왔다. 밴조는 수상쩍은 눈초리로 레드펀 박사를 관찰하고 있고, 닙과 턱은 소나무 숲에서 한가롭게 까악까악 울고 있었다. 미스타위스가 손짓하고 있었다. 모든 것이 여느때와 다름없이. 아니, 똑같은 것은 하나도 없었다. 어제부터 백년이나 지난 것 같은 느낌이었다. 작년 이 시간에, 밸런시와 바니는 함께 웃으면서 여기서 늦은 점심을 먹고 있었다. 웃으면서? 밸런시는 이제 인생의 웃음이 끝난 것 같은 느낌이 들었다. 눈물도 마찬가지였다. 이제 웃음도, 눈물도 필요 없었다.

"그걸 알 수만 있다면야. 하찮은 싸움일 거라 생각하지만. 바니는 갑자기 사라졌소. 어딘가로 자취를 감추고 말았어요. 유콘에서 편지를 보내왔는데 약혼을 취소하고 이젠 집으로 돌아오지 않겠다고 했어요. 절대로 돌아오지 않을 생각이니까 찾아도 소용없을 거라고. 나도 찾으려고 애쓰지 않았어요. 어차피 소용없을 게 뻔했거든. 바니란 놈이 하는 짓이니까. 그러나 더할 수 없이 허전했소. 내 인생의 낙이라면 그 아이한테서 오는 짤막한 편지뿐이었소. 클론다이크, 잉글랜드, 남아프리카, 중국, 전 세계에서 말이오. 언젠가는 이 외로운 노인인 아버지 곁으로 돌아올 거라고 믿고 있었소. 하지만, 6년 전부터는 편지조차 끊어지고 말았지. 그러다가 작년 크리스마스에 그 아이의 소식을 알게 됐어요."

"편지가 왔나요?"

"아니야, 그 아이가 은행계좌에서 1만 5000달러를 수표로 인출했더군. 은행 지배인이 내 친구인데, 내 회사의 대주주의 한 사람이기도 하지. 바니가 예금을 찾으면 바로 알려주기로 되어 있었소. 바니는 5만 달러의 예금을 가지고 있어요. 그런데 작년 크리스마스까지는 1센트도 꺼내지 않았어. 그 수표는 토론토의 에인슬리 보석 가게에서 쓴 거였는데……"

"에인슬리라구요?" 밸런시는 자기도 모르게 말이 튀어나왔다. 그녀의 화장대 위에는 에인슬리 마크가 들어 있는 상자가 놓여 있다.

"그래요. 토론토에 있는 커다란 보석 가게. 난 오랫동안 생각한 끝에 바니가 있는 곳을 조사하기로 결심했어요. 그래야 할 어떤 이유가 있었지요. 그 아이도 이제 어리석은 방랑 생활을 그만두고, 다시 시작할 시기가 된 것 같았고. 1만 5000달러를 인출했다는 건 무슨 일이 있었다는 얘기요. 지배인이 에인슬리에 문의해보았지. 그의 아내가 에인슬리 출신이거든. 그리고 버나드 레드펀이 그곳에서 진주 목걸이를 샀다는 게 밝혀졌어요. 주소는 온타리오

주 무스코카, 포트로렌스, 사서함 444라는 것도 알았소. 나는 처음에 편지를 쓸까 하다가 마음을 바꿔, 차가 다닐 수 있는 계절이 되면 직접 오기로 했어요. 편지 쓰는 게 서투르기도 하고요. 난 몬트리올에서 자동차를 타고 왔소. 어제 포트로렌스에 도착해서 우체국에 문의했더니, 버나드 스네이스 레드펀은 모르지만 바니 스네이스라는 사람이 사서함을 가지고 있다고 하더군. 그리고 이 작은 섬에 살고 있다는 말을 듣고 찾아온 거요. 그런데 도대체 바니는 어디에 있을까?"

밸런시는 목걸이를 만지작거리고 있었다. 그녀는 1만 5000달러짜리 목걸이를 하고 있었던 것이다. 그런데도 돈도 없는 바니가 15달러나 썼다고 걱정했으니! 갑자기 그녀는 레드펀 박사 앞에서 웃음을 터뜨리고 말았다.

"죄송해요. 어쩐지 무척 우스워서요." 밸런시는 어쩔 줄 몰라 하고 있었다.

"그래요." 레드펀 박사 자신도 우습다는 생각이 들었다. 하지만 밸런시가 말하는 진짜 의미는 몰랐다.

"그런데 당신은 세상살이에 대해 꽤 밝은 사람 같군. 틀림없이 바니에게도 큰 영향을 미쳤을 거야. 평범한 생활로 돌아가 남들과 마찬가지로 살도록 설득해줄 수 없을까? 나는 집을 가지고 있어요. 성처럼 크고 궁전처럼 으리으리한 집. 그곳에는 가족이 필요해. 바니와 바니의 아내와 바니의 아이들."

"에셀 트래버스는 결혼했나요?" 밸런시는 전혀 상관없는 것을 물었다.

"아, 물론이지. 바니가 행방을 감춘 지 2년 만에. 그런데 그녀도 지금은 홀몸이 되었소. 전과 다름없이 아름답더군. 솔직하게 말하면, 바니를 찾으려고 한 이유는 바로 그것이었소. 두 사람이 다시 화해할 수 있지 않을까 생각한 거지. 그러나 이젠 상관없는 일이

되었소. 바니가 선택한 아내가 나는 마음에 들어요. 내가 원하는
건 아들 바니요. 이제 돌아올 때가 되지 않았을까?"

"모르겠어요. 하지만 돌아온다 해도 밤일 거예요. 틀림없이 한참
늦을 거예요. 어쩌면 내일까지 돌아오지 않을지도 몰라요. 여기서
주무시고 가세요. 내일은 꼭 돌아올 거니까요."

레드펀 박사는 고개를 저었다.

"이곳은 습기가 너무 많아요. 난 류머티즘에 걸리고 싶지는 않거
든."

'그런 고통을 언제까지나 참고 계실 건가요? 왜 레드펀 도포제를
사용하지 않죠?' 밸런시의 마음속 악마가 속삭였다.

"비가 오기 전에 포트로렌스로 돌아가야겠군. 차에 진흙이 묻으면
헨리가 또 화를 낼 거야. 내일 다시 오리다. 그때까지 바니에게
잘 얘기해 줘요."

박사는 밸런시의 손을 잡고 다정하게 어깨를 두드려주었다. 밸런
시가 조금만 틈을 주면 키스까지 할 것 같았다. 하지만 밸런시는 그
렇게 하지 않았다. 키스를 받는 것이 싫은 것은 아니었다. 박사는
굳이 말하자면 천박하고 무서운 느낌으로, 어쨌든 두려웠다. 하지만
어딘가 좋은 점이 있었다. 그녀는 그가 백만장자가 아니라면 그의
며느리가 되어도 좋을 거라고 막연하게 생각했다. 아니야, 백만장자
가 문제가 아니었다. 바니는 그의 아들이며, 후계자인 것이다.

밸런시는 박사를 모터보트에 태우고 가서, 당당한 자줏빛 차가 숲
을 빠져 나가는 것을 지켜보았다. 운전석의 헨리가 이런 일들을 정
말 하찮게 여기고 있는 게 틀림없다고 생각하면서.

그녀는 푸른 성으로 돌아왔다. 할 일을 어서 해놓지 않으면 안 되
었다. 지금이라도 바니가 돌아올지 모른다. 게다가 곧 비가 올 것
같았다. 다행히 이제 기분이 그리 언짢지 않았다. 몇 번이나 머리를
세게 얻어맞고 나면, 거기에 맞춰 저절로 신경이 둔해져서 아무것도

느끼지 않게 되는 법이다.

한참 동안 밸런시는, 마치 서리 맞아 시든 꽃처럼 난로 옆에 마냥 서 있었다. 푸른 성에서 타올랐던 마지막 불꽃이 남긴 하얀 재를 내려다보고 있었다.

그녀는 무기력하게 생각했다. '어쨌든 바니는 가난하지 않아. 그러니까 위자료도 충분히 지불할 수 있을 거야. 아무 문제없이.'

푸른 수염의 방

　어쨌든 편지를 써야 한다. 마음속 악마가 웃었다. 지금까지 읽은 소설에서는, 집을 나가는 아내는 하나같이 편지를 남기고 가지 않던가? 대부분 그것을 바늘겨레에 꽂아두고. 편지를 남기는 건 누구나 하는 진부한 행위이다. 그래도, 뭔가 이유를 써서 남기지 않으면 안 된다. 편지를 쓰는 것 말고는 방법이 없었다. 밸런시는 멍하니 주위를 둘러보며 쓸 것을 찾았다. 잉크는? 없었다. 그녀는 푸른 성에 온 뒤부터는, 바니에게 필요한 생활용품을 적은 메모를 건네는 것 말고는 편지를 쓴 적이 없었다. 그것은 연필로 충분했는데, 지금은 그 연필조차 보이지 않았다. 밸런시는 무심코 '푸른 수염의 방'으로 가서 손잡이를 돌렸다. 어쩐지 잠겨 있을 것 같았지만 간단하게 열렸다. 지금까지 열어보려고 한 적이 없었기 때문에, 바니가 방을 잠그고 다니는지 어쩌는지조차 몰랐다. 어쩌면 흥분한 나머지 잠그는 것을 잊고 나간 건지도 모른다. 그녀는 자신이 바니가 금지한 행위를 하고 있다는 것을 의식하지 못하고 있었다. 다만 쓸 것을 찾아야 겠다는 생각뿐이었다. 몸 안 모든 신경이 뭐라고 쓸지, 어떻게 쓸지에 대해 집중되어 있었다. 그래서 그 덧달아낸 달개로 들어갔을 때, 그녀에게는 털끝만큼의 호기심도 없었다.

그 방에는 벽에 매달아둔 미녀들의 시체는 없었다. 이렇다할 특징 없는 방으로, 중앙에 얇은 철판으로 만든 흔해빠진 작은 난로가 있고, 굴뚝이 천장을 통해 밖으로 뻗어 있었다. 한쪽 구석 테이블 비슷한 카운터에는 기묘한 모양의 도구들이 복잡하게 놓여 있었다. 바니가 자주 이상한 냄새를 풍기던 실험에 사용한 것이 틀림없었다. 아마 화학 실험일 거라고 그녀는 멍하니 생각했다. 다른 구석에는 커다란 책상과 의자가 있고, 옆 벽의 책장에는 책이 빼곡하게 채워져 있었다.

밸런시는 다른 생각은 하지 않고 곧장 책상 쪽으로 걸어갔다. 거기서 어떤 것을 본 그녀는, 그 자리에 못 박힌 듯 한동안 몸을 움직일 수가 없었다. 교정쇄 뭉치가 있었다. 첫 페이지에 제목이 적혀 있었다. '들의 꿀벌', 그리고 제목 밑에 '존 포스터 씀'이라고 되어 있었다.

최초의 글은 이런 것이었다.

'소나무는 신비와 전설의 나무다. 소나무는 오랜 세계의 전설에 깊이 뿌리내리고 있지만, 바람과 별은 그 숭고한 꼭대기를 사랑한다. 바람의 신 아이올로스가 소나무 가지 사이로 화살을 쏠 때 어떤 음악이 울리는지.'

밸런시는 언젠가 둘이서 소나무 숲을 거닐고 있었을 때, 바니가 그것하고 똑같은 말을 한 것을 떠올렸다.

정말 그가 존 포스터였단 말인가!

밸런시는 그다지 놀라지 않았다. 온갖 충격과 감정을 하루 사이에 숨 돌릴 틈도 없이 겪고 있었기 때문이다. 이제 그 정도 일로는 충격을 받지 않았다. 다만 이렇게 생각했다.

"이제야 알겠어." 그 일은 더할 나위 없이 사소한 일이었지만 그녀의 마음에서 늘 떠나지 않고 있었다. 그 일이 가지는 중요한 의미 때문에 줄곧. 바니가 존 포스터의 신간을 사다준 뒤 얼마 안 되어, 포트로렌스의 서점에서 밸런시는 한 손님이 점원에게 존 포스터의 최신작을 사고 싶다고 말하는 것을 들었다. 점원은 무뚝뚝하게 대답했다.

"아직 안 나왔어요. 다음 주까지 기다려야 해요."

밸런시는 자기도 모르게 "아니에요, 나와 있어요" 하고 말하려다가 그만두었다. 자기와는 상관없는 일이었고, 그 점원이 책 주문을 게을리한 것을 얼버무리려는 것이라고 생각한 것이다. 하지만 이제 분명해졌다. 바니가 준 책은 미리 저자에게 보내주는 헌정본이었던 것이다.

어쨌든! 밸런시는 그 교정쇄 원고를 아무렇게나 밀쳐내고 회전 의자에 앉았다. 바니의 펜을 들었다. 그것은 볼품없는 것이었다. 그리고 종이를 한 장 놓고 쓰기 시작했다. 사실을 있는 그대로 쓴다는 생각 말고는 머릿속에 아무것도 없었다.

　바니에게

　오늘 아침 전 트렌트 선생님을 찾아갔습니다. 선생님이 다른 사람에게 보낼 편지를 잘못해서 저에게 보냈다는 사실을 알았습니다. 제 심장에는 특별히 나쁜 데가 없으며, 저는 무척 건강합니다.

　전 당신을 속일 생각이 없었습니다. 제발 믿어주세요. 당신이 믿어주지 않으면 어떻게 해야 할지 모르겠습니다. 착오가 있었던 것에 대해서는 미안하게 생각합니다. 그런데 제가 당신 곁을 떠나면 이혼할 수 있겠지요. 캐나다에서 가출은 이혼 사유가 되지 않을까요? 당신의 변호사가 이혼을 앞당기기 위해 나에게 뭔가 하라고 요구한다면, 무슨 일이든 기꺼이 하겠습니다.

지금까지 당신이 베풀어주신 친절에 감사드립니다. 결코 잊지 못할 거예요. 저는 당신을 함정에 빠뜨릴 생각은 없었습니다. 제발 이해해주세요. 안녕.

밸런시

너무나 무미건조한 편지라는 것은 알고 있었다. 하지만 뭔가 말하려고 시도하는 건 위험했다. 둑을 무너뜨리는 것과 같은 것이다. 뭐가 뭔지 알 수 없는 일이지만 감정에 치우친 말들이 걷잡을 수 없이 쏟아져버릴 것 같았기 때문이다. 추신에 그녀는 이렇게 썼다.

오늘 당신 아버님이 다녀가셨습니다. 내일 다시 오시겠다고 했어요. 모든 얘기를 들었습니다. 집으로 돌아가세요. 아버님이 무척 적적해 하고 계세요.

밸런시는 봉투에 편지를 넣고 '바니에게'라고 쓴 뒤 책상 위에 두었다. 편지 위에 진주 목걸이도 얹었다. 만약 그것이 그녀가 알고 있었던 것처럼 그냥 구슬이었다면, 그녀는 그것을 이 멋진 1년의 추억으로 간직했을 것이다. 그러나 동정심에서 그녀와 결혼했고 지금 곁을 떠나려 하는 남자한테서 선물 받은 1만 5000달러나 하는 것을 받을 수는 없었다. 소중히 했던 그 아름다운 것을 포기하는 것은 괴로운 일이었다. 그녀는 기묘하다고 생각했다. 바니와 헤어지는 것은 그리 괴롭지 않았다. 아직 마음속에 차갑고 무감각한 것으로서 가라앉아 있다. 만약 그것이 눈을 뜬다면……. 밸런시는 몸을 떨며 방을 나섰다.

밸런시는 모자를 쓰고 습관적으로 굿럭과 밴조에게 먹을 것을 주었다. 문을 잠그고 열쇠를 조심스럽게 늙은 소나무 뒤에 숨겼다. 그런 다음 프로펠러 보트를 타고 큰 섬으로 건너갔다. 기슭에 잠시 서서 푸른 성을 바라보았다. 비는 아직 내리지 않았지만 하늘은 어둡고 미스타위스는 잿빛으로 흐려 있었다. 소나무 숲 속의 작은 집이 참으로 애처롭게 보였다. 보석을 도둑맞은 보석 상자 같았다. 불 꺼진 램프 같았다.

"미스타위스를 건너오는 밤바람 소리를 들을 일은 이제 영원히 없을 거야." 밸런시는 생각했다. 그 생각만 해도 마음이 아팠다. 이런 때 그런 사소한 일로 마음이 아프다니 생각하면 정말 우스꽝스러운 얘기다.

어머니, 저 돌아왔어요

밸런시는 엘름 거리의 벽돌집 현관 앞에 잠시 서 있었다. 남의 집에 온 것처럼 문을 두드리지 않으면 안 된다고 생각하면서. 그녀는 장미나무에 꽃봉오리가 가득 맺혀 있는 것을 멍하니 바라보았다. 어쩐지 낯선 문 옆에 고무나무가 있었다. 한순간 그녀는 공포에 사로잡혔다. 이제부터 다시 옛날의 자신으로 돌아가지 않으면 안 된다는 공포였다. 그녀는 문을 열고 안으로 들어갔다.

'성서의 방탕한 아들이 집에 돌아왔을 때, 진정한 자신의 집으로 돌아왔다는 느낌이었을까?' 밸런시는 생각했다.

프레데릭 부인과 스티클스는 거실에 있었다. 밴저민 삼촌도 있었다. 세 사람은 어리둥절한 표정으로 밸런시를 보면서, 무슨 일이 생긴 거라고 직감했다. 저 여자는 지난 여름 이 방에서 모두를 비웃었던 건방지고 뻔뻔스러운 밸런시가 아니다. 정신적인 타격에서 헤어나지 못하는 눈을 한, 안색이 나쁜 여자가 그곳에 있었다.

밸런시는 망연히 방을 둘러보았다. 자신은 그동안 무척 변했는데 이 방은 조금도 변하지 않았다. 벽에는 전과 똑같은 그림이 장식되어 있었다. 침대 옆에 무릎을 꿇고 있는 고아의 기도는 영원히 끝나지 않을 것 같고, 침대 위에 누워 있는 검은 새끼고양이도 전혀 자라지 않았다. '카틀 브라'(워털루 전투의 전초전이 치러졌던 장소)를 그린 잿빛 '동판인쇄 그림'의 영국 연대는, 앞으로도 영원히 만 옆에 버티고 서 있을 것이다. 밸런시가 본 적이 없는 젊은 아버지의, 실물보다 큰 크레파스화. 그것들도 모두 같은 곳에 걸려 있었다. 초록색 닭의장풀도 변함없이 창틀 위 법랑 꽃병에서 폭포처럼 늘어져 있었다. 한번도 사용한 적이 없는 멋진 물병도, 식기 찬장의 같은 선반에 같은 방향으로 놓여 있었다. 어머니의 푸른색 결혼 기념 꽃병과 금빛 꽃병도 아직 난로 위에 점잖게 앉아 있었다. 장미와 작은 가지 무늬의 도기 시계가 시간이 멎은 채 그 옆에 있었다. 의자도 모두 전과 똑같은 자리에 있었다. 어머니와 스티클스도 그 모든 것들과 마찬가지로, 변함없이 돌처럼 차가운 태도로 밸런시를 쳐다보고 있었다.

밸런시가 먼저 입을 열었다.

"어머니, 저 돌아왔어요." 그녀는 지친 목소리로 말했다.

"그런 것 같구나." 프레데릭 부인의 목소리는 냉랭하기 짝이 없었다. 밸런시를 이 세상에 없는 사람으로 포기하고 있었던 것이다. 밸런시라는 사람의 존재조차 가까스로 잊어가고 있던 참이었다. 부인은 은혜를 모르는 반항적인 딸에 대해서는 잊어버리고, 이제 겨우 자신의 생활을 추스를 수 있게 되었다. 집 밖에서도, 자신에게 딸이 있다는 것에 대해서는 전혀 말하지 않고 동정해주지도 않는 사회에서 자신의 위치를 되찾고 있었다. 동정해 준다 해도, 그들은 들리지 않는 곳에서 조심스럽게 속삭이면서 얘기할 뿐이었다. 그래서 솔직하게 말하면, 지금 프레데릭 부인은 밸런시가 돌아오는 것을 원하지 않고 있었다. 밸런시의 얼굴을 보는 것도, 목소리를 듣는 것도 싫었다.

그런데 지금, 그 밸런시가 선택의 여지없이 이곳에 있는 것이다.

비극과 불명예와 추문만을 안고.

"그래, 그렇다면 그 이유를 들어보자구나." 프레데릭 부인이 말했다.

"왜냐하면…… 제가…… 죽지 않는다는 것을 알았기 때문이에요." 밸런시의 목소리가 갈라져 있었다.

"이게 무슨 소리야? 네가 죽을 거라고 누가 그러든?" 벤저민 삼촌이 소리쳤다.

"그 남자한테 다른 아내가 있다는 것을 안 거겠지요. 우린 처음부터 그럴 줄 알고 있었어요." 스티클스가 뻔하지 않느냐는 듯이 끼어들었다. 그녀 역시 밸런시가 돌아오는 것을 달가워하지 않았다.

"아니에요. 차라리 그랬으면 좋겠어요." 밸런시가 말했다. 밸런시는 이제 그다지 괴로워하지 않았다. 다만 몹시 지쳐 있었다. 아, 어서 설명을 끝내고 자신의 옛날 그 추한 방으로 돌아갈 수 있다면……. 혼자, 오로지 혼자. 어머니가 등나무 팔걸이의자에 소맷부리를 문지를 때마다, 구슬 팔찌가 짤랑짤랑 소리를 내는 것이 밸런시의 신경에 거슬렸다. 그것 말고는 신경에 거슬리는 것이 없었지만, 그 찰랑거리는 끈질긴 소리만은 참을 수가 없었다.

"전에도 말했지만 이 집은 언제나 네 집이다. 그런데 난 너를 절대로 용서 못해." 프레데릭 부인이 돌처럼 차갑게 말했다.

밸런시는 음산한 웃음소리를 냈다.

"제 스스로를 용서할 수 있다면 그런 건 조금도 상관없어요."

"아니, 이거야 원!" 벤저민 삼촌이 질책하듯 탄식했다. 그러나 그는 속으로 몹시 기뻐하고 있었다. 밸런시를 다시 예전처럼 자신의 감독 아래 둘 수 있다고 생각한 것이다.

"무슨 일이 있었구나. 도대체 무슨 일이지? 왜 그 남자를 떠나온 거냐? 틀림없이 까닭이 있을 거야. 뭔가 특별한 이유가 있겠지?"

밸런시는 기계적으로 얘기하기 시작했다. 처음부터 사실을 있는 그대로 단숨에 얘기했다.

"1년 전에 트렌트 선생님이 제가 협심증에 걸렸고, 앞으로 오래 살지 못할 거라고 하셨어요. 전 죽기 전에 뭔가 살았다고 말할 수 있는 일을 하고 싶었어요. 그래서 집을 나가 바니와 결혼했죠. 그런데 이제야 그건 모두 착오로 생긴 일이었다는 걸 알게 되었어요. 제 심장에는 아무런 이상이 없어요. 전 살 수 있대요. 바니는 동정심에서 저하고 결혼해줬어요. 그래서 전 그 사람과 헤어지고 그 사람을 자유롭게 해주지 않으면 안 돼요."

"이게 도대체 무슨 소리야!" 벤저민 삼촌은 소리쳤고 스티클스는 울기 시작했다.

"밸런시, 네 어머니 말을 들었으면 좋았을 것을……."

"네, 그래요, 잘 알고 있어요." 밸런시가 초조한 듯 말했다. "그렇지만 이젠 어쩔 수 없는 일이에요. 지난 1년을 되돌려놓을 수는 없잖아요. 그렇게만 할 수 있다면 얼마나 좋을까요. 전 바니를 속여서 저와 결혼하게 했어요. 그 사람의 진짜 이름은 버나드 레드펀이에요. 몬트리올의 레드펀 박사의 아들이죠. 박사는 그 사람이 집으로 돌아와 주기를 바라고 있어요."

벤저민 삼촌의 입에서 기묘한 소리가 튀어나왔다. 스티클스는 눈에서 가장자리에 검은 테가 둘러쳐진 손수건을 내리고, 밸런시를 뚫어지게 쳐다보았다. 프레데릭 부인의 돌 같은 잿빛 안구가 갑자기 기묘한 빛을 발했다.

"레드펀 박사! 그 보라색 알약의 선생 말이냐?"

밸런시는 고개를 끄덕였다.

"그리고 바니는 존 포스터이기도 해요. 자연에 관한 책을 쓴 사람요."

"하지만, 하지만……." 프레데릭 부인은 눈에 보이게 흥분하기 시작했다. 자신이 존 포스터의 장모라는 것을 알았기 때문만이 아니었다. "레드펀 박사는 백만장자야!"

벤저민 삼촌은 입술을 축였다.

"아니, 천만장자도 더 되지."

밸런시도 고개를 끄덕였다.

"맞아요. 바니는 오래전에 집을 나왔어요. 트러블, 아니 약간 괴로운 일이 있어서요. 하지만 이젠 집으로 돌아갈 거예요. 그래서 저도 집으로 돌아오지 않으면 안 되었어요. 그 사람은 저를 사랑하지 않아요. 그 사람을 함정에 빠뜨린 채 이대로 붙잡아 둘 수는 없어요."

벤저민 삼촌은 자못 교활한 모습으로 물었다.

"그자가 그렇게 말하더냐? 그자가 너에게 나가라고 했니?"

"아니요, 사실을 안 뒤로는 그 사람을 만나지도 못했어요. 그러나 저는 알고 있어요. 그 사람은 단지 동정심에서 저하고 결혼했을 뿐이에요. 제가 부탁했거든요. 제가 아주 조금밖에 살 수 없다는 사실을 알고 있었기 때문이에요."

프레데릭 부인과 스티클스도 뭔가 말하려고 했다. 그러자 벤저민 삼촌이 손을 내저으며 제지한 뒤 근엄한 얼굴로 미간을 모았다.

"이 일은 나한테 맡겨요." 손과 눈썹이 그렇게 말하고 있는 것 같았다. 삼촌은 밸런시를 향해 이렇게 말했다.

"자, 자, 이 일은 나중에 다시 의논하기로 하자. 우리는 도대체 뭐가 어떻게 돌아가는 건지 아직 상황을 잘 모르겠구나. 스티클스가 말한 것처럼, 좀더 일찍 솔직하게 털어놓았더라면 좋았을 것을. 하여튼 곧, 틀림없이 뭔가 좋은 방법이 생각날 거다."

"바니가 쉽게 이혼해줄 거라고 생각하세요?" 밸런시가 심각하게 물었다.

벤저민 삼촌은 프레데릭 부인이 입술을 달달 떨면서 공포의 비명을 지르기 직전인 것을 보고 다시 손을 저어 제지했다.

"밸런시, 날 믿어라. 모든 일이 다 잘 될 테니까. 그런데 이것만은 물어보고 싶구나. 그 집에서 너는 행복했니? 스네……, 아니 레드펀 씨가 너한테 잘해주더냐?"

"저는 무척 행복했고 바니는 정말 잘해주었어요." 마치 학교에서 선생님 말씀을 복창하듯 밸런시가 대답했다. 옛날 학교에서 문법을 배울 때 과거형과 완료형을 그토록 싫어했는데. 언제나 슬픈 기분이 들었기 때문이다.

'나는……했습니다.' 모든 게 끝나버렸다는 느낌이 들지 않는가.

"그렇다면 걱정할 것 없다." 벤저민 삼촌의 저 아버지 같은 말투! "우리 집안은 모두 네 편이다. 어떻게 하면 좋을지 생각해보마."

"감사해요." 밸런시는 피곤한 듯 말했다. 벤저민 삼촌이 이렇게 배려심이 많은 사람일 줄이야.

"전 잠시 누워 있고 싶어요. 너무…… 너무 피곤해요."

"오, 당연하지." 삼촌은 그녀의 손을 다정하게, 무척 다정하게 토닥여 주었다.

"너무 지쳐서 신경이 끊어질 것 같을 거다. 이젠 됐으니까, 가서 쉬도록 해라. 푹 자고 나면 다른 눈으로 이번 일을 볼 수 있게 될 테니까."

삼촌은 문까지 열어주었다. 밸런시가 지나갈 때 그가 속삭였다.

"남자의 사랑을 잃지 않는 첫 번째 방법은?"

밸런시는 힘없이 빙긋 웃었다. 이제 정말 옛날의 생활로 돌아왔다는 실감이 나는 것 같았다. 옛날의 그 굴레 속으로.

"뭔데요?" 옛날처럼 쭈뼛거리며 그녀가 되묻는다.

"그 사랑에 보답하지 말 것." 벤저민 삼촌은 껄껄 웃으면서 그렇게 말했다. 그는 문을 닫은 뒤 두 손을 마주잡고 비볐다. 고개를 끄덕이고 알 수 없는 웃음을 지으면서 방안을 서성거리기 시작했다.

"가엾은 아이. 가엾은 도스!" 그는 슬픈 듯이 말했다.

"그 스네이스가 정말로 레드펀 박사의 아들일 거라고 생각하세요?" 프레데릭 부인이 숨 가쁜 듯 말했다.

"아니라고 할 이유는 어디에도 없어요. 레드펀 박사가 왔다고 그 아이가 말하지 않았소? 박사는 엄청난 부자야. 난 늘 생각하고 있었지. 도스는 다른 사람들이 생각하고 있는 것보다 훨씬 장래성이 있는 아이라고. 당신은 그 아이에게 너무 가혹했어요. 너무 억압했어. 그래서 그 아이는 자신의 소질을 보여줄 기회가 없었던 거요. 하지만 지금은 어떻소, 백만장자를 남편으로 얻었잖소?"

"하지만…… 그…… 그 남자는…… 모두 끔찍한 얘기만 하지 않았어요?" 프레데릭 부인은 아직도 믿지 못하겠다는 표정이었다.

"소문과 지어낸 이야기는 소문과 지어낸 이야기일 뿐이오. 난 도무지 이해할 수가 없어. 모두들, 왜 그렇게 전혀 알지도 못하는 사람의 험담을 멋대로 지어내고 소문을 퍼뜨리는지. 당신도 왜 그런 소문과 돼먹지 않은 이야기에 그렇게 신경을 쓰는 거요? 다만, 그 사람이 다른 사람들과 사귀려 하지 않는 것 때문에 모두들 분개했던 거요. 나는 언젠가 그 사람이 밸런시와 함께 가게에 들어왔을 때, 그렇게 인상이 좋은 남자라는 것을 알고 무척 놀랐어요. 그때부터 나는 그 사람에 대한 나쁜 소문을 반은 깎아서 듣기로 했지."

"하지만 그 사람이 언젠가 포트로렌스에서 만취해 있었다고 말하지 않았어요?" 스티클스가 말했다. 의심스럽게, 오히려 그게 아니라고 믿고 싶어하면서.

"누가 봤다고 했어?" 벤저민 삼촌이 단호한 목소리로 말했다. "내가 그 사람을 봤다고 했니? 제미 스트랭 영감이 봤다고 했지. 하지만 나는 그 영감이 하는 말은 절대로 믿지 않았어. 영감도 거의 술에 만취해 있었기 때문에 잘못 본 거야. 그 사람이 술에 취해 공원 벤치에서 쓰러져 있었다고. 흠! 레드펀이 그곳에서 자고 있었던 거지. 그런 건 신경 쓸 필요 없어."

"그렇지만 그 사람의 행색을 보면…… 게다가 그 끔찍한 고물차는 어떻고……." 프레데릭 부인은 아직도 불안한 모양이었다.

"천재에게는 어딘가 괴팍한 데가 있는 법이지." 벤저민 삼촌이 딱 잘라 말했다. "도스가 그 사람은 존 포스터라고 말한 것을 듣지 않았소? 나는 문학에 대해선 잘 모르지만, 언젠가 토론토에서 온 저명한 사람이, 존 포스터는 캐나다를 세계 문학 지도에 올린 사람이라고 말하는 것을 들은 적이 있어."

"그럼…… 저 아이를 용서해주지 않으면 안 되겠군요." 프레데릭 부인이 항복했다.

"용서라고!" 벤저민 삼촌은 거세게 콧방귀를 뀌면서 말했다. 정말이지, 이 아멜리아라는 여자는 바보 중에 바보다. 가엾은 도스가 이 여자와 함께 사는 것이 지겨워진 것도 무리가 아니지.

"그래, 그래야지. 용서해줘야지! 문제는 말이오……. 스네이스가 우리를 용서해줄까 하는 거요."

"만약 그 아이가 헤어지겠다고 고집을 부리면 어떡하죠? 어쨌든 저 아이는 한번 말을 꺼냈다 하면 절대로 듣지 않는데."

"아멜리아, 모든 걸 나한테 맡겨요. 모든 걸. 여자가 끼어들면 복잡해지기만 할 뿐이지. 모두, 처음부터 잘못했기 때문에 일이 이렇게 되어버린 거야. 아멜리아, 당신이 미리 좀더 신경을 썼더라면, 저 아이가 저렇게 길을 잘못 들지는 않았을 텐데.

지금은 그냥 저 아이를 가만히 내버려둬요. 충고를 하거나 이리저리 캐물어서 괴롭히지 말고, 저 아이가 스스로 얘기할 마음이 들 때까지 기다립시다. 저 아이는 틀림없이 그 사람이 속은 걸로 생각하고 화를 낼 거라는, 오직 그 한 가지 생각 때문에 정신없이 도망쳐 온 거야.

트렌트가 그런 몹쓸 말을 하다니, 정말 괘씸한 작자군. 돌팔이 의사에게 걸려들면 이런 꼴이 되기 십상이지. 어쨌든 말이야, 저 가엾은 아이를 너무 엄하게 몰아세워서는 안 돼. 레드펀은 틀림없이 저 아이를 찾으러 올 거야. 만약 오지 않으면 내가 찾아내 남자 대 남자로서 얘기를 해보지.

그자가 백만장자일지는 모르지만 밸런시는 스털링 집안의 딸이야. 저 아이가 자신의 심장병 때문에 실수를 했다는 것만으로 저 아이를 거부할 수는 없어. 그자도 그런 생각은 하지 않을 거야. 도스는 조금 신경이 예민해져 있어. 아, 그리고 이제부터 밸런시라고 부르는 습관을 들여야겠군. 이제 어린아이가 아니니까. 알겠소, 아멜리아? 저 아이에게 자상함을 가지고 상냥하게 대해주도록 해요."

프레데릭 부인에게 자상함을 가지고 상냥하게 대하라는 건 좀 무리한 주문인지도 모른다. 그러나 부인은 최선을 다했다. 저녁 식사가 준비되자 부인은 2층으로 올라가서, 밸런시에게 차라도 한 잔 마시지 않겠느냐고 물었다. 밸런시는 침대에 누운 채 거절했다. 한동안 혼자 있고 싶을 뿐이었다.

프레데릭 부인은 딸이 혼자 있도록 해주었다. 부인은 밸런시의 태도가 딸로서의 어머니에 대한 존경심과 순종의 마음이 부족하다고 말하지도 않았다. 아무리 뭐라 해도 백만장자의 부인한테 어떻게 그런 말을 할 수 있단 말인가?

잃어버린 낙원

밸런시는 멍한 눈길로 자신의 옛 방을 둘러보았다. 이 방도 다른 곳과 마찬가지로 조금도 변하지 않았다. 마지막으로 이 방에서 잔 그날 이후 그녀에게 일어난 많은 변화가 마치 거짓말 같았다. 어쩐지 이렇게 변화가 없는 쪽이 오히려 당연한지도 모른다. 루이즈 여왕은 여전히 계단을 내려오고 있는 중이고, 불쌍한 강아지는 아직 빗속에서 아무도 구해주지 않고 있다. 보라색 종이 블라인드와 녹색이 감도는 거울도 그대로였다. 창밖에, 요란한 광고가 붙어 있는 낡은 차체 공장이 보였다. 그 건너편에 있는 역에는 지금도 부랑자들과, 명랑하게 수다를 떨고 있는 소녀들이 있었다.

이곳에서는 그야말로 옛날 생활이 고스란히 그녀를 기다리고 있었다. 무서운 귀신이 입술을 핥으면서 잔뜩 노리며 기다리고 있는 것 같았다. 그렇게 생각한 순간, 그녀는 온몸의 털이 곤두서는 듯한 두려움에 사로잡혔다. 밤이 되자, 그녀는 옷을 입은 채 침대 속으로 들어갔다. 단 하나의 구원이었던 마비된 감정이 되살아났다. 그녀는 번민 속에서 밤하늘 아래 자신의 섬을 생각했다. 모닥불, 두 사람 사이의 사소한 농담과 대화와 말장난, 통통하게 살찐 예쁜 고양이들, 요정 나라의 섬들에 켜지는 불빛들, 꿈 같은 아침, 미스타위스 위를 미끄러져가는 카누의 행렬, 거무스름한 가문비나무 속에서 한층 더 눈에 띄는, 미녀의 살결처럼 아름다운 자작나무, 겨울의 눈과 장밋빛으로 불타는 노을, 달빛에 폭 잠겨 있는 호수, 잃어버린 낙원의 수많은 즐거움. 그녀는 바니에 대해 생각하지 않기로 했다. 그 이외의 것만 생각하자. 바니에 대해 생각하면 도저히 견딜 수 없을 것 같았다.

그러다가도 모르는 사이 또 생각이 났다. 아, 바니가 보고 싶었다. 그 사람의 팔에 안기고 싶었다. 그 사람의 얼굴에 뺨을 맞대고 귓전에 속삭이는 소리를 듣고 싶었다. 그녀는 그의 다정한 표정과 냉소에 찬 말, 농담, 작은 칭찬의 말, 다정한 얘기, 그 모든 것을 떠올렸다. 그 모든 것을 보석을 헤아리는 것처럼 하나하나 헤아려 보았다. 처음 만난 날부터 하나도 잊지 않고 있었다. 지금 그녀가 가지고 있는 것은 그 추억뿐이었다. 그녀는 눈을 감고 기도했다.

"하느님, 이 모든 것을 언제까지나 떠올릴 수 있게 해주세요! 그 어느 것 한 가지도 잊지 않게 해주세요!"

하지만 잊는 편이 나을지도 모른다. 잊어버리면, 보고 싶은 마음도 외로움도 그다지 그녀를 힘들게 하지 않을지 모른다. 그래, 에셀 트래버스에 대한 것도. 하얀 피부, 검은 눈동자, 반짝이는 머릿결의 미녀가 마녀처럼 눈앞에 어른거린다. 바니가 사랑했던 여자, 그가 아직도 사랑하고 있는 여자다. 언젠가 그는 자기는 마음을 바꾸지 않는 사람이라고 말했다. 그 여자가 몬트리올에서 그를 기다리고 있는 것이다. 부자에다 유명한 남자에게 어울리는 아내다. 이혼을 하면 바니는 틀림없이 그 여자와 결혼할 것이다. 밸런시는 그 여자가 미웠다! 질투가 났다! 바니는 그 여자에게 '사랑한다'고 말했을 것이다. 밸런시는 바니가 어떤 목소리로 '사랑한다'고 말했는지 알고 싶었다. 그렇게 말할 때, 그의 깊고 푸른 눈은 어떤 빛을 띠고 있을까? 에셀 트래버스는 그것을 알고 있다. 밸런시는 그것 때문에 에셀이 미웠다. 증오하고 질투했다.

'그 여자에게는 푸른 성에서의 시간을 갖게 하고 싶지 않아. 그건 나의 시간이야.' 밸런시는 험악한 마음이 되어 생각했다. '에셀에게는 딸기잼을 만들게 할 수 없어. 아벨 아저씨의 바이올린에 맞춰 춤추게 할 수 없어. 모닥불 앞에서 바니를 위해 베이컨을 굽게 할 수 없어. 에셀을 절대로 미스타위스의 작은 집에 가게 하지 않을 테야.'

바니는 지금 무엇을 하고 있을까? 무슨 생각을, 어떻게 하고 있을까? 지금쯤 집에 돌아가서 내 편지를 보았을까? 아직도 나에게 화를 내고 있을까? 아니면 조금은 가엾다고 생각하고 있을까? 침대에 누워 폭풍 속 미스타위스를 바라보며, 지붕을 날려버릴 듯 때리는 빗소리를 듣고 있을까? 아니면 아직도 황야를 헤매고 다니며 자신이 빠져버린 곤경에 대해 화를 내고 있을까? 나를 미워하고 있을까?

고통이 잔인한 거인처럼 그녀를 죄어오며 제압했다. 밸런시는 일어서서 걷기 시작했다. 이 혐오스러운 밤에 아침은 영원히 돌아오지 않을 것인가? 만약 온다면 그 아침은 그녀에게 무엇을 가져다줄 것인가? 옛날의 권태가 없으면 옛날 생활도 그런대로 견딜 수 있을 것 같다. 하지만 새로운 추억에 새로운 동경을 품은 채 옛날의 생활로 돌아가는 것은 또다시 새로운 고통일 뿐이다.

밸런시는 신음하듯 말했다.

"아, 어째서 나는 죽지 않는단 말인가?"

나의 온몸과 마음으로

　다음날 오후 일찍, 끔찍하게 낡은 차가 엘름 거리를 덜컹거리며 달려와 벽돌집 앞에 멈춰 섰다. 모자를 쓰지 않은 남자가 차에서 뛰어 내리는가 싶더니 험악한 기세로 계단을 뛰어올라갔다. 벨이 전에 없이 거칠고 요란하게 울렸다. 벨을 누른 남자는 주인이 허락도 하기 전에 안으로 밀고 들어올 기세였다. 벤저민 삼촌이 껄껄 웃으면서 문 쪽으로 서둘러 갔다. 삼촌은 방금 가여운 도스, 밸런시가 어떻게 하고 있는지 보려고 '잠시 들른' 참이었다. 가엾은 도스, 아니, 밸런시는 여전했다. 그녀는 아침 식사 때 아래층으로 내려왔지만 아무것도 먹지 않고 방으로 돌아갔다. 점심때도 아래층에 내려오긴 했지만 역시 조금도 먹지 않고 방으로 돌아가고 말았다. 그뿐이었다. 그녀는 말도 하지 않았다. 그래서 말없이 혼자 있도록 내버려 두고 있었다.

　"그래, 좋아. 레드펀이 오늘 이곳에 올 거야." 벤저민 삼촌이 말했다. 그리고 지금, 예언자로서 벤저민 삼촌의 명성은 확고부동한 것이 되었다. 그 예언대로 진짜 레드펀이 찾아온 것이다, 어김없이.

"제 아내가 여기 있습니까?"

아무런 설명도 없이 그는 다짜고짜 벤저민 삼촌에게 물었다.

삼촌이 의미심장하게 싱긋 웃었다.

"레드펀 씨군요? 만나게 돼서 반갑소. 찾으시는 가출한 부인은 물론 있어요, 우리는……"

"일단 만나게 해주십시오." 바니는 벤저민 삼촌의 말을 조급하게 가로막았다.

"물론이오, 레드펀 씨. 어서 들어와요. 밸런시는 곧 내려올 테니까."

삼촌은 바니를 응접실로 안내한 뒤 거실로 가서 프레데릭 부인에게 말했다.

"2층에 가서 밸런시에게 내려오라고 해요. 남편이 와 있다고."

그러나 삼촌은 밸런시가 순순히 내려와 줄지 걱정이었다. 내려오지 않을지도 모른다. 삼촌은 프레데릭 부인의 뒤를 몰래 따라가 계단 밑에서 귀를 기울였다.

"밸런시, 네 남편이 응접실에서 기다리고 있어." 프레데릭 부인이 상냥한 목소리로 말했다.

"네? 아!" 밸런시는 창가에서 일어나 두 손을 만지작거리며 어쩔 줄 몰라했다.

"만날 수 없어요, 어머니……. 만날 수 없어요! 돌아가라고 해요, 돌아가라고 얘기해요. 전 도저히 만날 수 없어요!"

벤저민 삼촌이 열쇠 구멍으로 속삭였다.

"레드펀이 만나기 전에는 돌아가지 않겠다고 말했다고 해요."

레드펀이 그렇게 말한 것은 아니었지만, 벤저민 삼촌은 그를 그런 타입의 남자일 거라고 넘겨짚은 것이다. 밸런시도 그런 줄 알고 있었다. 어쨌든 일단 그를 만나지 않으면 안 될 것 같았다.

밸런시는 계단 난간을 사이에 두고 벤저민 삼촌과 마주쳤지만 처다보지도 않았다. 삼촌은 눈에 들어오지도 않았던 것이다. 삼촌은 두 손을 비비며 빙그레 웃으면서 부엌으로 가서 스티클스에게 유쾌하게 말했다.

"좋은 남편과 빵의 공통점은?"

스티클스는 모르겠다고 대답했다.

"둘 다 아내가 있어야 한다는 거지." 삼촌은 자신이 대답할 수 있어서 기분이 좋았다.

응접실에 들어온 밸런시는 빈말로라도 아름답다고 할 수 없는 모습을 하고 있었다. 싸늘한 밤이 그 얼굴을 더욱 무서운 형상으로 만들어 버렸다. 거칠어 보이는 갈색과 파랑이 섞인 무명옷을 입고 있었다. 예쁜 옷은 모두 푸른 성에 두고 왔기 때문이었다. 그때 바니는 곧장 방을 가로질러 와서 그녀를 힘껏 포옹했다.

"사랑스런 밸런시……. 아, 당신이 얼마나 바보인지 알아? 이런 식으로 집을 나가다니, 정신이 어떻게 된 거 아니야? 어젯밤에 집에 돌아가서 당신 편지를 보았을 때는 정말 미칠 것만 같았어. 그때가 12시였는데 이곳에 오기에는 너무 늦은 시간이었지. 난 밤새도록 어쩔 줄 몰라하며 서성거렸어. 오늘 아침에 아버지가 오셔서, 그래서 지금까지 빠져나올 수 없었던 거야. 밸런시, 도대체 무슨 생각을 한 거야? 이혼이라니, 말도 안 돼! 당신은 모른단 말이야?"

"알고 있어요, 당신이 동정심에서 나하고 결혼했다는걸." 밸런시는 힘없이 그를 뿌리치며 말했다. "당신이 날 사랑하지 않는다는 것도 알고 있어요, 그리고……."

"당신은 새벽 3시까지 자지 않아서 정신이 이상해지고 말았어." 바니는 밸런시의 몸을 흔들었다. "그것이 당신이 하고 싶은 말이었어? 당신을 사랑하고 있느냐고? 내가 당신을 사랑하지 않는다고? 밸런시, 기차에 치일 뻔했던 그때, 난 내 마음을 확실히 깨달았어!"

"아, 억지로 날 좋아하는 척해서 내가 그렇게 생각하도록 하는 건 그만두세요. 부탁이에요, 제발 그만해줘요!" 밸런시는 비명이라도 지르는 것처럼 격렬하게 말했다. "전 에셀 트래버스에 대한 것도 다 알고 있어요. 당신 아버님한테서 들었어요. 그러니까 바니, 부탁이에요, 날 괴롭히지 말아줘요! 당신 집으로는 이제 돌아갈 수 없단 말이에요!"

바니는 밸런시를 놓아주고 잠시 바라보았다. 밸런시의 창백하고 결연한 표정에 무언가가, 그녀의 단호한 말보다 훨씬 설득력을 가지고 있었다.

바니는 조용히 말하기 시작했다.

"밸런시, 아버지가 당신한테 모든 것을 말씀했을 리가 없어. 아버지도 다 모르고 계시니까. 나에게 얘기하게 해주지 않겠어? 모든 걸?"

"네." 밸런시는 힘없이 대답했다.

아, 너무도 사랑하는 사람! 그의 품속에 온몸을 던질 수 있다면 얼마나 좋을까! 바니가 밸런시를 다정하게 의자에 앉혔을 때, 그녀는 눈을 들 수가 없었다. 그와 눈을 마주칠 수가 없었다. 그를 위해 그녀는 용기를 내지 않으면 안 된다. 바니가 정말 동정심이 많고 상대방의 마음을 헤아려주는 사람이라는 것은 알고 있다. 물론 그는, 자유로워지고 싶다는 건 생각도 하지 않는 척할 것이다. 밸런시는 최초의 자각에서 받은 쇼크가 가라앉았을 때는 이미 그것을 알고 있었던 것 같다. 바니는 그녀를 무척 동정하고 있었다. 그녀의 괴로운 입장을 잘 이해해주고 있었다. 지금까지 그가 이해해주지 않았던 적이 한번이라도 있었을까? 하지만 바니의 희생을 절대로 받아들여서는 안 된다. 절대로!

"당신은 아버지를 만났으니까 내가 '버나드 레드펀'이라는 사실을 알고 있을 거야. 그리고 내가 '존 포스터'라는 것도 알아버린 것 같더군. '푸른 수염의 방'에 들어간 걸 보면."

"네, 하지만 호기심에서 들어갔던 건 아니에요. 들어가면 안 된다는 걸 잊고 있었어요, 까맣게."

"이젠 아무래도 상관없어. 그렇다고 당신을 죽이고 벽에 매달아둘 건 아니니까. 따라서 앤(^{(푸른 수염)에 나오는 인물로 두 형제와 함께 위험에 처한 언니를 구해낸다})을 부를 필요도 없어. 난 그저, 나에 대한 모든 것을 당신한테 얘기하고 싶었어. 어젯밤 돌아왔을 때 그것을 얘기할 생각이었지. 그래, 난 분명히 늙은 레드펀 박사의 아들이야. 보라색 알약과 강장제로 유명한 그 레드펀 박사. 내가 그 사실을 어떻게 잊을 수 있겠어. 내가 그것 때문에 얼마나 오랫동안 고통을 당해왔는데."

바니의 입에서 쓰디쓴 웃음소리가 나왔다. 그리고 방안을 몇 번이나 왔다갔다했다. 복도에서 몰래 서성거리고 있던 벤저민 삼촌은 그 목소리를 듣고 미간을 모았다. 도스도 언제까지나 쓸데없는 고집을 부릴 만큼 어리석지는 않을 것이다.

바니는 밸런시 앞에 있는 의자에 몸을 던지듯이 앉았다.

"그래, 기억하고 있는 한 난 백만장자의 아들이었어. 그러나 내가 태어났을 때부터 아버지가 부자였던 건 아니야. 의사도 아니었지. 지금도 그렇고. 아버지는 수의사였고, 그것도 완전한 낙오자였어. 아버지와 어머니는 퀘벡의 작은 마을에서 몹시 가난하게 살았대. 난 어머니를 전혀 기억하지 못해. 사진도 가지고 있지 않아. 어머니는 내가 두 살 때 돌아가셨어. 아버지보다 15살이나 아래였는데, 자그마한 학교에서 아이들을 가르쳤지. 어머니가 돌아가시자, 아버지는 몬트리올로 이사해서 자신의 발모제를 파는 회사를 차렸어. 그리고 어느 날 밤, 꿈에서 처방에 대한 힌트를 얻은 것 같아. 어쨌든 그것으로 대성공을 거두었던 거야. 돈이 자꾸자꾸 굴러들어왔지. 아버지는 그 뒤에도 여러 가지를 발명했어. 꿈속에서 발명한 건지 모르겠지만…… 알약과 강장제와 도포제 같은 것을. 내가 10살 때 아버지는 이미 백만장자였고, 집도 너무 으리으리해서, 나 같은 꼬마는 늘 몸 둘 곳이 없다는 느낌이었어. 난 그 또래 소년들이 가지고 싶어하는 장난감은 뭐든지 가질 수 있었지.

그런데 난 세상에서 가장 외로운 소년이었어. 어린 시절에서 즐거웠던 날은 단 하루밖에 떠올릴 수가 없어. 밸런시, 단 하루야. 밸런시도 그것보다는 낫지 않았을까? 아버지가 고향에 있는 옛 친구의 집에 나를 데리고 가주었어.

그날은 뜰에서 마음껏 놀 수 있었기 때문에, 하루 종일 나뭇조각에 못을 박으며 놀았었지. 정말 즐거운 하루였어. 몬트리올의 장난감으로 가득한 커다란 집에 돌아왔을 때, 난 엉엉 울고 말았지.

그렇지만 아버지한테는 이유를 말할 수 없었어. 난 아버지한테 아무 얘기나 서슴없이 하는 아들이 아니었거든. 속마음을 털어놓고 얘기하는 것이 서투른 아이였지, 밸런시. 특히 마음속에 담아두고 있는 것을 말이야. 뭐든지 마음속에 꽁꽁 숨겨버리는 버릇이 있었어. 난 감수성이 예민한 아이였는데, 소년 시절에는 더욱 그랬지. 내가 무슨 고민을 하고 있는지 아무도 몰랐으니까. 특히 아버지는 꿈에도 알 리가 없었고.

아버지는 나를 사립학교에 보냈어. 그때 겨우 11살이었는데 아이들은 나를 풀에 빠뜨리고는, 내가 책상 위에 올라가서 아버지가 파는 약의 혐오스러운 선전 문구를 큰 소리로 읽겠다고 말할 때까지 꺼내주지 않았어. 나는 시키는 대로 했어. 그때…….”
바니는 주먹을 불끈 쥐었다.
“난 공포 속에서 거의 익사하기 직전이었어. 주위에 있는 사람들 모두 나에게 냉정했어. 그런데 대학에 가서 2학년생이 같은 짓을 시키려 했을 때, 난 거부했지.” 바니는 의기양양하게 빙긋 웃음을 지었다.

　"그는 나에게 그것을 시킬 수 없었어. 그러나 내 생활을 비참하게 만들 수는 있었지. 알약과 강장제와 헤어토닉을 사용한 결과에 대해선 나도 잘 몰라. 하지만 '사용 후'라고 하는 것이 내 별명이었지. 내 머리카락은 지금도 보다시피 숱이 많거든. 4년 동안의 대학 생활은 악몽이었어. 당신은 이해할 수 있을까? 이해 못할 거야. 나 같은 먹잇감을 얻은 놈들이 얼마나 잔인한 짐승으로 변신하는지 말이야. 내 곁에는 단 두세 명의 친구밖에 없었어. 내가 좋게 생각하는 사람과의 사이에도 반드시 벽이 있었지.

　내가 싫어한 자들은, 내가 늙은 레드펀 박사의 아들이기 때문에 친구가 되려고 하는 놈들이었어. 그런데 그중 단 한 명은 좋은 친구라고 생각했지. 머리가 좋고 책을 좋아하는 그 친구는 약간의 글을 쓰기도 했는데, 그것이 우리 두 사람 사이의 끈이 되어주었어. 나도 그 방면에 은밀하게 야심을 품고 있었으니까. 그는 나보다 연상이었어. 나는 그를 나의 이상형으로 삼고 존경했어. 1년 동안 나는 전에 없는 행복을 느꼈지.

　어느 날 학내 잡지에 한 익살스러운 스케치가 실렸더군. 아버지의 약을 조롱한 신랄한 스케치. 물론 이름은 바뀌어 있었지만, 누구를 가리키며 무엇을 말하는지 금방 알 수 있었어. 정말 뛰어난 솜씨였지, 분할 정도로. 그리고 위트로 넘치고 있었어. 맥길의 모든 사람들이 그것을 읽고 배꼽을 잡고 웃은 건 물론이고. 난 그것을 쓴 사람이 그라는 것을 알았어."

　"어머, 그게 정말이에요?" 밸런시의 공허하던 눈이 분노로 타올랐다.

　"그래. 내가 추궁하자 그는 깨끗이 인정하더군. 친구보다 때론 뛰어난 아이디어가 더 소중할 때도 있는 법이라고 변명하면서. 그리고 안 해도 될 야유까지 덧붙이더군. '레드펀, 돈으로도 살 수 없는 것이 있다네. 이를테면 자네 할아버지까지는 도저히 살 수 없는 거라구.' 가혹한 최후의 일격이었지. 아직 어렸던 나는 그때 처음으로 칼로 살을 도려내는 듯한 아픔을 맛보았어. 그 일로 인해 내 이상과 환상은 거의 파괴되어버렸어. 그것이 가장 나쁜 결과였지. 그때부터 난 인간을 싫어하게 되었어. 누구하고도 친구가 되고 싶지 않았어. 그리고 졸업한 해에 에셀 트래버스를 만났지."

밸런시는 몸을 떨었다. 바니는 두 손을 호주머니에 찔러 넣은 채 고뇌하는 표정으로 바닥을 응시하고 있었기 때문에 그 모습을 보지는 못했다.

"아마 아버지도 그녀에 대해 당신한테 얘기했겠지. 그 여자는 정말 아름다운 사람이었어. 난 진심으로 사랑했어. 그래, 완전히 빠져버리고 만 거야. 지금도 그것을 부정하거나 거짓말할 생각은 없어. 그건 외롭고 로맨틱한 소년의 열정적인 첫사랑이었고 진실이었으니까. 그녀도 나를 사랑하고 있다고 나는 생각했어. 그렇게 생각한 나는, 정말 구제할 수 없는 바보였던 거지. 그녀가 결혼을 승낙했을 때 나는 하늘에 오른 것처럼 기뻤어. 그리고 두세 달이 지나, 나는 알았어. 그녀가 나를 사랑하고 있지 않다는 것을. 어느 날, 우연이었지만 나는 어떤 대화를 본의 아니게 엿듣고 말았지. 그것으로 충분했어. 그야말로 엿듣는 자의 운명이 나에게 내려지고 말았으니까. 에셀의 친구가 그녀에게 어째서 그런 특허약 냄새가 배어 있는 레드펀 박사의 아들과 사귀고 있느냐고 묻더군.

'그의 재산이 알약을 반짝반짝 빛나게 하고 쓰디쓴 강장제를 달콤하게 해주기 때문이야. 우리 어머니가 그 사람을 꼭 붙잡으라고 했어. 그렇지만 지금은 약간 위기야. 아! 그 사람이 옆에 오면 테레핀유 냄새가 나서 역겨워.' 그녀는 웃으면서 그렇게 말했어."

"오, 바니!" 그가 가련해서 견딜 수 없었던 밸런시는, 자기도 모르게 소리를 질렀다. 자신에 대한 것은 완전히 잊어버리고, 바니에 대한 동정과 에셀 트래버스에 대한 분노로 가득한 모습이었다. 어떻게 그런 말을 할 수 있단 말인가?

바니는 일어서서 다시 방안을 거닐기 시작했다.

"어쨌든 그렇게 해서 모든 것이 끝났어, 완전히. 난 문명 사회와, 마음에도 없이 달라붙는 혐오스러운 인간들과 인연을 끊고, 유콘으로 갔어. 그 뒤 5년 동안 전 세계를 방랑했지. 문명과 멀리 떨어진 모든 곳을 돌아다녔어. 생활할 만큼 돈을 벌면서. 아버지의 돈에는 한 푼도 손대지 않으려고. 어느 날 나는 이제 에셀 트래버스에게는 전혀 미련이 없다는 걸 깨달았어. 그 여자는 다른 세상에서 내가 알았던 사람일 뿐이었어. 그뿐이야. 그렇다고 옛날의 세계로 돌아갈 마음은 털끝만큼도 없었지. 나하고는 전혀 상관이 없는 것이었으니까. 난 자유로웠고, 그대로 자유롭고 싶었어.

미스타위스에 온 나는 '톰 맥뮤레이의 섬'을 발견했지. 나의 첫 번째 책이 그 전 해에 출판되어 호평을 받았던 참이라, 인세 수입이 꽤 들어왔기 때문에 그 돈으로 그 섬을 샀어. 하지만 사람을 사귈 마음은 전혀 없었지. 아무도 믿지 못했으니까. 이 세상에 진정한 우정이니, 순순한 사랑이니 하는 것이 존재한다는 걸 믿을 수가 없었어. 다만 그것은 나에게, 보라색 알약의 아들에게는 그렇다는 얘기지.

나는 남들이 나에 대해 날조해낸 얘기를 재미있어하며 들었어. 사실 나 스스로 만들어낸 건지도 몰라. 일부러 비밀스럽게 얘기하면, 사람들은 지레짐작으로 멋대로 해석했으니까.

그리고 당신이 나타났어. 당신이 나를 사랑하고 있다는 건 믿지 않을 수가 없었어. 진심으로 날 사랑하고 있다는 것을 말이야. 아버지의 재산 때문이 아니라. 돈도 없고 과거에 대한 무서운 소문이 있는 남자와 결혼하고 싶어하는 당신한테는 다른 이유 같은 건 생각할 수가 없었지. 그리고 난 당신을 가엾다고 생각했어. 그래,

내가 당신과 결혼한 것은 동정심 때문이라는 건 거짓말이 아니야. 그러나 곧 나는, 당신이 남자에게는 최고의, 즐겁고 사랑스러운 동반자라는 것을 알게 되었지. 당신은 현명하고도 충실하며 다정한 사람이야. 당신 덕택에 난 다시 진정한 우정과 사랑을 믿을 수 있게 되었어. 사랑스런 사람, 당신이 있다는 사실만으로도 이 세상이 다시 멋진 곳으로 보이기 시작했지. 난 계속 이 상태를 유지해 가고 싶었어. 어느 날 밤 집에 돌아왔을 때, 처음으로 섬의 우리 집에 불빛이 깜박거리고 있는 것을 보고 그렇게 생각했지. 당신이 그곳에서 내가 돌아오기를 기다리고 있어주었던 거야. 내내 우리 집이 없는 생활을 해온 나한테는, 우리 집은 비할 데 없이 아름다운 것이었어. 밤에 배가 고파 돌아오면 맛있는 저녁 식사와 안락한 난롯불, 그리고 당신이 있는 집이 반겨주었지.

그런데 나는 그 철길에서의 한순간까지, 당신이 나에게 있어서 어떤 존재인지 확실히 깨닫지 못하고 있었어. 그때 나는 그 사실을 번개처럼 깨달은 거야. 난 이제 당신 없이는 살아갈 수 없다는 것을, 당신을 무사히 구해내지 못한다면 함께 죽어버릴 거라는 것을.

난 동요했어, 그건 솔직하게 인정해. 놀라서 어떻게 할 바를 몰랐어. 어떻게 하면 좋을지 한동안 갈피를 잡을 수가 없었어. 망연자실했던 건 그것 때문이었지. 난, 당신의 죽음이 가까워지고 있다는 것을 깨달았을 때 거의 미칠 지경이었어. 그때까지 줄곧, 당신의 죽음에 대해 생각하는 것을 두려워하고 있었는데, 당신에게는 이미 희망이 없었기 때문에 생각해도 소용없는 일이었지. 난 그 사실을 받아들이지 않으면 안 되었어. 당신은 죽음의 선고를 받았어. 그리고 난 당신 없이는 살아갈 수가 없고. 어젯밤 집에 돌아갔을 때, 난 당신을 데리고 전 세계의 모든 명의들을 찾아갈 결심했어. 뭔가 손을 쓸 수 있는 방법이 틀림없이 있을 거라고 생각한 거야. 당신의 병이 트렌트 선생이 생각하는 것만큼 나쁘지는 않을 거라고 믿고 싶었지. 그날, 그 일을 당하고도 당신은 아무렇지도 않았으니까. 그때 난 당신의 편지를 발견했어. 미칠 듯이 기뻤어. 그리고, 어쩌면 당신이 나를 그다지 좋아하지 않는 게 아닐까 하고 불안해지더군. 그래서 내 곁을 떠나간 것이 아닌가 하는 생각이 들었지. 그런데 이제 모든 게 다 잘된 거지, 그렇지, 달링?"

놀랍게도 그는 밸런시를 '달링'이라고 부르고 있었다!

밸런시는 어쩔 줄 몰라하면서 말했다.

"당신이 나를 그렇게까지 생각해주다니, 도저히 믿어지지가 않아요. 그럴 리가 없다는 걸 난 알고 있어요, 바니. 이건 누구에게도 도움이 되지 않아요. 물론 당신은 날 가엾게 생각해줬어요. 이 복잡한 사태를 해결하기 위해 최선을 다해준 것도 알아요. 하지만 이렇게까지 할 필요는 없어요. 당신이 날 사랑하다니, 설마 이런 나를."

밸런시는 일어나서 비극적인 몸짓으로 찬장 위의 거울을 가리켰다. 아무리 앨런 티아니라 해도 그곳에 비친, 슬픔으로 빛을 잃은 초췌한 얼굴에서 아름다움을 발견할 수는 없었을 것이다.

바니는 거울을 쳐다보지 않았다. 밸런시를 지금이라도 난폭하게 끌어당기거나 삼켜버리기라도 할 것 같은 모습으로 바라보고 있었다.

"사랑하고 있느냐고? 아, 당신은 내 마음의 한복판에 있어. 보석처럼 소중한 사람. 당신한테는 거짓말을 하지 않겠다고 말했잖아. 사랑하고 있어! 나의 온몸과 마음으로 당신을 사랑하고 있어. 마음과 영혼과 머리와 그 모든 것으로! 그 모든 것들이 당신에 대한 사랑으로 떨고 있어. 나에게 필요한 사람은 오직 당신뿐이야. 밸런시."

"바니, 당신은 대단한 배우로군요." 밸런시가 힘없이 빙긋 웃으면서 말했다.

바니는 밸런시를 응시했다.

"그럼, 아직도 나를 믿지 못하겠다는 거요?"

"네, 도저히 믿을 수가 없어요."

"에잇, 빌어먹을!" 바니가 난폭하게 소리쳤다.

밸런시는 깜짝 놀라 그를 올려다보았다. 이런 바니를 보는 것은 처음이었다. 이렇게 무섭게 흥분한 모습은 본 적이 없었다. 눈동자가 분노로 인해 짙은 색깔로 변해 있었다. 일그러진 입술, 창백한 얼굴.

"당신은 믿고 싶지 않은 거야." 분노가 절정에 달했음에도 바니의 목소리는 비단결처럼 부드러웠다. "당신은 나에게 싫증이 난 거야. 이제 벗어나고 싶어진 거라구. 자유로워지고 싶어하고 있어. 당신도 그녀와 똑같이, 알약과 도포제의 나를 수치스럽게 생각하고 있는 거지? 스털링 집안의 자존심이 그것을 용납하지 않는 모양이군. 당신은 자신이 오래 살지 못할 거라고 생각했을 때는 아무 상관없었어. 그래서 그냥 즐긴 거야. 나 같은 사람이라도 참을 수 있었던 거지. 하지만 늙은 레드펀 박사의 아들과 평생 살아야 하게 되자 생각이 달라진 거야. 아, 잘 알겠어, 이제 다 알았어. 난 역시 아둔한 놈이었어. 이제 다 알았다구!"

밸런시는 일어섰다. 그리고 그의 분노에 불타는 얼굴을 뚫어지게 바라보았다.

그리고 갑자기 웃기 시작했다.

"아, 바니! 당신은 진심이군요. 진심으로 나를 사랑하는 거군요. 그렇지 않다면 이렇게 화를 낼 리가 없어요."

그 순간 바니도 밸런시를 응시했다. 그리고 작고 낮은 웃음소리를 내면서, 사랑의 승리를 쟁취한 남자는 연인을 힘껏 끌어안았다.

열쇠 구멍 앞에서 조바심에 몸이 굳어버릴 것 같았던 벤저민 삼촌은, 갑자기 긴장이 풀리는 걸 느끼면서 살금거리는 걸음으로 프레데릭 부인과 스티클스가 있는 곳으로 돌아갔다.

"모든 게 다 잘 됐어." 그는 신바람이 나서 보고했다.

사랑스러운 도스! 그는 당장 변호사를 불러 유언장을 새로 쓰기로 했다. 도스를 유일한 상속인으로 지정해야지. 처음부터 예정했던 대로 도스에게 전 재산을 물려주자.

프레데릭 부인은 하느님이 지금까지의 운명을 뒤바꿔놓은 것에 진심으로 안도하며 가족의 성경책을 꺼내 밸런시의 이름을 '기혼자' 난에 적어 넣었다.

또 다른 세계로

"하지만 바니, 당신 아버님은 어쩐지 내게, 당신이 아직도 그 사람을 사랑하고 있다는 걸 전하고 싶으셨던 것 같아요." 잠시 뒤 밸런시가 응석을 부리듯이 말했다.

"그랬을 거야. 아버지는 실수하는 데는 챔피언이시지. 말하지 않아야 할 때는 꼭 말해버린다니까. 하지만 나쁜 뜻으로 한 말은 아니야. 밸런시, 당신도 곧 좋아하게 될 거야."

"벌써 좋아하고 있어요."

"그리고 아버지의 돈은 깨끗한 돈이야. 정당하게 모은 것이지. 아버지의 약은 전혀 해롭지 않고, 보라색 약도 그것을 믿는 사람에게는 실제로 효과가 있으니까."

"하지만…… 하지만, 난 당신에게 어울리지 않는 것 같아요. 난 똑똑하지도 않고…… 교육도 많이 받지 못했고…… 또……."

"내 생활은 미스타위스에 있어. 또 전 세계의 아직 개척되지 않은 곳에도. 난 당신에게 사교계 부인으로서의 생활을 요구할 생각은 없어. 물론 조금은 아버지하고 함께 하는 시간을 가질 필요는 있지만…… 적적한 노인이니까."

"하지만 아버님의 그 으리으리한 집에서 살 생각은 아니겠죠? 난 궁전 같은 곳에서는 도저히 살 수 없어요." 밸런시가 애원하듯이 말했다.

"푸른 성에서 산 뒤에는 다른 곳에서는 도저히 살 수 없지." 바니는 싱긋 웃었다.

"걱정 말아요, 밸런시. 나도 그 집에서는 살고 싶지 않아. 금빛 난간이 세워진 커다란 대리석 계단, 마치 상표가 없는 가구점 같아. 그것은 아버지의 자존심을 나타내는 것이기도 하지. 우리는 몬트리올 교외의 시골에 작은 집을 지어서 삽시다. 아버지도 가끔 만날 수 있게. 집은 우리 둘이서 함께 짓는 거야. 자신의 손으로 지은 집이 돈으로 산 집보다 훨씬 더 가치가 있지.

여름에는 미스타위스에서 지내기로 해. 가을에는 여행을 하고. 당신에게 앨햄브라를 보여주고 싶군. 아마 당신 꿈속의 푸른 성에 가장 가까운 곳일걸. 그리고 이탈리아에 있는 고대의 정원에도 데려가겠어. 거기서 검은 사이프러스 숲에서, 로마를 비춰주는 달이 떠오르는 광경을 보여주고 싶어."

"미스타위스 호수 위에 뜨는 달보다 아름다운가요?"

"아니, 그렇지는 않아. 또 다른 아름다움이지. 아름다움에도 온갖 종류의 것이 있어. 밸런시, 1년 전에 당신은 추한 세계밖에 보지 못했어. 온 세상에 어떤 아름다운 것이 있는지 아무것도 몰랐어. 그래! 둘이서 등산을 하는 게 어때? 사마르칸트 시에서는 보물을 찾아보고 동서양의 모든 신비를 탐험하러 가는 거야. 손 잡고 세상 끝까지 가보지 않겠어? 난 당신에게 모든 것을 보여주고 싶어. 당신의 눈을 통해 다시 한 번 그것들을 보고 싶어. 이 세상에는 당신한테 보여주고 싶은 것이 얼마나 많이 있는지 몰라. 당신과 함께 하고 싶은 일, 당신에게 얘기해주고 싶은 것이. 아마 평생이 걸릴 거야. 그리고 티아니의 그림에 대해서도 다시 한 번 고려해봐야겠어."

"한 가지 약속해줬으면 하는 게 있어요." 밸런시가 심각한 표정으로 말했다.

"뭐든지." 바니는 가볍게 응수했다.

"오직 한 가지뿐이에요. 어떤 상황에서도, 어떤 자극을 받더라도, 내가 먼저 당신한테 청혼했다는 것을 빌미로 절대 놀리지 않겠다고 약속해줘요."

올리브 스털링 양이 세실 브러스에게 보낸 편지

　도스의 어리석고 무모한 행동이 가져온 결과를 보면, 정말 어이가 없어요. 요조숙녀답게 살아야 할 필요가 전혀 없을 것 같은 기분이 든다니까요.

　그녀가 가출했을 때, 그녀의 머리가 정상이 아니었던 것은 확실해요. 그녀가 진흙공에 대한 얘기를 꺼냈을 때, 난 그걸 알았어요. 물론 난, 그녀의 심장에 결함이 있다고는 생각하지 못했죠. 어쩌면 그 스네이스인지 레드펀인지 하는 사람이, 미스타위스의 오두막에서 도스에게 보라색 알약을 먹여, 낫게 해준 건지도 모르는 일이죠. 온 가족이 총출동해서 정말 멋지게 약효를 증명한 셈 아니에요?

　그는 겉으로는 특별하다 할 것이 없는 평범한 남자여서, 내가 도스에게 그렇게 말했더니 그녀는 딱 잘라서 이렇게 말했어요. "난 너무 딱딱한 사람은 좋아하지 않아."

　그래요, 그가 무뚝뚝하고 엄격한 사람이 아닌 건 사실이에요. 하지만 지금은 깔끔하게 머리도 자르고, 옷도 제대로 된 것을 입고 있어서 제법 품격이 있더군요. 세실, 당신도 운동을 좀 하는 게 어때요? 너무 살이 찌는 건 좋지 않아요.

게다가 그는 '존 포스터'래요. 그게 사실이든 아니든 상관없는 일이지만.

레드펀 박사는 두 사람의 결혼 선물로 200만 달러를 줬대요. 틀림없이 보라색 알약으로 벌어들인 돈일 거예요. 두 사람은 가을에 이탈리아에서 지내다가, 겨울에는 이집트로 가고, 사과꽃이 피는 계절에는 자동차를 타고 노르망디를 여행할 거래요. 그런데 그 끔찍한 고물차 '레이디 제인'은 아니에요. 레드펀은 멋진 새 차를 샀어요.

정말이지 나도 가출을 해서 수치스러운 행동이라도 해야 할까 봐요. 그만한 가치가 있을 것 같지 않아요?

벤 삼촌은 웃긴다니까요. 제임스 삼촌도 마찬가지고요. 도스를 두고 그렇게 난리법석이라니 정말 꼴불견 아니에요? 아멜리아 숙모가 '내 사위 버나드 레드펀'이니 '내 딸 버나드 레드펀 부인'이니 하고 말하는 것을 들으면, 부모들은 다 어리석은 것 같아요. 밸런시가 몰래 킥킥 웃는 것도 모른다니까요.

작별, 다시 만남을 위하여

쌀쌀한 9월 밤의 어둠 속에서, 밸런시와 바니는 큰 섬의 소나무밭에서 푸른 성을 향해 돌아서서, 작별하기 전에 다시 한번 바라보았다. 미스타위스는 석양의 라일락 빛에 잠겨, 믿을 수 없으리만큼 섬세하고 신비로웠다. 닙과 턱이 늙은 소나무 위에서 한가로이 '까악 까악' 울고 있었다. 굿럭과 밴조는 바니가 새로 산 짙은 녹색 자동차 속에서, 따로따로 바구니 속에 웅크리고 앉아 '야옹야옹' 시끄럽게 노래하고 있었다. 두 마리는 사촌 조지아나의 집으로 갈 예정이다. 바니와 밸런시가 돌아올 때까지 두 마리를 맡아주기로 한 것이다. 웰링턴 삼촌과 사촌 세라, 앨버타 숙모도 그 영광을 얻고 싶었지만 결국 그 특권은 조지아나에게 돌아갔다. 밸런시는 눈물을 뚝뚝 흘리고 있었다.

"그렇게 울 것 없어, 달빛님. 내년 여름에는 돌아올 거잖아? 우린 이제부터 진짜 신혼여행을 떠나는 거라구."

눈물에 젖은 모습으로 밸런시는 빙긋 웃었다. 너무 행복해서 오히려 두려울 정도였다. 그러나 눈앞에 펼쳐져 있는 영광의 그리스와

장엄한 로마, 영원한 매력을 지닌 나일강, 매혹적인 리비에라, 이슬
람 사원, 궁전, 첨탑들이 주는 아름다운 즐거움에도 불구하고, 밸런
시는 마음속으로 믿어 의심치 않았다. 이 세상의 어떤 장소, 어떤
집도, 자신의 푸른 성의 마력에 비하면 아무것도 아니라는 것을.

ANNE'S BOOKS

A Unpremeditated Ceremony

예기치 못한 결혼식

Missy's Room

미시의 방

The Price

속죄

The Bride Roses

신부의 장미

예기치 못한 결혼식

셸윈 그랜트는 10년 동안이나 서부에 가 있었는데도, 마치 한 시간쯤 외출했다 돌아온 것처럼, 온 가족이 모여 있는 집에 예고도 없이 찾아왔다. 살갗에 기분 좋게 닿는 조용하고 차가운 가을 공기 속에 메아리쳐 오는 애기소리에 이끌려, 그는 마당의 양귀비꽃 꽃길 정면에 열려 있는 식당문으로 걸어갔다. 한동안 아무도 그의 인기척을 느끼지 못했다. 그는 문에 서서 미소 띤 얼굴로 모두를 둘러보고 있었다. 도대체 무슨 일이 생긴 걸까? 마치 몸에 두른 옷처럼, 사람들 주위로 축제의 분위기가 감돌고 있는 것 같았다. 어머니는 테이블 옆에 앉아 비장의 은스푼을 열심히 닦고 있었는데, 그것은 그가 기억하는 한 매우 특별한 날에만 꺼내는 물건이었다. 어머니는 옛날 그대로 눈을 빛내며, 등줄기도 옛날 그대로 꼿꼿하게 세우고, 그 카스톤 집안의 코도 옛날 그대로 높고 귀족적이었다.

셸윈에게 어머니는 거의 아무것도 변한 것이 없는 것처럼 보였다. 하지만 창가에 자리 잡고 앉아 무릎 위에 산처럼 올려놓은 레이스와 오건디(가볍고 투명한 / 얇은 면, 견직물)로 어머니는 뭔가를 열심히 만들고 있었다. 퐁파두

319

르 스타일로 정성들여 올린 갈색 머리와 명백한 그랜트 집안의 서민적인 코를 한, 저 키가 크고 위풍당당한 젊은 여자는 셀윈의 기억으로 어쩌면 곱슬머리에 피부가 까무잡잡했던 열세 살짜리 꼬맹이 누이동생처럼 보였다. 찬장에 기대고 있는 청년은 물론 레오가 틀림없다. 근사한 외모에 어깨가 넓은 이 청년, 갑자기 셀윈은 자신도 예외없이 나이를 먹었음을 깨달았다. 그리고 한구석에는 자그마하고 여윈 몸에 백발이 희끗희끗한 아버지가, 근시의 눈으로 여전히 미동없는 자세를 한 채 신문을 들여다보고 있었다. 셀윈은 그 모습을 보고, 어머니한테서도 느끼지 못했던 연민에 가슴이 뻐근해지는 듯한 동통을 느꼈다. 그리운 아버지! 흘러가는 세월이 아버지 어깨에 부드럽게 내려앉아 있었다.

그랜트 부인은 반짝이는 스푼을 집어 들고 요리조리 꼼꼼하게 뜯어보면서 만족스러워하는 모습이었다.

"됐어. 이 정도면 마거릿 그레이엄도 아무 트집을 잡지 못할 거야. 차 두 다스와 디저트 한 다스를 모두 가지고 갈 거야. 애야 바사, 날 도와 손잡이에 붉은 끈을 하나씩 묶어다오. 카모디 집안의 스푼도 같은 모양을 하고 있으니까. 제니 그레이엄의 결혼식 때 카모디 부인이 우리 것을 두 개나 가지고 가버렸다는 걸, 난 진작부터 알고 있었어. 이제 더 이상 하나라도 잃는 건 사양하겠어. 그리고, 여보……."

문득 뭔가가 어머니의 시선을 주위로 끌었고, 그곳에서 어머니는 문득 장남의 모습을 발견했다!

한 차례 소동이 지나가자, 셀윈은 도대체 무슨 일로 스푼을 닦고 있는 거냐고 물었다.

"결혼식을 위해서지, 뭐겠니?" 금테 안경을 닦으면서, 이제 그 이상 눈물과 감상에 젖을 여유가 없다고 결심한 그랜트 부인이 말했다. "그런데 아직 반도 끝내지 못했어……. 앞으로 1시간 안에 옷을 입고 준비해야 하는데, 바사는 아무 도움도 되지 않고……. 이 아인 신부 들러리의 예쁜 장식에만 정신이 팔려 있다니까."

"결혼식이라고요? 누구의 결혼식요?" 셀윈이 놀라서 물었다.

"무슨 소리니? 물론 레오지. 레오는 오늘 밤 결혼해. 초대장을 받지 못했니? 초대장을 보고 온 게 아니었어?"

"의자를 이리 좀 줘, 잠깐." 셀윈이 애원하듯이 말했다. "레오, 너 이렇게 무모한 방법으로 결혼해버린다는 거야? 너 진짜 어른이 되긴 한 거니?"

"키가 1미터 80센티가 넘는데 가짜치고는 상당히 그럴 듯하지 않아?" 레오가 히죽거렸다. "정신 좀 차려요, 노인 양반. 그렇게 심한 일은 아니니까. 그녀는 멋지고 좋은 아가씨야. 우린 3주일 전에 형에게 편지로 모든 걸 얘기했어. 가능한 한 덜 충격적으로 말이야."

"난 한 달 전에 동부에 갔었어. 그때부터 대학시절 친구들을 찾아다니며 방랑을 좀 했지. 그래서 편지를 받지 못했어. 아, 이제 좀 편해졌다. 됐어, 부채질은 이제 그만해도 돼, 바사. 그래, 어떤 집이든 시련의 계절을 보내지 않고는 세상살이를 할 수 없는 법이지. 아우여, 그래 그 상대는 누구지?"

"앨리스 그레이엄이야." 카스톤 집안의 코를 가지지 않은 아이들을 대신해 참견하는 것이 이미 버릇이 되어 있는 그랜트 부인이 대답했다.

"앨리스 그레이엄! 그 꼬마 말이야?" 깜짝 놀란 셀윈이 소리쳤다.

레오가 으르렁거렸다. "왜 그래 형! 그러지마. 이곳 크로이든에 사는 우리는 그리 진보적이지 않을지도 모르지만, 완전히 제 자리걸음만 하고 있는 건 아니라구. 봐, 열 살부터 스무 살 사이에 여자아이가 얼마나 자라는지? 형처럼 늙은 노총각은 모두들 어린아이 그대로 있는 줄 알고 있지. 아니, 셀! 관자놀이 근처가 희끗희끗하잖아?"

"나도 알고 있어. 하지만 그걸 처음으로 지적해준 사람이 내 동생이라니 왠지 비장한 느낌이 든다. 뭐, 인정하겠어. 생각해 보니 앨리스도 많이 자랐을 게 틀림없어. 옛날보다 좀 예뻐졌니?"

"앨리스는 귀여운 처녀야." 그랜트 부인이 감개무량한 듯 말했다. "미인이지만 요즘 시대의 미인치고는 보기 드물게 상냥하고 똑똑해. 레오가 선택한 사람에게 우리 모두 무척 만족하고 있단다. 자, 이젠 정말 시간이 없어. 결혼식은 7시인데 벌써 4시잖니."

"역에 누군가 사람을 보내 제 짐을 가져오게 해주시겠어요?" 셀윈이 부탁했다. "새 옷을 가지고 오길 잘했군요. 안 그랬으면 도저히 참석할 수 없었을 거예요."

"자, 이제 이 정도로 해야겠다. 여보, 나도 이 아이와 시간 가는 줄 모르고 얘기에 빠져 있고 싶어질 것 같으니, 셀윈을 저쪽으로 좀 데리고 가주세요."

서재에서 아버지와 아들은 차분하게 서로를 마주 바라보았다.

"아버지, 오랜만이군요. 많은 것이 변해서 조금 현기증이 나요. 바사는 어른이 되었고, 레오가 오늘 밤에 결혼한다니! 게다가 그 상대가 앨리스 그레이엄이라니! 저에게 그 아이는 어릴 때 그대로, 다리가 껑충하고 검은 눈을 한 장난꾸러기 계집아이에 지나지 않는데. 사실은, 아버지, 전 오늘 밤의 '전망 좋은 집'에서의 결혼식에 가고 싶은 마음이 들지 않아요. 혹시 아버지도 그런 것 아니에요? 옛날부터 떠들고 노는 건 싫어했잖아요. 우리 같이 가지 말아버릴까요?"

먼 옛날 그는 아버지와 함께 일방적으로 많은 가족행사의 참석을 거부하곤 했다. 그 마음 통하는 추억에 두 사람은 미소를 교환했다. 그러나 그랜트 씨는 고개를 옆으로 저었다.

"이번만은 안 된다. 제대로 된 인간이라면 거부할 수 없는 일도 있어. 그 하나가 바로 아들의 결혼식이란다. 성가신 일이지만 마지막까지 해내지 않으면 안 돼. 너도 가정을 가지면 그것이 어떤 것을 의미하는 건지 알 수 있을 게다. 그건 그렇고, 왜 너는 지금까지 결혼하지 못하고 있는 거냐? 도대체 왜, 나는 지금까지 네 결혼식에 나가는 귀찮고 성가신 의무를 하지 못하고 있는 거지?"

셸윈은 웃었지만, 희미한 고뇌의 울림을 아버지의 민감한 귀는 놓치지 않았다.

"법률책에 코를 빠뜨리고 있어서 그래요, 아버지. 결혼이 문제가 아니라니까요."

그랜트 씨는 부수수한 백발의 머리를 흔들었다. "그런 건 이유가 되지 않아, 셸. '세상의 반은 여자'라는 말도 있지 않느냐, 서른다섯이나 먹은 남자가 색시감을 찾지 못하는 건, 뭔가 그럴 만한 이유가 있을 것이다. 굳이 캐물을 생각은 없지만, 그 이유라는 것이 부끄러워서 남에게 말할 수 없는 그런 것이 아니기를 바란다. 아마 언젠가는 너도 셸윈의 아내로 불릴 사람을 데리고 오겠지. 그때를 위해 필요한 충고 한 마디 하마. 네 어머니는…… 그래, 특별히 주옥 같은 여자야, 셸윈, 특별히. 아녀자라고 부르기에는 아까울 정도지. 나도 어떻게 돌아가는지 전혀 모를 만큼, 살림을 잘 꾸려나가며 안락하게 살 수 있게 해주었어. 그녀는 내내 좋은 아내였고, 좋은 어머니였다. 만약 내가 젊다면 다시 청혼해서 결혼하고 싶은 여자야, 몇 번이라도. 정말이다. 그렇지만 말이다, 아들아, 네가 신부감을 고를 때는, 귀엽게 생긴 보통코를 골라야 한다. 유서 있는 코가 아니라 말이다. 무슨무슨 집안의 코를 한 여자와는 절대로 결혼해서는 안 돼, 아들아."

바로 그 중요한 순간, 유서 깊은 코를 가진 여성이 서재에 들어와서 두 사람에게 모성애 넘치는 미소를 보냈다.

"식당에 간식이 준비되어 있어요. 드시고 나면 결혼식에 갈 준비를 하셔야 해요. 여보, 머리를 좀 더 단정하게 빗으세요. 셸윈, 널 위해 그 녹색 방을 치워두었다. 내일 천천히 얘기하자꾸나, 하지만 오늘밤에는 너무 바빠서 도저히 네게 신경을 쓸 여유가 없어. 모두 다 같이 '전망 좋은 집'에 가려면 어떻게 해야 할까? 레오와 바사에게는 작은 마차를 타고 가라고 해야겠다. 세 사람은 탈 수 있으니까. 넌 아버지와 나하고 함께 경마차로 붙어서 가야지, 뭐."

"무슨 말씀이세요! 전 '전망 좋은 집'까지 걸어갈 겁니다. 겨우 반킬로미터밖에 안 되잖아요. 옛날의 길 아직 그대로 있겠죠?" 셸윈이 유쾌하게 대답했다.

"그야 물론이지." "레오가 뻔질나게 오가면서 잘 다져두었으니까. 길을 모르겠으면 그 아이에게 가르쳐달라고 해라." 그랜트 씨가 선선히 대답했다.

"잊어버리지 않았어요." 말하는 셸윈은 약간 무뚝뚝했다. 그에게는 숲의 오솔길을 기억하고 있을 만한 이유가 있었다. 그랜트 집안에서 '전망 좋은 집'에 구애하러 다닌 것은 레오가 처음이 아니었던 것이다.

길을 걷기 시작하자, 동쪽언덕 끝에 둥근 달이 희미하게 떠올랐다. 가을의 대기는 부드러우면서도 짜릿하고 향기로웠다. 오른쪽으로 길게 뻗은 그림자가 들판을 가로지르고, 늙은 너도밤나무 가로수 길은 은빛 모자이크 무늬를 이루고 있었다. 셸윈은 천천히 걸었다. 에즈미 그레이엄을, 아니 그보다 옛날에 에즈미 그레이엄이었던 소녀를 생각하고 있었다. 결혼식에서 얼굴이 마주치게 될까? 충분히 있을 수 있는 일이지만, 만나고 싶지는 않았다. 10년 동안이나 노력해보았지만, 그에게는 톰 세인트클레어의 아내를 편안한 마음으로 무심하게 바라볼 수 없었다. 잘해 봐야 마음에 품고 있던 추억에 생채기만 내고, 두 번 다시 에즈미 그레이엄을 에즈미 세인트클레어로밖에 생각하지 않게 될 것이다.

그레이엄 일가는 11년 전에 '전망 좋은 집'에 왔다. 딸들만 있는 대가족이었는데 그중에서 키가 껑충하게 큰 밤색 머리의 소녀 에즈미가 장녀였다. 옛날에 셀윈 그랜트가 연하의 소녀들에게 부담없는 놀이친구로서, 또 소년답게 남몰래 에즈미를 좋아하는 남자로서, '전망 좋은 집'에 빈번하게 드나들었던 한여름이 있었다. 톰 세인트클레어도 늘 찾아왔지만, 셀윈은 그 두 사람이 6촌 사이라고만 생각했다. 그러던 어느 날, 에즈미가 열여섯 살 때 톰과 약혼한 사실을 알게 되었다. 동생 가운데 하나가 가르쳐주었던 것이다. 그러고는 끝이었다. 그는 그 뒤 곧 집을 떠났고, 한참 뒤에 집에서 온 편지에는 톰 세인트클레어의 결혼 소식이 대수롭지 않게 적혀 있었다.

하마터면 결혼식에 지각할 뻔했다. 그가 다른 문으로 들어간 바로 그때 '전망 좋은 집'의 거실에 신부 일행이 들어왔다. 그 모습을 보고 셀윈은 놀란 나머지, 자기도 모르게 휘익! 하고 휘파람을 불 뻔했다. 저게 앨리스 그레이엄이란 말인가! 숱많은 검은 머리를 크고 풍성하게 땋고, 엷은 면사포를 마치 머리에 내려앉은 새하얀 서리처럼 단장한, 저 키가 크고 위엄에 찬 모습의 여인이! 뺨을 장밋빛으로 물들이고 있는 묘령의 여인이! 바로 10년 전 그 작고 말라깽이였던 왈가닥 소녀란 말인가? 생김새와 피부색은 약간 달라도, 혈통 때문인지 어딘가 모르게 에즈미와 닮은 구석이 엿보였다.

에즈미는 어디 있을까? 목사님이 식을 진행하는 동안, 셀윈은 모여 있는 손님들을 살짝 훑어보았다. 그레이엄 집안의 딸들 몇 명은 알아볼 수 있었다. 그러나 탄탄한 체격에 혈색이 좋고 하는 일도 잘되고 있음을 짐작게 하는 풍채의 톰 세인트클레어가, 저쪽 구석의 의자 위에 서서, 부인들 머리 너머로 눈을 가늘게 뜨고 구경하고 있는 모습은 보였지만, 에즈미의 모습은 어디에도 보이지 않았다.

한바탕 악수와 축하의 말이 오간 뒤 셸윈은, 중국풍 제등의 고운 불빛이, 일렁이는 달빛과 함께 요정의 나라를 빚어내는 청량하고 조용한 마당으로 빠져나갔다. 그래서 예기치 않게 두 사람은 그곳에서 만나고 말았다. 바로 옆문에서 밖으로 나온 그녀는, 늘씬하고 화사한 몸에 촉촉한 광택이 있는 딱 붙는 옷을 입고 있었다. 또한 밤색으로 물결치는 머리에는 하얀 꽃이 별처럼 반짝이고 있었다. 어렴풋한 빛 속에서 소녀 때보다 훨씬 더 아름답게 변한 그 모습에 셸윈의 심장 박동은 위험 수위에 다다르고 말았다.

"에즈미!"

그는 자기도 모르게 그녀를 불렀다.

깜짝 놀란 그녀는, 어두워서 확신할 수는 없지만, 그를 보자 얼굴빛이 싹 변하는 것 같았다.

"셸윈!"

그녀도 두 손을 내밀며 소리쳤다.

"아, 셸윈 그랜트! 진짜 셸윈이에요? 아니면 꿈의 정령인가요? 이런 곳에 있을 줄은 전혀 몰랐어요. 집에 돌아온 줄은 꿈에도 몰랐어요."

그는 에즈미의 손을 꽉 잡고, 아주 조금 끌어당겼다. 그 사람이 톰 세인트클레어의 아내라는 것은 잊고, 오로지 그의 모든 사랑과 생애의 헌신을 마음이 메말라버릴 때까지 바치겠다고 맹세한 여성이었다는 것만 떠올리면서.

"4시간 전에 돌아왔는데, 곧바로 레오의 결혼식에 참석하게 되었지. 눈이 팽팽 도는 것 같아, 에즈미. 이런 새로운 사태에 한꺼번에 나의 이 녹슨 머리를 맞추는 건 도저히 불가능해. 레오와 앨리스가 결혼하다니, 우습게밖에는 생각되지가 않아. 아무리 봐도 그 애들, 진짜 어른이 될 리가 없는데 말이야."

에즈미는 웃는 얼굴로 손을 빼면서 가볍게 말했다,

"우리 모두 열 살이나 나이를 먹었어요."

"넌 달라. 전보다 더 예뻐진 것 같군, 에즈미. 서투른 찬사로 들릴지 모르지만 어린 시절의 친구니까, 용서해주겠지."

"이 어둠이 태양보다 지금의 나에게는 고마운 존재로군요. 나 벌써 서른이에요. 알고 있죠, 셀윈?"

"그리고 난 흰머리가 생겼고." 그는 고백했다. "나 자신은 알고 있지만, 다른 사람은 모를 거라는 은근한 희망조차, 오늘 아차 하는 순간, 레오 때문에 무너지고 말았어. 언제까지나 어린아이로 있어주지 않는 동생들이란 정말 처치곤란한 존재거든. 이번에는 당신이, 아기도 어른이 되었다고 말할 생각이겠지."

"아기는 열여덟 살이 되었고, 애인이 생겼어요." 에즈미가 웃었다. "그리고 미리 경고해 두지만, 이제 그 아기는 '로라'라고 불러주기를 바라고 있어요. 우리 조금 걷지 않을래요? ……너도밤나무 아래를 지나, 옛날 오솔길의 문 있는 곳까지. 난 머리가 좀 아파서 신선한 공기를 마시면 나을까 하고 밖으로 나온 참이에요. 나중에 저녁식사 준비하는 거 거들어야 해요."

그들은 천천히 잔디를 가로질러, 그 옛날 즐겨했던 그리운 산책을 하기 위해 엷은 달그림자의 오솔길을 걸어갔다. 셀윈은 마치 꿈 같은, 깨고 싶지 않은 즐거운 꿈 속 같은 심정이었다. 이야기 소리와 웃음소리가 새나오는 집을 멀리 뒤로 하고 이윽고 오래된 문까지 오자, 깊은 밤의 정적이 그들을 감싸주었다. 멀리 저편에는 달빛에 녹아 빛나는 안개의 들판이 펼쳐져 있었다.

잠시 두 사람은 아무 말이 없었다. 여자는 눈앞에 하얗게 펼쳐진 공간을 응시하고 있고, 남자는 그녀의 목덜미가 희미하게 그리는 곡선과 풍요로운 머리의 부드러운 그림자에 눈길을 빼앗기고 있었다. 얼마나 여성스럽고 또 얼마나 순결해 보이는지! 톰 세인트클레어

따위는 생각만 해도 모독이다.

"다시 만나서 정말 기뻐요, 셀윈." 에즈미가 침묵을 깼다. "우리처럼 남겨진 낡은 것은 자꾸자꾸 줄어들고, 아기들은 계속 무럭무럭 커가고 있어요. 난 가끔 나 자신만의 세계가 보이지 않을 때가 있어요. 이렇게 완전히 변해버렸으니 말이에요. 마음이 편치 않아요. 그런데 당신 덕분에 즐거워졌어요. 멋진 일이에요, 내가 있어야 할 곳은 이곳이라고 생각할 수 있다는 건. 생각해보면 오늘밤은 쓸쓸해요. 앨리스가 이제 가버리는걸요. 이제 남은 건 어머니와 아기와 나뿐. 우리 가족도 완전히 줄고 말았어요."

"어머니와 아기와 당신이라고!" 셀윈은 다시금 머리가 어찔했다. "그렇다면 톰은 어디로 간 거야?"

바보 같은 질문이라고는 생각했지만, 억제할 사이도 없이 입에서 멋대로 튀어나오고 말았다. 에즈미는 이쪽으로 얼굴을 돌리더니 이상하다는 듯한 눈길을 보냈다. 그는 그 눈이 마치 새벽에 피어나는 제비꽃처럼 안개가 낀 듯 신비로운 청색을 갖고 있다고 생각했다. 그러나 오늘 밤에는 더욱 깊고 한없는 부드러움에 넘치고 있는 것 같았다.

"톰이라니?" 그녀는 의아하다는 듯 물었다. "톰 세인트클레어를 말하는 거예요? 톰은 이곳에 와있어요. 물론 부인하고 함께. 부인을 보지 못했어요? 그 푸른색이 섞인 분홍색 드레스를 입은 귀여운 사람 말이에요, 이름은 릴 메레디스. 아! 당신도 릴을 알고 있잖아요, 그 액스브리지의 메레디스 씨의 딸."

훗날 셀윈 그랜트는 그때를 회고할 때마다 이렇게 말하곤 했다. '만약 그때 문을 꽉 붙들지 않았다면, 나는 틀림없이 놀라서 말도 하지 못한 채, 너도밤나무 밑의 이끼 낀 땅에 쿵 하고 쓰러지고 말았을 거야.'

이 놀라운 밤에 알게 된 놀라운 사실들 전부를 합쳐도, 이것보다 놀랍지는 않았다. 이 나라의 언어에는 이런 기분을 표현할 적절한 말이 없었다. 그것을 찾으려고 할수록 시간만 낭비하게 될 뿐이다. 그는 그 순간 결심했다. 그래서 맨 먼저 생각난, 흔하지만 가장 빠르고 단도직입적인 방법으로 조심스럽게 말했다.

"난 당신이 톰하고 결혼한 줄만 알았어."

"당신은…… 내가…… 톰하고…… 결혼했다고…… 생각했단 말이에요?" 에즈미는 천천히 또박또박 되풀이해 말했다. "그래서 지난 십년 동안 줄곧 그렇게 생각하고 있었다는 거예요, 셀윈 그랜트?"

"아, 그랬어. 그게 뭐 이상해? 내가 떠날 때 당신은 톰과 약혼해 있었지, 제니가 얘기해줘서 알았어. 그리고 1년 뒤에 바사가 편지를 보내 톰의 결혼 소식을 전했고. 누구하고인지는 말하지 않았지만, 그게 당신이라고 내가 생각했다 해도 이상할 것 없잖아?"

"아아!" 그것은 반쯤 한숨이었고, 또 오랫동안 숨겨놓고 돌보지 않았던 통증이 함께 솟아 나오며 내지른 작은 비명이기도 했다. "모든 건 우스꽝스러운 오해였어요. 처음에는 철없는 사내아이와 여자아이 사이에 있을 법한 이야기로, 톰과 난 약혼했어요. 그러다가 우리 두 사람 다 이건 잘못되었다는 걸 알았죠……. 우리가 사랑이라고 생각했던 건 단순한 친구로서의 따뜻한 마음, 우정에 지나지 않았던 거예요. 그래서 당신이 떠나기 직전에 약혼을 취소했어요. 동생들은 모두 그 사실을 알고 있었지만, 제니에게는 아무도 그 일을 말해주지 않았나 봐요. 그저 어린 아이라고 생각했으니까요. 그래서 당신은 나를 톰의 아내로 지금까지 생각하고 있었다는 거예요? 정말 어처구니가 없군요."

"웃을 일이 아니야, 비극이야! 안 그래, 에즈미? 난 더 이상 오해를 쌓고 싶지 않아. 이렇게 된 이상, 있는 그대로 얘기하는 수밖에 없어. 난 당신을 사랑하고 있었어. 처음 만났을 때부터 줄

곧. 당신이 다른 남자와 결혼하는 걸 보고 있을 수가 없어서 집을 떠났던 거야. 그동안 한번도 돌아오지 않았던 것도 그래서였고. 에즈미, 지금이면 너무 늦었을까? 날 조금이라도 생각해 본 적 있어?"

"네, 있어요." 그녀는 천천히 대답했다.

"지금도?"

그녀는 셀윈의 어깨 뒤에 얼굴을 숨기고 "네" 하고 속삭였다.

"그렇다면 우리 집으로 돌아가서 결혼하자." 그가 기쁜 듯 말했다.

에즈미는 몸을 떼고 물끄러미 그를 응시했다.

"결혼이라고요?"

"그래, 결혼하는 거야. 우린 이미 10년이나 세월을 낭비했어. 더 이상은 1분도 허비할 수 없어. 절대로 허비하지 않을 거야!"

"셀윈! 그건 무리예요."

"무리라는 말은 이미 내 사전에서 추방되었어. 고정관념만 버리면 정말 간단한 일이야. 이곳에는 이미 결혼식과 장식이 다 준비되어 있고 초대손님과 목사님까지 와있어. 게다가 우리 주에서는 결혼 허가증이 필요하지 않아. 당신은 지금 특별히 멋진 새 옷을 입고 있고, 게다가 나를 사랑하고 있어. 내 새끼손가락의 금반지는 당신에게 딱 맞을 것 같군. 이만하면 모든 조건이 충족된 것 아니야? 굳이 날을 미뤄서 2, 3주일 뒤에 다시 온 집안에 소동을 되풀이하면 무슨 의미가 있을까?"

"당신이 왜 법률가로서 성공했는지 알 것 같군요. 하지만……."

"'하지만'은 없어. 따라와, 에즈미. 당신 어머니와 우리 어머니를 찾아서 얘기하게."

30분 뒤, 술렁이는 손님들 사이로 어떤 놀라운 얘기가 흘러 나와 소근소근 한바퀴를 돌았다. 모두가 여우에 홀린 것 같았다. 그 동안, 싱글싱글 웃는 얼굴의 톰 세인트클레어와 제니의 남편이 흩어진 사람들을 급히 거실에 다시 모아놓고, 방 한복판에 통로를 만들었다. 목사가 블루북(공적인 보고서)을 들고 입장한 뒤, 셀윈 그랜트와 에즈미 그레이엄이 손에 손을 잡고 걸어왔다.

두 번째 결혼식이 끝나자 그랜트 씨는 아들과 열렬한 악수를 나눴다. "행복하게 살라는 말은 할 필요도 없겠지, 너? 그건 이미 네 손에 들어있으니까. 넌 두 번의 결혼식을 한번의 소동과 수고로 끝낼 수 있게 해주었어, 그게 바로 천재라는 거야. 그리고," 그랜트 씨는 에즈미가 그랜트 부인의 넉넉한 포옹에 잠시 정신이 팔린 순간을 틈타, 몰래 귓속말로 말했다. "그 코라면 걱정 없어. 에, 그렇지만, 네 어머니는 역시 대단한 여자다, 아들아! 정말이야."

미시의 방

    팔코너 부인과 미스 베일리는 파란 하늘에 구름 한 점 없는 한여름의 대낮 속을 함께 걸어가고 있었다. 로빈슨 부인의 집에서 열린 부인회 모임에서 돌아가는 길이었다. 두 사람은 진지하게 얘기하고 있었다. 아니 그보다, 미스 베일리는 심각하게 뭔가 계속 얘기하고 있고, 팔코너 부인은 그것을 듣고 있었다. 팔코너 부인은 남의 얘기를 잘 들어주는 습관을 신의 경지까지 끌어올린 사람이었다. 슬퍼 보이는 갈색 눈과, 55세라는 나이와, 그 소녀 같은 걸음걸이에 어울리지 않는 눈처럼 새하얀 머리, 깡마른 체격에 언제나 사색하는 표정을 짓고 있는 한 자그마한 여성이었다. 린지 마을에서 팔코너 부인에 대해 잘 알고 있다고 자부할 수 있는 사람은 아무도 없었다. 그녀는 40년이나 되는 오랜 세월 동안 이곳에서 살아왔지만, 자신과 주변 사이에 아무도 침해할 수 없는 불가사의하고 기묘한 담을 쌓고 있었다. 부인이 걸어온 길에 뭔가 괴롭고 슬픈 사연이 있다는 것은 다들 잘 알고 있었지만, 부인 스스로 그것에 대해 절대 얘기하지 않았고, 린지 마을 사람들 대부분도 그 일에 대해서는 잊고 있었다. 그중에는 팔코너 부인마저도 지금은 지난 일을 잊었으리라고 믿는 어리석은 사람도 있었다.

"아, 정말, 이제 이 지상의 사람들은 카밀라 클라크에게 해줄 수 있는 일이 아무것도 없는 것 같아요. 나도 이젠 두 손 들었어요. 이젠 오로지 하늘의 뜻에 맡기는 수밖에 없을 거예요, 아마." 미스 베일리가 깊은 한숨을 내쉬며 말했다.

미스 베일리의 말투와 한숨은, 마지막 희망의 끈이었던 하늘의 도움마저도 더이상 기대할 수 없다는 것을 노골적으로 암시하고 있었다. 하지만 미스 베일리는 진심으로 그렇게 생각한 것은 아니었다. 그녀의 신앙심은 그 높이 평가할 만한 오랫동안 갈고 닦아온 수완과 마찬가지로, 굳건한 것이었으므로.

카밀라 클라크 문제는 린지의 한 교회 부인회를 뒤흔들고 있었다. 오늘 오후의 모임에서 자선 행사를 준비하기 위해 바느질을 하는 동안 내내 그 일에 대해 얘기하고 있었다……. 얘기는 나눴지만 아무런 결론도 나지 않았다.

그것은 지난 봄에 린지 목재공장의 직공 제임스 클라크가 사고로 목숨을 잃은 데서 시작되었다. 그 충격이 제임스의 젊은 아내에게 치명적인 것이었다는 가장 확실한 증거로서, 이튿날 카밀라 클라크는 아기를 사산했고, 그 비운의 어머니는 몇 주일 동안 낭떠러지 위를 헤매고 다녔다. 그리고 조금씩, 정말 조금씩, 삶과 죽음 사이에서 방황한 끝에, 카밀라는 가까스로 어둠의 골짜기를 벗어난 것이다. 하지만 아직 병상에 있었고, 당분간은 회복의 조짐이 보이지 않았다.

클라크 내외가 린지에 온 것은 사고가 나기 불과 얼마 전의 일이었다. 그때부터 배리 부인의 집에 방을 빌리고 살았는데, 그 동안 배리 부인은 이 가엾은 젊은 과부에게 온갖 배려를 다해 친절을 베풀었다. 그러나 배리 일가가 곧 린지를 떠나 서부로 가게 되는 바람에, 거기서 문제가 발생한 것이다. 카밀라 클라크를 어떻게 하지? 그녀는 도저히 서부로 갈 수 있는 상태가 아니었다. 그렇다고, 린지에 남아 있는다 해도 아직 일할 수 있는 몸도 아니었다. 게다가 온 세상을 다 뒤져도 친척은 물론 친구 한 명도 없었다. 또 완전히 무일푼이었다. 그래서 그녀와 남편이 이 부인회가 소속된 교회의 신자였다는 인연에서, 회원들은 카밀라를 위해 무엇을 해줄 수 있는지 검토하는 것이 자신들의 마땅한 의무라고 생각했다.

확실한 해결책은 그녀가 일을 할 수 있게 될 때까지 요양할 수 있는 집을 누군가가 제공해주는 것이다. 그렇지만 그럴 수 있는 사람은 아무도 없는 것 같았다, 팔코너 부인 말고는. 교회는 작았고 부인회는 더 작았다. 회원은 겨우 열두 명, 그중 네 명의 미혼녀는 하숙을 하는 처지여서 아무런 도움도 되지 않았다. 나머지 여덟 명 가운데 일곱 명은 대가족이거나 남편이 병들어 있는 등, 카밀라 클라크의 요양소를 자청하고 나설 수 없는 이유들이 있었다. 그 이유들은 모두 거짓 없는 것이었다. 다들 선량하고 성실한 부인들로, 가능하다면 카밀라를 맡아주고 싶지만, 각자의 사정을 극복할 수 있는 좋은 방법이 좀처럼 머리에 떠오르지 않았다. 그렇지만, 만약 팔코너 부인이 이 난국에 대처해주지 않는다면, 어떻게든 그녀들 자신들의 힘으로 해결책을 강구할 각오였다.

팔코너 부인에게 카밀라 클라크를 보살펴달라고 부탁하는 역할을 떠맡고 싶어 하는 사람은 아무도 없었다. 오히려 모두들 부인 쪽에서 먼저 그렇게 말해오지 않을까 하고 기대하고 있었다. 부인은 상당히 부유했고, 집은 작지만 식구가 그녀와 남편 두 사람뿐이었다. 하지만 팔코너 부인은 부인회에서 토론이 계속되는 동안 조개처럼 입을 다물고 앉아, 카밀라 클라크 문제에서 자신을 향한 은근한 암시를 듣고도 절대로 입을 열지 않았다.

그래서 결국 미스 베일리가 다시 한번 시도해 보는 것이었다. 그

녀는 절망적인 기분으로 하느님의 이름까지 꺼냈으나 아무 효과가
없자, 차라리 부인에게 카밀라를 맡아달라고 직접 부탁하는 게 더
나을 것 같았다. 하지만 그것도 어쩐지 마음이 내키지 않았다. 어지
간한 일에서는 쉽게 물러서는 법이 없는 미스 베일리도, 팔코너 부
인의 대범하고 초연한 태도 앞에서는 주눅이 들고 말았기 때문이다.

　미스 베일리가 마을의 거리로 내려가 버린 뒤, 팔코너 부인은 한
동안 자신의 집 문 앞에 서있었다. 그녀는 옆에서 봐도 알 수 있을
만큼 깊은 수심에 잠겨 있었다. 그 오후의 암시는 이미 그녀가 이
모든 상황을 꿰뚫고 있음을 뜻했다. 부인회 회원들은 한결같이 그녀
가 카밀라를 맡아야한다고 생각하고 있다는 것을. 하지만 집에는 그
럴 만한 방이 없었다. 카밀라에게 미시의 방을 내준다는 건 꿈에도
생각할 수 없는 일이니까.

　그녀는 슬픈 듯 혼잣말을 했다.

　"난 도저히 그럴 수 없어. 그 사람들은 몰라……. 알 리가 없지
……. 미시의 방을 내준다는 건 도저히 안 될 말이야. 가엾은 카
밀라, 내가 도와줄 수 있으면 좋겠지만. 하지만 미시의 방을 줄
수는 없고, 다른 방은 없으니."

　팔코너 씨의 아담한 집은 도로에서 쑥 들어가서, 사과 과수원과
울창한 단풍나무숲으로 뒤덮여 있는 무척 예쁜 집이었다. 일층에 방
두 개, 이층에도 방이 두 개 있었다. 팔코너 부인이 거실에 들어가
자, 길게 내려온 백발에 온화한 푸른 눈을 한 노인 같은 남자가 웃
는 얼굴로, 눈앞에 쌓여 있는 원색의 집짓기 블록 저편에서 올려다
보았다.

　"여보, 심심하지 않으셨어요?" 팔코너 부인이 상냥하게 말을 걸
었다.

　그는 웃는 얼굴 그대로 고개를 저었다.

　"아니, 심심하지 않았어. 이거 정말 예뻐. 이걸 봐, 우리 집이

야." 그는 집짓기 블록을 가리키며 말했다.

이 팔코너 부인의 남편은 옛날에는 린지에서 가장 머리가 좋고 똑똑한 사람 중의 하나였고, 철도회사에서 가장 신뢰받는 직원이기도 했다. 그곳에서 일어난 열차 충돌사고. 말콤 팔코너는 휴지처럼 구겨진 차체 안에서 심한 부상을 입고 구조되었다. 결국 몸은 원래대로 회복되었지만, 그때부터 그의 정신은 단순한 어린아이——순종적이고 다루기 쉬운, 착한 가축이나 다름없는 생물——가 되어버린 것이다.

팔코너 부인은 카밀라 클라크가 자꾸만 머리에 떠오르는 것을 어떻게든 뿌리치려고 했지만 소용없었다. 양심이 그녀를 계속 괴롭혔다. 부인은, 오늘 밤 마을에 내려가서 카밀라를 만나보고 방금 만든 바닷말 젤리를 갖다 주어야겠다고 생각하며 마음의 고통을 덜어보려고 했다. 바닷말 젤리는 허약한 몸에 무척 좋은 것이니까.

카밀라는 배리 집안의 거실에 혼자 앉아 있었다. 그 가엾은 여인은 참혹할 정도로 여위고 허약하고 창백해져 있었다. 그 모습이 팔코너 부인의 가슴을 후려쳤다. 카밀라는 마치 어린 아이와 같은 모습을 하고 있었다. 짙은 그림자가 드리워진 눈은, 여윈 얼굴에 너무 커보였고, 손은 투명하게 비쳐 보일 것 같았다.

"아직 별로 좋아지지 않았어요." 이것저것 묻는 팔코너 부인에게 카밀라가 떨리는 목소리로 대답했다. "아, 몸을 추스르는 데 이렇게 오랜 시간이 걸리다니! 전 알고 있어요…… 제가 여러분들에게 짐이 되고 있다는 걸 잘 알고 있어요."

"무슨 말이에요, 그렇게 생각하면 안 돼요." 팔코너 부인은 더욱더 견딜 수 없는 기분에 사로잡히면서 말했다. "모두들 무슨 일이든지 기꺼이 할 거예요. 당신을 위해 가능한 일이라면 뭐든지."

부인은 갑자기 입을 다물었다. 매우 정직했던 그녀는, 방금 자기가 한 말이 거짓임을 스스로 깨달은 것이다. '카밀라를 위해 할 수 있는 일을 모두 다 하고 있지는 않아……. 가능한 일이라면 뭐든지, 그것도 기꺼이, 나는 하지 않았어.' 팔코너 부인은 양심이 찔려서 견딜 수가 없었다.

카밀라가 한숨을 쉬면서 말했다.

"하다못해 일하러 나갈 수 있을 만큼이라도 건강해졌으면 좋겠어요. 제가 일을 할 수 있게 되면, 신발공장에서 일하게 해주겠다고 맥스 씨가 말씀하셨거든요. 하지만 아직 그건 먼 미래의 얘기가 될 것 같아요. 아, 전 이제 지칠 대로 지쳐버려서 모든 의욕을 잃고 말았어요!"

그녀는 두 손에 얼굴을 묻고 흐느껴 울었다. 팔코너 부인은 목이 메어왔다. 만약 미시가 이 세상 어디선가 외톨이가 되어 있다면, 병에 걸려 친구도 없고, 몸이 쉴 곳도, 안심하고 살 수 있는 집을 제공해주는 사람도 아무도 없다면? 그건 충분히 있을 수 있는 일이었다. 팔코너 부인은 자신을 말릴 사이도 없이 말해버리고 말았다. "자, 이제 그만 울어요! 카밀라, 우리 집에 와있도록 해요. 완전히 몸이 나을 때까지, 응? 조금도 짐이 되는 일이 아니에요. 당신이 있어 준다면 나도 기쁠 거야."

팔코너 부인의 주사위는 던져졌다. 철회하고 싶어도 이미 때는 늦어버렸다. 하지만 자신이 정말로 철회하고 싶은 건지 어떤지 잘 알 수가 없었다. 그래도 아직……. 미시의 방을 카밀라에게 내주고 말다니! 팔코너 부인에게 그것은 엄청나게 큰 희생이었다.

이튿날 아침, 공기를 환기시키고 먼지를 털어내기 위해, 그녀는 입술을 꼭 깨물면서 이층으로 올라갔다. 그 방은 먼 옛날 미시가 나가버렸을 때와 조금도 달라지지 않은 모습이었다. 지금까지 아무것도 건드리거나 바꾸지 않고 간직하고 있었는데! 모든 것이 예쁘고 깔끔하고 청결했다. 조그마한 창문에는 새하얀 모슬린 커튼이 쳐져 있었다. 한쪽 벽면에는 귀여운 하얀 침대. 벽에는 몇 장의 미시의 사진, 네모난 작은 탁자에 놓여 있는 몇 권의 책과 수공예 바구니. 뭘 만들다 만 추상적인 무늬의 천 조각이 세월의 손에 의해 노랗게 퇴색된 채 바구니 속에 들어있었다. 금박으로 가장자리를 두른 거울 앞의 작은 화장대에는, 여성스러운 자질구레한 물건들과 상자. 그것들을 흐트러 놓은 사람은 지금껏 아무도 없었다, 미시가 가버린 뒤로는. 미시의 화사한 분홍색 리본 하나가 거울 꼭대기에서 늘어져 있었다. 미시는 분홍색 리본을 무척 좋아했다. 장미꽃과 리본으로 즐겁게 장식된 미시의 모자는 의자 위에, 집을 나가기 전날 밤 미시가 그곳에 둔 그대로였다.

방을 둘러보자 팔코너 부인은 입술이 떨리고 눈에 눈물이 고였다. 아, 어떻게 하면 좋단 말인가! 이것들을 모두 치우고 이곳에 남을 오게 한다고? 15년이나 그녀 외에는 아무도 들어온 적이 없는 이 장소에. 이 방 안, 미시의 추억 속, 방랑 생활에 지치면 돌아오라고 기다려주고 있었던 이 방. 어머니의 막연한 기대와, 오랜 세월 동안 혼자 정적에 싸여 일그러져버린 상념 속에서 이곳은, 딸자식의 순진 무구한 소녀시절이 그 어머니를 위해 고스란히 간직돼 있는 것 같았다. 만약 이 방이 남의 것이 된다면 그 모든 것은 영원히 사라져버릴 것만 같았다.

팔코너 부인은 눈물을 쓱 닦았다. "정말 어리석은 얘기라는 걸 나도 알고는 있어. 하지만 그렇게 생각하지 않을 수 없어. 이곳을 정리한다는 건 생각만 해도 가슴이 아파. 그렇지만 하지 않으면 안 돼. 카밀라는 오늘 이곳에 올 것이고, 그 사람을 위해 이 방을 준비해 두지 않으면 안 돼. 아, 미시! 나의 사랑스러운, 잃어버린 딸! 이렇게 하는 건 바로 널 위해서야……. 네가 어디선가 지금 카밀라와 같은 처지에 있을지도 모르니까. 그렇다면 너에게도 이렇게 친절을 베풀어주는 사람이 있기를 바라기 때문이야."

그녀는 창문을 활짝 열고, 침대에 새 이불을 덮었다. 미시의 작은 소지품들이 하나하나 정리되어 소중하게 포장되었다. 퇴색한 장미꽃 다발이 꽂힌, 그 화려하고 재미있는 작은 모자를 상자에 넣는 어머니의 눈물이 뚝뚝 떨어졌다. 그녀는 미시가 처음으로 그 모자를 썼을 때를 똑똑히 기억하고 있었다. 사랑스럽고 절묘한 피부색의 얼굴, 커다랗게 반짝이는 갈색 눈, 그리고 분방한 금빛 곱슬머리가 가장자리에 레이스를 두른 깊숙한 차양 아래로 살짝 보이고 있었지. 아, 미시는 지금 어디에 있을까? 어떤 보금자리에서 쉬고 있을까? 이 엄마를, 단풍나무 아래의 하얗고 작은 고향집을, 또 어린 시절에 무릎을 꿇고 귀여운 기도를 올렸던, 천장이 낮고 어두컴컴한 방을 지금도 기억할까?

카밀라 클라크는 그날 오후에 찾아왔다.

"어머나, 정말 기분 좋은 곳이에요." 그녀는 살랑살랑 바람에 흔들리고 있는 단풍나무숲을 보며 감사의 마음을 담아 말했다. "이곳이라면 저, 틀림없이 금방 좋아질 것 같아요. 배리 부인도 무척 친절하게 대해 주셨어요. 그분의 은혜는 결코 잊지 못할 거예요. 하지만 집이 바로 공장 옆이어서 하루 종일 기계가 윙윙 돌아가고 있었죠. 전 정신이 이상해질 것만 같았어요. 이렇게 안절부절못하다가 언젠가 폭발해버리지 않을까 하는 생각까지 들었죠. 전 신경이 약해져 있어서 그런 소리에는 마음이 불안해지고 말거든요. 하지만 이곳은 무척 조용하고 나무들이 많아서 마음이 한결 차분해져요. 이제 비로소 편히 쉴 수 있을 것 같아요."

잠자리에 들 시간이 되자 팔코너 부인은 카밀라를 미시의 방으로 데리고 갔다. 막상 생각한 만큼 괴롭지는 않았다. 미시의 물건을 정리해버리는 고통은 이미 끝났고, 자기 딸의 방에 허약한 소녀 같은 카밀라가 있는 모습을 보아도 어머니의 마음은 아프지 않았다.

카밀라가 방을 한 바퀴 둘러보면서 말했다. "정말 예쁜 방이에요! 정말 새하얗고 달콤하고! 아, 이곳에서는 틀림없이 잠을 푹 잘 수 있을 거예요. 그리고 꿈을, 멋진 꿈을 꿀 수 있을 것 같아요."

"우리 딸이 쓰던 방이에요." 열려 있는 창가로 가서, 인도사라사 천을 붙인 의자에 앉으면서 팔코너 부인이 말했다.

카밀라는 놀라는 모습이었다.

"따님이 있는 줄 몰랐어요."

"……외동딸이었어요." 팔코너 부인은 꿈을 꾸고 있는 것처럼 말했다.

15년 동안, 그녀는 남편 외의 그 누구한테도 미시에 대해 얘기한 적은 단 한번도 없었다. 그런데 지금 느닷없이 카밀라에게 얘기하고 싶은 충동이 생겼다. 미시와 이 방에 대해.

"그 아이의 이름은 이사벨라라고 했어요. 고모의 이름을 땄지요. 하지만 우리는 미시라고만 불렀어요. 그 아이가 말을 하기 시작할 무렵, 자신을 그렇게 불렀거든요, 혀 짧은 소리로. 오, 그 아이가 사라져버렸을 땐 정말 견디기가 힘들었어요!"

"언제 죽었는데요?" 카밀라가 물었다. 검은 눈동자에 동정의 빛이 별처럼 반짝이고 있었다.

"그 아이는…… 그 아이는 죽은 게 아니에요. 가출했어요. 예쁘고 밝고 즐거운 것을 무척 좋아하는 아이였지요……. 그리고 무척 착한 아이였어요. 아, 미시는 언제나 착한 아이였어! 아이 아버지도 나도 그 점을 자랑스러워했고……. 아마 너무 자랑했던가 봐요. 미시에게도 사실 결점은 있었으니까……. 예쁜 드레스와 화려한 것을 너무 좋아했어요. 하지만 그 아이는 매우 어렸어요. 우리는 하나뿐인 그 아이를 응석받이로 키우고 말았지요. 어느 날 버트 윌리엄스가 공장에서 일하기 위해 이곳 린지로 왔어요. 잘생기고 사람을 끌어당기는 매력이 있었지만, 술을 좋아하는 형편없는 남자였어요. 그 남자의 과거에 대해서는 아무도 몰랐어요. 그런데 그 자가 미시를 농락하고 만 거예요. 그 아이를 만나러 우리 집에 몰래 드나들었지요. 우리 집에 출입하는 것을 남편이 금지할 때까지는. 그랬더니, 나의 그 가련하고 어리석은 아이는 다른 곳에서 그 남자를 만나고 다녔어요. 나중에 알게 된 사실이지만. 그리고 결국 그자하고 달아나서 피터보로에서 결혼해 함께 살기 시작했지요. 버트가 그 마을에서 일자리를 얻어서 말이에요. 우리가 …… 우리가 미시에게 너무 엄하게 했던 거예요. 남편은 그 일로 몹시 충격을 받았어요. 그토록 애지중지하며 자랑으로 여겼던 딸이었으니까요. 자신이 그 아이한테서 배신을 당한 것 같은 기분이 들었던 거예요. 남편은 미시에게 편지를 써보냈는데 그 내용은, 이제 딸과의 인연을 끊고, 절대 용서할 수 없으니 두 번 다시 이곳에 나타나지 말라는 것이었지요. 나도 화가 나있었지요. 난 결국 마지막까지 그 아이한테 아무 말도 하지 않았어요. 아, 얼마나 후회하며 울었는지! 만약 단 한 마디라도 용서한다는 말을 써 보내기만 했더라도 모든 건 달라졌을 텐데. 하지만 남편이 그걸 허락하지 않았어요.

얼마 뒤 무서운 일이 일어났어요. 한 여자가 피터보로에 와서 자기가 버트 윌리엄스의 아내라고 주장한 거예요……. 그건 사실이었어요……. 결혼증명서가 있었으니까. 버트는 자취를 감췄고 다시는 나타나지 않았어요. 그 얘기를 듣자 바로 남편이 뜻을 굽혀 주었기 때문에, 난 미시를 집으로 데리고 오려고 피터보로까지 갔어요. 하지만 그 아이는 이미 그곳에 없었어요……. 떠나버리고 만 거예요. 그 아이가 있는 곳을 아는 사람은 아무도 없었어요. 일주일 후쯤 그 아이한테서 편지가 왔어요. 비탄에 잠겨 있으며, 결코 용서받지 못할 거라는 건 알고 있다고, 이런 부끄러운 마음으로는 도저히 버틸 수 없다고, 그래서 아무도 찾지 못할 곳으로 떠난다는 거예요. 우리는 그 아이를 찾기 위해 백방으로 노력했지만 결국 찾지 못했어요. 그 이후 그 아이한테서 아무 소식이 없은 지 벌써 15년이에요. 가끔은 이미 죽어버린 게 아닐까 하는 생각에 전율하다가도, 아니야, 그 아이는 반드시 살아있을 거야, 하는 기분이 들기도 하고. 아, 카밀라, 나의 가엾은 딸을 찾아서 집으로 데리고 돌아올 수만 있다면 다른 건 아무것도 필요하지 않아요!

이곳이 미시의 방이었어요. 그 아이가 나가버렸을 때, 난 그 아이를 위해 이 방을 손가락 하나 대지 않고 그대로 두려고 결심했지요. 그리고 오늘까지 그렇게 해왔어요. 나 말고는 이 문 안에 들어온 사람은 아무도 없었어요. 언제나 혹시 미시가 돌아오는 게 아닌가 하고 기대하면서, 그 아이를 이 방에 데리고 와서 이렇게 말해주고 싶었어요. '미시, 이곳은 네가 나갔을 때부터 여지껏 변함없이 너의 방이었단다. 그리고 여기 엄마의 가슴속은, 네가 가버렸을 때나 지금이나 그대로 네가 쉴 곳이란다' 하고. 하지만 그 아이는 여태 돌아오지 않고 있어요. 이제 다시는 돌아오지 않을지도 몰라요."

팔코너 부인은 두 손에 얼굴을 묻고 하염없이 눈물을 흘렸다. 카밀라가 다가와서 부인의 어깨를 감싸 안았다.

"틀림없이 돌아올 거예요. 아주머니의 사랑과 기도가 곧 미시를 데리고 돌아와 줄 거라고 생각해요⋯⋯. 반드시 그렇게 될 거예요. 전 아주머니가 얼마나 좋은 분인지 잘 알고 있는걸요. 이렇게 저에게 따님의 방을 내주시다니, 정말 커다란 희생을 치러 주셨어요! 하느님이 미시를 아주머니 곁으로 인도해주시도록, 저 매일 밤 기도할게요." 카밀라는 말했다.

그날 밤 문을 잠그기 위해 팔코너 부인이 거실로 돌아가니, 남편은 이미 깊이 잠들어 있었다. 그때 부인의 귀에 누군가 현관 문을 두드리는 소리가 들려왔다. 이런 늦은 시간에 누구일까, 하고 고개를 갸우뚱하면서 그녀는 문을 열었다. 불빛이 어둠 속으로 퍼져나가자, 문 앞의 층계에 오그리고 서있는 초라한 모습이 눈에 들어왔다. 창백하게 여윈 얼굴. 그것은 어머니의 눈만이 알아볼 수 있는 딸의 얼굴이었다. 팔코너 부인은 비명을 질렀다.

"미시! 미시! 오, 미시!"

그녀는 가련한 방랑자를 가슴에 꼭 끌어안고 집안으로 데리고 들어갔다.

"오, 미시, 미시! 이제야 돌아왔구나. 하느님, 감사합니다! 오, 하느님, 감사합니다!"

"저 돌아왔어요, 어머니. 어머니 얼굴을 한 번만이라도 보고 싶어 견딜 수가 없었어요. 집이 그리워 견딜 수가 없었어요." 미시가 흐느껴 울면서 말했다.

"하지만 어머니에게 알릴 생각은 없었어요······. 결코 나설 생각은 없었어요. 전 줄곧 병에 걸려 있었는데, 나으면 맨 먼저 이곳으로 달려오려고 마음먹고 있었어요. 밤에 어두울 때 가만히 집에 가까이 가볼 생각으로요. 그렇게 해서, 그리운 집을 내 눈으로 보고, 또 만약 아직도 이곳에 계신다면, 어머니와 아버지 얼굴을 창문으로나마 한번 보고 싶었어요. 하지만 이곳에 아직 살고 계시는지 어떤지도 몰랐는걸요. 그런 다음 밤기차를 타고 다른 곳으로 가버릴 작정이었죠. 그런데 창문 밑에서 어머니가 누군가에게 제 이야기를 하고 있는 소리가 들리는 거예요. 아, 어머니! 어머니가 절 용서해주셨다는 것, 아직도 절 사랑하고 계신다는 것, 그리고 내내 절 위해 제 방을 그대로 두셨다는 걸 알고, 어머니 앞에 나서기로 결심했어요."

어머니는 딸을 흔들의자에 앉히고 낡은 모자와 겉옷을 벗겼다. 미시가 이렇게도 초췌하고, 지치고, 고달파 보이다니! 하지만 그 얼굴은 여전히 아름답고 맑았고, 옛날 어여쁜 소녀였던 시절에는 없었던 아름다운 무언가가 배어 있었다.

"저 많이 변했죠, 그렇죠, 어머니?" 슬픈 미소를 띠며 미시가 말했다. "무척 힘들게 살아 왔어요······. 하지만 정직하게 살았어요, 어머니. 집을 나갈 때는 정말 미쳐버릴 것만 같았어요. 제 고집 때문에 아버지와 어머니, 그리고 자신의 명예까지 짓밟아버렸다고 생각했거든요. 전 될 수 있는 대로 어머니와 아버지한테서 멀리 떨어진 곳에 가서 공장생활을 했어요. 그곳에서 계속 일하면서 겨우 연명할 수 있을 만큼 벌었죠. 아, 한 마디라도 좋으니까 어머니의 목소리를 듣고 싶었어요······. 한번만이라도 얼굴을 보고 싶었어요! 하지만 돌아갔다가는 틀림없이 아버지한테 문전박대를 당할 거라고 생각했죠."

"아, 미시!" 어머니가 목이 메어 말했다. "가엾은 아버지는 지금은 완전히 아기나 마찬가지란다. 10년 전에 무서운 사고를 당하신 뒤로 회복되지가 않았어. 널 알아보기나 하실까 몰라······. 모든 걸 깡그리 잊어버리고 말았는걸. 하지만 사고를 당하기 전에 이미 널 용서했단다. 가엾게도 네가 그걸 모르고 있었던 거야. 넌 떠돌아다니기에 몸이 너무 허약해. 하지만 이젠 걱정 없어. 이렇게 집에 돌아왔고, 엄마가 곧 회복할 수 있도록 도와줄 테니까. 우선 특별히 맛있는 차를 끓여주마. 내일 아침까지 더 이상 아무 말도 하지 말고 쉬어라. 이런! 하지만 미시, 지금은 네 방에 데리고 갈 수가 없구나. 카밀라 클라크가 지금 그 방을 사용하고 있어. 그 사람은 이미 잠들어버렸을 테니 깨울 수가 없겠다. 그녀도 병자인걸. 너에게는 엄마가 소파를 침대로 꾸며주마. 응? 미시, 미시, 우리 함께 무릎을 꿇고 하느님께 감사기도를 드리자!"

밤도 깊어서, 미시가 임시로 만든 침대에서 깊은 잠에 빠져있을 무렵, 어머니는 잠도 자지 않고 가만히 옆에 와서 흐뭇하게 딸을 지켜보며 중얼거렸다.

"생각해 보니, 만약 카밀라 클라크를 데리고 오지 않았더라면, 미시는 내가 그 방에 대해 얘기하는 것을 듣지 못했을 거야. 그리고 그대로 돌아가 버렸을 거고 두 번 다시 행방을 알 수 없었겠지. 아, 카밀라를 어떻게 할까 망설이고 있었을 때의 나에게는 이런 은혜를 입을 자격이 없었던 거야. 그 사람, 건강을 되찾은 뒤에도 이 집에서 내보내지 않겠어. 내 딸로 삼아 미시 다음으로 사랑해 줄 거야."

속죄

그날 닥터 레녹스가 애거사 노스에게, 이제 위험한 고비는 넘겼으며 요양을 잘 하면 금방 회복될 거라는 진단을 내렸을 때, 애거사는 그 깊은 연륜이 배어있는 화사한 미소로 그와 크리스틴, 그리고 랜섬 간호사를 올려다보았다.

"이 지루한 장기전에서 당신이 한 말 가운데 이번 것이 가장 재치가 있었어요. 이제부터 슬슬 당신을 멍청한 사람으로 생각하려던 참이었는데. 당신이 하는 얘기는 정말 따분하기 짝이 없었으니까요. 다시 건강해질 수 있다니 반가운 소식이에요. 난 살아 있고 싶어요. 아직도 하고 싶은 일이 너무 많거든요. 게다가, 아! 죽어버리면 나의 맛있는 요리와 활활 타오르는 화덕의 불길도 전부 두고 가야하잖아요? 난 그게 싫어요. 병에 걸리던 날 만든 그 튤립 꽃밭도."

크리스틴과 닥터 레녹스는 웃었다. 특히 크리스틴의 웃음소리에서는 진심으로 안도하는 마음이 느껴졌다. 애거사가 이렇게 다시 가벼운 농담을 할 수 있는 것이 무척 기뻤던 것이다. 정말 위험한 병이었다. 격렬한 기관지염 발작이 일어나고 합병증이 발병했다. 하지만 이제 곧 완전히 회복되어서 원래의 그녀로 다시 돌아온다는 것이다. 너무도 소중한 애거사! 크리스틴은 참지 못하고 몸을 굽혀 그녀에게 키스했다.

랜섬 간호사는 지금까지 한번도 웃은 적이 없었고, 웃고 싶은 마음도 없었다. 작고 약간 파르스름하게 젖어있는 그 눈은, 환자의 그런 농담에는 털끝만큼도 동의할 수 없다는 의지를 내포하고 있었다. 안 그래도 속이 좁아 보이는 하얀 얼굴이, 크리스틴에게는 여느때보다 훨씬 더 하얗고 편협해 보였다. 크리스틴은 그녀가 마음에 들지 않았다. 그래서 이번에도 그녀에게 부탁하고 싶지 않았는데, 마침 한가한 간호사가 달리 없었고, 미스 랜섬이 유능한 것도 사실이었다. 랜섬 간호사, 그녀는 남을 미워할 수 없는 성격이었다. 그만한 감정조차 가지고 있지 않다는 뜻이다. 그런데 크리스틴만은 자신을 까닭 없이 싫어하고 철저히 무시한다고 랜섬 스스로 믿고 있었다. 그녀는 크리스틴은 경박하고 거만하며 고집이 세고 무분별하고 게으른 수다쟁이라고 생각했다. 그건 정말 맞는 말이었고, 그녀에게는 그밖에 다른 말을 들어도 할 말이 없을 정도로 결점이 많았다. 하지만, 랜섬 간호사는 결코 그렇게 말하지 않겠지만, 크리스틴이 뛰어나게 미인이고 사랑스러우며, 사람을 끌어당기는 매력이 있고, 게다가 감수성이 풍부한 것도 마찬가지로 인정하지 않을 수 없는 사실이었다.

애거사의 침대 저편에 있는 크리스틴을 바라보면서, 닥터 레녹스가 생각하고 있는 것도 그런 것이었다. 그는 헬로즈딘의 온 마을이 다 알고 있는 대로, 그녀를 열렬하게 사랑하고 있었다. 두 사람은 아직 약혼은 하지 않았지만, 머지않아 그렇게 되는 것은 시간문제라고 모두들 생각하고 있었다. 지각 있는 많은 사람들은 닥터 레녹스는 실수를 하고 있는 거라고 생각했다. 물론 크리스틴은 노스 집안 사람이며, '하얀 꽃의 집'을 비롯해 애거사의 적지 않은 재산을 상속 받을 몸이었다. 하지만 말할 수 없이 분방하고 웃음이 헤픈 그녀는, 바로 닥터 레녹스의 숙모가 경멸하듯 부르는 것처럼 '귀여운 나비 아가씨'일 뿐이었다. 그들은 말했다. 그녀는 머리 속에 드레스와 춤과 아름다운 외모에 대한 숭배, 그리고 '한심한 세상이야기'밖에 들어있지 않다, 생각나는 대로 함부로 말하고 함부로 웃는다, 항상 모습이 보이기 전에 목소리부터 들려 온다, 의사 아내의 가장 큰 의무는 입이 무거워야 한다는 것인데, 그녀는 남편의 명예를 손상시킬 것이다, 그녀는 제인 키프와 그 패거리들과 너무 가깝다, 행동거지가 단정하지 못하다, 낭비가 심하다, 즉 한 마디로 말해 그녀는 철부지 응석꾸러기라는 것이었다.

워드 레녹스는 이런 모든 말들을 여러 사람들로부터 틈만 나면 들었지만, 결국 아무런 효과도 없었다. 그는 처음 만난 순간 크리스틴에게 한눈에 반해버렸고, 말할 용기만 난다면 언제라도 청혼할 생각이었다. 그의 눈에 비치는 그녀도 결점이 없는 완전무결한 존재는 아니었다. 하지만 그런 사소한 결점은 응석받이로 자란 철부지의 소치에 지나지 않았다. 단 한 가지 그가 진심으로 안타깝게 생각하는 것은, 그녀가 제인 키프와 가까이 지내고 있다는 사실이었다. 그 빛바랜 금발에 지나치게 큰 눈으로, 자유분방하게 천박한 삶을 살고 있는 부인과. 하지만 크리스틴도 그의 아내가 되고 나면 더 이상 그들을 만나지 않게 될 것이다. 워드 레녹스는 모든 면에서 크리스틴이 그의 사고방식을 기꺼이 따라줄 거라고 낙관하고 있었다. 그녀의 부드러운 곡선 뒤에 살짝 숨어있는, 또 젊음으로 인한 애교 띤 눈동자 속에도 숨어 있는 강한 의지의 힘은 꿈에도 생각하지 않았다.

애거사는 크리스틴의 얼굴을 황홀한 듯 올려다보며 미소 지었다. 사촌 사이지만 애거사가 스무 살이나 위였다. 아직 아기였을 때 부모를 잃고 고아가 된 크리스틴을 지금까지 키워 준 것이다. '하얀 꽃의 집'은 크리스틴이 기억하고 있는 단 하나의 내 집이었다. 그녀는 이곳을 사랑했고 애거사를 깊이 사랑하고 있었다. 아니, 모든 사람이 애거사를 사랑했다. 부지런하고 친절하고 정이 많고 마음이 넓은 멋진 여성. 항상 누군가를 도와주고 무언가를 지원하고, 언제나 계획을 짜서 노련하게 지휘해 성과를 올리며, 언제나 생명력과 호기심과 열정, 그리고 건강한 웃음이 넘치는 애거사를. 햄로즈딘 마을은 이 애거사 노스가 없이는 도저히 유지가 되지 않을 지경이었다. 닥터 레녹스가 '하얀 꽃의 집'에서 나가 애거사가 쾌차하고 있으며, 몇 주일 안에 다시 예전처럼 건강해질 거라는 기쁜 소식을 전한 그날, 안도와 기쁨의 술렁임이 파도처럼 온 마을 곳곳에서 끓어올라 소용돌이쳤다. 모두들 걱정하고 있었던 것이다. 워낙 기관지염은 눈 깜짝할 사이에 폐렴으로 발전하기 쉬운 데다, 애거사는 '노스 집안이 물려준 심장'을 가졌으니까.

닥터 레녹스는 돌아가면서 랜섬 간호사와 크리스틴에게 약이 바뀐 것을 설명했다.

'그녀는 선생님의 말씀에 귀를 기울이고는 있지만, 내용은 전혀 듣지 않고 있어.' 랜섬 간호사는 크리스틴을 몰래 훔쳐보며 생각했다.

크리스틴은 그가 말하는 내용보다 워드 레녹스 그 사람에게 더 한눈을 팔고 있었다. 그 사람 옆에 있다는 쾌감으로 가슴이 설렐 정도로 도취해 있었던 것이다. 그렇다, 그녀는 등줄기가 곧고 반듯한 큰 키와, 윤기 나는 검은 머리, 지적인 검푸른 눈, 그리고 직업적인 태도 또한 그 이면의 부드러운 정열을 의식하고 있었다.

그렇지만, 그러면서도 그가 하는 말을 제대로 알아듣고 모두 기억하고 있었다. 워드가 한 말이면 한 마디도 놓치지 않았다. 세상에서 그의 목소리에 견줄 수 있는 음악은 없었다.

"이것이 일반약입니다. 세 시간마다 네 알씩 드시게 하세요. 그리고 이쪽은. " 그는 또 하나의 약간 작은 병을 가리켰다. 한밤중에 그 집요한 발작이 일어나서 도저히 잠을 이룰 수 없을 때 사용하는 겁니다. 이것은 한 알, 무슨 일이 있어도 한 알입니다. 그 이상은 안 돼요. 만약 아무래도 더 필요한 경우에는 반드시 네 시간의 간격을 둘 것. 두 알을 먹으면 위험하고 세 알이면 생명에 영향을 미칩니다. 이 병은 이렇게 따로 이 작은 선반 위에 올려두세요. "

그날 밤은 크리스틴이 밤새 간호할 차례였다. 랜섬 간호사는 자기 방으로 돌아가기 전에 다시 한번 약의 사용법을 주의 깊게 일러주었다. 크리스틴은 속으로 발끈해 도도한 얼굴로 듣고 있었다. '랜섬 간호사가 말해주지 않아도 다 알고 있는데. 워드가 한 말을 내가 잊을 줄 알구? 내가 어린앤가?' 그녀는 랜섬 간호사의 여윈 뒷모습을 혐오스럽다는 듯 쏘아보았다. 크리스틴에게 애거사를 간호하게 하는 건 마음이 놓이지 않는다고 닥터 레녹스에게 말하고 있는 건 아닐까 하는 느낌이 들었다. 그래서 그에게 랜섬 간호사보다 낮게 평가받고 있다면, 그건 생각만 해도 괴로운 일이었다.

크리스틴은 허영심이 강하고 유달리 자존심이 셌다. 남에게 무시를 당하는 것은 가장 참을 수 없는 일이었다. 랜섬 간호사를 싫어하는 것도 그녀가 자신을 내려다보고 있는 느낌이 들어서다. 크리스틴이 만약 중세에 살았다면 화형에 처해지는 것도 마다하지 않았을 것이다. 그건 신앙을 위해서가 아니라 굳이 말하자면, 그 신앙의 증거로서 순교하지 않을 수 없게 되었을 때, 자랑스럽게 응할 수 있는 지조가 없다고 다른 신자들한테서 모욕을 받는 것이 두려워서. 어릴 때 무엇보다 괴로웠던 일은, 학교 친구한테서 위조 혐의로 교도소에 들어가 있던 노스 집안의 먼 친척에 대해 친구들 앞에서 조롱거리가 되었던 일이었다. 크리스틴은 그날의 비참함과 굴욕과 고통을 영원히 잊을 수 없었다.

그날 밤 애거사는 좀처럼 잠을 이루지 못했다. 원래 건강할 때도 불면증이 약간 있었다. 그녀 같은 성격을 가진 사람치고는 드물게. 10시에 크리스틴은 애거사에게 그 약을 한 알 먹였다. 2시에 또 한 알. 그리고 조심스럽게 병을 원래 있던 선반에 도로 갖다 두었다. 그녀는 그 알약이 무서웠다. 어서 애거사가 이것을 사용하지 않아도 되기를 바라고 있었다.

1주일이 지나자 애거사는 무척 기분이 좋으니까 일어나게 해달라고 말했다. 하지만 닥터 레녹스는 허락하지 않았다. 아직 심장이 회복되지 않았으니, 체력을 소모해 부담을 주는 일은 절대 금지해야 한다고 타일렀다.

"앞으로 1주일은 얌전하게 누워계셔야 합니다. 그러면 매일 조금씩 일어나시게 해드릴 테니까요."

"아, 당신은 폭군이에요." 그녀는 그에게 웃는 얼굴로 말했다. "꼭 전제군주 같아, 안 그래, 크리스틴? 이 심장이란 놈은 날 죽이지 못해. 우리 할머니는 내 것과 똑같은 심장으로도 아흔다섯까지 사셨는걸. 나도 아흔다섯까지는 살 생각이야. 그때까지 1분 1초도 아끼면서 하고 싶은 일을 마음껏 해야지."

그렇게 말하며 그와 크리스틴을 올려다보며 웃었다. 닥터 레녹스도 미소를 짓고——웃으면 뺨에 보조개가 생겼다——잘 자라고 인사하고 방에서 나갔다.

크리스틴은 등불에 초록색 갓을 씌우고 창가의 의자에 가서 앉았다. 오늘 밤도 그녀가 간호할 차례였는데, 이젠 밤새도록 간호하는 것도 거의 형식적인 것이 되어 있었다. 애거사는 최초의 밤 이후, 그 수면제의 도움을 빌리지 않아도 될 정도로 호전되어 있었다. 잠을 잘 잘 수 있어서 아침까지 깨는 일이 좀처럼 없었다. 그 기분 나쁜 작은 병은 선반 위에 올려놓은 채 그대로였다.

크리스틴은 창가에서 10월의 얼어붙는 듯한 달밤을 내다보며 꿈의 세계를 방황하기 시작했다. 애거사가 빨리 나았으면 좋겠다는 생각이 점점 간절해진다. 병실에도 어지간히 싫증이 나버렸고, 애거사가 병에 걸려서 어쩔 수 없이 매여 있는 이 단조로운 생활도 이제 지겨워져 가고 있었다. 떠들썩한 사교모임과 예전의 생활로 다시 돌아가고 싶었다. 춤과 다과회와 저녁식사 모임 같은 작은 도시에서의 모든 사소한 만남들. 예쁜 드레스와 보석을 다시 몸에 두르고 싶었다. 크리스틴은 보석을 무척 좋아했다. 지난번 생일에 애거사가 작은 알의 진짜 진주목걸이와 반짝이는 스페인풍 빗을 선물해주었다. 하지만 아직 한번도 해보지 못했다. 그리고 '하얀 꽃의 집'을 다시 음악으로 가득 차게 하고 싶었다. 워드에 대한 사랑에는 못 미치지만, 음악은 그녀가 무엇보다 열렬하게 정열을 기울이는 것이었다. 그런데도 애거사가 자리에 누운 뒤로는 피아노에 손도 대지 못하고 있었다. 주말에는 제인 키프의 무스코카 호반 별장에서 사슴사냥을 하며 지내고 싶다. 애거사가 좋은 표정을 하지 않을 거라는 건 알고 있지만, 그래도 역시 나가고 싶었다. 키프 부인과 그 주변사람들에 대해 사람들이 이러쿵저러쿵 말이 많은 것은 그저 질투심 때문일 뿐이다. 그 사람들은 아무것도 잘못한 것이 없다. 화려하고 현대적이고 고리타분한 관습 같은 것에 얽매이지 않을 뿐이다.

이윽고 생각은 워드 레녹스에게 달려갔다. 그와 함께 하는 멋진 인생을 꿈꾸며. 그렇게, 괴로운 듯이 몸을 계속 뒤척이는 애거사를 보고 현실로 돌아올 때까지 내내 주변의 일은 완전히 잊고 있었다.

크리스틴은 침대 머리맡으로 다가갔다.

"뭐 필요한 것 있어요, 애거사?"

"그 약을 먹어야 할 것 같아. 고질병인 불면증이 또 시작되었어. 이제 그런 증세는 없을 거라고 생각했는데. 최근에는 컨디션이 무척 좋았잖아. 하지만 한 30분 전부터 공연히 몸을 가만히 둘 수가 없고 소리를 지르고 싶어서 견딜 수가 없어."

크리스틴은 테이블에서 병을 집어 들어 한 알을 손에 꺼내들고 돌아왔다. 그녀의 마음은 아직도 워드로 가득했기 때문에 움직임이 조금 불안했다.

약을 먹자 애거사는 이내 잠 속에 빠져들었다. 시각은 11시였다. 크리스틴은 창가로 돌아가, 천을 씌운 커다란 의자에 기대 앉아 꿈결처럼 꼬박꼬박 졸기 시작하여, 애거사가 다시 부를 때까지 눈을 뜨지 않았다. 간호하다가 잠들어버린 것은 처음 있는 일이었다.

"한 알 더 드려요, 애거사 ? "

"아니야. 불면증은 사라졌어 ! 이제 혼자 잘 수 있을 것 같아. 하지만 모처럼 잠이 깼으니, 평소에 먹는 약을 주겠니 ? 아, 지겨워 ! 이렇게 끔찍한 작은 하얀 알약을 수백 알이나 먹어야 하다니, 도대체 언제쯤이면 워드 레녹스에게 복수해줄 수 있을까 ? 뭐, 그 사람의 아버지는 더 심했지만. 구역질 나는 물약을 스푼에 가득 부어 몇 번이나 목구멍에 흘려 넣었으니까. 그걸 생각하면 그래도 훨씬 낫지. "

크리스틴은 마음은 딴 데 있는 듯한 모습으로 테이블을 향해 걸어갔다. 하품을 한번 했다. 그녀는 아직 잠에서 완전히 깨지 않았다. 아래층에서는 시계가 3시를 치고 있었다. 알약을 네 알 꺼내면서, 그녀는 그 소리를 멍하니 헤아렸다. 애거사는 침대 위에 일어나 앉아서 기다리고 있었다. 크리스틴이 입에 대주는 컵의 물로 단숨에 알약을 삼키기 위해. 그렇게 몸을 일으키는 것은 엄하게 금지되어 있었다. 아니나 다를까 그녀는 이내 신음소리와 함께 이불 속으로 미끄러져 들어갔다.

"내가 생각했던 것보다 체력이 훨씬 약해졌나봐. "

"또 필요한 것 없어요 ? " 크리스틴이 애써 하품을 참으면서 물었다.

"아니야, 이제 됐어. 어쩐지 내 몸이 젤리 덩어리라도 된 것처럼, 누가 건드리면 폭삭 무너져버릴 것 같은 느낌이 들 뿐이야. 이제 의자에 가서 앉아. 그리고 가능한 한 쉬도록 해. 이렇게 밤을 새다가는 네가 먼저 쓰러지겠어. 너도 그리 튼튼한 편은 아니잖아? 하지만 이제부터는 그렇게 매일 밤을 새지 않아도 될 거야. 원래대로 회복되면, 아! 얼마나 좋을까? 멋진 일일 거야, 집안일에 복귀하고, 책도 읽고, 내 책들! 또 먹고 싶은 것도 마음껏 먹고. 무엇보다 좋은 건 드디어 그 위대한 여성, 랜섬 간호사를 쫓아낼 수 있다는 거야."

크리스틴은 자기 자리로 돌아갔지만, 이젠 잠이 멀리 달아나서 정신이 말짱했다. 애거사는 다시 잠에 빠져들었다. 크리스틴은 가만히 몸을 움직여 화장대 옆의 불을 켜고, 병상에 빛이 가지 않도록 가린 뒤, 거울 앞에 앉았다. 그리고 풍성하게 말아 올린 반짝이는 검은 머리에서 핀을 뽑아 머리를 풀어헤친 뒤, 이렇게 저렇게 다양한 스타일로 매만져 보았다. 크리스틴은 이런 것을 무척 좋아했다. 자신의 아름다운 머리를 자랑으로 여기며 스스로 매우 흡족해 했다. 그래서 틈만 나면 이렇게 거울 앞에 몇 시간이고 앉아, 머리를 풀었다 쓰다듬었다 하면서 시간을 보내는 것이다. 그때도 한동안 요리조리 시도한 끝에, 스스로도 깜짝 놀랄 만큼 마음에 드는 참신한 스타일을 발견했다. 다음에 제인 키프의 집에서 댄스파티가 열릴 때 꼭 이렇게 하고 가야지. 그 스페인풍 빗도 꽂고. 그녀는 방에서 살짝 빠져나간 뒤 복도를 지나, 자기 방으로 가서 그 빗을 머리에 꽂아보았다. 아, 정말 잘 어울려! 그녀는 화장대에 몸을 기대듯 양 팔꿈치를 짚고, 두 손을 그릇처럼 오므린 뒤 그 위에 턱을 올려놓고, 거울에 비친 자신의 얼굴을 지그시 응시했다. 이 백옥 같은 살결! 인형처럼 통통한 뺨의 이 우아한 장밋빛! 그림자를 드리운 길고 검은 속눈썹 아래 반짝이는 금갈색 눈동자! 이마는 약간 많이 튀어나왔지만, 그래도 방금 발견한 새로운 헤어스타일이면 그런 결점도 가릴 수 있을 거야. 목덜미에서 두 어깨에 걸치는 선도 나무랄 데가 없고. 분명 난 핼로즈딘에서 가장 예쁜 아가씨가 틀림없어. 그리고 누구보다 행복한 아가씨이기도 하지. 게다가 앞으로 더욱 더 행복해질 거야, 워드하고 결혼하면. 아! 정말 세상에서 누구보다 즐거운 인생을 보낼 거야. '하얀 꽃의 집'에서 지금까지 보낸 생활보다 훨씬 화려한 생활을. 애거사는 소중한 사람이지만 사교적인 것에는 전혀 흥미를 보이지 않는 것이 옥의 티야. 하지만 워드 레녹스의 젊은 아내가 되면, 내 마음대로 할 수 있어. 워드는 나를 열렬히 사랑하고 있어. 그러니까 뭐든지 내 마음대로 하게 해줄 거야. 결혼생활에 꼭 따르기 마련인 따분하고 지겨운 잡다한 집안일에 '안주'해 버리지는 않을 테야. 아기를 돌보는 것도, 식품저장실에 늘 신경 쓰는 것도 난 사절이야. 그런 건 몇 년 뒤로 미뤄야지. 어차피 아이는 좋아하지 않아. 아이도 집안일도. 난 이렇게 젊고 아름다움의 행운을 타고 났으니, 그걸 마음껏 즐기는 거야. 아직도 한동안은 남자들의 눈을 즐겁게 해줄 의무가 있다는 것을 잊지 않을 거야.

손님들을 잘 대접해야지. 온 핼로즈딘 사람들이 깜짝 놀라도록 말이야. 그리고 제니와의 교제는 절대로 그만 둘 생각이 없어. 워드가 그녀를 좋아하지 않는다는 건 알고 있지만, 틀림없이 그도 생각이 바뀔 거야. 맨 먼저 그 딱딱하고 고리타분한 사고방식부터 고쳐줘야 해. 난 제니가 너무 좋아. 제니는 멋진 사람이거든. 무척 화려하고 용감해. 물론 그녀는 핼로즈딘의 대부분의 여자——애거사는 제외한 모두——와는 달리 케케묵은 캘빈주의에 물들어 점잔만 빼는 사람이 아니야. 멋진 인생 멋지게 즐기자는 신념의 소유자인걸. 그건 이 크리스틴도 마찬가지야.

"난, 난, 내가 하고 싶은 대로 하고 살아갈 거야." 그녀는 거울 저편에서 빛나고 있는 얼굴을 향해 한 마디 한 마디 힘을 주며 말했다. "난, 특별히, 멋지게, 살아, 가겠어."

그리고 스스로 도취한 듯 그 아름다운 양 어깨를 가만히 어루만졌다.

"예쁘지 않은 여자는 얼마나 가여운지 몰라. 도대체 그런 여자들은 무슨 낙으로 살까? 하기는, 누군가는 일상의 따분한 잡일을 하지 않으면 안 되겠지. 우리 같은 미인에게는 그런 건 면제해 줘야 해. 아름답다는 것만으로도 충분히 세상에 도움을 줄 수 있으니까."

그녀는 다시 조용히 미소를 지었다. 의기양양하고 오만하게, 마치 운명 따위에는 코웃음을 쳐주겠다는 듯. 그녀의 청춘에서의 마지막 미소를.

어느새 날이 밝아오고 있었다. 애거사는 아직 자고 있었다. 크리스틴은 화장대의 불을 끄고 열어둔 창가에 섰다. '하얀 꽃의 집'의 어렴풋한 진줏빛 광채를 띤 뜰은 무척이나 아름다웠다. 집 뒤에 움푹 들어간 작은 늪지에서는 바람이 휭하고 마른 갈대를 음산하게 흔들며 지나갔지만, 하늘에는 온통 하얀 구름이 뒤덮여 있는 게 일품이었다.

오늘은 좋은 날씨가 될 것 같다. 크리스틴은 기뻤다. 비바람이 거센 음울한 날씨는 정말 싫었다. 오후가 되면 제인을 만나러 가야지. 애거사가 쓰러진 뒤로는 아무데도 가지 못했다. 하지만 이젠 갇혀 있지 않아도 된다.

그녀는 빙글 몸을 돌려 침대로 다가갔다. 베개에 머리를 묻고 누워 있는 애거사의 얼굴에 잿빛 그림자가 드리워져 있었다. 그의 얼굴에서 무언가가 자아내는 기묘하고 무서운, 까닭을 알 수 없는 불안이 화살이 되어 크리스틴의 심장에 꽂혔다. 그녀는 우선 허리를 구부려 애거사의 뺨에 손을 대보았다. 크리스틴은 지금까지 한 번도 죽은 사람의 뺨을 만져본 적이 없었다. 하지만 똑똑히 알 수 있었다, 의심의 여지없이.

크리스틴은 입술이 일그러지며 날카로운 비명을 질렀다. 마침 거실을 지나 이쪽으로 오고 있던 랜섬 간호사가 문으로 뛰어 들어왔다. 아래층에서 가정부인 진 부인이 그 뒤를 따랐다. 랜섬 간호사는 무슨 일이 일어난 건지 한 눈에 알았지만, 그래도 소생을 위한 모든 수단을 다하기 위해 바쁘게 오가기 시작했다. 진은 의사에게 전화를 걸라는 지시를 받고 아래층으로 달려 내려갔다. 새파랗게 질려 부들부들 떨기만 할 뿐 전혀 도움이 되지 않는 크리스틴은 다른 창문을 열라는 지시를 받았다.

크리스틴은 비틀거리며 창가로 걸어갔다. 도중에 약병이 늘어선 테이블 옆을 지나면서. 그녀는 무심코 그쪽에 시선을 보냈는데 갑자기 그 자리에 못 박힌 듯이 우뚝 서고 말았다. 수면제 병이 거기 있었다. 내가 제대로 챙겨두지 않았던가? 11시 그때. 그리고 일반약병은 창문의 커튼에 반쯤 가려서 한 구석에 있었다. 그래, 11시부터 내내 그 자리에 있었던 거야.

그럼 3시에 내가 애거사에게 먹인 약은?

불현듯 소름끼치는 사실이 그녀의 마음을 확 사로잡았다. 생각이 난 것이다. 마치 사건의 줄거리가 잠재의식의 심연에서 표면으로 쑥 떠올라온 것처럼 생각이 났다. 그때 약을 네 알 꺼내면서 손가락 끝에 느껴졌던, 극약임을 나타내는 도드라진 글자의 감촉을. 일반약병의 표면은 매끈하다. 머리의 나사가 졸음 때문에 풀려서 감각을 잃었던 것이다. 그 당시의 기억은 확실하지 않았다. 하지만 자신이 엄청난 일을 저지르고 만 것은 분명했다. 11시라고 하면, 그때는 엉켜드는 거미줄 같은 그 찬란한 몽상에 사로잡혀 있었을 때니까, 수면제병을 선반 위의 안전한 장소에 갖다 두는 것을 잊은 것이다. 그리고, 세 시에 그 병을 집어 그 안에서 네 알을 꺼내 애거사에게 주고 만 것이다. 네 알이었어, 세 알이 치사량이라고 했는데! 피마저 얼어붙는 듯한 오싹한 한기가 머리 꼭대기에서 발끝을 관통하고 지나갔다. 표현할 길 없는 무서운 구토가 엄습했다. 그녀는 그것을 필사적으로 뿌리쳤다. 그리고 인간의 이성과는 전혀 상관없이, 존재 자체의 밑바닥에서 맹렬하게 치밀어 오르는 까닭 없는 충동이 명하는 대로, 얼음 같은 손으로 극약병을 홱 잡아채서 선반 위에 올려놓았다. 공포로 얼어붙은 시선을 랜섬 간호사 쪽으로 날카롭게 던지면서. 랜섬 간호사는 이쪽을 보고 있지 않았다. 조금 전까지 애거사 일로 너무 바빴기 때문이다.

크리스틴은 자신이 갑자기 추락하는 것을, 한번도 상상한 적이 없고 상상할 수도 없는 공포의 바닥으로 끝없이 추락하는 것을 느꼈다. 그녀는 테이블 옆에서 그대로 바닥에 쓰러져 정신을 잃고 말았다.

애거사 노스의 죽음은 이제 걱정하지 않아도 된다고 생각한 바로 그 시점이었던 만큼, 핼로즈딘 마을을 뿌리째 뒤흔드는 일이었다. 사인은 자고 있는 동안의 심장마비에 의한 것이라고 닥터 레녹스는 발표했다. 그는 그런 일이 일어날 수 있다는 걸 알고 있었다. 하지만 애거사 자신이 말했듯이, 그녀의 할머니가 같은 심장을 가지고도 장수했다는 점에서 그리 걱정하지 않았던 것이다. 사인은 틀림없는 것이었다. 의문의 여지가 없었다. 모두들 크리스틴을 깊이 동정했다. 사람들의 소문에 의하면 그녀는——하기는 그녀를 본 사람은 몇 명 되지 않았지만——너무 심한 충격에 망연자실한 상태가 되었다고 했다.

크리스틴은 자기 방에서 의식을 되찾은 순간, 닥터 레녹스와 랜섬 간호사가 만류하는 것을 이상하게 강한 힘으로 뿌리치고 애거사의 방으로 달려갔다. 랜섬 간호사는 자제심을 완전히 잃은 크리스틴 때문에 어지간히 신경이 곤두서 있었다. 비명을 지르고, 웃고, 애거사에게 매달리기도 했다. "말 좀 해봐요, 제발 날 좀 쳐다봐요!" 하면서. 전 같으면 그녀가 부르면 애거사는 언제나 대답해주었다. 그런데 지금은 눈을 그 아름답고 커다란 눈동자를 열려고 하지도 않았다. 크리스틴은 손을 으스러져라 비틀며 머리를 쥐어뜯었다. 그녀의 공포와 고통에는 오로지 믿을 수 없다는 기분이 담겨 있었다. 이런 일이 일어날 리가 없어. 애거사는 죽을 리가 없잖아, 말도 안 돼! 있을 수 없는 일이야. 왜 모두들 어떻게든 소생시키려고 해보지 않는 거야?

"충분히 최선을 다했소, 모든 수단을 다 동원해서." 워드 레녹스는 안타깝다는 듯 말했다. 그도 크리스틴의 이 이성을 잃은 모습에 난감해하고 있었다. 그녀는 아직 어리고, 이런 슬픔은 처음 겪는 일이었다. 애거사는 그녀에게 어머니이자 언니이며, 동지이고 모든 것이었으니까.

크리스틴의 고뇌의 이면에는, 자신의 행위가 발각되지 않을까 하는 공포, 그리고 결코 발각돼서는 안 된다는 광기어린 각오가 담겨 있었다. 애거사의 죽음을 기정사실로 인정할 수밖에 없게 되자, 크리스틴은 다시 실신했다. 그리고 정신이 들었을 때는, 완전히 맥을 놓고 기진맥진한 듯이 조용히 있었다. 그녀는 워드가 애거사의 사인을 심장마비로 진단했다는 것을 알았다. 진실을 눈치 채고 있는 사람은 아무도 없는 듯했다. 랜섬 간호사는 그날 밤의 사건에 대해 특유의 예리한 눈빛으로 냉정하게 질문했지만, 특별히 뭔가 의심하고 있는 눈치는 없었다. 크리스틴은 랜섬 간호사의 눈길을 피하지 않고 또박또박 대답했다. 그녀에게 질문한 것이 워드 레녹스가 아니라 랜섬 간호사여서 다행이었다. 그를 상대로 했다면, 도저히 그런 거짓말을 할 수 없었을 것 같았기 때문이다.

11시에 애거사는 깊이 잠들지 못했다, 그래서 수면제를 한 알 주었더니 3시까지 내처 잤다, 그 뒤 일반약을 달라고 했다는 거짓말……

"난 애거사에게 그 약을 주었어요. 그랬더니 다시 잠들었어요."

크리스틴은 대담하게도 그렇게 말했다.

"그녀에게 뭔가 이상한 기색은 없었나요? 어디가 괴롭다는 말은 하지 않던가요?" 랜섬 간호사가 물었다.

"이상한 기색은 전혀 없었어요. 몸이 약해진 것 같다는 말은 했지만. 아, 그리고 약을 먹으려고 침대에서 일어나 앉았어요, 내가 말릴 사이도 없이." 크리스틴의 목소리는 담담하고, 절제돼 있었다.

랜섬 간호사가 고개를 끄덕였다.

"그래서 힘을 소모한 것이 심장에 부담을 주었을지도 모르겠군요. 3시 조금 지나서 사망한 게 틀림없다고 레녹스 선생님이 말씀하셨어요. 당신이 아침까지 아무런 눈치도 채지 못한 건 좀 이상하지만."

"전 창가에 앉아 있었고, 애거사는 소리 하나 내지 않았어요. 깊이 잠들어 있는 줄만 알았죠."

"혹시 졸고 있었나요?" 랜섬 간호사는 약간 경멸하는 기색이었다.

"아니에요. 내내 깨어 있었어요." 크리스틴은 신중하게 대답했다.

이제 눈물은 흘리지 않았다. 눈물을 보이지 않고 침착했지만, 사실은 마음속으로 공포에 떨고 있었다. 랜섬 간호사가 아래층으로 내려가자, 그녀는 혼자 자신의 방에 틀어박혔다.

절대로 아무에게도 알려져서는 안 된다. 스스로 자백은 하지 않을 것이다. 이제 와서 그런 말을 한다 한들, 애거사에게 아무런 득도 되지 않는다. 그리고 자신이 어떤 곤경에 처하게 될지 모르지 않는가? 이러한 경우 어떤 일을 당할지, 어떤 일을 당하게 되어 있는지, 그녀는 전혀 몰랐다. 그래서 최악의 경우를 상상하고 만 것이다. 아무도 믿어주지 않을 것이다. 더구나 두려운 나머지 자기도 모르게 거짓말을 해버린 뒤에는 더 말할 것도 없었다. 사람들은 고의로 했다고 생각할 것이다. 왜냐하면, 그렇게 하면 그녀는 애거사의 유산을 일찍 상속할 수 있기 때문이다. 감옥에 가고 재판을 받다니, 크리스틴 노스, 그녀에게는 지금까지 하늘의 바람도 이렇게 혹독하게 분 적이 없었다. 아무리 잘 넘어 간다 쳐도, 사람들이 믿어준다 쳐도, 처벌할 정도의 일은 아니라거나 용서해준다 쳐도, 그녀의 자존심에 이 무슨 치욕이고 굴욕이고 모욕이란 말인가! 애거사에게, 어머니나 다름없는 애거사에게, 아무리 실수라고는 하지만 독약을 주었다는 것이 알려지는 건, 그런 짓을 한 여자라고 언제나 뒤에서 손가락질 당하는 건, 안 돼! 싫어! 그건 도저히 견딜 수 없어, 절대로! 다른 어떤 불행도 어떤 운명도 이것보다는 나을 거야. 그녀는 자신의 운명이 어떻해야 하는지 알고 있었다. 이제 워드 레녹스와는 절대 결혼할 수 없다. 고백하든 고백하지 않든, 이 일은 항상 두 사람 사이에 응어리가 될 것이 틀림없으니까. 그러나 지금의 죄의식과 불안과 공포의 소용돌이 속에서는, 그것도 그리 중요한 일이 아닌 것 같았다. 사람의 마음은 한꺼번에 여러 가지의 고통을 품고 있지는 못하는 법이다.

그녀는 거울 앞에 서서 딴 사람처럼 변해버린 자신의 얼굴을 응시했다. 창백하고 여윈 뺨, 눈에는 공포의 빛이 생생했다. 마치 한 시간 사이에 청춘을 지나 중년이 되어버린 것 같았다.

"말하지 말자, 알아서는 안 돼." 크리스틴은 가만히 속삭였다. 주먹을 꼬옥 쥐면서.

공포심과 그것으로 인해 진실을 거부하는 다짐이 장례식 내내 그녀를 지탱해주었다. 사람들은 그 부자연스러울 정도로 침착하고 대리석처럼 하얀 얼굴에 대해 서로 속삭였다. 그녀에게 애거사를 잃는 것이 어떤 것인지 잘 알고 있었기 때문에 모두가 가엾게 생각했다. 그러나 그들의 뇌리 한구석에는, 그녀가 부자가 되었으며 '하얀 꽃의 집'의 소유자이자 안주인이 되었다는 것, 가까운 시일 내에 워드 레녹스의 아내가 될 거라는 사실이 어른거리고 있었다. 그 배경에는 그 가볍고 천박한 크리스틴에게 그런 복은 아깝다고 하는 생각, 아니 감정이 있었다.

"그 아이는 눈물 한 방울 보이지 않았어. 남 앞에서 우는 건 자존심이 허락하지 않는 게지. 과연 노스 집안사람다워. 저 아인 검은색이 어울리지 않아. 두고 봐, 장례식이 끝나면 기다렸다는 듯 상복을 벗어버릴걸. 애거사의 돈? 날개 돋친 듯이 지갑에서 빠져나갈 거야. 아, 헬로즈딘도 애거사 노스가 없어져서 이젠 쓸쓸해지겠어. 그런 여자는 온 세상을 다 찾아봐도 없을 테니까." 왕고모인 헤티 로손이 말했다.

크리스틴은 이 한 시간의 고통을 영원히 잊지 않을 것이다. 그녀는 조문객 속에서 꼼짝 않고 앉아 있어야 했다. 그리고 애거사의 죽은 얼굴을 다시 한번 보지 않으면 안 되었다. 애거사의 아름답고 평온한 얼굴. 그리고 다시금 깨닫는다. 애거사를 죽이고 만 사실을. 우아하고 사랑스럽고 자애로움이 넘치는 사람을, 꽃처럼 활짝 핀 절정의 순간에 무참하게 꺾어버리고 만 것을. 애거사, 자신을 있는 그대로 송두리째 사랑해주었던 사람. 크리스틴도 그녀 못지않게 애거사를 깊이 사랑하고 있었다. 사람들이 진실을 안다면, 가차없이 경멸하며 돌팔매질을 할 것이다. 그 사람들의 위로의 말이 그녀는 견딜 수 없이 괴로웠다.

이따금 그녀는 어쩌면 사람들이 그 사실을 알고 있을지도 모른다는 생각이 들었다. 온몸에 소름이 돋는 듯한 죄의식과 양심의 가책이 낙인처럼 선명하게 얼굴에 찍혀, 고스란히 보이고 있는 게 틀림없다고. 무슨 일을 저지르고 말았는지에 대한 너무나도 강렬하고 선명한 자각이 있었기 때문에, 그것이 빛처럼 주변의 모든 사람들에게 닿을 정도로 밝게 새나가고 있는 듯한 느낌이 들어 견딜 수 없었다. 그녀는 하얀 조각상처럼 앉아있었다. 미동도 하지 않은 채. 그야말로 죽은 사람 바로 그 당사자인 것처럼, 평온한 모습으로.

모든 것은 끝났다. 장난기와 매력과 애정으로 가득했던 애거사의 아름다운 영혼은 본래의 장소로 돌아갔다. 한창 나이의 아름다운 유해는 헬로즈딘의 묘지에 묻혔고, 이내, 우수수 떨어지는 낙엽에 뒤덮였다. 크리스틴은 '하얀 꽃의 집'에 혼자 두문불출하며 아무도 만나려 하지 않았다. 워드 레녹스조차.

진실이 발각되는 게 아닌가 하는 공포는 지금은 거의 사라지고 없었다. 애거사는 매장되었다. 지금까지 아무런 의심도 받지 않았으니 이제 걱정하지 않아도 될 것이다. 살았다. 그러나 공포가 사라진 지금 다른 감정이 고개를 쳐들며 그녀의 마음을 괴롭히기 시작했다. 자기혐오, 잠시도 쉬지 않고 맹렬하게 압박해 오는 자책감이었다. 자신의 어이없는 부주의가 애거사를 죽이고 만 것이다. 애거사가, 그렇게도 살고 싶어 했던 애거사가 차갑게 식은 몸으로 바로 뒤의 침대에 누워 있었는데도, 자신은 거울 앞에서 스스로 도취해 기고만장해 있었으니! 속죄하지 않으면 안 된다, 이 괴로움을 평생 지고 살아감으로써 보상하지 않으면 안 된다. 자신의 방에 혼자 웅크리고 앉아, 귀에 들리는 소낙비 소리를, 애거사의 음산한 무덤에 내리는 빗소리로 들으면서, 그녀는 영원한 다짐을 했다.

"난 애거사한테서 그녀의 인생을 빼앗고 말았어. 나도 나 자신의 인생을 포기하는 거야."

처음에는, 크리스틴이 그토록 변해버린 것은 슬픔과 충격 탓이라고 모두들 생각했다. 곧 언제 그랬냐는 듯이 돌아올 거라고. 하지만 예상은 빗나갔다. 그래서 다시 소문과 억측, 은밀한 속삭임이 시작되었다. 그 소문과 억측, 은밀한 속삭임은 모두들 적당히 싫증이 날 때까지 무성하게 나돌다가, 이윽고 시들해지면서 어느새 단순한 기정사실이 되어갔다.

크리스틴은 오로지 속죄에만 전념하면서 그런 소문들을 완전히 무시하고 있었다. 고행을 갈수록 엄격하게 강화해 자신을 괴롭히는 고통에 점차 적응함으로써 어느 정도 감내할 수 있을 정도까지 약화시키는 일에 몰두했다. 애거사가 죽은 지 한 달 만에, 그녀는 이제부터 자신이 나아갈 방침을 정하고 그에 따른 생활설계를 세웠다. 그 무엇도, 애원과 충고, 비난까지도 그녀를 그 험난한 길에서 한 발자국도 끌어낼 수 없었다. 그러다가 사람들은, 비난하는 것도 애원하는 것도 충고하는 것도 포기하고 내버려 둔 채, 그녀를 완전히 잊어갔다. 크리스틴이 애거사를 무척 사랑한 것은 이미 알고 있었지만, 그 슬픔이 언제까지나 치유되지 않고 그녀를 완전히 바꾸어버릴 정도였다는 것은 믿기가 어려웠다. 하지만 어디까지나 사실은 사실이므로 사람들은 그것을 받아들였고, 결국 그들은 크리스틴이 애거사의 죽음으로 인한 충격에 빠져 사람이 변해버린 것으로 결론을 내린 것이다. 어쨌든 노스 집안사람들에게는 대대로 이상한 데가 있었다. 애거사만 해도 그 확고한 인생철학은 무척 특이했다. 다른 여자들은 세상살이의 중압감에 눌려 점점 개성을 잃고 편협하고 생기를 잃어 가는 데 비해, 그녀는 오랫동안 그토록 밝고 관대하고 생기가 가득했으니까.

크리스틴은 애거사가 이제 입거나 사용할 일이 없어진 것들을 모두 자기 손으로 직접 처분했다. 모두 아름다운 것들뿐이었다. 애거사는 그런 것을 무척 좋아했다. 크리스틴은 먼저, 애거사의 사진을 애거사가 죽은 방에 걸고, 절대로 시선에 닿는 일이 없도록 문에 자물쇠를 채웠다. 하지만 수면제가 든 갈색 약병만은 가지고 나와 자신의 거울 앞 화장대에 두었다. 그 화장대에서는 지난 날 그토록 아끼며 즐겨 사용했던 미용소품들이 전부 자취를 감추고 사라졌다. 그녀는 이제 그런 것에는 아무런 볼일이 없었다. 오직, 아침저녁으로 풍성한 머리를 곧게 빗어, 얼굴이 다 드러나는 전혀 어울리지 않는 스타일로, 한 가닥으로 단단하게 땋아 뒤에서 친친 감아 붙이는 동안, 몸을 괴롭게 파고드는 고통을 정면으로 바라보는 것이었다.

워드 레녹스는 그녀의 깊은 슬픔과 혼자 있고 싶어 하는 심정을 최대한 존중하고 있었지만, 더 이상은 기다릴 수가 없었다. 그는 그녀에게 가서 사랑을 고백하고 결혼을 신청했다. 그러나 크리스틴은 그것을 차갑게 거절했다. 그는 벼락이라도 맞은 것 같은 심정이었다. 그도 그럴 것이 크리스틴이 자신을 사랑하고 있다는 절대적인 자신감이 있었기 때문이다. 그는 보지 못했던 것일까? 그를 본 크리스틴의 눈동자의 색깔이 순식간에 변한 것을, 그 사랑스러운 얼굴에 숨겨진 사랑이 떠오르는 것을. 그런데도 지금 그녀는 눈썹 한번 깜박이지 않고 그를 응시하며, 그와는 절대로 결혼할 수 없다고 말한 것이다. 그는 쉽사리 물러서지 않았다. 그녀를 압박하고 매달리고 비난하기도 했다. 크리스틴은 가만히 듣고만 있을 뿐 아무 대답도 하지 않았다.

"나를 사랑하지 않소?"

"네." 그녀는 눈을 감았다.

워드는 그녀의 말을 믿을 수가 없었다. 결국 그 자리에서는 물러갔지만, 곧 다시 찾아올 생각이었다. 하지만 그 뒤부터는 '하얀 꽃의 집'에 찾아와서 아무리 초인종을 눌러도 소용없었고, 편지를 보내도 답장은 오지 않았다. 거의 1년 동안, 시간에 사이를 두고 크리스틴을 만나려고 애써봤지만, 결국 포기하지 않을 수 없었다. 그녀는 전혀 반응이 없었고 앞으로도 가망이 없다는 걸 깨달은 것이다. 사랑인 줄 착각하고 있었던 것은, 다름 아닌 교태로 남자의 마음을 유혹하는, 분방한 아가씨의 농간이었을 뿐이었다. 그 아가씨는 소중한 사람의 죽음으로 눈을 뜨고, 인생의 멋진 정열을 그런 식으로 농락해서는 안 된다는 것을 깨달음을 얻은 것이다.

크리스틴은 전과 다름없이 그를 사랑하고 있었다. 도저히 참을 수 없을 때는 모든 것을 고백하고, 온몸을 던져 그에게 매달리고 싶은 충동에 사로잡힐 때도 있었다. 그가 자신이 한 말 그대로 진정으로 사랑한다면 너그럽게 용서해줄 것이다. 하지만 문제는 그때부터다. 그녀가 범한 변명할 길 없는 실수를 알고 있는 그 앞에서, 항상 떳떳치 못한 생각을 하고 있지 않으면 안 된다는 것은 생각만 해도 소름이 끼쳤다. 그것이 두려웠기 때문에 입을 다물고 있었다. 그렇지 않다면, 자기 쪽에서 사랑을 거부할 수 있는 강인한 힘은 도저히 없었을 것이다. 아무리 속죄를 위한 것이라 해도, 다른 기쁨이라면 속죄하고 싶다는 일념으로 얼마든지 희생할 수 있었다. 하지만 이것만은 도저히 그럴 수 없다. 수치를 견디며 사는 것을 용납할 수 없는 이 자존심만 없었다면, 그의 발아래 몸을 던지고 눈물로 모든 것을 털어놓았을 텐데. 하지만 자존심은 그녀의 입술에 영원한 봉인을 하고 말았다.

그녀는 자신의 삶에서 친구를 모조리 쫓아냈다. 거의가 키프와 그 주변사람들이었다. 키프 부인이 '하얀 꽃의 집'에 찾아왔지만, 진 스튜어트 부인이 매정하게 "크리스틴 아가씨는 만나지 않으시겠답니다" 하고 전했다. 키프 부인은 모욕을 받은 기분으로 돌아간 뒤 두 번 다시 크리스틴을 찾지 않았다. 2년 뒤에 키프 부인의 이혼애기가 추문으로 번지면서, 무스코카의 하우스 파티에 대한 명예롭지 못한 내막이 백일하에 드러났다. 헬로즈딘의 온 마을이 그 화제로 들썩거렸고, 모두들 크리스틴 노스가 그 사건에 연루되지 않아서 다행이라고 자못 의미심장하게 수군거렸다. 그러나 이 무렵에는 이미 헬로즈딘 사람들은, 변해버린 크리스틴에게 익숙해졌을 뿐만 아니라 거의 잊고 있었다.

애거사가 죽은 지 3년이 지난 뒤 진 스튜어트 부인도 세상을 떠났다. 그때부터 크리스틴은 그 커다란 저택을 옛날 애거사가 사랑했던 그대로 얼룩 하나 없이 가꾸면서 혼자 살아갔다. 예전의 그녀는 자질구레한 집안일을 무척 싫어했다. 하지만 지금은 무슨 일이든지 직접 했다. 바닥을 문지르고 스토브를 까맣게 윤이 나도록 닦았다. 싫어하던 그런 일에서 말할 수 없는 만족감을 느끼고, 두 번 다시 보석이 번쩍이는 일이 없게 된 그 아름다운 하얀 손이 거칠어져가는 것도 기꺼이 기쁨으로 받아들였다. 애거사가 했던 대로 뜰을 손질하기 위해서는 일손이 필요했다. 그래서 온 핼로즈딘의 잔디밭에서 소문을 듣고 와서는 모두의 좋지 않은 비밀을 다 알고 있다는 듯이 빈정거리며 말하기를 좋아하는, 약간 머리가 아둔한 드미 우즈 영감을 고용했다. 이따금 그의 입에서 새어 나오는 기묘한 한두 마디가, 크리스틴을 새로운 공포로 부들부들 떨게 만들었다. 그 기분 나쁜, 엷은 안개가 낀 듯한 눈으로 그녀를 힐끗 쳐다보면서, 곁눈질로 "어떤 사람에 대해 이상한 소문이 있는뎁쇼, 들으셨습니까?" 하고 말하면 심장이 얼어붙는 것 같았다. 이 남자가 뭔가 냄새를 맡고 그녀의 비밀을 알아낸 것이 아닐까? 아니야, 그럴 리가 없어. 하지만 그 앞에서는 언제나 불안했다. 그래서 그를 고용한 것이다. 즉, 그것도 속죄의 하나였다. 드미 쪽에서도 거기에 답하는 것인지, 틈만 나면 묻지도 않은 소문 얘기를 이것저것 들려주었다.

그녀는 애거사가 늘 도움을 주고 있던 몇몇 자선단체에 비밀리에 큰 돈을 기부했지만, 한 푼도 낭비하지는 않았다. 그러는 그녀를 구두쇠라고 부르면 씁쓸하게 혼잣말을 하는 것이었다. "살인자라고 불리는 것보다는 나아." 입고 있는 옷은 퇴색한 검은 옷뿐, 다른 것은 전혀 입지 않았다. 상점과──극히 싼 물건만 사지만──교회에 가는 것 외에는 아무데도 외출하지 않았다. 일요일마다 옛날부터 정해져 있는 노스 집안의 자리에 혼자 앉아, 시선을 드는 일도 없이 예배가 시작될 때까지 오로지 성경책만 읽었다. 성경책을 읽는 것을 무척 싫어했기 때문에 굳이 그렇게 하는 것이다. 매일 아침저녁, 성경을 한 장씩 읽는 것도 같은 이유에서였다. 그녀가 때마침 핼로즈딘을 휩쓴 유행성 결막염에 걸린 것은 애거사가 죽은 지 8년째 되던

해였다. 그리 심하지는 않았지만 불쾌한 염증 때문에 아무것도 읽을 수 없는 나날이 한 달이나 계속되었다. 그때 그녀는 성경책을 읽지 못해 허전해하고 있는 자신을 깨달았다. 어느새 성경책을 읽는 것을 즐기게 되었던 것이다. 그때부터 그녀는 성경책을 읽는 것을 딱 그만두었다. 하지만 이미 몸의 일부가 된 것처럼 그것은 습관이 되어 있었다. 그 속의 철학과 시, 드라마, 그리고 시대를 뛰어넘고 상상을 초월하는 현세적이고 영적인 지혜, 또 비할 데 없이 광대한 영역에서 다양하게 전개되는 인간들의 영위도, 모두 도저히 끊으려야 끊을 수 없을 정도로 그녀의 것이 되어있었던 것이다. 그녀의 영혼과 지성 속에 고스란히.

그녀가 읽는 책은 대체로 무겁고 진지한 것들뿐이었다. 옛날에 열중했던 감상적인 이야기는 이제 거들떠 보지도 않았다. 지금은 노스 집안의 오래된 책장에서 꺼내오는 역사와 전기와 시 같은 것만 탐독했다. 그런 식으로 자질구레한 집안일 뒤에 남는 시간을 보내는 것이다. 나머지의 한때는 뜨개질과 바느질을 하면서, 인근 마을의 가난한 사람들에게 남몰래 보낼 옷가지를 손수 만들기도 했다.

애거사가 죽은 뒤부터 피아노에는 한번도 손을 대지 않았다. 그녀가 재잘거리는 소리를 들을 수 있는 사람은 아무도 없었다. 그녀는 그저 딱딱하게 "안녕하세요" 하고 인사하는 것 말고는 아무하고도 말을 하지 않았고, 누가 말을 걸거나 대화에 끌어들이려 해도 어색하게 인사만 하고 가버렸다. 그렇게 수다쟁이였던 그녀가! 모든 사람과의 관계를 단칼에 베어버린 것이다. '하얀 꽃의 집'에는 개 한 마리, 고양이 한 마리 키우지 않았다. 애거사가 좋아했던 꽃은 뜰에 피우고 있었지만, 자신은 한 번도 손을 대지 않았다. 역시 아름다운 것이라고 생각은 하지만 쳐다보지 않았다. 그녀는 모든 즐거움과 인연을 끊고, 깨어있는 동안 한시도 자신이 애거사를 죽여버린 사실을 잊지 않았다. 그 생각은 시간이 아무리 흘러도 전혀 줄어들지도 희미해지지도 않았다. 때로는 모든 사람이 진실을 다 알아버리고서는 공포와 경멸의 눈길로 자신을 바라보고 있는 꿈에 시달릴 때도 있었다. 그러면 이마가 땀에 흠뻑 젖어 벌떡 일어나서는 "아, 꿈이었구나" 하고 중얼거리며 안도의 한숨을 내쉬는 것이다.

그래도 그녀는 자신의 정열을 송두리째 뽑아내는 것에 성공한 것은 아니었다. 드미 영감한테서 레녹스 선생이 플로렌스 킹인가 하는 고등학교 선생과 결혼한다는 말을 들은 순간, 갑자기 가슴이 조여오는 듯한 질투가 온몸을 지배하는 걸 느꼈다.

'그 사람이 그런 고리타분한 학자풍의 여자와 결혼할 리가 없어.' 그녀는 생각했다. 그렇지만, 킹 양이 단아한 미인이며 두뇌가 명석하다는 것은 알고 있었고, 드미의 얘기에 의하면 핼로즈딘 사람들은 두 사람을 잘 어울리는 한 쌍으로 평가하고 있는 듯했다. 그날 밤 크리스틴은 창문 너머로, 강 저편에 있는 한 주택에 켜진 불빛이 소나무숲 사이로 깜박이는 것을 오랫동안 지켜보았다. 그것이 워드 레녹스의 진료실 불빛임을 알고 있는 그녀는, 가슴을 찌르는 듯한 아픔과 타는 듯한 그리움에 괴로워하면서 잠을 이루지 못하고 밤새도록 바라보았다. 하지만 새벽이 되었을 때는 그런 감정도 극복하고 있었다. '워드 레녹스가 플로렌스 킹과 결혼한다 해도 상관없어. 나하고는 아무 상관없는 일이야. 모든 것은 이미 끝났으니까.'

하지만 닥터 레녹스는 플로렌스 킹과 결혼하지 않았다. 아무하고도 결혼하지 않았다. 몇 년 동안 그의 이름이 누구누구의 이름과 함께 사람들 입에 오르내렸지만, 한동안 그러다가 모두들 닥터 레녹스가 독신을 고수할 생각인 모양이라고 결론을 내렸다. 누구에게나 친밀감을 주는 그는 여기저기서 오라는 데가 많았고, 환자수도 많았다. 모든 사람들이 그를 흠모하고 의지했다. 의사를 진심으로 신뢰한 덕분에 중한 환자도 잘 나았다. 치료 자체보다 그의 인품이 상당히 효과적으로 환자를 치료해주는 것이었다. 그는 세상과 작별한 것도 아니었다. 세상에 계속 얼굴을 내밀며 인생을 즐기고 있었다. 크리스틴은 두 번 다시 만나지 않았다. 극히 드물게 길에서 마주치는 일은 있었다. 그런 때 그는 정중하게 눈인사를 했고, 크리스틴은 냉담한 태도로 답례할 뿐이었다. 옛날에 이 두 사람 사이에 혼담이 오갔다는 것을 떠올리는 사람은 이제 아무도 없었다.

14년의 세월이 흘렀다. 크리스틴은 어느새 서른네 살이 되어 있었다. 누군가가 그녀의 나이에 대해 관심이 있다면 말이지만. 그러나 그런 사람은 어디에도 없었다. 같은 세대의 사람들은 모두 결혼해서 어디론가 가버렸고, 젊은 사람들에게는 그녀는 그저 보이는 그대로의 사람일 뿐이었다. 즉, 재미없고 엄숙하고 괴팍한 아주머니. 수전노이며, 고풍스러운 '하얀 꽃의 집'에서 기묘한 은둔생활을 하고 있다. 얼굴은 늘 창백하고, 수수한 어두운 색깔의 옷을 입고. 그렇지만 그녀에게 감도는 형언할 수 없는 슬픈 매력 앞에서는, 아무리 젊고 아리따운 아가씨도 값싸고 천박해 보이고 마는 것이었다. 크리스틴은 자신의 용모에 대해서는 조금도 생각하지 않았다. 다만, 그 갈색병을 얹어둔 화장대 위에 있는 거울 앞에 앉을 때는 달랐다. 거기서 그녀가 보는 것은, 얼굴의 주름살과 지난 날에는 통통하고 미묘한 색으로 물들어 있었던 뺨이 홀쭉해진 모습. 그리고 한눈에 느껴지는, 동년배 여자들에 비해 훨씬 늙어버린 인상, 퇴색해버린 미모.

그러나 이것도 그녀의 속죄 가운데 하나였다. 사랑도 인생을 즐기는 것도 포기했던 그때, 아름다움도 버렸던 것이다.

그녀의 속죄 행위는 이제 그리 힘들지 않게 되었다. 때로는 너무 쉽다고 생각될 정도로. 한번 버린 것을 헛되이 뒤돌아보는 것은 옛날에 그만두었다. 이제 워드에 대해서도 꿈꾸지 않는다. 오랫동안 소리를 잃어버리고 있던 피아노의 뚜껑을 열고, 손가락을 건반 위에서 춤추게 하며 선율을 연주하고 싶은 정열도 완전히 사그라지고 없었다. 그녀는 집안일과 책 읽는 것이 좋아지기 시작했다. 바느질과 뜨개질까지. 그것을 깨달았을 때, 또다시 지난 날의 죄의식과 자책감이 그녀를 엄습해왔다. 행복해져서는 안 된다! 불행해지기 위해서는 어떻게 하면 좋을까?

좋은 생각이 떠올랐다. 고아를 하나 데리고 오자. 그녀에게는 세상에 그것보다 싫은 일은 없었다. 그녀는 옛날부터 아이를 무척 싫어했다. 특히 못생긴 아이를 끔찍이도 싫어했다. 그래서 그녀는 마을의 고아원에 가서 그중에서 가장 못생긴 아이를 집으로 데리고 왔다. 여덟 살 난 사내아이로, 그 작고 앙상한 얼굴에는 술에 취한 아버지로부터 뭔가 가혹한 짓을 당한 흔적이 남아 있었다. 이름은 재키 브렌트, 겁먹은 듯 말수가 적은 사내애였다. 바로 크리스틴을 가장 불쾌하게 만드는 종류의 아이였다. 하지만 그녀는 그 불쾌감 속에 폭 잠겨 아이를 돌보고 가르치는 데 바빠서, 자신의 규칙적인 생활이 마구 흐트러지는 데도 그 모든 귀찮은 일에 몸과 마음을 아끼지 않았다. 이 아이를 행복하고 편안하게 해주기 위해, 철저하게 모든 시간과 노력을 바쳤다. 영양식품으로 이루어진 식단과 육아잡지를 연구하고, 균형 잡힌 식사와 체중기록표 같은 것에 심혈을 기울였다. 공부를 돌봐주는 것도 게을리 하지 않았고, 소년을 위해 학교 친구들을 '하얀 꽃의 집'에 초대하여 아이들의 놀이와 행동거지에도 관심을 기울이고, 아이들에게 맛있는 점심을 지어주기도 했다. 그를 위해 개를 키우며 그 흙투성이 발자국도 너그럽게 봐주려고 노력했다. 또 소년과 핼마(256개의 눈이 있는 판과 말을 사용하여 두 사람 또는 네 사람이 하는 놀이)와 도미노 같은 게임을 함께 하기도 했다. 뒤뜰에서 공놀이도 했다. 그것도 그녀가 견딜 수 없이 싫어하는 일이었기 때문이다. 공부를 도와줄 때는, 그녀 자신이 옛날에 애거사한테서 배운 것을 떠올리기도 했다. 소년을 도와 놀이집을 만들어 거기서 함께 피크닉도 했다. 가능한 한 자기 쪽에서 먼저 말을 걸려고 노력했다. 오랫동안 아무하고도 말을 하지 않고 살아온 그녀에게, 얘기를 한다는 것은 무척 어려운 일로 생각되었고, 하물며 아이를 상대로 하는 건 더더욱 생각도 할 수 없는 일이었다. 그러나 그녀는 참을성을 갖고 노력했다. 그렇게 하여 두 사람 사이에 공통의 화제가 조금씩 생김에 따라, 대화도 점점 쉬워졌다. 재키도 차차 수줍음이 없어져서 스스로 말을 하게 되었고, 때로는 기발하게 의표를 찌르는 말을 하기도 했다. 그것을 들으면 크리스틴은 자기도 모르게 웃음을 터뜨릴 뻔한다. 이미 오랫동안 멀리해왔던, 재미있어하며 깔깔거리고 싶어지는 기분에 사로잡혀서. 하지만 그녀는 자신이 웃는 것을 결코 허락하지 않았다. 미소조차 짓지 않았다. 그렇지만, 그런 때 한 순간 소녀 시절의 눈빛으로 돌아가는 것은 어쩔 수가 없었다.

재키는 너무나 허약해 보이는 데 비해 건강한 아이였다. 그런데 '하얀 꽃의 집'에 온 지 거의 1년이 되던 어느 날 밤, 아이가 갑자기 심하게 아프기 시작했다. 크리스틴은 놀라서 닥터 애보트에게 전화를 걸었다. 부재중이었다. 하는 수 없었다. 워드 레녹스를 부르는 수밖에. 이리하여 워드 레녹스는 실로 15년 만에 '하얀 꽃의 집' 문턱을 넘게 되었다. 그는 냉정하게, 개인적 감정을 배제하고, 의사답게 훌륭하게 행동했다. 크리스틴은 오로지 재키에 대한 걱정밖에 머리 속에 아무것도 없었다. 두 사람은 그저 약간 아는 사이처럼 말을 주고받았다.

워드 레녹스는 재키는 맹장염에 걸렸으며 빨리 수술이 필요하고, 한시도 지체해선 안 된다고 했다. 새벽 무렵에는 숙련된 간호사가 불려왔고 전문의가 시내에서 도착했다. 크리스틴은 자기 방에 들어가서 수술이 끝날 때까지 내내 방안을 서성거리고 있었다. 이윽고 의사가 수술을 마치고 나왔다. 수술 전에 이미 염증이 악화되어 있었기 때문에, 재키의 상태가 무척 심각하다는 것이었다. 크리스틴은 방으로 돌아왔다.

그녀는 기도를 하지 않았다. 애거사가 죽은 뒤부터는 기도를 한 적이 없었다. 기도 같은 건 감히 할 수 없었다. 참회를 하지 않고는 기도해서는 안 된다는 생각이 언제나 머리 한 구석에 자리 잡고 있었다. 그런데 참회를 할 수 없는 것이다. 그래서 지금도 기도를 하지 못하고 있었다. 거울에 비친 고통스러운 초췌한 얼굴을 응시하며, 그녀는 처음으로 그 아래에 놓인 갈색의 작은 병을 잊고 있었다.

재키가 죽을지 모른다. 그녀는 재키를 사랑하고 있었다!

"그 아이 없이는 한시도 살아갈 수 없어. 안 돼, 불가능해." 크리스틴은 두 손을 비비기 시작했다.

무서울 정도의 후회가 가슴을 아프게 찔러왔다. 그저께 재키가 뭔가 말한 것을 호되게 나무란 것이 생각난 것이다. 그 아이의 풀이 죽은 얼굴이 생생하게 되살아났다. 그것은 재키가 잘못을 저질러 그녀를 화나게 했을 때마다 얼굴에 떠올리던 표정이었다. 재키는 늘 그녀를 기쁘게 해주려고 노력했다. 몸이 아팠던 날 밤 잠자리에 들기 전에, 무척 지쳐서 기운이 없어 보였는데도 벗은 옷을 단정하게 걸고, 신을 가지런히 놓은 뒤, 작은 보물들을 상자 속에 열심히 넣고 있었다. 그녀가 가르쳐준 대로 꼼꼼하게. 크리스틴은 아이 방에 가서 방안을 둘러보았다. 작은 팽이와 못, 공, 기관차, 새 잭나이프, 그리고 고아원 시절의 단 하나의 애장품이어서 지금도 애착을 가지고 있는 헌 잭나이프, 양철깡통, 삽, 그 아이가 무척 좋아한 춤추는 원숭이 완구 등이 눈에 들어왔다. 만약 재키가 죽어 버린다면 …….

하지만 재키는 살아났다. 그리고 빠르게 회복되어 갔다. 그가 완전히 기운을 되찾아 학교에 다시 나가기 시작한 첫날, 크리스틴은 자신의 방에 앉아 곰곰이 마음을 정리해 보았다.

그녀는 자신의 고행을 위해 재키를 데리고 왔다. 하지만 그 아이는 더 이상 고통거리가 아니었다. 오히려 기쁨이 되어있었다. 그녀는 타고난 모든 정열을 기울여 뜨겁게 재키를 사랑하고 있었다. 포기할 수 없어, 절대로. 그런 희생은 도저히 치를 수 없었다. 지난날 생생한 공포와 회한의 소용돌이 속에서 사랑하는 사람을 포기한 적은 있었지만, 그 소용돌이도 이미 옛날에 힘이 다해 말라버렸다. 이젠 재키를 포기할 수 없었다. 그렇다고 그 끔찍한 비밀을 간직한 채 붙들어 둘 수도 없었다. 어느 쪽인가 한 쪽에 백기를 들지 않으면 안 된다. 그녀는 결단을 내려야 했다.

재키가 학교에서 돌아와, 병중에 내내 어머니 역할을 대신하며 아끼고 애지중지해 주었던 '아줌마'의 이름을 밝은 목소리로 부르면서 거실로 달려왔을 때, 그녀의 마음은 이미 정해져있었다. 그녀는 재키에게 저녁을 먹이고 공부를 봐준 다음 침대로 데리고 갔다. 잠자는 시간이 전에 없이 이른 것을, 내일 더 즐겁게 지내자고 약속하며 달랬다. 그리고 그녀는 모자도 쓰지 않은 채, 가을 저녁 속으로 걸음을 내딛었다. 머리에 아무것도 쓰지 않은 것도 전혀 깨닫지 못하고.

이제 충분히 생각할 만큼 생각했다. 무슨 일이 있어도 애기하지 않으면 안 된다. 그 결과가 어떻게 될지는 예상할 수 없었다. 어쩌면 공소시효만기로 처리되지 않을까? 세상 사람들은 결국 단순한 실수에 의한 사고로서 떠도는 소문에 열을 내거나, 놀라움과 비난의 대상으로 삼아 만족하는 것이 고작이겠지. 그런 것을 생각하면, 크리스틴의 자존심은 아직도 뒷걸음질치고 싶어 했다. 해묵은 상처를 드러내는 건 두려운 일이었다. 오랫동안 숨겨왔던 무서운 비밀을 공표하는 건. 그러나 하지 않으면 안 된다.

누구한테 털어놓으면 좋을까? 랜섬 간호사는 5년 전에 세상을 떠났다. 워드 레녹스는? 그래, 그가 좋겠어. 그녀가 받을 벌은 최대한 가혹해야 했다. 그에게 가서 고백하기로 하자.

그녀는 확고한 걸음걸이로 거리를 지나갔다. 강렬한 노란색의 동쪽하늘에는 거대한 구름이 몇 겹으로 깔려 있고, 주위는 온통 음산하고 불길한 보랏빛 그림자로 물들어 있는 것 같았다.

크리스틴에게는 이 정경이 이제부터 맞서려는 가슴 떨리는 용건에 더할 나위 없이 어울린다고 생각했다. 어느 집 앞을 지나갈 때, 열려 있는 창문에서 음악과 웃음소리가 새나오고, 춤추고 있는 사람들의 모습이 보이자, 그녀는 부르르 몸을 떨었다. 내일이 되면 이 사람들은 속삭일 것이다, 그녀에 대한 소문을. 크리스틴 노스가 애거사를 죽인 거라고. 그런데도 이 사람들은 지금 이렇게 춤을 추고 있다. 마치 이 세상에는 중대한 과실과 사라지지 않는 자책감, 모든 사람들에게 뒤에서 손가락질 당하는 일 같은 건 전혀 존재하지도 않는 것처럼. 괴로움과 비참함으로 그녀는 두 손을 소리 내어 마주잡은 뒤 그대로 계속 걸어갔다.

파르스름한 달빛에 10월의 땅거미가 은빛으로 변해가는 가운데 오솔길을 걸어가자, 워드 레녹스가 베란다에서 앉아 있는 것이 보였다. 설사 애거사 노스 그녀가 걸어왔다 해도, 그가 그토록 놀라지는 않았을 것이다. 거의 말도 할 수 없는 지경이었다. 그래도 간신히 두세 마디를 기계적으로 우물거린 뒤 크리스틴을 안으로 들였다.

"아니에요, 전 여기가 좋아요." 그녀는 자신이 고백하러 온 내용이 내용이니 만큼, 밝은 방에서는 도저히 말할 자신이 없을 것 같았다.

크리스틴은 그가 내온 의자에 앉았다. 등지고 있는 방의 창문에서 새나오는 불빛이, 단아한 머리에 엷은 황록색의 고리를 이루고 있었다. 그 은은한 불빛 그림자 속에서 그녀는 무척 아름답고 위엄에 넘쳐보였다. 무미건조하게 빈틈없이 묶어 올린 검은 머리에 감싸인 하얀 얼굴, 지성이 넘치는 깊은 눈. 검은 옷깃 언저리에서 목과 뺨이 이루는 멋진 곡선이 상큼했다. 워드 레녹스는 문득 그 하얀 목덜미에 대담하게 입맞춤하던 때를 떠올렸다. 그것이 그녀에게 한 단 한 번의 입맞춤이었다. 슬쩍 몸을 돌려 달아나면서 그녀가 "안 돼요, 이러시면" 하고 작게 웃는 목소리까지 들려오는 것 같았다. 확실히 그건 자기를 사랑하고 있는 여자의 웃음이었다. 마음에 없는 교태를 부리는 여자는 그렇게 웃을 수 없다.

크리스틴은 그를 정면으로 마주 바라보았다. 그렇게 응시하면서, 그의 선량한 인상과 쾌활함과 매력의 밑바닥에 넘칠 듯 차있는 강인한 마음을 깊이 느끼고 있었다. 아, 정말 강인한 사람! 거기에 비해 자신은 너무나도 연약한 겁쟁이였다.

"당신한테 할 얘기가 있어서 왔어요." 그녀는 입을 열었다.

"얼마든지 말해 봐요." 그가 부드럽게 대답했다.

크리스틴은 좀처럼 얘기를 꺼낼 수 없었다. 단호하고 좀더 직설적인 말을 찾지 않으면 안 되었다. 두 손에 축축하게 땀이 배이고, 입안은 바싹바싹 타들어갔다.

"전 15년 전 애거사를 죽였어요. 그럴 생각은 없었어요. 하지만 결과적으로 죽이고 말았어요."

"크리스틴!"

자신의 이름을 듣고, 그녀는 말할 수 없는 충격을 받았다. 이렇게 이름으로 불리는 것은 정말 오랜만이었다. 몇 년 동안 누구에게나 그녀는 노스 씨였다. 재키에게도 그냥 '아줌마'일 뿐이었다. 이 충격 때문인지 말할 수 없는 해방감이 그녀를 감쌌다. 마치 정체 모를 암흑이라고 할까, 무거운 족쇄라고 할까, 그런 무언가가 갑자기 사라지면서 정신이 훨훨 자유로워진 것 같았다.

그녀는 서둘러 말을 이었다. 얘기가 조금 두서없이 되어버리기는 했지만.

"아차 하는 실수로 수면제를 네 알이나 주고 말았어요. 그때, 전,

구름을 잡는 공상에 빠져있어서 머리가 멍해진 상태였어요. 11시에 한 알을 먹인 뒤 원래의 자리에 제대로 갖다 두지 않았던 거예요. 애거사는 깊이 잠들어 있었어요. 다음에 그 약을 네 알 먹였을 때는 전, 정말 어처구니없는 멍청이였어요. 그 뒤, 전, 전, 거울 앞에서 몇 시간이나 머리를 매만지며 놀았고, 그 사이 애거사는 죽고 말았어요. 전 아무것도 몰랐어요. 도저히 고백할 수가 없었어요. 말해야 한다는 건 알고 있었지만, 너무 무서웠어요. 감옥에 가거나, 평생 사람들에게 손가락질을 당하지 않을까 하고. 그런 건 죽어도 견디지 못할 것 같아서, 그래서 거짓말을 했던 거예요. 하지만 지금 얘기하고 있는 건 진실이에요. 전 지금까지 줄곧 속죄해 왔어요. 모든 것을 포기하고. 아아, 그건 정말 고통스러운 속죄였어요. 하지만 재키만은 포기할 수가 없어요. 그래서 이렇게 모든 걸 털어놓는 거예요. 어떤 천벌을 받게 되어도 좋으니까, 제발 재키만은 빼앗지 말아줘요."

워드 레녹스는 깊이 감동하고 있었다. 모든 것이 이제야 분명해졌다. 하지만, 아, 이 무슨 얄궂은 운명이란 말인가! 그렇게까지 할 필요는 전혀 없었는데.

"크리스틴, 당신은 애거사를 죽이지 않았소. 당신이 애거사에게 먹인 약은 전혀 몸에 해롭지 않은 것이었소." 느릿한 목소리로 그가 말했다.

크리스틴은 어리둥절해져서 믿을 수 없다는 듯 얼굴을 쳐들었다.

"애거사가 죽기 전날, 랜섬 간호사한테서 이젠 수면제가 필요하지 않을 것 같다는 보고를 받고, 그 약은 내가 도로 가지고 왔어요. 바로 그 약을 필요로 하는 환자가 또 있었는데, 마침 가지고 있는 것이 부족해서. 그리고 애거사가 소화기계 증상이 다시 악화되어 고생할 거라고 보고 대신 다른 약을 두고 왔소. 강한 약은 아니었으니까, 한 병을 다 먹었다 해도 아무렇지도 않았을 거요. 난 분명히 기억하고 있어요. 랜섬 간호사가 당신에게 얘기했어야 했는데, 아마 잊어버렸던 모양이오. 애거사는 심장 때문에 죽었어요. 추호도 의심의 여지없이. 아! 크리스틴, 나의 사랑스러운, 가련한 사람. 그래서 그랬던 거요? 만약 당신이 나를 믿어 주었더라면 이렇게까지는……."

정말 '만약' 그렇게 했더라면! 크리스틴은 소용돌이치는 격정의 폭풍 앞에서 안간힘을 다해 싸우고 있었다. 그런 속에서도, 아직 반신반의하는 마음이 남아 있었지만, 그것은 기쁨의 감정에 비할 것이 못 되었다. 자신은 애거사를 죽이지 않았던 것이다. 이 손을 피로 물들이지는 않았어. 지금 이 순간 확실히 이해할 수 있는 것은 그 사실뿐이었다. 쓰디쓴 후회는 나중에 천천히 밀려오겠지. 자신의 어리석음과 나약함, 잃어버리고 낭비해버린 세월. 자존심과, 속죄하고 싶은 마음에, 허영과 인간다운 감정을 죽이면서까지 봉사해온 모든 것에 대한 쓰디쓴 후회가. 그러나 나중엔 언젠가, 지나간 세월도 결국 낭비가 아니었다고 쓴웃음을 지으면서 생각하게 되겠지. 허세와 고집, 거기에 경박함까지 그녀의 본질에서 옷처럼 훌렁 벗어던졌을 뿐만 아니라, 옛날에는 없었던 정신력과 세심함과 겸손과 기품 등의 온갖 미덕을 속죄의 나날을 통해 얻을 수 있었다. 육체의 면에서도 지금까지의 세월은 헛되지 않았다. 규칙적이고 검소한 생활을 하는 사이에 소녀시절의 허약한 체질이 완전히 바뀐 것이다. 그녀는 완벽할 정도로 건강한 여성이 되어있었다. 이러한 모든 것들을 그녀는 막대한 보상으로서 얻은 것이다. 그것들은 아무데나 있는 싸구려 시장에서는 결코 살 수 없는 것이었다.

그녀는 일어섰다. 몸이 휘청했다.

"집으로 돌아가서 차분히 생각해 봐야겠어요. 아니, 아니에요, 함께 가주시지 않아도 돼요. 저 혼자가 아니면 안 돼요."

"크리스틴! 당신은 또 그 인생에서 나를 쫓아내려는 거요? 난 당신을 사랑하고 있소. 내내 변함없이 사랑하고 있었소. 우리는 결코⋯⋯." 그가 격정에 찬 갈라진 목소리로 말했다.

"아니에요, 아직 안 돼요. 아직은 안 돼요." 손으로 제지하면서, 그녀는 필사적으로 애원했다.

그는 한발 물러서서 그녀를 보내주었다. 지금까지 참으로 오랫동안 기다려왔다. 조금 더 기다리지 못할 게 뭐 있겠는가.

크리스틴은 뒤도 돌아보지 않고 '하얀 꽃의 집'으로 돌아갔다. 그리고 애거사의 방에 가서 애거사의 침대 옆에 무릎을 꿇었다. 15년 만에 기도를 올리기 위해. 그건 겸허한 감사의 기도였다. 그 뒤 밤새도록 애거사의 방 창가에 앉아, 달빛이 황홀한 '하얀 꽃의 집'을 바라보며, 오랫동안 어두운 고뇌에 사로잡혀 있었던 방안을 기쁨과 후회가 교차되는 만감 속에서 서성거렸다. 마음이 크게 흔들리는 가운데, 이상하게도 다시 젊음이 되돌아온 것 같았다. 마치 인생이 갑자기 그 몇 페이지를 팔랑팔랑 거꾸로 넘겨준 것처럼. 소나무숲 너머 강 저편에서 워드의 집의 불빛이 보였다. 그녀는 애거사가 죽은 그때 이후 처음으로 마음의 문을 열었다. '이제는 그를 생각해도 되는 거야.' 그녀가 영원히 닫았다고 생각한 인생의 문이, 지금 눈앞에서 천천히, 천천히 열리기 시작했다.

신부의 장미

그 6월 아침 코로나는 한숨을 내쉬며 잠에서 깼다. 왜 그랬는지 처음에는 잠이 덜 깬 탓에 아무런 생각도 떠오르지 않았지만, 찬찬히 기억을 더듬어보니 울컥 치솟는 구토처럼 한숨의 원인을 깨달았다. 간밤에도 그 일로 인해 상심한 나머지 속눈썹을 적신 채 잠들었던 것이다.

오늘은 줄리엣 고든의 결혼식날이다. 그런데 코로나는 그 잔치에 참석할 수 없었고, 초대도 받지 못했다. 모든 것이 그 '싸움' 때문이었다. 강산이 한 번도 아니고 두 번이나 바뀐 옛날의 일이었고, 그 긴 세월에 걸친 괴롭고 비참한 일이었기에, 코로나의 머릿속에 언제나 작은따옴표가 붙어서 떠오르는 그 '싸움'을 그녀가 원망스럽게 생각하는 것도 무리가 아니었다. 그것이 바로 그녀를 오랫동안 쓸쓸한 인생 속에 가두고 만 원흉이었기 때문이다. 줄리엣 고든과 줄리엣의 아버지 메레디스 고든은 코로나에게는 세상에서 유일한 친척이다. 그런데 오랜 집안싸움으로 높은 벽이 생겨, 오래전부터 왕래도 하지 않을 정도로 사이가 악화된 것이다.

코로나는 침대 속에서 몸을 뒤척이며 창문의 하얀 블라인드 한쪽을 걷어 바깥을 내다보았다. 이른 아침의 햇살이 평온하게 뜰을 채우고 있었다. 먼 곳의 언덕은 하루의 어린 햇살을 받아 반쯤 투명한 녹색이 되어 있었다. 그 골짜기에서 아지랑이가 마치 둥실둥실 춤추는 요정의 엷은 날개옷처럼 잡힐 듯 말 듯 어른거리고 있다.

창문을 가로지르며 사선으로 뻗은 커다란 밤나무 가지에 작은 새가 앉아, 매끄러운 깃털을 빛의 각도에 따라 다양한 색깔로 빛내면서 지저귀고 있었다. 어린 생명의 환희와 선율에 작은 가슴을 애태우며. 신부에게는 기다리고 기다렸던 하루요, 그 이상 기쁠 수 없는 날일 것이다. 코로나는 일어나 있던 머리를 침대에 도로 눕혔다. 다시 한번 가벼운 한숨을 내쉬면서.

"사랑스러운 그 아이가 시집가는 날인데, 날씨가 좋아서 정말 다행이야."

그렇게 말하는 코로나에게 줄리엣 고든은 아직도 여전히 '사랑스러운 그 아이'일 뿐이었다. 지금까지 한 번도 말을 나눈 적은 없었지만.

코로나는 항상 아침 일찍 일어날 뿐만 아니라 단숨에 벌떡 일어나는 습관을 가지고 있었다. 늦도록 침대에서 뒹굴고 있거나, 잠이 완전히 깰 때까지 마냥 늑장을 부리는 게으른 사람이 보면 은근히 부끄러울 정도로. 하지만 오늘 아침에는 그녀도 서둘러 일어나려 하지 않았다. 바쁠 것 없다는 듯이 이곳저곳을 촐랑대는 발소리, 콰당! 하는 문소리, 접시가 부딪히는 귀에 거슬리는 소리가 아래층에서 들려오고 있었다. 그것은 샬로타가 벌써 일어나 뭔가 시작하고 있다는 뜻이었다. 이 샬로타는 가련한 코로나가 몸서리를 칠 정도로 잘 알고 있듯이, 빈틈없이 눈을 빛내며 지켜보지 않으면 반드시 뭔가 실수를 저질러 놓는 아이였다. 샬로타에게 항상 악의가 있는 것은 아니지만.

그러나 이 날 아침 코로나에게 샬로타는 안중에도 없었다. 적적하고 목적이 없는 인생에 어지간히 진절머리가 나 있었던 것이다. 그래서 그런 인생에 또 하루를 더 보태는 데 그렇게 서두를 필요는 없다고 생각했다. 코로나는 그렇게 생각하는 것이 물론 좋지 않다는 걸 알면서도, 사는 것이 조금은 두렵게 느껴졌다. 그렇게 우울한 기분으로 한 시간 정도 더 누워있었다. 넘쳐흐르는 눈물에 시야가 흐릿해진 눈으로, 침대 발치의 벽에 걸려 있는 엄격한 얼굴의 아버지의 초상화를 올려다 보았다. 그 '싸움'을 떠올리면서.

그것은 30년 전의 일이었다. 스무 살의 처녀 코로나가 아버지와 단둘이 이 언덕 위의 고든 저택에서 살고 있었던 시절. 집 뒤쪽 해송이 우거진 북쪽 숲 아래 작은 골짜기에는 그녀의 큰아버지 알렉스 고든이 살고 있었다. 그의 아들 메레디스는 코로나에게는 친오빠나 다름없는 존재였다. 둘 다 어머니를 여의고 둘 다 형제가 없었기 때문이다. 어릴 때부터 함께 자란 놀이상대였고, 서로를 배려하는 친구 사이기도 했다. 두 사람 사이의 완벽한 우정을 방해하는 달콤한 감정이나 구애 같은 것은 전혀 없었다. 아버지들이 재산문제와 후손들의 화합을 생각해 계획은 했지만, 그 모든 계획——물론 고든 집안사람답게 재산에 대한 배려가 먼저였지만——과는 상관없이 그들은 친구 중의 친구, 단지 그 이하도 이상도 아니었다.

그러나 그 계획을 세운 당사자들이 싸움을 하게 되어 모든 것은 없었던 일이 되고 말았다. 지금도 그때의 괴로움을 생각하면 코로나는 몸이 떨려온다. 고든 집안사람들은 무슨 일이든 철저히 하지 않으면 직성이 풀리지 않는 사람들이었다. 두 형제의 싸움은 결정적인 것이었고 화해할 가능성은 단 1퍼센트도 없었다.

아버지는 코로나에게 큰아버지는 물론 사촌오빠하고도 말을 하거나 교류하는 것을 금지했다. 코로나는 울면서 아버지의 엄명에 따랐다. 늘 아버지의 말에 따른 그녀였기에 거역하는 건 생각할 수도 없었다. 메레디스는 그녀의 태도에 얼굴을 붉히며 분개했다. 그날부터 그들은 두 번 다시 말도 하지 않고 만나지도 않게 되었다. 그러는 사이 세월은 흘러, 서로 냉담과 분노와 불신의 벽을 조금씩 높여가다가 결국 절망적인 상태에 이른 것이다.

10년 뒤 로데릭 고든이 세상을 떠났다. 그로부터 5개월쯤 지나자 알렉스 고든도 뒤따라가듯 저세상 사람이 되었다. 생전에는 그토록 완고하게 서로를 미워했던 형제도 오래된 고든 집안의 가족묘지에 사이좋게 누워있지만, 그들의 뿌리 깊은 원한은 아직도 그 후손의 삶에 쓰라린 상처를 남기고 있었다.

코로나는 아버지에 대한 죄의식에 반쯤 가책을 느끼면서도, 메레디스와 다시 친구로 돌아갈 수 있기를 간절히 바랐다. 그는 이미 결혼했고 어린 딸이 하나 있었다. 새롭게 찾아온 가혹한 고독 속에서 코로나의 마음은 혈육의 정을 절실히 원하고 있었다. 그러나 이쪽에서 나서기에는 그녀는 너무 용기가 없었고, 메레디스 쪽에서 먼저 굽히고 들어오는 일도 결코 없었다. 코로나는 그가 자기를 미워하고 있는 거라고 믿었다. 그러다가 결국, 옛 상처는 반드시 아물 거라는 가슴 설레는 마지막 희망마저 사라지는 것을 보고만 있어야 했다.

"아, 싫어! 싫어!" 그녀는 베개에 얼굴을 묻고 흐느껴 울었다. 친척이 결혼을 하는데 그 결혼식에 참석할 수 없다는 건 너무 비참한 일이었다. 고든 집안의 신부를 그녀는 아직 한번도, 거울 속으로도 본 적이 없었다.

비틀거리며 아래층으로 내려가니, 샬로타가 부엌 현관에서 훌쩍거리고 있었다. 바닥에 쭈그리고 앉아 무명 앞치마에 얼굴을 묻고 있는 어린 하녀의 등에, 길게 세 가닥으로 땋은 빨강머리가 축 늘어져 있었다. 의기양양할 때는 터무니없이 커다란 하늘색 리본을 달고 어깨너머로 팽팽하게 뒤로 젖혀져 있는데.

"이번에는 또 무슨 일이니?" 코로나는 빈정대거나 놀리는 기색이 전혀 없는 말투로 그렇게 물었다.

"저, 제가요, 마님, 파랗고 노란 그 화분을 깨버렸어요. 일부러 그런 건 아니에요. 코로나 마님, 그저 이렇게 살짝 미끄러졌을 뿐인데, 그만 손에서 놓치고 말았어요. 그랬더니 산산조각이 난 거예요. 전 정말 운이 나쁜 아인가 봐요." 샬롯타가 울상을 지으며 대답했다.

"그러게 말이다." 코로나는 한숨을 쉬었다. 평소 같으면, 그 파랗고 노란 화분——그녀가 기억하고 있는 한 증조할머니의 것으로, 현관 테이블에 꽃을 장식하는 데 사용되고 있었다——의 불운을 탄식하며 완전히 낙담했을 터였다. 그런데 지금은 그 '싸움'에 대한 가슴 아픈 기억 때문에, 다른 일에 신경 쓸 여유가 전혀 없었다. "자, 그만, 운다고 해결될 문제가 아니야. 늦도록 침대에서 나오지 않은 나에 대한 벌이라고 생각하자. 깨진 조각이나 깨끗하게 치우렴. 앞으로는 좀 더 조심하고, 샬럿."

"네." 샬로타는 얌전하게 대답했다. 이때만은 마님이 샬럿이라고 불러도 감히 아무 말도 하지 못했다. "이렇게 하면 어떨까 하고 제가 생각했는데요, 마님. 저, 잘못한 것에 대한 속죄로 뜰에 가서 풀을 뽑겠어요. 저한테 맡기세요, 마님. 잘할 수 있으니까요."

"그래서 잡초보다 꽃을 더 많이 뽑아버리려고?" 코로나는 체념한 표정으로 그렇게 말했다. 하지만 그런 건 아무래도 상관없었다. 아니 모든 것이 어떻게 되어도 상관없었다. 샬로타가 뜰로 돌진하는 모습이 보였다. 결심을 굳히고, 주근깨가 무슨 대수냐는 듯이 필사적이고 진지한 표정으로. 지금까지 엿가락 늘리듯이 마냥, 그것도 일부러 미루고 미루어온 잡초 뽑기에 대한 선전포고를 한 후, 늦게 피는 탱알까지 뿌리째 뽑지 않도록 노력하겠다는 조심성은 털끝만큼도 없이 돌진했다.

코로나의 기분은 오후까지 꼬리를 끌고 있었다. 여전히 골짜기의 떠들썩한 집에 마음을 빼앗겨 그것만 생각하면서도, 코로나는 용기를 내어 뜰에 나가 샬로타가 일하는 모습을 직접 확인하기로 했다. 그런 다음, 사람들 눈에 띄지 않는 한쪽 구석이나, 놀라운 일로 가득한, 정취 있고 고풍스러운 그 근처를 거닐어볼 생각이었다. 곳곳에서 형언할 수 없는 그윽한 향기를 내뿜는 향기로운 풀과 덤불을 만날 수 있을 것이다. 예측할 수 없는 그 향기로운 냄새. 뜰 안에는 그럴듯한 장소에 제대로 심겨진 것은 아무것도 없었지만, 그래도 그곳은 그녀가 상상할 수 있는 한 가장 즐거운 장소였다.

코로나는 키 작은 벚나무 숲을 헤치고, 가지와 잎들이 하늘을 가릴 듯 무성하고 좁은 오솔길을 걸어, 그 끝의 양지바른 곳에 도착했다. 이곳에 와본 것은 작년 여름 이후 처음이었다. 오솔길은 거의 지나갈 수도 없을 정도였다. 머리카락과 옷이 헝클어지고 걸리면서 가까스로 벚나무 숲을 빠져나가, 무심코 밟아버린 박하의 숨결이 마치 하늘의 축복처럼 그녀를 맞이해준 바로 그때, 그녀의 입에서 작은 비명이 새어 나왔다. 그리고 구석에서 자라고 있는 장미 덤불을 꼼짝 않고 응시하며 못 박힌 듯이 그 자리에 멈춰 섰다. 너무 크고 가지도 줄기도 너무 굵어서, 덤불이라기보다 훌륭한 나무 같은 그 모습! 게다가 눈이 가득 쌓인 것처럼 커다란 순백의 장미꽃이 탐스럽게 피어있었다!

"오오, 아름다워라!" 말할 수 없이 감동한 코로나는, 발끝으로 살금살금 걸어서 장미에 다가가며 속삭였다. "'신부의 장미'가 다시 피었어! 어떻게 이런 일이! 이 나무는 20년이나 꽃을 피우지 않았는데!"

그 장미 덤불은 코로나의 증조할머니——그 파랗고 노란 화분의 주인——가 이곳에 심은 것이었다. 메리 고든이 스코틀랜드에서 가지고 온 새로운 품종으로, 크고 하얀 꽃이 핀다. 그 꽃을 3대에 이르는 고든 집안의 신부들이 결혼식 때 부케로 사용했다. 메리 고든의 나무에 피는 백장미를 들지 않은 신부는 운이 나쁘다는 것이 고든 집안의 가훈이었다.

하지만 이미 오래전부터 그 나무는 꽃을 피우지 않고 있었다. 아무리 손질하고 보살펴도 전혀 그럴 기미를 보이지 않고, 꽃 한 송이 피우지 않은 것이다. 흔히 외로운 독신녀로 살다보면 찾아오기 쉬운 그 비합리성 때문인지, 코로나는 마음속으로 이렇게 믿고 있었다. 장미나무가 고든 집안 여성의 앞날에 암시를 주고 있는 거라고. 이 오래된 가문의 마지막 여성인 자기에게 신부의 장미가 필요하게 될 일은 절대로 없을 것이므로. 그럼 어째서 지금, 이 고목이 꽃을 피우고 있는 것일까? 세월을 건너뛰어 지금 이렇게 다시, 오랫동안 소중하게 간직해왔던 아름다움과 사랑스러움을 일시에 꽃피우다니! 문득 생각이 떠오른 코로나는 가슴이 마구 뛰기 시작했다. 장미나무는 다시 고든 집안의 새로운 신부를 위해 꽃을 피워준 것이다. 그리고 코로나는 또 다른 의미도 뚜렷하게 깨달았다. 그녀 자신의 인생에 뭔가 변화가 올 것이다, 늙은 장미나무가 사랑과 아름다움을 재생시킨 것처럼 무언가가 변하려는 것이다. 이것은 그 전조라고 마음으로 믿었다. 그녀는 바다 위에 피는 물보라처럼 흐드러지게 핀 아름다운 꽃 위로 몸을 숙였다. "줄리엣의 결혼을 위해 꽃이 핀 거야. 고든 집안의 신부는 이 신부의 장미로 장식하지 않으면 안 돼. 절대로 그렇게 하지 않으면 안 돼. 더구나 이건, 아! 이건 정말 기적이야."

그녀는 가위와 바구니를 가지러 가기 위해 집을 향해 소녀들의 발걸음 같은 경쾌한 걸음으로 달려갔다. 줄리엣 고든에게 신부의 장미를 갖다 주기로 한 것이다. 장미꽃을 따는 그녀의 뺨이 흥분으로 발갛게 물들어 있었다. 얼마나 아름다운 꽃인지! 이렇게 크고 이렇게 좋은 향기! 마치 그 잃어버린 스무 번 동안의 여름이 간직한 우아함과 향기로움과 아름다움, 그 모든 영광을 다시 한번 이곳에서 일시에 발견한 것 같았다. 준비가 끝났을 때, 코로나는 문까지 가서 하녀의 이름을 불렀다.

"샬럿! 샬럿!"

화분을 깨버린 데 대한 속죄로 부지런히 뜰의 잡초를 뽑으며——무엇보다 하기 싫은 일이지만——양심을 만족시키기에 충분히 일했다고 생각한 샬로타는, 탐스럽게 핀 스위티피 속에서 찬송가를 흥얼거리고 있었다. 빨강머리는 어느새 제 자리로 돌아와 있었다. 코로나는 그것을 보고 직감했어야 했다. 그런데도 코로나는 여러 가지 상념에 젖은 채, 끈기 있게 계속 '샬럿, 샬럿' 하고 부른 것이다. 샬로타는 마치 잡초를 맹렬하게 뽑다가 갑자기 귀가 멀어버린 것 같았다.

한참 뒤에야 간신히 생각난 코로나는 한숨을 내쉬었다. 외국풍의 그런 우스꽝스러운 이름을 부르는 것이 정말 싫었다. 그냥 '샬럿'이라는 이름도 어울리지 않는데! 게다가 '스미스'라는 성에는 더더욱 '샬럿'이 낫다고 할 수 있다. 평소 같으면 코로나도 호락호락 물러서지 않았겠지만, 그러나 상황이 급박했다. 이때만큼은 자신의 권위를 운운하며 따지고 있을 상황이 아니었다.

"샬로타!" 그녀는 애원에 가깝게 불렀다.

그러자 샬로타가 벌떡 일어나 문으로 달려왔다.

"네, 마님! 무슨 일이세요, 코로나 마님?" 그녀는 조신하게 대답했다.

"이 상자를 줄리엣 고든의 집에 갖다 주고 오겠니? 즉시 본인에게 전해달라고 부탁하고. 가다가 한눈팔면 안 돼, 알았지, 샬로타? 숲 속에서 재잘거리거나, 담장에 기대어 중얼중얼 불평하거나, 다른 일에 쓸데없는 참견하거나……."

샬로타는 이미 자리를 떠나고 없었다.

한편 골짜기에서는, 또 하나의 고든 집안이 흥분의 도가니 속에 있었다. 줄리엣은 2층의 병약한 어머니의 방에 있었다. 긴 의자에 누워있는 창백한 얼굴의 자그마한 부인에게 신부의상을 입은 모습을 보여주기 위해서였다. 그녀는 키가 크고 늘씬한 데다, 행동거지에 품위가 있는 아가씨로, 눈은 고든 집안 사람답게 엷은 잿빛, 피부는 백합꽃잎처럼 완벽하고 순수한 크림빛이었다. 얼굴이 무척 사랑스럽다. 그녀가 입고 있는 순결한 하얀 드레스는, 그 어떤 장식과 세공도 당할 수 없을 만큼, 그녀의 청초한 꽃송이 같은 아름다움 자체를 고스란히 드러내고 있었다.

　"최후의 순간이 올 때까지 베일은 쓰지 않을 거예요." 웃으면서 그녀가 말했다. "그걸 쓰는 순간, 정말 결혼한다는 실감이 나버릴 테니까요. 게다가, 아! 어머니. 너무하지 않아요? 장미가 아직 오지 않았어요. 아버지가 역에서 돌아오셨는데 장미가 오지 않았대요. 정말 실망이에요. 고든 집안의 신부는 반드시 장미로 장식하는 것이 관습이라고 얘길 해서 로므니가 새하얀 장미를 주문해 주었는데! 들어와요, 열려 있어요." 그때 누가 문을 두드리는 소리가 난 것이다.

　오늘 들러리를 서기로 되어 있는 줄리엣의 사촌 로라 버튼이 상자를 하나 안고 들어왔다.

　"줄리엣, 빨강머리에 주근깨투성이인 묘하게 생긴 여자아이가 너에게 전해주라며 이 상자를 가지고 왔어. 누가 보낸 건지 짐작도 가지 않아. 마치 요정 나라에서 온 심부름꾼 같더라."

　상자를 열어본 줄리엣이 소리를 질렀다.

　"와아! 이것 좀 보세요! 어머니! 정말 예쁜 장미예요! 누가 보냈을까? 어머, 편지가 있네. 어디 보자, 오! 어머니, 코로나 아주머니한테서 온 거예요."

　"사랑하는 줄리엣에게." 편지는 코로나의 예쁘고 고풍스러운 글씨로 그렇게 시작되고 있었다. "너에게 고든 집안의 '신부의 장미'를 보낸다. 장미나무가 20년 만에 꽃을 피웠어. 틀림없이 네 결혼을 축하하는 거야. 옷에 장식해주면 기쁘겠어. 아직 만나본 적은 없지만, 난 너를 무척 좋아한단다. 옛날에 네 아버지와 나는 무척 사이 좋은 친구였어. 그리운 옛날을 생각하며 내가 보내는 이 장미가 부디 너를 아름답게 장식할 수 있게 해달라고 아버지께 전해주렴. 행복을 빈다.

사랑을 담아

코로나 고든 아주머니가."

"아, 정말 친절하고 고마우신 분이야!" 줄리엣은 편지를 접으면서 감동해서 말했다. "더구나 초대도 하지 않았는데! 아주머니께도 초대장을 보내고 싶었지만 아버지가 그만 두는 게 좋을 거라고 하셨어요. 우리를 뿌리 깊게 원망하고 있을 거니까 초대하면 틀림없이 모욕으로 받아들이실 거라고."

"아버지가 그쪽을 오해하고 계셨던 거야. 그 사람을 초대하지 않은 것은 사실 무척 슬픈 일이지. 하지만 이젠 너무 늦었어. 결혼식 2시간 전에 초대장을 보낸다는 건 정말 실례되는 일이야." 고든 부인이 말했다.

"그래요, 신부가 직접 초대하지 않는 한! 내가 직접 코로나 아주머니의 집에 가서 내 결혼식에 와달라고 부탁드릴 거예요." 줄리엣은 충동적으로 소리쳤다.

"네가 말이냐? 너, 그건 안 돼! 드레스를 입은 채 그런⋯⋯."

"무슨 일이 있어도 가야 해요, 어머니. 걸어서 겨우 3분이면 되는걸요. 그 들판을 가로지르는 오래된 오솔길을 지나가면 아무도 보지 못할 거예요. 아, 더 이상 아무 말씀 마세요. 보세요, 난 이미 이 방에 없어요!"

"쟤 좀 봐! 저 아이를 누가 새 신부라고 하겠니?" 어머니는 애원하듯 한숨을 내쉬었다. 계단을 나는 듯이 내려가는 줄리엣의 발소리를 들으면서.

줄리엣은 풀과 흙먼지에 더럽혀지지 않도록 새하얀 비단 스커트를 들어올리고 또 들어올리며, 가벼운 걸음으로 녹음이 펼쳐진 저지의 들판을 뛰어가서 언덕을 올라갔다. 난생 처음으로 두 고든 집안을 이어주는 퇴락한 들길에 발을 들여놓은 것이다. 오랫동안 이 길을 지나간 사람이 없었기 때문에, 양 가장자리에 자라는 풀과 별을 뿌려놓은 것 같은 미나리아재비 덕택에 겨우 오솔길이라는 것을 알 수 있을 정도였다. 가문비나무 숲길을 따라 가니 작은 나무문이 나왔다. 코로나가 항상 잘 손질을 하고 있어서, 전혀 사용하고 있지 않은데도 온전하게 있었다. 녹이 슨 고리를 밀어올린 뒤 종종걸음으로 안으로 들어갔다.

코로나는 어두컴컴한 거실에 혼자 앉아 있었다. 신부의 장미 몇 송이 위에 머리를 숙이고, 눈에 가득 눈물을 글썽이면서. 그때 키가 크고 아름다운 새하얀 무언가가 축복처럼 뛰어들더니, 앉아있는 그녀 바로 앞에서 무릎을 꿇었다.

"코로나 아주머니!" 가쁜 숨을 몰아쉬면서 신부가 불렀다. "장미에 대한 인사를 드리려고, 또 옛날의 모든 좋지 않은 일들을 용서해달라고 부탁하러 왔어요."

"오, 줄리엣!" 코로나는 깜짝 놀라고 말았다. "용서가 무슨 말이야, 난 내내 너를 좋아했고 꼭 만나고 싶었단다. 사랑스러운 줄리엣, 넌 나에게 커다란 행복을 가져다주었어."

"제 결혼식에 참석해주실 거죠? 꼭 그렇게 해주셔야 해요. 그렇지 않으면 우린 정말로 용서받았다고 생각하지 않을 거예요. 게다가 신부의 부탁을 거절하지는 않으시겠죠, 코로나 아주머니? 우린 자기 결혼식에서는 누구나 여왕이잖아요." 줄리엣이 소리쳤다.

"아아, 그런 게 아니야, 줄리엣. 하지만 이런 차림으로는, 좀…
…."

"제가 준비해드릴 테니까 염려 마세요. 아주머니가 함께 가주지
않으시면 전 집에 돌아가지 않겠어요. 손님도 목사님도 필요하다
면 기다리게 해도 상관없어요. 네! 로므니도 기다리라고 하죠,
뭐. 아, 아주머니에게 로므니를 소개하고 싶어요. 같이 가세요,
네?"

코로나는 줄리엣을 따라 나섰다. 샬로타와 신부가 함께 그녀에게
잿빛 비단 드레스를 입히고, 머리를 손질해주고, 눈을 깜박거릴 사
이도 없이 두 사람은 그 들길을 서둘러 걸어갔다. 저지에 왔을 때
마주 오고 있는 메레디스 고든과 딱 마주쳤다.

"메레디스 오빠!" 코로나가 떨리는 목소리로 불렀다.

"코로나, 오랜만이구나."

그녀의 두 손을 잡고 그가 반갑게 키스를 했다.

"이렇게도 오랫동안 널 오해해서 미안하다. 용서해주겠니? 네가
우리 모두를 원망하고 있는 줄만 알았어."

그리고 줄리엣에게 시선을 돌려 아버지다운 미소를 보였다.

"넌 참 천방지축이로구나, 너는. 네 멋대로 행동하고! 고든 집안
의 신부가 이런 파격적인 짓을 했다는 얘긴 아직 들어본 적이 없
다. 원 참! 아직 손님들이 오시기도 전에 바람처럼 뛰쳐나가다
니! 로라가 그 장미를 '꿈속의 꽃다발'이니 뭐니 하는 것으로 꾸
며놓았다. 코로나는 내가 천천히 데리고 가마."

"아, 저 오래된 장미나무가 꽃을 피웠을 때 난 알았어. 틀림없이
멋진 일이 일어날 거라고." 코로나는 행복한 듯 그렇게 중얼거렸다.

몽고메리가 꿈꾸는 영혼의 안식처 '푸른성'

만약 인간의 영혼을 꽃에 비유할 수 있다면, "앤, 너의 영혼은 보 랏빛 줄무늬가 들어 있는 하얀 제비꽃이야" 하고 프리실러가 말했 다(《처녀시절》에서). ……이 구절을 읽었을 때, 제 영혼은 그야말 로 기쁨으로 떨렸답니다. 내가 품고 있었던 앤의 이미지와 똑같았기 때문입니다. 참으로 몽고메리다운 발상이지요?

루시 모드 몽고메리의 작품을 여러 권 읽으신 분들은 틀림없이 이 해하실 겁니다. '참으로 몽고메리답다!'는 말의 의미를. 현실 속의 어떤 것을 완전히 다른 것으로 바꿔버리는 상상의 마법을, 저는 앤 한테서, 에밀리한테서 배웠습니다. '마치……같다'고 비유하여 사물 을 보는 즐거움. 상상의 안경을 쓰고 보면, 아무런 특별한 것도 없 는 것이 생생한 로망으로 넘치게 됩니다.

앤 이야기의 무대 그대로인 프린스에드워드 섬은 정말 아름다운 섬입니다. 붉은 가슴의 울새, 엷은 보랏빛의 귀여운 꽃, 새빨간 지 붕, 노란색 벽, 아롱다롱한 색깔들이 곳곳에 보석처럼 뿌려져 있어 누구라도 앤처럼 꿈꾸는 기분에 젖게 되는 곳입니다.

그런데 《밸런시 로망스(The Blue Castle)》의 무대는 프린스에드워드 섬이 아니라 온타리오 주 무스코카입니다. 지도를 보면 무스코카 호수라는 것이 있는데, 아마 그 부근을 상정하고 쓴 것 같습니다. 이것은 몽고메리가 맥도널드 목사와 결혼한 뒤, 사랑하는 고향 프린스에드워드 섬을 떠나 온타리오 주에 이사한 뒤에 쓴 것입니다 (1926년 출판). 몽고메리가 이야기의 무대를 자신의 고향 밖으로 옮긴 것은 무척 드문 일이며, 그녀의 작품이 대부분 청소년용 이야기인 데 비해, 이 《밸런시 로망스》는 그녀가 성인을 염두에 두고 쓴 소설입니다. 그렇지만, 결코 무겁고 어려운 소설은 아닙니다. 주인공 밸런시 스털링은 29살의 노처녀로, 심장병을 앓고 있으며 무엇 하나 장점이 없는, 못생긴 여자라는 것에서 시작됩니다. 이 책은 몽고메리의 독특하고 기발하게 이야기를 풀어내는 솜씨 덕택에, 밸런시와 함께 웃었다 울었다 하면서 단숨에 끝까지 다 읽기 전에는 책장을 덮을 수 없는 매우 흡입력이 강한 소설입니다. 그 풍요로운 정경 묘사와 생생한 인물 묘사, 절묘한 복선 등이 이 소설을 단순한 희극에 머물게 하지 않고 있습니다.

몽고메리는 이 밖에도 성인용으로 소설과 수많은 단편을 썼습니다. 1931년에 발표한 소설, 《엉클어진 거미줄》의 경우, 스토리의 전개 자체보다도 등장인물의 묘사가 훨씬 재미있고, 흥미를 불러일으킵니다. 몽고메리는 어느 마을에나 있음직한 아주머니, 아저씨에게 날카로운 관찰의 시선을 보내며, 그 사람의 특징을 남김없이 그려냄으로써 평범한 아주머니, 아저씨를 너무나도 사연이 많은 평범하지 않은 인물로 바꾸어버립니다. 그 묘사가 좀 장황하다고 느끼시는 분들도 계실지 모르나 그게 바로 몽고메리다운 점이라고 생각합니다. 그녀는 인간을 너무 사랑한 나머지, 누구라도 가볍게 다룰 수가 없었던 것이 아닐까요?

몽고메리의 작품에는 그녀다움이 물씬 풍기고 있습니다. 독자 여러분도 이 《밸런시 로맨스》를 읽는 내내 아기자기하고 시적이며 이미지 풍부한 정경 묘사, 섬세하고 날카로운 인물 묘사, 여주인공이 미인은 아니지만 한 가지씩 반짝반짝 빛나는 장점을 갖고 있는 것, 그리고 비교적 늦은 나이에 결혼하는 것(몽고메리 자신이 그랬기 때문인지도 모릅니다) 등을 틀림없이 느끼셨을 겁니다.

서초 그린게이블즈에서

김유경

김유경

숙명여자대학교 미술대학 〈서양화 전공〉 졸업
창작미협전 「정월」 특선 목우회전 「주왕산」 입상
지은책 「조선 세시 열두달 이야기」 옮긴책 「잉걸스·초원의 집」
「몽고메리·그린게이블즈 빨강머리 앤」 10권

ANNE'S BOOKS
9
밸런시 로망스

루시 모드 몽고메리 지음/김유경 옮김
초판 발행/2004. 1. 1
발행인 고정일/발행처 동서문화사
창업 1956. 12. 12. 등록 16-345 (윤)
서울강남구신사동540-22 ☎546-0331~6 (FAX) 545-0331
www.epascal.co.kr
＊잘못 만들어진 책은 바꾸어 드립니다.
전10권 각권 9,800원

＊

「앤스북스」 편찬·필름·제작 일체 「동판」자본으로 이루어짐에 따라
한국어 번역 편집 그림 장정 꾸밈 출판권 소유권자 「동판」에서 제조출판판매 세무일체 전담합니다.
사업자등록번호 211-90-02201
ISBN 89-497-0307-6 04840
ISBN 89-497-0289-3 (세트)